金竹园

燕力 著

春风文艺出版社
·沈阳·

图书在版编目（CIP）数据
金竹园 / 燕力著 . -- 沈阳 : 春风文艺出版社 ,
2025. 2. -- ISBN 978-7-5313-6932-5
Ⅰ . I247.5
中国国家版本馆 CIP 数据核字第 2025ZS4280 号

春风文艺出版社出版发行
沈阳市和平区十一纬路 25 号　　邮编：110003
成都市兴雅致印务有限责任公司印刷

责任编辑：	孟芳芳	责任校对：	张华伟
装帧设计：	四川悟阅文化传播有限公司	幅面尺寸：	170mm × 240mm
字　　数：	378 千字	印　　张：	20.5
版　　次：	2025 年 2 月第 1 版	印　　次：	2025 年 2 月第 1 次
定　　价：	89.00 元	书　　号：	ISBN 978-7-5313-6932-5

我也需要一根金竹拐杖

——序长篇小说《金竹园》

叶贵儒

二〇二五（乙巳）年，清明节前，我用整整一周时间，读完了燕力先生的长篇小说《金竹园》，读完该作品后，掩卷而思，觉得受益匪浅，不说是醍醐灌顶，也属如沐春风。

《金竹园》时间跨度约60年，不算很长，但也不短。从情节的开端、发展、高潮和结局来看，它系统而完整地展示了新中国成立前后各30年左右我国山区农村的政治、经济、社会的发展演变脉络，并以此为背景，将近110个人物安排在金竹园和双坪两个有代表性的地域中活动，创造出一幅幅灵动的自然山水画和鲜活的人文风俗画。读者在人物的悲欢离合、喜怒哀乐中，感受到历史的厚重与时代的变迁，从而对“新旧社会两重天”产生新的认知。

《金竹园》中的人物形象栩栩如生，仿佛就是我们的身边的“熟悉的陌生人”，正如19世纪俄国文艺理论家别林斯基提出的那样。他们的音容笑貌、穿着打扮、生活习俗以及语言特点，都无不具有“典型”的标识。洋贵姐的聪慧善良、智夫子的命途多舛、英妹子的开朗能干、向家姐的恩仇分明……都呼之欲出，跃然纸上，让人印象深刻。

从情节架构上考量，《金竹园》全书十七章。行文中，作者运用“草蛇灰线”的精巧布局，以小引大，用大套小，环环相扣，首尾照应，衔接自然流畅，过渡踏雪留痕，充分展示出作者谋篇布局的深厚文学功力。

《金竹园》还有一个突出的创作特色，就是在情节的运行中，穿插着对人、事、景的议论性文段（句）。这些段（句），从表层看，是就人说人，就事论事，就景评景，但实际上，它们是作者经历对人生、对社会、对宇宙的深邃思考而得出的结论，精辟隽永，能收到振聋发聩的阅读效应。

我已年近古稀，读罢《金竹园》，我想，而今我也需要一根金竹做成的拐杖啦！

2025年2月4日知秋于静远斋

（叶贵儒，生于1956年，大学文化，高中语文教师。）

CONTENTS 目录

第一章

1934 年深冬，那场雪下了几个时辰。鹅毛大雪从灰蒙蒙的天空中纷纷扬扬地飘落下来，砸在长江巫峡口金竹园漫山遍野的树枝上，树枝像穿上一件白白的绒衣。翠绿的金竹承受不了大雪的欺压，只好低着头、弯曲着身子，直不起腰来。寒风吹得金竹哗哗作响，雪卷江河碧波，紧裹两坡柳色，通往大州府的银大路，平日里人来人往，如今却消失在金竹园这片白茫茫的世界中，不见踪影。在寂静的雪景中，狗吠声偶尔从远处传来。

夜幕悄悄降临，柴门紧闭，月儿孤独地悬挂在高空，洒下淡淡的光辉。寅时，洋贵姐辗转反侧，无法入眠。她怎么都睡不着，双眼睁得大大的。屋顶两片亮瓦被积雪覆盖，只留一片嫩白，一丝月光都挤不进来。洋贵姐基本上每天都是这个时候醒的，照说她这个年纪是好睡觉的时候，但她心里装着一大家子人的吃喝拉撒。她今天比以往醒得更早，脑子里翻江倒海，没有一丝睡意。外面金竹被雪压覆的破碎声像燃烧的爆竹，啪啪地响个不停。时不时有雪团从树枝、金竹上掉下来，响得格外透彻，深深刺入洋贵姐的耳中。听着这个响声，洋贵姐知道昨夜雪一定不小，她强迫自己闭着眼睛，但眼睛像针刺一般，不允许她闭着。她只好把眼睛睁开，屋里没有一丝光明，她强摁着眼睛，眼睛又闭不下去。眼睛一会儿闭上，一会儿睁开，在闭上和睁开中不停地轮换，她越睡越兴奋，只好慢慢地从被子里坐起来，侧着身子在床的两侧用手摸来摸去。一把竹刷子被她碰落到楼板上，咚的一声响，小黄猫被惊吓得嗖的一声从楼梯口黄豆叶中跳了出来。它喵喵地叫个不停，一步跃上床头，钻进洋贵姐的被窝。不一会儿，发出呼呼的鼾声。

“下去，你真会找地方。”洋贵姐右脚贴着小黄猫的肚皮，往床边一摆，小黄猫被撵下床。它抖了抖身子，怏怏地钻进黄豆叶中，鼾声又呼呼地响了起来。

“见鬼，衣服到哪里去了？”洋贵姐带着埋怨的口气咕噜了一句。摸了好一阵，在玉米桶盖上摸到了衣服。她把衣服披在身上，挪了挪身子，背靠着墙壁，眼睛似闭非闭，脑子里闪现着这样或那样说不完道不尽的事情。一想起伯伯[①]的肺痨病，她心里就犯愁。伯伯的病越来越严重，不停地咳嗽，人消瘦得只剩皮包骨。尽管如此，还要去外地当夫，这样下去，她不知道伯伯的身体还能拖几年，洋贵姐的心中充满忧虑和无奈。她知道，这个家需要伯伯，需要他强壮的肩膀来支撑。但病痛的折磨，频繁的当夫，让伯伯的生命在一点点地流逝。

赵长玉当夫是洋贵姐的爷爷赵伟义硬性定的。前些年，家里分田时，赵伟义偏向老幺。老幺赵长昆生了三个男孩，老二赵长久生了两个姑娘，老大赵长玉生了四个姑娘。男孩可以传宗接代，姑娘是泼出去的水，是别人屋里的人。赵伟义揣着男女有别的心思，把好一点的田地分给了长昆，那些岩石壳和荒地分给了长久和长玉。赵伟义说："长玉去当乡、甲派的夫，他是家里老大，在外当夫比老二、老幺放心些，老二、老幺给老大补点油盐钱。"

其实，对于当初的分田分地，赵伟义始终有一块心病。他觉得当初分田分地时，分给老大、老二的田地要比分给老幺的田地差很多。老幺的田地不仅离家近，地力也强得多。另外，当夫也是赵长玉的事，赵伟义觉得大儿子为整个大家庭付出太多，心里有些内疚。当然，这些内疚总能找些理由自我安慰。他觉得，既然老大和老二没有儿子，自己怎能眼睁睁看着家产落入外人之手？这些理由似乎又让他心安理得。

但他想起分地时，心里还是觉得不妥，手心手背都是肉，怎么重一个轻一个呢？赵伟义常常这样拷问自己的灵魂。他的心中，既有对长子长玉的心疼，也有对家族未来的担忧。他的内心，充满了矛盾与挣扎，既有对过去决策的反思，也有对未来不确定性的迷茫。

长玉懂得"君君、臣臣、父父、子子"。"父为子纲"，在父亲面前说"不"字，那是大逆不道。再说，买油盐也需要钱，当夫换点油盐钱也未必不可，他不好反对父亲的安排。那时，战事频繁，长玉忙着背粮、背军械，去的地方越来越远，当夫的次数越来越多，时间越来越长。他常年漂泊在外，没有时间和精力照看家里的事，有一次去贵州当夫，一去就是两年。

长昆和长久对父亲安排长玉当夫，内心有着复杂的情感。长昆作为兄弟中的老幺，他生了三个男孩，这在赵伟义眼里是家族血脉延续的关键。因此，分田时，他得到较好的土地。长昆对父亲的偏爱感到庆幸，同时也有些愧疚。在他眼里，分田就是鸭子下河——各顾各，兄弟之间没有了先前的亲热。

---

① 伯伯：指"父亲"。

长久作为兄弟中的老二，他生了两个女儿，这在当时的社会观念中，并不被看重。因此，分田时，他得到的是岩石壳和荒地。长久对父亲的决定感到不满，但也无力改变。他知道在父亲的眼里，自己和长昆不能平起平坐。长久是个深明大义的人，他理解长玉作为家中老大的责任，也同情长玉的处境。每当长玉离家去当夫，长久总是默默地为兄长祈祷，希望他能够平安归来。每到收割播种季节，长久总是抽出身来，帮长玉家在地里忙活几日。

洋贵姐脑海里不停地旋转着，长昆和长久的形象时而清晰，时而模糊。她不知道伯伯当夫猴年马月是个头，他那副病恹恹的身子还能扛多久。

楼下，赵长玉的咳嗽声愈发厉害，一声赶着一声，撕心裂肺。有时好像一团痰哽在喉咙里，又被堵了回去。这时，大妈“哎呀……哎呀”的呻吟声也绵延不断，伴随着长玉的咳嗽声，此起彼伏。

大妈的腰疼病也有多年，疼得直不起身。每到阴天或下雨天，疼得更是厉害。大妈蛮得很，生孩子后，第三天就下地干活。她常说：“我的病是生几个姑娘时，在月子里受了风寒落下的。”她现在除帮忙看看屋，扫地都困难。

洋贵姐叹了一口长气，把披在身上的衣服往胸前扯了扯。上衣是件蓝色卡其布对襟，左边比右边宽大许多。她的身子往前倾了一下，右手攒着左边的衣角往右边紧贴过去，她裹得很紧，好像身上暖和点。她现在睡意全无，双臂交叉抱在胸前，弓曲着身体，思绪像浮在水面上那样忽起忽落，不停地从脑海里溢出。

洋贵姐的思绪又飘到二妹子、三妹子和四妹子身上。她们从小都吃了不少苦，受了不少罪，知道生活的艰辛。这也没有办法，家境就是这样一个情况。她们还在努力帮忙支撑着这个家，这也是洋贵姐心中唯一的慰藉。她想三个妹妹有两个妹妹订了婚，因为家里穷得叮当响，她和二妹子、三妹子的婚期一拖再拖。她找的婆家是镇溪县双坪那边的人，尽管男方请向家姐说过多次，但自己出嫁总得置办一些嫁妆，找点体面，不至于显得过于寒酸。家里现在这样那样的事天天都有，除二妹子和三妹子能帮忙做点体力活外，里里外外的事情，只有她操心。

洋贵姐听到四妹子鼾声如雷，她越发兴奋起来。这时，四妹子翻了一个身，继续睡去。洋贵姐想：现在所有的问题都是没有钱。没有钱什么事都办不成，买盐、打煤油都需要钱，买一盒“洋火”（火柴）还要精打细算。这几年，她没有给伯伯和大妈做一件衣服，自己和几个妹妹就更不用说。

现实就是这样，她充满无奈，伤感的泪水夺眶而出。艰辛的生活让洋贵姐明白，有钱身后一群狗，没钱生活路难走。贫穷是一件极其悲哀的事情，是一件根本不值得去自豪或者骄傲的事情，甚至是一件丑陋而可耻的事情。改变贫穷必须自己要有钱，钱是一个人最大的底气，只有当你经济独立的时候，你才不会看人脸色，才能按照自己的意愿去生活。她想：现在最关键的是挣钱，挣的钱越多越好，有了钱，可以给伯伯和大妈治病，可以给二妹子、三妹子、四妹子买新衣服，可以买一些好地。洋贵姐想到这里，开始恨伟义爷爷，他把最差的地给了伯伯和二叔，不管几个孙女的死活，他的心被狼狗吃了。

洋贵姐越坐越冷，打了一个寒战，右手支撑着脑袋，思考着怎么样才能挣得到钱。她期盼有钱，有很多很多的钱，钱越多越好，堆满一屋都行。但钱从哪里来？洋贵姐似乎没有什么门路。

洋贵姐的未婚夫名叫张全祚，是远近闻名的好篾匠，平时出门给别人做点篾活可以弄点零花钱，这也是向家姐做媒时，洋贵姐最满意的地方。未婚夫脾气好，除做得一手好篾器外，干农活也是好把式，这样的男人真不好找。她更看重做媒的向家姐，向家姐嫁给王建华后，完全变了一个人，整天被捧在手心里，吃香的喝辣的，过着富贵的生活。洋贵姐把改变家庭贫穷的命运赌在自己的婚姻上。在她的安排下，二妹子与蛤蟆口的张思俊订了婚。张思俊是个木匠，他的手艺非常好。三妹子与东南峡的张思龙订了婚，张思龙是个弹匠，他的棉被弹得非常出色。洋贵姐和二妹子、三妹子都是找的匠人，而且都姓张。洋贵姐说："找个匠人，大家多一条活路。男人都姓张，今后可以多一些帮衬。今后四妹子也要找一个匠人，也要姓张。"

夜深了，洋贵姐的思绪还在继续。她的心中充满了对家人的牵挂，对未来的担忧。她轻轻地叹了口气，再次尝试闭上眼睛，希望在黎明到来之前，能够找到一丝安宁。

金竹园周边的鸡开始鸣啼，先是一只鸡啼叫，慢慢地和声多了起来。汪、汪、汪，鸡鸣时，又招来几声犬叫，鸡鸣犬吠没有让洋贵姐停下思考的脚步。她左思右想就是一个问题，怎么样去赚钱，没有钱寸步难行。她突然想起银大路德麻子开的栈房。德麻子的大爷嘎（丈夫）前些年砍柴在岩上摔死了，她一直没有改嫁，也没有后人。没有男人遮风挡雨，德麻子的生活日趋窘迫，没有办法，她在自己房子里开了一个小栈房，栈房可以住三到五个人，挣几个钱勉强能把生活过走。想到这里，洋贵姐异常兴奋。"德麻子能够做到的事，我也一定能做到，兴许比她做得好。"她希望天快点亮起来，准备去德麻子那里看看，再决定从哪里下河，从哪里上坡。

天渐渐放亮，鸡群在笼圈里挤成一团。一只羽毛红黄相间的大公鸡，好不容易从笼圈缝里伸出长长的脖子，张开它那清亮的嗓子喔喔喔地叫个不停。

洋贵姐穿好衣服，系好纽扣，顺着楼梯走到楼下，吱的一声把门打开一条缝，刺骨的寒风裹挟着雪花从门缝里钻了进来。洋贵姐不禁打了几个冷噤，银大路上行人绝迹，飞鸟、走兽消失得无影无踪，山坡里的树木都披上了银装，在寒风中摇曳。

洋贵姐自言自语："这鬼天气，咋伙儿的，这架势是不想让人活。"冷飕飕的风雪好像捆住了她的手脚一般。洋贵姐本名赵发贵。她的父亲赵长玉为她起名时想了三天三夜，直到"三朝"这天，才最终敲定"赵发贵"这个名字。"发"字是按家族排行来表明辈分的；选用"贵"而非"桂"，是希望她长大后能过上富贵的生活；名字男性化，则暗含了招弟引弟的寓意。在那个年代，人们常常把火柴称为"洋火"，煤油称为"洋油"，就连搪瓷盆、搪瓷缸也分别叫"洋瓷盆""洋瓷缸"……赵长玉寻思，凡带"洋"字的东西都是贵重物品，如果用作人名，必定不同一般。于是，赵长玉从赵发贵小时候就称呼她为"洋贵姐"，这个名字叫了她一生。洋贵姐一米五六的个头，在一般人中间也算得上是矮的了。可她给人的印象总是那么深刻，让人难以忘怀的是她黑里透红、略显清瘦的脸上总是刻有思索的痕迹。洋贵姐的脚是用缠脚布裹过来的，"三寸金莲"尖尖翘，细瘦如锥。一双"纤妙说应难"的小脚，走路时永远不快不慢，承载着难以想象的生活重担。她每天总是系着卡其布的围裙，忙得像一只旋转的陀螺，没有片刻的安宁。

洋贵姐把门打开一半，望着无边无际的积雪和被寒风卷起的雪花，又急忙把门关上，露出二指宽的门缝，这样屋里不会那么冷。洋贵姐回头拿起月锄走到院子，弓着小蛮腰，两只小脚一前一后，不停地铲扫着门前的积雪，时间不长，她的头上冒出热腾腾的蒸气。她抖抖身上的雪，转身把门打开，又迅速把门掩上，她将手中的月锄顺手放归原处，碎步走向厢房。

厢房与堂屋一墙之隔，约有四十平方米。厢房门靠后山南侧，门前两步远的地方摆放着一架板梯通往楼上，板梯下面堆满七零八落的杂物。厢房北侧距圈栏南墙五米有余，北侧的土墙上露出宽约一米、高约一米五的木窗。木窗上下窗檐，均匀地用圆木栅相连。窗边摆放着一张陈旧、歪歪垮垮的木床，木床是长玉和大妈睡觉的地方。

洋贵姐边走边喊："四妹子，你们快点起床。发香把猪都喂了，你们还在挺尸，哪来的这么多瞌睡。"

随着喊声，洋贵姐已经站到板梯一半的地方了，她伸着头，向几个妹妹睡觉的地方望去，嘴里不停地嘀咕道："真是几个懒生蝗。"

厢房楼上，铺着参差不齐的楼板。梯口对面，堆放着小山般的黄豆叶。黄豆叶上面睡着一只懒洋洋的小黄猫，猫鼻下面长着一张三角嘴，嘴的两边留着一对八字胡，圆圆的眼睛眸子发灰，有种上了年纪的人褪尽光泽而暗淡的眼神。屋顶檩条上钉满了方钉，方钉上面挂着一串串黄灿灿的玉米坨，为防止老鼠偷食，玉米坨上挂满杉树枝条。楼上东北角，几个半人高的旧木桶，上沿和底部被老鼠啃得残缺不齐，里面盛着不多的小麦、玉米、豌豆。

楼上东南角，是几个妹妹睡觉的地方。她们在楼板铺上稻草，稻草上垫着破烂不堪的床单，棉絮被包裹在七零八落的网线中。洋贵姐的脚步声越来越近，四妹子扯起破烂不堪的被子捂在头上。

四妹子是家里最小的妹妹，在几个姐姐中，她最喜欢的是二姐和发香姐，最不喜欢的是洋贵姐。她觉得大姐过于严厉苛刻。“这个祖公佬儿，硬是不消停一下。”四妹子躲在被子里愤愤地埋怨道。

“你们再不起来，我去提一桶凉水，泼哒冻死你们。”洋贵姐一边说一边匆匆下了楼。听见大姐“咚、咚、咚……”的脚步声，几个妹妹迅速地穿着衣服，牢骚满腹地说：“这个鬼天气，真是冷死人。”

楼下灶屋，水缸里结着一层厚厚的冰，洋贵姐用菜刀刀背击打着冰面：“真是硬，手震得生疼。”随着菜刀上下挥舞，冰块终于散落开来，像给缸面铺上一层闪闪发亮的碎银。她拿着葫芦瓢，往锅里和鼎罐中添了些水。

“三妹子，你快点把火坑里的疙瘩烧燃，再把锅里的水烧开。”

“行，我马上来。”三妹子一边扣着上衣的扣子，一边从楼梯往下走。她对大姐有着一种敬畏之情，她非常尊重大姐的权威，大姐的命令让她不敢怠慢。

“二妹子，你把竹梯拿来，到苕窖里去捡一撮箕苕上来，煮哒吃。”

“好的，我来了！”二妹子感到大姐就像一个石磨，每天不停地转动着，从来没有歇息过。她感激大姐的勤奋和对家庭的贡献。同时，她也感到巨大的压力，家庭的困境和洋贵姐的严格要求，让二妹子有些喘不过气来。

苕窖在堂屋的正中央，长宽约一米五，离地两米多深，冬暖夏凉，是储藏红薯和土豆的地方。

“四妹子，你捡一些土豆过来，在木盆里洗干净。”洋贵姐自己不停地做着事，同时，又不停地安排几个妹妹做这做那。几个姊妹在洋贵姐的使唤下，忙得团团转，稍有不慎，大姐吼吼三声，没有一点好脸色。

四妹子想到冰天雪地的，大姐让自己用冷水洗土豆，极不情愿：“你真会安排，冷飕飕的，你怎么不洗土豆，真是个精角儿。”她懒洋洋地去苕窖捡起一些土豆。

“你怎么只知道吃，不知道做，犟丈瘟。”洋贵姐不耐烦地夺过四妹子撮箕里的土豆，砰的一声，把土豆倒进木盆里。她从墙边将打杵子丢入木盆中，急促地用打杵子推搡着土豆，污泥瞬间脱落。“这吃什么亏？一会儿不就洗好了？”洋贵姐斜眼望着四妹子，将打杵子递给她，说，“就这样洗。”

灶屋里三妹子喊：“大姐，锅里的水开了。”

洋贵姐回应道：“早上煮洋芋吃，你把洗好的洋芋放到鼎罐里煮，锅里的水让伯伯和大妈洗脸，天寒地冻的，洗脸水不要抛洒，留着煮猪食。”

四妹子听见大姐说“早上煮洋芋吃”，埋怨道：“又吃洋芋，连红苕都舍不得煮两个，吃得要吐。”这些天，他们没吃什么主粮，也没有什么主粮可以吃。

“下这么大的雪，又没有什么事做，吃那么饱干什么？粮食留到做农活的时候吃。”洋贵姐把日子拧得紧巴巴的。

今天，赵长玉起床后，身着一件破烂不堪的旧衣服，罩着“左右转”的青色裤子，拖着病恹恹的身子，拿着一根黑不溜秋的毛巾，在木盆里沾上温水，洗脸擦手。他身材矮小瘦弱，猪肝色的脸上，眼窝深陷，嘴唇倔强地紧抿着，一头乱蓬蓬的头发长满了虱子，成堆打结，额发在眼前飘摇，半掩着那双胆怯不安的眼睛，内心隐藏着一言难尽的痛苦和愁绪。

洋贵姐走过来对赵长玉说：“伯伯，今天早上我们吃煮洋芋，我给您做一点苞谷面糊糊。您的药熬好了。”家里没有钱，请不起医生，洋贵姐道听途说弄来枇杷叶、苦杏仁、桔梗、半夏和贝母等，熬了一罐药汤，给伯伯润肺化痰、止咳平喘。

赵长玉感激地点了点头：“好，难为你。”长玉对大姑娘充满了感激和尊重。面对自己的疾病和家庭的困境，大姑娘的照顾和努力让他感到安慰。尽管自己身体状况不佳，但他仍然尽力维持家庭的尊严与和谐。

洋贵姐双手把半碗药汤递给伯伯后，从灶屋里拿着菜刀，走到厢房二楼，在木桶里切了板栗大小的一块猪板油。三妹子烧着灶火，灶屋里被柴火的红光晕染，炊烟在屋外袅绕。洋贵姐用锅铲把那一丁点猪板油在锅里擦了又擦，发出吱吱的声音，一瓢水倒下，水面顿时漂浮些许油珠。锅底的水渐渐热了起来，开始是悄无声息的温暖，继而渐渐翻滚，洋贵姐将两把苞谷面和青菜末倒入锅里，浓浓的香味一涌而出。

“二妹子，你把两碗苞谷面糊糊给伯伯和大妈端去，我们吃洋芋。”

“四妹子，你去把鸡笼的鸡放了，它们等着出来。”

“三妹子，你吃饭后，剁猪叶、煮猪食，猪也饿了。”

几个妹妹在洋贵姐的带领下忙得不亦乐乎。在洋贵姐眼睛里，吃没吃饱饭是一回事，做不做事是另外一回事。大家不能因为没有吃饱就不做事，那样下去，大家只会越来越吃不饱饭。所以，洋贵姐经常对几个妹妹讲：“天上不会掉馅饼，大家勤快一点，把事做好才有饭吃。”

四妹子对大姐是既爱又恨：“大妖精重三叠四地说这些话，我听得耳朵里都要起茧子了。”四妹子的话也只敢在洋贵姐不在场时说，她知道大姐听到后，自己的麻烦就大了。所以她每次说这些话时，都要左顾右盼地看看大姐在没在。大姐不在，发下牢骚快活一下嘴。大姐在的话，那就先忍住，等她走了再说。

不管几个妹妹有没有意见，做事第一、吃饭第二在赵长玉家里基本上形成了习惯。后来，几姊妹起床后，不需要洋贵姐一一安排了，大家都知道自己应该做些什么事。再后来，金竹园的人说，长玉的几个丫头被洋贵姐训练出来了，做起事来风风火火，没有一个偷懒的。很多年轻晚辈托人提亲，除看好洋贵姐几个妹妹的美貌外，更看重的是她们做起事来都是一把好手。可惜的是，他们的愿望都落空，因为洋贵姐和二妹子、三妹子都找的张姓匠人，在洋贵姐心中，“匠人”是巨大的资源，加上这些“匠人”都姓张，这个资源更大。

洋贵姐的家在金竹园银大路旁。金竹园历史悠久，源远流长。据明万历十五年（1587 年）《银东县县志》记载，金竹园位于长江巫峡口畔银东县城后山高峰中段，坐落在银东县城往大州方向的必经之路上。这里的金竹满山遍野，地势空旷，二百多户人家散落在阴坡和阳坡山坳间，赵姓居多，外姓较少，有善良淳朴的九百多人口。赵姓基本上是原住民，外姓多为逃难或“骡马帮”后裔。这里山脉连绵起伏，重重叠叠，百年古树，遮天蔽日，灌木丛郁郁葱葱。满山遍野的金竹或屋角或田边，箨微隆起，那嫩黄色的竹竿上，每节枝叶处都天生一道碧绿色的浅沟，位置节节交错。一眼望去，如根根金条上镶嵌着块块碧玉，清雅可爱。虽然后山土地瘠薄，但那金竹生命力顽强，经年累月不断向周边扩展，越长越茂盛，远远望去就只有金竹林而没有山了。

赵伟义的家是一座古朴的口字形庭院，静静地伫立在岁月的长河中。土坯砌成的墙体，见证了家族的兴衰与变迁。

庭院中央，铺就天井的条石，整齐划一地排列，展现出一种古朴而典雅的美感。经过长时间的风吹雨打，条石表面逐渐变得粗糙，裂缝和凹痕越来越多，映射出家族成员承受的生活压力。

庭院左侧上边住着大儿子赵长玉和他的四个姑娘，屋内坑坑洼洼、陈设简陋。堂屋内摆设着一张破旧不堪的饭桌和四条柏木长凳，一条长凳瘸了一只腿，斜靠在饭桌旁，挖锄、撮箕、蓑衣等农具散落在门旮旯里。灶屋里有用板石立起的水缸，用石头和泥巴糊成的灶台上嵌放着锈迹斑斑的铁锅，没有一点食油的痕迹。灶头摆放着一包还剩有几根的“洋火”，锅的上端漆黑的土墙上挂着两把竹刷子，灶边柴薪零乱一团。赵长玉一家的居所简陋质朴，坑坑洼洼的地面、破旧的饭桌、瘸腿的长凳，无不展示着生活的艰辛。农具散落，灶台上锈迹斑斑的铁锅，无声地诉说着岁月的无情。

庭院左侧下边，圈栏内骡马的嘶鸣与猪畜的哼叫，交织成一曲乡村生活的交响乐。

庭院右侧上边住着赵伟义和他的幺儿子赵长昆一家，相对于左边房屋大了许多，地面用石灰、谷壳加黄泥搅拌铺设找平，屋内家私和农具样式齐全，特别亮眼的是三副马鞍挂在墙上，一根细长的金竹马鞭，尖头上系着红缨，霸气地立在门边。相比之下，赵伟义与幺儿子赵长昆的居所，显得宽敞明亮。

庭院右侧下边住着二儿子赵长久一家，他家的大门正对着牲畜圈栏。三兄弟房子这样安排是有道理的，老大赵长玉的房子离牲畜圈栏近，二儿子赵长久的房子大门正对着牲畜圈栏，农村认为晦气多，风水也不好。幺儿子赵长昆的房子离牲畜圈栏相对远一些，风水自然好多了。三兄弟的居所，按照风水与家族的期望精心布局。这种布局，不仅反映了家族对后代的期望，也透露出农村社会对性别与继承的传统观念。不然的话，长昆他怎么总生儿子，两个哥哥总生姑娘呢？

庭院底侧，“礓礤子”路蜿蜒而下，连接着外界的银大路，是家族与世界沟通的桥梁。

赵伟义的三个儿子，大儿子赵长玉和二儿子赵长久为周氏所生。周氏去世后，他又续弦任联珍，生了幺儿子赵长昆。长玉、长久既同爹也同妈，按照金竹园的说法，他们两兄弟是同天共地。而长玉、长久和弟弟长昆只同爹不同妈，同天不共地。兄弟间同天共地与同天不共地的基因天壤之别。

赵伟义从内心里喜欢长子赵长玉，原来他准备跟着赵长玉养老，他的堂客任联珍却不这么看。任联珍比赵伟义小十一岁，她平时最骄傲的是给赵伟义生了一个幺儿子。幺儿子很争气，一口气生了赵发盛、赵发茂和赵发奎三个男孙，那可是响当当拿得出手的“物件”。任联珍说这辈子一定要和幺儿子过，赵伟义拿她也没有办法，平时大事小事基本上都是任联珍做主，加上她小自己十多岁，好多事情只能是“睁一只眼闭一只眼”。在养老的问题上，任联珍的理由是赵长昆是自己生的，不跟自己亲生儿子过，去跟别人生的儿子过，不受待见。再说老大生了四个姑娘，老二生了两个姑娘，只有自己的三个孙子全部是带“把”的，老大、老二的姑娘出嫁了，他们老了自己都无着落，哪有心思管他们。老幺这边好歹生的是几个“儿娃子”，除了延续香火，还可以帮赵长昆养着自己。

任联珍以她特有的方式，影响着家族的未来。她以幺儿子赵长昆生的儿子为傲，对家族的未来做好了自己的规划，她的坚持，无疑给赵伟义的决策带来挑战。赵伟义也觉得任联珍的话有些道理，作为家族的长者，面对家族的未来与养老的问题，他陷入了深深的思索。

任联珍说长玉、长久的几个姑娘出嫁后，他们没有人养老了。堂客的一席话，让赵伟义寝食难安。今后老大、老二两兄弟谁给他们养老？这是个大问题。我这个当爹的管不管？管，自己的精力不够；不管，他又觉得放心不下。他在管与不管中徘徊。他想过去想过来，觉得老大、老二的生养死葬要有着落才行，也算了却一桩心事，即使自己百年归世，去了阴间，瞌睡也睡得安稳些。他下决心，自己还是要管。毕竟老大、老二都是自己的骨肉。他拖着久病的身子说：“这个事要从长计议。”他在心里盘算，怎么解决老大、老二两兄弟养老的事。

赵伟义还躺在乌漆麻黑的床上，两条哆里哆嗦的弯腿，像弱不禁风的干树枝。老人的颧骨很高，头发乱蓬蓬的，茅草似的长发枯萎泛白，好像从来没有梳理过。瘦小的身体支撑着一个大大的脑袋，脖颈上有些深深的皱纹，身上一切都显得古老而陈旧。他眯着一双不认输的眼睛，像是在想些什么。他想起半个月前幺儿子长昆和长孙发盛，赶着骡子从茅田回来，给他带的一壶玉露炒青。那炒青茶，叶片肥大，二开茶汤浓酽，清苦的茶汁幽香四溢，饮后舌本回甘，余味无穷。也就是这一天，他们父子俩坐在火坑旁，火坑用丈许土砖砌成，里面盛满烧过的木灰，木灰上放着一个大树疙瘩，旁边架着一些干树枝，树枝吐着火苗吱吱地燃烧着。树蔸上面一根铁环从楼户上吊下，紫颜色的铜冠攀附在铁环上，铁环上嵌放着一个小手柄，压放手柄，铜冠就可以自由上升和下降。烧水时，铜冠离火苗可以近一点。装水时，铜冠离火苗可以远一点。火坑也是赵伟义家熏烤腊肉的地方，每到冬腊时节，他家便将年猪肉每三到五斤分成一长块，用温盐抹匀，肉皮朝下放入盆中摆放整齐，三五天翻一次。十天后，沥干水分挂到火坑上方，用松柏枝加核桃壳、花生壳、橘子皮等柴草料进行熏烤，待肉变得棕红时，供全家食用。

赵伟义父子俩时不时用火钳翻滚着埋在火炭灰里的红薯，拍打着红薯上的草木灰，烤熟后原本黄色的衣服变成紫色。他俩慢悠悠地剥开红薯紫色的外衣，露出金黄色的肉。熟透的红薯，棕红色的糖汁都流出来了，稀软甘甜。

赵伟义面无人色，弱不胜衣。他轻轻地咬了一口，抿了抿嘴，声音细小："好久没吃这么好吃的红薯了。"脸上显露出一副满意的样子。

赵长昆回应："确实好吃，天天有红薯吃就好了。"

赵长昆个子中等，面颊干瘦，脸上凹凸不平，眼睛似鹰，不时上扬翻白，嘴角不知不觉地微翘。他一边拍打着烫人的红薯，一边心不在焉地应承着父亲的话，眼睛不时小心翼翼地瞟着父亲，心里总感觉有一件事没有落下。

他们品着炒青茶，互相揣摩着对方的心事，细声地说着话。

赵长昆试探性地问："伯伯，您的身体现在越来越差，您和老大、老二养老的事是不是该拿个主意，做个了断，长期拖下去不是个事。"

"拿什么主意？"赵伟义心里知道老幺在算计老大和老二的土地，他装出一副不知道的样子，用火钳在火坑里夹出一个红薯，放在火坑沿上。

他们的脸被坑火烤得通红，嘴角还残留着一丝红薯。火坑中的红薯、炒青茶的香气，成为这场家族土地博弈的背景。

"老大、老二的姑娘已经长大，总不能老待在家里不嫁人吧？"赵长昆一板一眼，说得很慢，他好像在为两个哥哥考虑，而不是在说自己的事情。

赵伟义见老幺冒出了事尖，顺着老幺说："几个丫头待在家里，确实不是一个事。前几天，双坪那边来人催婚，大妹子不嫁出去，二妹子、发香她们的婚事都不好办，再说向家姐那边不好交代，我们也得罪不起。"

向家姐是双坪人，知书达礼，人长得十分漂亮。向家姐的奶奶与洋贵姐未婚夫张全祚的曾祖父是堂兄妹，从辈分上讲，洋贵姐应该叫向家姐"姑妈"。向家姐嫁给了中元子的大户人家王建华，王建华在当地是有头有面的人物。赵伟义说对向家姐不好交代，他知道王建华有权有势，怕把他得罪了不会有好果子吃。

"时间太久，几个姑娘都变成了老姑娘，嫁人都困难，别人会看笑话。发盛他们也慢慢省事，现在该嫁的嫁，该娶的娶，不然就乱了套。"赵长昆从墙边拿出长烟袋，低着头，双手熟练地卷着叶子烟，时不时地看着旁边的父亲，不知道父亲到底在想什么，他的脸上显得十分焦急。

赵伟义觉得老幺今天有点逼宫的味道。他想干脆把那层窗户纸捅开，把话说开。“你想把老大、老二的几个姑娘嫁出去，再把你的儿子过继给他们，是这样吧？”赵伟义抬头看了看赵长昆，接着从火坑里刨出一个红薯，拍了拍红薯上的灰，红薯在他两只手上跳来跳去，“真烫。”

赵长昆看着父亲点点头，他没有说话。

“老大、老二如果招上门女婿呢？”赵伟义对老幺的心思一目了然。长昆想把自己的儿子过继给老大和老二，得到土地和家产。赵伟义说养老还有招上门女婿的路，实质上是想帮助老大、老二争取一些筹码。这些年，老幺在外面跑得多，经商的东西学了不少，赵伟义心里透彻得很。

赵长昆听了父亲的话，先是一愣，他不知道父亲在给他下套子。“是呀，他们还有招上门女婿的这条路。”他摸摸头，略显失落地说，“老大那边只有四妹子没许人，招上门女婿也只能是四妹子。老二那边发香、发英说不好。”

“你怎么知道老大那边只有四妹子能招女婿呢？要我看哪，六个姑娘都可能招上门女婿，也可能都不招上门女婿，远嫁高飞。”赵伟义吃准幺儿子的心理，他知道幺儿子最怕的是老大和老二的六个姑娘都招上门女婿。那时，人热闹了许多，田地和家产却没得到一分。赵长昆要的是六个姑娘都嫁出去，名下的土地多起来。

“本来六个姑娘是嫁出去还是招上门女婿都是老大和老二的事情，但姑娘嫁出去和招上门女婿还是有区别。”赵长昆的话明显软了下来。

“有什么区别？”赵伟义知道长昆想说什么，他还是故意地问了一句。

“姑娘嫁出去后，留下来的土地和家产都还是姓赵，招上门女婿土地和家产都是外姓人的。”赵长昆说完后，心里忐忑不安，他知道这不足以打动朝夕不保的父亲，便又补充道，“老辈子置点土地家产也不容易。”长昆把老辈子搬出来，想让死人帮他说几句话，增加一些筹码。

赵伟义漫不经心回答：“招上门女婿，娃娃跟母亲姓。”他颤颤巍巍地把红薯放在火坑沿上，一点也不着急，红薯皮被他一点点剥落在地。

“三代后，姓要归宗。”赵长昆怕父亲忘记了一些老规矩，提醒自己的父亲。

“我知道这个规矩，三代人一百年，晓得那时又是什么世道？那时你我的骨头都打得鼓，不要想得太多，我们管不了那么多。”赵伟义故意吊着赵长昆的胃口，他不是不想把土地留在赵姓名下，但作为父亲，他总不能把好事让老幺一个占全，老大、老二毕竟也是自己的亲生骨肉，他不能对不起原配堂客。

赵长昆静静地沉思，不时上扬翻白的眼睛上，两条愁云紧锁，灰色的眉毛更加紧蹙。他大口大口地吸着烟袋，嘴边吐出的烟圈，一圈一圈袅袅升起。赵伟义慢慢地喝着浓酽的炒青茶，内心翻江倒海，思潮如涌，表面都是运筹帷幄、决胜千里的镇定与沉着。

“有些事说起来轻巧，办起来难。这些年来，大家各顾各的。你长年累月赶着骡马闯东走西，家里的事也顾不过来。发盛他们几兄弟还小，老大是个‘憨包儿’，经常被官府拉去当夫，不是去四川就是去云南，一去就是半年多，回来了也是个病秧子，家里的事也做不了什么指望。现在快到腊月间了，说这些不高兴的事不是时候，大家安安心心地过了年再说。”赵伟义知道幺儿子的性格，不把他凉透，问题不好解决。

赵长昆有些急：“伯伯，您今后生养死葬还得指望我和发盛他们几兄弟，老大和老二指望不上。”他把这两句话故意说得很重。

赵伟义听出老幺带有恐吓的话，他一生这样的场面见得多。在养老的事情上，他退一步，长昆就会进两步，手上没有筹码，老大和老二会困难许多。想到这里，赵伟义感到退对老大老二来说将是万丈深渊。在分地的问题上，自己已经偏心，他觉得对不住老大老二和六个孙女，现在再退下去，亏欠老大老二太多，自己会死不安神。“发盛他们过继的事不是一个小事情，还需要好好想一想，也不急这几天。”赵伟义毫无表情，不紧不慢地拿捏。

火坑旁，赵伟义与赵长昆父子俩的对话，充满了暗示与试探。长昆的心思，伟义的顾虑，都在这简单的对话中展露无遗。

长玉一家人的早餐十分简单，土豆和红薯在铁锅中焖煮，散发出淡淡的香气。吃过早饭已是巳时。他们每天吃两顿饭，以土豆、红薯来填饱肚子。深冬季节，没有多少农活可做，吃多了是白吃。

洋贵姐吃过早饭，想起德麻子开栈房的事，她收拾一下自己，走到门口后又折身回来，从椅子上拿起围裙系在腰部，她自言自语：“这样暖和得多。”说完便迈着脚步往德麻子家走去，她知道这可能是一个改变生活的机会。

她走出家门，银大路的景象映入眼帘，这是一条见证了无数“背脚子”的汗水与艰辛的路。道路两旁的树木，被雪压得弯下了腰，枝丫上挂满冰凌，晶莹剔透，像是大自然给予的装饰品。偶尔，一只不知名的鸟儿飞过，惊动了树枝上的积雪，雪块簌簌落下，发出沙沙的响声。洋贵姐小心翼翼地踏着积雪，每一步都显得格外沉重，她的心中既有对未知的期待，也有对寒冷的畏惧。

德麻子家紧挨着银大路。银大路宽两米有余，全部是“礓礤子”，它们从银东县城马鹿口出发，手挽着手，肩扛着肩，簇拥着，铺展着，静悄悄地穿行在阳光、细雨、浓雾、冰雪之中。“礓礤子”路时而平直延伸，时而陡峭紧凑，蜿蜒曲折。“背脚子”走不了几步，就一声大似一声地喘息，热得汗流浃背，晶莹的汗水如同雨水般不停地滴落，脏黑的脖子上印满汗渍。那青色的条石，虽然经历过岁月的风雨、“背脚子”的践踏，最初的棱角已经被川流不息的草鞋打磨得光滑细腻圆润，泛着微微的光泽。“礓礤子”路盘旋在马鹿池、青树包、樟树坪、茅田、龙坪等地，好像一条蜿蜒的长蛇，从那里经过，在那里停留，又从那里离开，通向那未知的属于自己的那个地方，把迷人的风光镶嵌在一百八十公里外的大州府。

雪越下越大，一坨一坨地砸向金竹园，覆盖了整个村庄。寒风吹着口哨，呼呼作响，跑得越发急了起来。地上的雪被寒风卷起，像挂起了一块块帷幔，将整个金竹园染成白茫茫的世界，像阳光一样刺眼。

赵长玉望着洋贵姐往银大路方向走去，从火坑边的椅子上慢慢站了起来。他走到门口，望着洋贵姐的背影渐渐远去，心中充满了关切。“四妹子，你大姐干什么去了？”赵长玉关心地问道。

四妹子没好声地回答：“晓得她干什么，她一天尽是些稀奇板眼。”四妹子的话语中带着一丝不满。

这时，二妹子站出来帮着大姐说：“四妹子你不要瞎说，大姐肯定有事，不然的话，谁愿意在这冰天雪地里到处跑。”二妹子知道大姐一天不容易。

一夜的暴雪将银大路参差不齐的“礓礤子”覆盖得不见踪影，“礓礤子”上的雪还没有留下新鲜的脚印，连狗、猫、鸡等动物的脚印都没有，它们大概也知道昨晚下了大雪，能多睡一会儿就多睡一会儿。

洋贵姐深一脚浅一脚地沿着银大路向西南方向德麻子家艰难地走去。每一脚下去都留着深深的鞋印，有些地方雪甚至没过了小腿，更让人难堪的是雪的堆砌让人不知道“礓礤子”路石阶的高低了。洋贵姐凭着记忆，眼睛里只有模糊的石阶高低。德麻子的家与赵长玉的家相隔不远，沿银大路不过二百米，洋贵姐摔了三跤，她浑身沾满雪粒。

好像过了很久，洋贵姐到达德麻子家时，已是满身风雪。德麻子家的大门敞开着，门沿上还积着厚厚的雪花，仿佛在欢迎她的到来。她拍打着身上的雪粒，整理了一下围裙，拢了拢头发，然后深吸了一口气，对着门内喊：“德香起来了吗？”洋贵姐的声音在寒冷的空气中回荡，打破了雪后的宁静。

德香就是德麻子，德香本姓龙，名德香。她三四岁时，父母相继离她而去，迎面是无尽的黑暗，周围的一切仿佛都要把她吞噬掉。她只能与外婆相依为命，常常感到孤独无助，没有人为她遮风挡雨。每当她看到别人和父母亲密的场景，她都会感到酸楚。后来，她来到金竹园，嫁给了赵发国。平时大家喊“德麻子”喊习惯了，也就没有多少人喊龙德香或德香，特别是她不在场的时候，大家就更加放肆地喊她德麻子。

德香脸上的麻子并不见形，两颗绿豆大小的麻子分别长在两边嘴角的左右，不仔细看，还以为挂着两个小酒窝呢。德麻子身材修长，一副鹅蛋脸，弯弯的眉毛下闪着一双黑色的大眼，加上不经意看上去的酒窝，也算韵味十足。

德麻子嫁给赵发国不到一个月，赵发国砍柴坠崖身亡，德麻子得到这个噩耗，大脑一片空白。她心惊胆寒，冷汗直流。就连平时看来很温暖的东西，好像也变成了魔鬼，狞笑着。

赵发国的不幸去世让德麻子陷入了困境，金竹园开始传言她有克夫之命。有人说：“结婚不到一个月，死了丈夫，德麻子是个克夫的命。”有人说：“你看她平时穿着打扮，妖里妖气的，就知道她不是个什么好东西，什么德香，德臭还差不多。”好像赵发国的死就是德麻子的问题。这些谣言让她的生活充满了非议和忧虑。

德麻子没有和人去争辩，她也不知道和谁去争辩。总之，金竹园没有几个人说德麻子好，她好像就是金竹园克夫的魔鬼，大家很少和她来往，特别是那些男人们更不敢招惹她，生怕惹火烧身，把自己克掉。穿行在银大路上的“背脚子”们倒是不怕，他们压根不知道德麻子克夫。德麻子的俏丽风骚也撩拨着这些在外男人的荷尔蒙，让他们躁动不安，难以安分守己。

德麻子在灶屋里听到外面有人喊她，不知大雪天有谁来找她，连忙放下火钳跑了出来。“是洋贵姐。”德麻子叫了一声洋贵姐。金竹园一带都管长玉的大姑娘叫洋贵姐，大家都叫习惯了，尽管她比洋贵姐大一点，但德麻子还是叫她姐。

洋贵姐见德麻子从灶屋里走了出来：“你好早，歇客呐？”洋贵姐问道。

洋贵姐的出现，为这个冰冷的冬日带来一丝温暖。她的脸上带着微笑，尽管生活的艰辛让她的容颜略显憔悴，但她的眼神中依然闪烁着对生活的热爱和对未来的希望。

“你还早些！歇客了，歇了龙坪那边来的三个客，这不，我正在给他们烧洗脸水嘛。”德麻子兴奋不已，平时没有人来，大雪天的居然还有人来问这问那。

“有人歇就好，有钱挣。”洋贵姐望着屋内说。

“是呀，有人歇就有钱挣，这么大的雪，这回他们要住上几天了。”德麻子望着满地积雪充满感激之情。

“也是，这么厚的雪，人空手走都困难，背着东西根本走不动。你看我，刚才都摔了三跤。”洋贵姐附和道，她生怕把摔了跤的事说掉。

“外面冷，你进来坐一坐，我灶坑里有火。”德麻子侧着身子，给洋贵姐让出一个道。

洋贵姐要的就是这句话：“好，进屋烤烤火，聊聊天，下雪没有什么事做。”洋贵姐说下雪没有事做是假话，她来这里就是做事，而且是想做一件大事。她一边抖了抖身上的雪粒，一边迈过门槛向德麻子灶坑走去。

一进门，洋贵姐看见堂屋墙边靠着三背山货，一个背子上面是两捆棕板拉的丝，有八十来斤。另外两个背子上面装着椭圆形的大木桶，木桶是用杉木扣成的，桶的上面写着“茅坝漆（120 斤）”几个字。洋贵姐从背的山货一看，知道住栈的客人是两个大人和一个小孩。刚要走到火坑旁，只见两个男人披着衣服，手里提着袜子从楼梯口走下来。板梯承受着两个男人的重量，发出吱呀吱呀的响声，随着响声结束，他俩来火坑旁坐下。

“哦，是两位大哥，好久没看见你们来了。”洋贵姐比较熟悉这两位大哥，他俩都是汇元县龙坪人，高一点的叫谭德厚；矮一点的叫谭德耀，平时大家称他“智夫子”，两个人同属一个祠堂。从辈分上讲，智夫子和谭德厚是一辈人，还有一个在睡觉的后生叫刘继会，是智夫子的外侄。

智夫子个头中等，长着一张坏坏的笑脸。他读过几年私塾，小时候跟随父母“背脚”。前几年，他讨过一个堂客，也不知道堂客得了什么病，不到三个月的时间就死掉了。家里没有了女人，智夫子居无定所，颠簸在银大路上。

智夫子听到洋贵姐的话后，两道浓浓的眉毛泛起柔柔的涟漪，好像一直都带着笑意，平易多情。“哈哈，你是洋贵姐吧，听德香说，金竹园你是第一勤快的女人。”智夫子把“德香”两个字说得很亲热，好像就是自己的堂客一般。可是“女人”二字刚出口，智夫子又感觉说得有些不妥，洋贵姐还没结婚，怎么能叫“女人”，他连忙补充道：“应该是金竹园最勤快的小女子。”智夫子轻抿嘴唇，说完打了两个响哈哈。

德麻子在旁边见智夫子眉飞色舞，有些听不下去，她说：“什么女人、小女子，还不都是母的，又不是公的。”

德麻子是经历过许多苦难的女人，赵发国去世后，她一直独自生活。她对智夫子有一种特殊的感情，尽管她表面上对智夫子的调侃显得有些羞涩和不悦，但实际上她对智夫子的关心和帮助感到温暖。

智夫子见德麻子吃了醋，较真起来："结过婚的才是女人，洋贵姐是小女子。"智夫子本来想说："你结过婚，是女人。"但转头一想，感觉不大妥当，话到嘴边又把"你"字去掉。智夫子说完这句话，还在兴头上，他望着坐在火坑对面的洋贵姐说："小女子，是不是的？"

洋贵姐点点头，她从智夫子那里学到了一点东西，原来没结婚的女孩叫小女子，结婚了的女孩叫女人。我们家二妹子、三妹子、四妹子加上二叔家发香、发英不就有六个小女子。

"你们一个月跑几趟码头？"洋贵姐想起到这里来的正经事，望着智夫子和谭德厚问道。

智夫子把烤的袜子翻了一个面，柴火噼里啪啦地炸个不停，火苗升得老高。"我们三个人平均每个月跑三趟，一年跑三十趟左右。"智夫子回答。

谭德厚补充说："这也不一定，下雨下雪天多，跑得没有这么多，主要看天气凑不凑趣。好歹山货背不完，再说我们那里的人也要吃盐、穿衣。你不去背，别人也会去，总有人去背。"

洋贵姐搓了搓手，清瘦的脸庞逐渐润红起来，额头上冒出丝丝汗珠。她解开系在腰间的围裙，没有了先前的窘境。她感叹道："你们那里经济条件差，靠背脚挣点力钱不容易。"

"确实不容易，沿途一个人不敢走，怕'棒老二'(指抢犯)。三个人要吃要住，吃的基本上是自己带的，你总不能把床铺也带上吧，住一晚店，一人三文钱，我们三个人便宜些，一起也要八文钱，还不管饭。住的铺能睡个觉，有个尿壶就行了。"谭德厚是一个实际而稳重的人，知道背脚的艰辛，他把背夫的衣食住行说得透彻，很心酸。

火坑里的火越烧越旺，整个屋子气温爬升许多。智夫子和谭德厚的袜子挂在火坑旁边的树枝上，火坑的热量不停地传递到袜子上面，袜子冒着浓浓的白气，散发着一股难闻的脚臭味。

洋贵姐坐不住，准备起身走，德麻子见状拦住说："喝杯茶再走。"无奈，洋贵姐只好又坐下。

天过晌午，智夫子见德麻子还在往火坑里添着柴火，丝毫没有做饭吃的意思，他拍拍肚子："都饿成了爷爷肚子。"又轻声对德麻子说，"德香，给我们三人弄点吃的。”

还没等德麻子回应，谭德厚慢条斯理地说：“你昨天晚上不是消夜了吗？”

德麻子一听，脸上顿时升起红晕，不好意思地去拿脸盆打水。“你们快洗脸，洗脸后再说话。”一边说一边瞅了智夫子一眼，接着又瞅了谭德厚一眼。

洋贵姐没有听懂谭德厚说的话，心想：这冰天雪地的哪里会有消夜的地方，就是明月高挂，万里晴空，金竹园也没有消夜的地方。不一会儿，她突然明白了，原来消夜是男女之欢，难怪德香时不时地瞅智夫子一眼，他们之间还有这等见不得人的事情。

楼梯间又响起吱呀吱呀的声音，随着脚步声的临近，一个半大不小的小伙子埋怨开来：“舅舅，房里老鼠真多，半夜还在呀呀呀地叫个不停，吵得我睡不着。”刘继会是一个年轻的后生，他对成年人的世界不太了解，但他对周围的环境和发生的事情有着莫名其妙的好奇。

谭德厚用火钳拨弄着火坑里的柴火，他把柴火一根一根地交叉架住，火势越来越旺，黄红色的火苗舔着鼎罐，罐内沸水发出咕噜咕噜的响声，水汽和柴烟挤压在一起，拼命地向室外涌去。“是母老鼠叫的吧！”谭德厚头也不抬，开着玩笑。

“要我看呐，天晴后我俩回龙坪，你舅舅留到这里和你德舅妈一起过日子。”谭德厚半真半假地说。

智夫子听后，脸上挂不住。“你不要开黄腔，刘继会还小。”刘继会对谭德厚的玩笑感到困惑，同时他隐隐约约感到舅舅和德麻子关系确实不一般。

其实，每次只有刘继会和谭德厚背脚时，晚上谭德厚的房间里也会发出母老鼠的叫声，只是智夫子不知道。

火坑鼎罐旁，安放着一瓦罐，瓦罐是青泥烧制的。罐旁火苗舔着罐身，一罐药呈翻滚、趵突之势，盖沿上水汽突突，水珠四溅，药香挥发，浓烈醒神，奇香扑鼻，氤氲整间屋子。

洋贵姐闻到药香，好奇地转过头，关心地问坐在身旁的德麻子：“怎么，你病了？”

德麻子面含羞涩，鹅蛋脸在柴火的烘烤下渗出汗珠儿，仿佛一个沾着露水的熟透的苹果。她腼腆地将嘴对着洋贵姐的耳根，悄悄地说：“‘红马’来了，失血太多，补血调理一下。”

洋贵姐听后，不停地点着头，心想：德麻子还很会保养自己。她哪里知道，德麻子自从丈夫去世后，每次“红马”来后的第三天，她就开始熬些中药调理补血。

“人吃五谷，难免生病，病中抓药，煎煮需要时间，慢慢熬。”智夫子拿着袜子往脚上拢去，“药熬得差不多了，我帮你倒吧。”

德麻子忙制止道：“不用，我自己来。”

智夫子和谭德厚的出现，为早晨增添了几分活力。他们透露出对金竹园的熟悉和对彼此的了解，让洋贵姐对“背脚子”的生活有了更深的认识。

洋贵姐今天算是没白来，谭德厚揭开了德麻子和智夫子之间的秘密，德麻子和龙坪的智夫子早已好上，看来智夫子并不怕德麻子克夫。她意识到，尽管外界对德麻子有着种种偏见，但在金竹园，德麻子和智夫子找到了彼此的依靠。

现在，洋贵姐越发讨厌贫穷，对这样从来不去想做些什么，日复一日、年复一年僵尸般地活着深恶痛绝。她开始思考自己的生活和未来，她决定开栈房。在她心里开栈房并不是一件很难的事。这不仅是为了生计，更是为了追求一种新的生活方式。她知道仅有的一丝希望还需要集中心神去捕捉。这心神，它还必须强大、坚强和精确。强大到足以抵御流言蜚语，抵御世态炎凉；坚强到可以抗击人世间一切的暴风雨；精确到每一个选择它都会使你一点一点地接近希望，靠近黎明的曙光。如果不能够执着地从贫穷中捕捉到希望，那将是一件极其悲哀的事情。她决心在这个严酷的冬天中寻找属于伯伯、大妈、几个妹妹和自己的温暖和希望。

这趟货背完后，智夫子和德麻子走到了一起，他俩真的结婚了。后来，智夫子在金竹园干起了红白喜事的“知客事”，官府有事，他跑跑腿、当当邮差。

第二章

进入腊月，久违的太阳像个刚出门的新媳妇，姗姗来迟，羞答答地露出笑脸。太阳洒下光芒，照耀在茫茫的雪地上，照得眼睛发花。但射出的光却是暖暖的、柔柔的，如少女的手掌，拂过脸庞。冰雪在阳光的作用下开始融化，金竹上的积雪一块一块地坠落，金竹弯着的腰慢慢地直了起来。洋贵姐屋檐下剔透的“冰钩子”不停地消瘦下去。顺着房瓦、房檐开始淌水，滴在雪地上，把天井条石上的雪穿成一排排小洞，小洞不停地变大，无声地消失在阳光里。屋顶的亮瓦经过雪水的洗涤，变得清爽起来，屋内有了一丝光亮。

金竹园恢复了浮躁的旧貌。蹦跳不停的喜鹊，在树枝上叽叽喳喳地叫，仿佛这场雪从未来过一样。银大路上的雪被来来往往、川流不息的“背脚子”、商人和匆匆忙忙赶路的男女老少踩实、踩脏，可银大路两旁的雪依然是那样洁白，好像给银大路嵌上一道银边，显得更加明亮。

赵发崇赶着三只小白羊从家中的院落出发，踏上通往银大路的蜿蜒小径。他脚步轻快，伴随着口中哼唱的山歌。山歌曲调时而高亢，时而低沉，始终洋溢着一股子乡村的质朴和热情。他手中的打杵子在空中画出优雅的弧线，呵斥着走进田里的羊羔，提醒它们不要偏离预定的路线。他的歌声中气十足，唱得逮逮的。

门前一条河，
河里鱼儿多，
郎说用网打，
姐说用手捉。
…………

赵发崇是洋贵姐出了五服的隔房兄弟。他家有五兄弟，老大赵发山和老二赵发阳在县衙门弄了一个跑腿的差事，他俩很少在家。老四赵发猛十七八岁跟着舅舅学算命。他的舅舅读过几年私塾，对太极八卦略知一二，在当地小有名气。最小的弟弟赵发雄学了兽医，平时给猪、牛、马看看病，劁劁猪。老三赵发崇在家管管父母、种种地，他特别喜欢应付外族之劝输，内泯本家之咨怨，对扯皮拉筋的事无不踊跃乐从。这一大家人，生活比上不足，比下有余，在金竹园有一定的威信和影响力。

赵发崇穿着一双手工编织的满耳子草鞋，脚上套着一双深筒子白色山袜，山袜上裹缠着长长的裹带，双肩背着背叉，背叉后面挂着一把明晃晃的镰刀和钩绳，钩绳用棕丝搓制而成。三只小白羊的头上长着两只弯曲的犄角，尖尖的呈淡黑色，角上宽下窄，细毛像雪一样洁白，轻巧的小蹄子走起路来活蹦乱跳的，又肥又大的尾巴左右摇摆，感觉它们有用不完的劲，享受不完的快乐。

“发崇哥，你这是要去枣子树坪放羊砍柴吗？”发英望着全副武装的发崇站在路坎上向他打招呼，她的声音中带着一丝期待。

发英是二房赵长久的小姑娘。只见她落落大方，眉目清秀，一双美眸含情脉脉。琼鼻挺秀，香腮微晕，樱唇呵气若兰。声音清脆悦耳，带着一丝俏皮，看上一眼，就叫人记住了。

赵发崇抬起头，望着站在高处的发英：“英妹子，你跟哥哥去不去啊，我给你挖地荸荠吃。”话从发崇两片肥大的嘴唇里嵌着的整齐划一的黄牙中滚落出来。他知道英妹子只是出于礼貌，并不会跟着自己上山砍柴。如果真的跟着去了，那算是惹了一个大麻烦，你要帮她砍柴、捆柴，有时候还要帮她背柴回家，她坐在树荫下，打着各种各样的调子，最后她好像还吃了大亏，说：“下次不会再跟着你来砍柴。”

“吃几个荸荠就把我打发了，我才不跟你去呢。我不上山，狼把你吃掉，你连报信的人都没有一个。”发英一头秀发随风飞舞，声音清晰悦耳。她撒着娇，摆了摆手。

赵发崇仰起古铜色的苹果脸：“你一天乱说。有我在，狼敢来吗？我天不怕、地不怕，还怕狼？”赵发崇对狼不屑一顾，没有把狼当一回事。

“我才不上你的当呢，狼真的来了，你肯定跑得比兔子还快。”发英扭了扭身子，身体透着猴一般的灵动，手指在嘴角拨弄着，低眉垂眼，娇羞含笑。

“英妹子，兔子跑上坡才快，跑下坡喜欢摔跟头。狼来了你赶快往树上爬。”发崇双手上举，一上一下学着猴子爬树的动作。

“你真坏，你才是猴子呢。你招呼我让发山、发阳哥收拾你。”发英甩着秀发，瞟着发崇，胸前荡漾着一股青春活泼的气息。

“去不去随你，脚好歹长在你的腿上，我不可能把你捆着去。不去算了，我走了。”发崇摸着眼睛上粗粗的浓眉和浓眉下面浑厚的蒜头鼻，一副满不在乎的样子。他心里实在不想英妹子一起去，和她打嘴仗开开心可以，她真的跟到去，只有自己吃亏。他扬起打杵子，抖了抖身上的背叉，护拢着羊羔，扯起嗓子唱起山歌：

月亮落了不要追哟，
太阳升起发了威哟。
姐儿你要真高兴哟，
晚上咱俩喝一杯哟。

这些天，太阳天天露出红彤彤的脸庞，暖洋洋的。智夫子和德麻子结婚的消息像一枚重磅炸弹，在金竹园炸得沸沸扬扬。

洋贵姐去德麻子家的第三天，智夫子和德麻子在谭德厚的撮合下，走到了一起。智夫子做了几个菜，专程把洋贵姐请去，大家一起吃了个饭，喝了半瓶苞谷酒，苞谷酒是智夫子从龙坪背在背篓里没喝完的。他们一没拜天，二没拜地，三没有拜父母，面对面互相点了个头。说走到一起就走到一起了。洋贵姐算是金竹园唯一的见证人。当洋贵姐把德麻子和智夫子结婚的消息传出去时，谁也不相信他们俩真的结婚了。

天放晴后，智夫子每天从窝子里背水到德麻子家时，大家才相信，德麻子和智夫子真的结了婚。在金竹园没有结婚的少男少女眼睛里，原来结婚并不是一件困难的事情，只要两个人愿意，就能在一个锅里吃饭，躺在一个被窝里睡觉，一起生个娃娃。

当洋贵姐把这个消息告诉父亲时，赵长玉苦笑道：“智夫子耍了个滑头。”洋贵姐不解地望着父亲，赵长玉挪动了一下椅子，“他们俩肯定没拿结婚证，不能算是真正的夫妻，克不了夫，智夫子聪明。”

洋贵姐急着说：“他有，他把结婚证拿在手中说，‘这可是稀罕物件’。”

智夫子结婚留在金竹园，谭德厚的心里还是有一些失落感。特别是智夫子、德麻子结婚的当天晚上，睡在楼上的他们，房间里动静特别大，老鼠叫呀、呀、呀的声音越来越大，好不容易停歇了一个时辰，呀、呀、呀的声音又响起来，谭德厚被呀、呀、呀的声音折腾了一夜。

谭德厚这一夜没有合眼，他现在有些后悔昨天的撮合。智夫子和德麻子结婚，本身是他和智夫子商量好的，事成之后，智夫子在龙坪的田地归谭德厚所有，智夫子不花一分钱得到了德麻子的田地，还赚了个堂客。

刘继会站在门前，望着外面暖洋洋的太阳，心里却像被乌云笼罩。他一直对舅舅和德麻子的结合心存疑虑，总觉得这背后隐藏着什么不为人知的秘密。他知道舅舅是个精明的人，不会轻易做出对自己不利的事情。德麻子内心十分细腻，她对智夫子的喜欢，刘继会看在眼里，但他总觉得这份感情有些不真实。

智夫子和德麻子结婚后，如鱼得水，除每天晚上“消夜”快活外，白天这里串串门，那里走走。他本身就是在家里待不住的人，最怕刮风下雨，大雪天气他就更不喜欢。他觉得在外面走一走，可以露露脸，透透气。用他自己的话说：“整天待在家里，闭都闭嘶臭了。”没有几天时间，他把金竹园逛了个遍，好多人带着异样的目光看着他。

“哦，他就是智夫子。”

“他就是不怕德麻子克的那个人。”

他凭着三寸不烂之舌，讨得许多人的喜欢，每当他离开时，大家还有一些意犹未尽的感觉。“下次来玩，多玩一会儿，听你摆摆场。”

智夫子听后，心中无比高兴。“好、好、好。”他一边点着头，一边微笑地回答。

这一天，太阳慢慢偏西，散发着暖暖的温度。赵伟义拖着久病的身体，来到天井条石坎边，坐在木椅上，木椅并不结实，转弯接头处钻孔用竹销锁紧着。他身子右边的条石上放着一杯浓酽的炒青茶，茶杯里不停地向外散发着热气和香味，身子左边一根长烟杆紧靠着木椅垂于地面。他的双手显得粗糙而又笨重，左手拿着一根土烟叶子，右手慢慢地撕扯着叶子上的烟筋，再把抽了筋的叶子卷起来，放入烟斗窝中，从上衣胸前口袋里掏出一根“洋火”，哧的一声把火擦燃，火苗吻着烟叶，在赵伟义吧嗒、吧嗒不停地吸食下，一片片白色的烟雾，飘荡在头上。

他吸着烟，享受着烟熏的快感，时不时咳嗽得喘不过气来，直到咳出一口浓稠的黄痰，吐在地上。他慢慢地伸出穿着破布鞋的脚，用力摩擦几下，那口老痰留下一道道划痕。

银大路上，行人南来北往，办年货的人和“背脚子”多了起来。走顺脚路的人，他们看着脚下，走得匆匆忙忙，一步赶一步，打杵子在银大路上拖得叮叮当当地响，打杵子与“礓磜子”碰撞愈发激烈。逆势上行的人，头伸得老长，步子缓慢，打杵子半天才碰撞“礓磜子”一下，这种碰撞显得很沉重，自然没有心思顾及周边的事物。这些“背脚子”大多来自大州府所属地区，他们日复一日、年复一年把家乡的猪毛、棕丝、生漆和桐油等土特产背往银东县城陈家码头，又从银东港换回食盐、煤油等生活物资。

智夫子看见赵伟义坐在天井上抽烟喝茶，轻巧地踱步至他的身旁。智夫子的目光狡黠，嘴角挂着一抹戏谑的微笑。他轻轻蹲下，将手搭在赵伟义的肩膀上，声音里带着一丝调侃：“老丈人，您这是在奈何桥上走了一遭，还是刚从哪里回来？”智夫子的语气中带着一丝得意，他给赵伟义喊老丈人，好像赚得很多钱。

赵伟义眉头一皱，假装生气，嘴角却忍不住勾起一丝笑意：“你这个王八蛋，腊月腊时的，拿我开玩笑，小心我扇死你！坐。”他一边说着，一边指着身旁的木凳子，示意智夫子坐下。

智夫子也不客气，一屁股坐在凳子上，他的目光依旧带着探究：“没去奈何桥上走一走，怎么心事重重呢？”智夫子哪壶不开提哪壶，他的声音里带着一丝关切，似乎真的知道赵伟义的心事。

赵伟义的眼神中闪过一丝惊讶，他看着嬉皮笑脸的智夫子，反问道：“你倒是眼神真好，你怎么知道老子心事重重？”他的语气中带着一丝玩笑，并不介意智夫子的调侃。

智夫子微微一笑，看着赵伟义，说道：“我看老丈人抽着烟喝着茶，时不时叹着气，没有心事叹什么气？”他的声音里带着一丝玩笑。

赵伟义哈哈一笑，一边说一边把烟杆递给智夫子：“智夫子，把我的烟抽两口，这烟劲道还行。”

“好，我抽两口老丈人的烟。”智夫子一边说一边接过烟杆吧嗒起来。

自从上次赵伟义和长昆谈起“抱儿子”的事后，赵伟义就没有睡好一个觉，他表面上看起来风平浪静，内心却是波涛汹涌。他吃饭想的是老大、老二过继“抱儿子”，睡觉也在想老大、老二过继“抱儿子”，有时连上厕所也痴痴呆呆地蹬在茅坑上想老大和老二过继“抱儿子”的事。他整天思考的就是这个事从哪里下河、从哪里上坡的问题。有时候他明明心如刀割，却要灿烂地笑，明明很脆弱，却表现得很坚强。他一天天衰老下去，知道自己的时日不多，不需要这么痛苦。他感觉到自己的心脆弱得快承受不住，好想放下“抱儿子”这件事，就这样离开。他痛到崩溃，也不愿意接受自己的懦弱。

“智夫子，听说你也读过几句书，算是个文化人，我三个儿子，老大、老二生的都是姑娘，老幺生的都是儿子，现在几个孙娃子到了该嫁的嫁、该娶的娶的年纪，我现在年纪大了，趁我赖得活的时候，我想把老大、老二今后养老的事安排一下，到时请你帮忙写个东西。”

智夫子听见赵伟义说他有文化，心里乐滋滋的，有种飘飘然的感觉。他从来没有听人说过他是个文化人，赵伟义的几句话让他沾沾自喜，也有些表现欲：“孔子曰，君子有九思，视思明，听思聪，色思温，貌思恭，言思忠，事思敬，疑思问，忿思难，见得思义。老丈人从长计议好。”

“你说这么多，老子一句都没听懂。”赵伟义不喜欢智夫子装腔作势，“你帮老大、老二写一下今后养老的事。”赵伟义只知道老大、老二今后养老要写个东西，大家手里有个凭证，今后有个三长两短，自己作古后，他们几弟兄也可以凭写的东西理论理论，有个凭证总比口说无凭好。但到底写一个什么东西，他心里没有底，他只知道老大、老二的几个姑娘出嫁后，田产交给长昆的几个儿子。老大、老二的生养死葬由长昆的几个儿子负责，大概就是这个意思。

智夫子从赵伟义的谈吐中，大致知道赵伟义想干什么。赵伟义考虑的是六个孙女出嫁后，长玉和长久年老后的养老问题。他现在江河日下，奄奄一息，自己屁股流鲜血，还在给别人整痔疮。得痔疮的人不是别人，是他的两个亲生儿子。他们的痔疮，当爹的不去帮忙整，又有谁去整呢？可怜天下父母心，人性就是这样，“只有瓜连子，没有子连瓜”。

智夫子看到自己面前的赵伟义，既心痛又着急。他心痛赵伟义黄土都到了脖子，还在为儿子们操心，这个心好像永远操不完。他着急的是这件事他面临的是三家人，拿捏不好，不是得罪长昆就是得罪长久和长玉，这对他这个初来乍到的外乡人来说，并不见得是个好事情，今后自己能不能在金竹园立住脚，和大家相处关系极大。尽管这样的事在龙坪时有发生，他也参加过类似事情的处理，他知道无非就是把长昆的几个儿子过继给长玉和长久去当“抱儿子”，“抱儿子”给他们的两个伯伯养老送终，得两份田产。但几个姑娘的嫁妆怎么置办，置办多少？这是一个可多可少的事，陪嫁多，长玉、长久高兴，长昆不高兴。陪嫁少，长昆高兴，长玉、长久又不高兴。这是起来早了得罪大爷嘎，起来晚得罪了公婆的事情。智夫子想：在这件事上，自己要安分守己，把嘴管住，不要出什么主意，主意让赵伟义自己去拿、自己去定。想到这里，智夫子说：“孔老二说，事是不是看明白、听明白、想明白了，办了是不是合乎道义。

这个事您想明白了，就按您想的意思办。我按您说的起草一个契约，大家按上指印就完事，这不是一个很复杂的事情，关键看老丈人的。”

赵伟义看到智夫子要滑头，不好深说。他知道智夫子有自己的难处。“你说得对也不对，事要看明白、想明白、听明白、办明白，想得太明白也办不成事。我看还是‘三纲五常’好，君为臣纲、父为子纲、夫为妻纲，仁、义、礼、智、信，还是我说了算。”赵伟义细小的声音中露出一丝倔强和霸道。“你刚才说的契约是什么？”赵伟义转过身子，望着坐在旁边的智夫子。

智夫子吧嗒两口烟，右手在嘴边擦拭一下，显得很有学问：“契约就是按照您说的，长玉、长久、长昆和孙子、孙女们照着您的要求应该办的事。”

赵伟义侧着耳朵，身子往智夫子方向靠了靠，仔细听着智夫子的解释，嘴里说：“那就好，那就好。”

“对，当然是老丈人说了算。”智夫子讪笑着说道，“不早了，我还有点事，老丈人您慢点喝茶晒太阳，我先走一步。”智夫子站起身，双手捧着长烟杆，恭敬地送回赵伟义手中。

“好，我不送，你慢慢走，有空过来陪我聊聊天。”赵伟义想站起来，但又没有站起来，他艰难地向智夫子挥了挥手。

夕阳西下，太阳收敛起刺眼的光芒，变成一张红彤彤的圆脸，斜阳余晖染红了金竹园的山山岭岭。洋贵姐在堂屋内收拾好背水的行头，向室外走去。她站在天井边喊道：“发香！快点，趁着天黑之前，路是干的，我们去背一趟水。”说完，她背着水桶，站在门外等发香。

发香是二房赵长久的大姑娘，比洋贵姐小两岁多。她长着一副国字脸，额头宽大，鼻梁挺直，嘴唇厚实。浓浓的眉毛下，眼神总是露出说不尽的焦虑与无奈。赵发香一双大脚曾被长长的缠脚布裹过，民国放开裹脚，她的脚逃过一劫，缠得不彻底，双脚比起尖尖小脚大了许多，支撑着骨健筋强的身板，应付着忙不完的农耕劳作。

发香回应道：“你等一下，我去拿背桶。”

“大姐，我也跟着你们去！”发英不知从哪里像猴一般地蹿了出来。

洋贵姐心想：平时发英是最不愿意背水的，今天怎么要去？看她那个架势，好像不去还不行，难道太阳从西边出来了？

“你要去就快一点。在幺叔家借背子和水桶，跟我们一起去。”发香收拾好背水行头，往背水路上走来。

发英爽快地回答："好，我就去，你们俩稍等我一会儿。"不一会儿，发英背着水桶走来，催促道，"走。"

洋贵姐、发香、发英三姐妹来到背水的小路口。小路口在赵长玉厢房西头，屋边西南角长着半亩地的金竹，金竹随风摇曳，妩媚婆娑、之字形弯弯曲曲的羊肠小路像彩带飘落在后山坡上，小路两旁金竹林、树林葱郁浓密，鸟鸣不时传来。

"大姐，好久没有看到姐夫了。"发英见洋贵姐埋头走路，一言不发，她挑逗起来。发英说的姐夫是洋贵姐的未婚夫张全祚，家住镇溪县双坪张家大院，距金竹园约有二十里地。

洋贵姐面带愠色说："你个小蹄子，净瞎说，你什么时候有姐夫了？婚都没有结，能够喊姐夫吗？"她心里充满甜滋滋的味道。

"现在不是姐夫，过几天不就是姐夫，还假装怕丑。"发英咯咯地笑成一团，爽朗的笑声，惊动了空中翻飞的鸟儿。

"英妹子，你不要没大没小的，说话正经点。"发香在旁边看得有点过意不去，她对洋贵姐一直很尊重。

在这个院子里，每天发香和洋贵姐起床最早、睡得最晚。两家大小事情都是她俩商量着办。从年龄上讲，二妹子比发香略大一点，但遇到事情还是她和洋贵姐商量得多些，她们的关系更亲密些。

"上次姐夫走的时候，大姐把姐夫送到大院坝，我躲在拐椒树后面，看到姐夫拉着大姐的手，不想松。"发英扬起清秀的脸蛋，十分得意。

洋贵姐听后双颊绯红，极不好意思，从路旁折过一根细树枝，转身打向发英。"打人呢！打人呢！大姐打人呢！"发英捂着头，乱喊乱叫起来。她走在三姊妹的中间，往前跑，大姐在前，怎么也跑不掉。往后跑，发香拦住了去路，就是不拦住她，她越跑离背水的地方越远，对她来说是一件得不偿失的事，她不可能背着空桶回去。她只好转过身子，把背子和桶对着洋贵姐，就是打也打不着自己的皮肉。尽管没有受到皮肉之苦，英妹子还是装模作样地大喊大叫，人们还以为她真的被打，打得还不轻。

"君子动口不动手，这次算了，下次再乱说，我帮你打，打狠一点，让她长个记性。"发香和着稀泥。

洋贵姐开玩笑地说："这个小蹄子，我们给你找个大爷嘎，把你早点嫁出去，免得你一天翻瘟。"

发英听后眉眼低垂，双颊绯红，双手不停地捏拿着衣襟，似一朵含苞欲放、等待男人采摘的花儿。

发英说："全祚哥拉你的手，他还不是想早点和你结婚，别人等不起啦，订了这么长时间的婚。你以为我想让你走哇，想让你走的人有的是。你晚点嫁人，全祚哥还可以经常来金竹园帮忙种地，他比你好得多。"发英像受了很大委屈。说完，她转过身，望着洋贵姐，挑逗道："怎么，舍不得打？"

洋贵姐假装打英妹子，她们本身就是闹着玩的。现在，洋贵姐突然听发英说有人想她走，她感到很突然。在这个家里，她没有消停过，忙里忙外操碎了心。她每天坐着或睡着，脑海里总是在想家里的事，她天天盼望家人有饭吃、有衣穿。现在居然有人想她走，洋贵姐确实有些想不通。

洋贵姐望着发英，心里忐忑不安地问："英妹子，谁说想我走？"

发香听着她俩的对话，心中很不舒服。在她心里，洋贵姐就是这个家里的顶梁柱，没有她，这个家说不定什么时候就散了。"大姐，你不要听发英乱说，家里人都可以走，你走不得。"

发英急忙辩解："我来和你们背水，就是想给你们说这个事。我今天喂猪，听到胡子爷爷说智夫子装腔作势，要他帮忙写一个老大、老二今后养老的契约。还说什么'抱儿子'，好像要把幺叔那边的发盛、发茂弄过来，给大伯和伯伯养老。"

发英把喂猪时偷听来的胡子爷爷准备给伯伯们找"抱儿子"养老的事告诉了两个姐姐，让她们有个思想准备。说完，她心里松了一口气，觉得自己完成了任务。后面的事怎么办，两个姐姐拿主意，她也不知道应该怎么办。就是自己有什么主意，家里的事还是两个姐姐说了算。在当家的问题上，发英知道自己有几斤几两，包括二姐、三姐、四妹子，大家只认真做事，两个姐姐说往东走，大家都往东走，说往西走，大家都往西走，掌舵人是两个大姐。

这时，洋贵姐忽然明白发英为什么要跟着来背水。这个院子过去发生的事，一幕一幕在她的脑海闪过。她逐渐意识到，在这个家庭中，女孩被认为毫无价值。幺叔的几个儿子或多或少都读过几天私塾，但六个女孩却从未踏进过学校的门槛。在他们看来，女孩读书后终究会成为别人家的人。随着女孩们长大，胡子爷爷开始为没有儿子的老大和老二准备养老，而幺叔则以过继儿子为名，实际上是在算计他们的土地。他们似乎更希望女孩们早点离开，以免成为他们眼中的刺。为了争夺土地，幺叔甚至催促女孩们尽快出嫁，这让洋贵姐感到非常不快，她越想越不是个滋味。

嫁人肯定是要走的，自己排在走的队伍最前面，自己不走，二妹子、三妹子、发香她们一个都走不成。六个姑娘出嫁后，伯伯、大妈、二叔、二妈他们怎么生活，谁给他们养老送终？洋贵姐的心像十五个桶打水——七上八下。她认真地想，自己留下来给伯伯他们招个上门女婿行不行？脑海里瞬间浮现否定信息：向家姐做的媒，不能乱动。把王建华一家得罪了，今后请他们办点事，一点指望都没有。

发香心里也像堵了一面墙，她干脆把背子和桶靠在路边，自己找了一个石凳坐下。洋贵姐和发英看到发香没有走的意思，放下肩上的背桶，也找地方坐下。

发香发着呆，几只麻雀在树枝上蹦来蹦去，叽叽喳喳地叫个不停。发香说："大姐，我想好了，我当一辈子的老姑娘，给伯伯他们养老送终，把发英嫁出去，嫁个好人家。"

发英听后，抱着洋贵姐呜呜地大哭起来。"大姐，发盛他们靠不住，靠不住哇。"发英的话不多，分量很重，她的每个字都拨动着洋贵姐的心弦。

"我知道发盛他们靠不住。我们几个姑娘总不能都守在家里，等嫁出去后，我再回金竹园在银大路上开个栈房，挣钱后，将田地取回来，把伯伯他们接过来一起过日子。"

"这样可以，你开栈房，我给你帮忙，帮你挣钱，买田买地，给伯伯他们养老。"发英怕忘记了她。

洋贵姐转过身对发香说："发香，把水背回去后，你把养老的事给二叔说说，我回去后也给伯伯他们说一下，让他们有个思想准备。我想幺叔他们是冲着我们两家的土地来的，他们不会平白无故地给伯伯他们养老，总还要得些利，亏本的事他们不会做。立字据时，要斟酌点，不能尽做背时的事，丢了荆州又赔夫人。"

洋贵姐不知道在哪里听来的丢了荆州又赔夫人。她只知道这是个大事，天上不会掉馅饼。过继"抱儿子"养老，要立字据，还得把方方面面写清楚。

"好，我回去不忙弄饭，先给伯伯说这个事。"发香若有所思地应承道。"他们越想要田地，我越是不嫁人，当一辈子老姑娘，看他们怎么办？"发香整理一下披肩，愤愤地说。

洋贵姐、发香和英妹子带着说不尽的思绪，踏着羊肠小路来到半山腰的"窝子"。"窝子"实际上就是一个大水坑，水坑南侧从岩缝里流出一股筷子粗细的泉水。泉水清澈甘甜，潺潺的流水声，像一曲优美的旋律，悠扬动听。她们将水桶盛满泉水，泉水在水桶中焦躁不安地晃荡，时不时洒落在她们头上。

姑娘们心里不停地打着忧愁的小鼓。

回到家里，二妹子的饭熟了。桌上摆放着炒萝卜、南瓜煮洋芋、炒盐菜。洋贵姐盛了一碗苞谷面拌黄豆叶的蒸饭，大口大口地吃起来，三下五除二就把碗里的饭吃完了。小黄猫扬起脑袋望着洋贵姐，在她的腿边蹭来蹭去，喵、喵地叫喊着。洋贵姐不耐烦地往猫屁股踢了一脚："死开些，喵什么喵，人都没有吃的。"猫在地上滚爬很远，顺着厢房板梯跑到楼上，钻进黄豆叶里，圆溜溜的眼睛焦躁不安地盯着楼下。

洋贵姐想，怎么给伯伯说他和大妈养老的事。她心里清楚，父亲三兄弟，父亲和二叔都是生的姑娘，姑娘在族人眼睛里一文钱都不值，尽管这些姑娘长得如花似玉、勤劳能干，家务和农活都拿得起、放得下，但她们和男孩就是不一样，男孩可以延续赵姓血脉，光宗耀祖，姑娘永远做不到。姑娘的父母在众人眼睛里属于绝后之人，要矮人一等。他们在众人面前抬不起头、说不上话，父母错就错在不该生姑娘。

洋贵姐觉得，"抱儿子"这件事既是一个阳谋，也是一个阴谋。明摆着的是换了一个花样，巧夺田地。她知道，自己的婚配向家姐是媒人，自己留下来给两个老人养老送终是不可能的事。二妹子、三妹子许配时，也没给婆家说过招婿上门的话。四妹子还小。现在看来，千条路万条路只有把发盛过继给父母当"抱儿子"，收"抱儿子"的代价是家产和田地。

洋贵姐一家包括二叔一家，很少与幺叔赵长昆一家打交道，他们知道自己在这个院子里的地位。

赵伟义说："老幺太滑。"

发英说："惹不起，躲得起。"但现在想躲也躲不过去。

洋贵姐想：躲不过就得想办法把"抱儿子"的事解决得稍微圆满一些，从现实情况来看，只有选发盛当"抱儿子"略强一点。尽管洋贵姐并不看好发盛能善待老人，给父母养老送终。发奎是病秧子，莫说他伺候别人，只要别人不伺候他就算万幸。发茂还小，没有体力，也没有历练过。发盛很多时间跟随父亲跑码头，性格刁钻，油头滑脑的，但总还有一把力气。人没有办法选，只能把字据立清楚一点，即使掉到坑里，还要爬得起来。

"伯伯，我想给您说点事。"洋贵姐轻轻地坐到赵长玉的身边，惴惴不安地说。

"有事不催吃饭人，等你伯伯吃完饭了再说。"大妈望着洋贵姐说道。

“不要紧，你说我听。”赵长玉慢慢地咀嚼着饭，捋捏着嘴边的胡子。

“今天胡子爷爷和智夫子说，要给你们过继一个‘抱儿子’。”洋贵姐没有说从英妹子那里听来的，她怕大家说英妹子是个“懂天神”。

赵长玉问：“你听谁说的？”

“这个你们不用管，反正有这么回事。我和几个妹妹出嫁后，要有人给你们养老送终。养老送终应该有条件，假设别人得了你们的田地，没有给你们养老送终，那就亏大了。现在的事明摆着，今后肯定是发盛给你们当‘抱儿子’。当‘抱儿子’可以，但必须立一个字据，把一些事情说清楚，除了您和大妈的养老，我和几个妹妹出嫁他也应该承担相应的责任。这些事情不说清楚，宁愿不要‘抱儿子’，我出嫁后再回金竹园，在银大路上开一个栈房，我给你们养老送终。说这个事的时候，您的态度要坚决一点。”洋贵姐担忧地说。

赵长玉听了洋贵姐的话，点了点头。家里全部是姑娘，他知道姑娘长大留不住，出嫁后就是泼出去的水。养老的事，一直是他的一个心病。长久也面临着和他一样的情况，在养老的问题上，他们兄弟俩是同病相怜。他和长久私下多次谈起过这件事情。

有一次，长久说：“要么留一个姑娘在身边，招一个上门女婿。”但这样做，族间的反对声大，父亲那里难得通过。不管怎么说，招了女婿，今后的田产就不会姓赵了。长昆过继一个儿子给自己，今后为自己养老送终，今后的田产还是姓赵，这样族间和父母都可以接受。但问题是老幺的儿子发茂和发奎都没有这个能力，有能力的发盛又不一定靠得住，就是靠得住，自己和长久都需要“抱儿子”，这个“抱儿子”过继给谁呢？这也是摆在他们面前的一个难题。

赵长玉想得很多，他情不自禁地摇摇头：“谁让我生这么多姑娘，造孽呀！”他越想越伤心，晶莹的泪珠像断线的珍珠滚落到面颊。三妹子、四妹子跟着呜呜地哭，屋内越发凄凉。

发香把水倒进石缸里，饭也顾不得吃，搬着矮板凳靠坐在父亲膝旁。“英妹子，把茶给伯伯端来。”发英听着姐姐的召唤，拿着黑得上釉的瓷杯，抓起灶屋里的铜罐把水斟满，恭敬地将瓷杯双手递给她的父亲。

“伯伯，我和发英都成大人了，我想问您一个事，你们今后养老怎么办？”发香用另一种方式试探着父亲对养老的态度。

赵长久清瘦的脸上刻印着一种病态的苍白。他望了望发香，他不知道发香今天背水回来为什么突然冒出这样一个问题。

姑娘们真的长大了，她们不光是身体越来越丰满成熟，她们的心智也逐渐成熟。

这些年来，发香就像一个男人，不管重活轻活她都干，赵长久看在眼里，疼在心里，这样的女儿到哪里去找？他面对发香的问话，突然打起了响哈哈，笑声在屋里面回荡，不停地向金竹园传去："哈哈，发香，有你和发英这么好的姑娘，我和你妈还怕没有人给我们养老吗？我和你妈信你们，信你们！"

说完，赵长久热泪盈眶，他受伤后不论再痛，总会把伤口藏起来，不会让人看见。只见他摆摆手，摇着头："今天不说这个事，不说了，我信你们！"

发香再也忍不住，大声哭了出来："伯伯，我不嫁人，我留下来当老姑娘，照顾你们一辈子！"她的哭声惊动了院子里的人们，大家不知道发香为什么大哭一场，只有洋贵姐和伯伯从哭声中知道发香为什么不准备嫁人。

发香不准备嫁人是蓄谋已久的事。这些年来，有很多人提亲，但都在她的面前碰了一鼻子灰，后来提亲的人也渐渐少了。今天发香干脆把话说出来，她是想父母年纪大了怎么办，她不做牺牲，谁去牺牲？总不能让发英牺牲吧！

天慢慢地黑了下来，没有明月，也没有星星，只有无边无际的乌云，漆黑的冬夜，冷飕飕的。洋贵姐感到真累，连生气的力气都没有。她在忙碌追寻美好生活中不停地转动，一面转，一面看着时光仓促地离去，自己却无能为力。伯伯养老的事情不说是个结，说了是个疤。她已经没有倾诉的冲动，只剩下心碎。

时光推动着年轮前行，又到了过年，整个金竹园祭祖敬神、爆竹烟火、耍龙舞狮、吉利喜兴，让你不得不忘掉世间还有苦楚和忧愁。赵长玉家没有以往的气氛，好像过年不再是一种渴望和喜悦，早就沦落成一种负担和忧伤。家里除了腊月二十六，张全祚到家辞年，二妹子做了两碗盐菜扣肉、炒了点苞谷泡和葵花籽以外，什么吃的东西都没有置办。

正月初六，金竹园的年味逐渐消失。酉时，太阳收起淡淡的光，好像过年累了似的，懒洋洋地躲进厚厚的云层里。天渐渐阴沉下来，灰蒙蒙的。北风顺着银大路由北向南急促地飞奔着。

赵伟义拖着久病不愈的身体，半躺在铺着稻草的床上。屋顶的亮瓦被积雪覆盖，不见一丝亮光。床边土墙半米左右的窗口，斜搭着的土布帘，在寒风的吹弄下，不停地摆动，时不时地透进一丝光亮，屋内时暗时明。

赵伟义的咳嗽声时轻时重、时急时缓，让人感到他喉咙有吐不尽的痰。他的床边用几个烂石头支撑着一口小破锅，里面盛着柴灰，柴灰已被咳出的绿痰浸透，散发出一阵阵难闻的臭味。

他越来越感觉到自己的时日不多了，他越想越怕。他不愿意把有些事情留给几个儿子去做，特别是老大、老二的养老问题。再说，田地和家产今后不姓赵了，他无颜面对列祖列宗，自己百年之后，也难以闭上眼睛。在自己大限来临前，他一定要把这件事解决好，不给后人找麻烦、留笑柄。

赵伟义硬撑着身子，十分艰难地从床上爬起来："长昆，你们正月初九煮个猪蹄子，打点懒豆腐，把老大、老二喊过来一起吃个饭。哦，把发崇和智夫子也叫上，别忘了让他们带点纸、墨。趁老大没有出门，把有些事在一起说一下。"他用不可置疑的口气对蹲在地上修理马鞍的幺儿子说。

赵伟义让智夫子和赵发崇过来有他的想法，这个想法从他和智夫子那天坐在天井里晒太阳就慢慢形成了。在长玉和长久养老的问题上他想了很多，让智夫子来立个字据，今后大家照章执行，免得几兄弟今后扯皮。让发崇来，主要是发崇几兄弟在金竹园的口碑和声望，族里的人都比较相信他们一家人，发崇到场后，外面自然就没有了闲言碎语。

赵伟义现在感觉拿捏不准的是老二要不要"抱儿子"，外面传言发香准备当一辈子的老姑娘，不准备嫁人。发香不嫁人，他能够接受，他是看着发香长大的，有她在家，老二的养老不是问题，只是若干年后，土地家产的归属成了悬案。赵伟义想：自己现在江河日下，身体一天不如一天，也管不了那么多。土地家产让后人们自己去解决，只是发香当老姑娘苦了自己。

赵伟义又想：老大要"抱儿子"，"抱儿子"到底做些什么事？承担什么责任？怎么把这些事情说清楚，他着实有些犯难。责任多，亏了长昆一家。责任少，长玉他们今后的养老又成问题。他想在这个问题上，让发崇他们说说话，减轻自己的压力。

赵长昆放下手中的马鞍，拍了拍手中的泥灰，双手撑着双膝慢慢地站起，转身望着父亲，不解地问道："您怎么这个时候想起养老的事？"

年前，长昆和父亲说老大、老二几个姑娘出嫁和老大、老二养老的事后，他从未见父亲再提起"抱儿子"这个事。长昆知道自己在这个家里是老幺，他的身份不可能管老大、老二家里的事。在这个问题上，只有父亲出马，才名正言顺，最为恰当。

"这件事你心里是一个疙瘩，我心里也是一个疙瘩，长痛不如短痛。我的身体拖不起，趁我还在，事好办一些。"赵伟义有气无力地回答道。

赵长昆爽快地答应："好，还有两三天，我来安排这个事。"他知道这是个时来运转的事，这个事办妥后，他名下会多出近二十亩地，他就成为大户人家了。有地什么事都好办，地种不完可以请人种，有地就有一切，土硬如金。

“初九那天，你把从黄叶坪买的苕根子酒拿出来，几弟兄好不容易在一起，喝点酒，不要伤了和气。”赵伟义感觉把几个儿子喊到一起是一件高兴的事，高兴的事应该有高兴的样子，特别是发崇和智夫子还要来，如果把给老大、老二过继儿子的事谈崩了，在外人面前，自己的脸上没有光，说出去大家都没有面子。

“好，老大和老二喝不了什么酒，就是智夫子和发崇喝一点，智夫子喝多了管不住他那张油嘴，一天游手好闲的，喜欢到处乱说。”赵长昆对智夫子有些了解。

“哦，你后天让发盛把发茂、发奎带到‘幺儿嘎嘎’（外婆）家里去玩几天，我们好说他们的事。”赵伟义说的他们的事就是过继发盛三兄弟，他怕几个孙了吵闹，让他们离得远 点，自己安安心心地把过继儿子的事谈完。

“好，您好歹要想好，我们小时候靠父母，你们老哒靠儿男。老大、老二他们是嫁姑娘，是减丁减口。我的三个儿子是找媳妇生娃娃，是添丁添口。”赵长昆生怕父亲有个闪失，误了自己的事情。

“我知道，做人不能‘挪筋裹索’（不直爽），没有人缠。”赵伟义一边说，一边拄着拐棍，慢慢地向睡房走去。

赵伟义知道幺儿子想在过继儿子的事情上，像前些年分地一样，多给他一些阳光雨露。他想长玉和长久没有儿子，始终是块心病，在族间他俩抬不起头，如果这次在过继儿子养老的问题上，让他们又抬不起头，那自己今后会不得善终。他决心这次自己一定不踩偏船，尽量把这件事情处理得公平些，让大家都满意。至于几个儿子能不能满意，赵伟义心里也没有底。好的是发崇和智夫子也要参加，想到这里，他心里底气似乎又有了些。

初八下午，赵发崇接到长昆叔请他明天喝酒的信，他望着送信的发盛问：“你们家里有什么喜事，让大哥沾沾喜气。”发崇是个心直口快、好管闲事的人，他想这顿酒绝对不是随便喝的，里面肯定还有事，自己还是要把事弄清楚，思想上有点准备。

发盛愣头愣脑地说：“把我们过继给大伯和二伯，让我们去他们家当‘抱儿子’。”

“好，你回去给你爹说，我明天抽空来。”接着，发崇又补充说，“喝酒的事，让你爹今天练习一下，明天不要让我灌醉了。”说完哈哈大笑起来。

第二天未时时分，赵长玉、赵长久和发崇几乎同时来到赵长昆家，脚还未跨进门槛，智夫子在身后大声说：“拜年、拜年，先给老丈人赔个不是，来晚了。”智夫子左手拿着一沓宣纸，右手拿着笔墨。

“拜什么年，年在玉皇大帝那里。快进屋坐。”赵长昆站在堂屋门旁，一边说着话，一边用右手指向屋内，让大家去火坑旁边坐。

火坑里的树疙瘩噼里啪啦地燃烧，缕缕白烟在屋内萦绕，让人难以睁开眼睛。火坑东南角，斜放着一条长板凳，上面放着葵花籽，葵花籽里掺着为数不多的几粒花生。一壶浓茶早已泡好。

“你们来了，快坐快坐。”赵伟义披着一件蓝色的长衫，长衫右边大，左边小，斜挎在他的肚子上。他无力地斜坐在躺椅上，右手软绵绵地指着左右两边的木椅：“老大，你坐我左边。老二你坐这里。智夫子、发崇你们坐那边，隔茶和葵花籽近些。老幺帮忙倒点茶，拿点烟。”赵伟义有气无力地安排，他感到身体越来越差。

大家一边喝着茶，抽着旱烟，一边说着话。火坑里的火越烧越旺，把大家的脸映得通红。透过火红的光亮，他们揣着不同的心思，焦虑不安。

智夫子觉得没有什么事一般，他心里早就知道长昆请他来的目的是什么。让他带上纸墨，写个合约、立个字据，不就是过继“抱儿子”的事。他明知故问：“老丈人请我们来有什么好事？”

“今天把老大、老二、发崇和智夫子请过来，大家好久没在一起谈白了，吃个饭喝点酒，算是给大家拜个晚年。”赵伟义讲了几句礼兴话，接着又说，“几个孙子孙女都大了，到该嫁的嫁、该娶的娶的时候了。长玉等几天又要出门，趁他在家，我想把老大、老二今后养老的事和你们说一说，大家没有意见，请智夫子立个字据，今后你们几兄弟互相也有个帮衬。”赵伟义若有所思，他害怕把话说错，说话十分吃力。

“大爷爷，您直巴点说，什么老大、老二养老的事，就是长玉、长久伯没有儿子只有姑娘，姑娘出嫁后，他们生活没有着落，您想把发盛他们过继给长玉、长久伯，是这么回事吧！”发崇噼里啪啦把事说得一清二楚。

赵伟义点头道：“是这么回事。”

“这个事，说简单也简单，说难也难，只要不‘挪筋裹索’，这个事就好办，你们说我记。”智夫子立了起来，一边嗑着瓜子，一边用麻布擦拭着饭桌，把宣纸放在桌上。

长久今天刻意打扮了一番。他身着一身惨绿棉衣，袖口整齐地卷到手腕中间，显得干净利落。智夫子话音刚落下，长久呷了一口茶，说：“我今后的生活问题不需要伯伯操心，发香说她这辈子当老姑娘，不嫁人，她给我和她妈养老送终。”

长久的话让在座的人大吃一惊，尽管前些日子有些风言风语，但谁都不相信是真的。长昆听了二哥的话，脸阴下来：“二哥，发香不是一时冲动乱说吧？自古以来，男大当婚，女大当嫁，把姑娘留在屋里不好吧？”

赵长玉拖着病恹恹的身子，脸上卡白卡白，没有一点血色。他慢慢地伸直了腰，不紧不慢地说：“有什么不好的？只要发香愿意就行，不管怎样，我们都不能把她撵出去吧。”他在“我们”那里停顿了一下，原先，他准备把“我们”说成“你们”的，话到嘴边又觉得不妥，还是说成“我们”。

长久深邃地看着老大，他觉得老大今天像变了一个人似的，说起话来比平时硬得多。他哪里知道，在这之前，洋贵姐已经给长玉做了半晌工作，让他不要让步。

赵长玉的话音刚落，老幺火冲冲地站了起来：“老大，你考虑没有，姑娘迟早都要嫁出去。不嫁出去，留到家里当老姑娘？你们看外面怎么说。”长昆向两个哥哥施加社会压力。他知道，老大、老二的几个姑娘不嫁出去，他就不可能让几个儿子给他俩当“抱儿子”，儿子不当“抱儿子”，老大、老二的家产和田产就没有理由属于自己。

赵长久一板一眼地说：“老幺，你不要火气冲冲地把话说绝了，我的两个姑娘可以招两个女婿，一样可以给我养老送终。”他的古铜肤色显得更深。

前些年分地，是长久一个永久的心结。父亲把好地全部分给了老幺，差一些的地给了老大和自己，他从内心接受不了这个现实。老大、老幺和自己都是伯伯的儿子，伯伯凭什么把好地都给长昆，他心里落下阴影。他在分地的事上受到了伤害，害怕受到新的伤害。他觉得老幺一家有伯伯罩着，他缠不赢老幺一家，就是有“抱儿子”，他们今后也不一定会对自己好到哪里去。那时没有了田地，喊天天不应，叫地地不灵，不管怎么样，现在自己手里还有几亩薄地，可以慢慢养，总比没有强。

赵伟义做梦也没有想到平时憨厚懦弱的老二会用这种毫不退让的口气说话。

“伯伯，情况明摆着，您现在跟着我，今后养老送终是我的事。赵家的血脉总不能由外姓传承吧。”赵长昆越说越快，他拿养老送终和血脉传承拿捏着父亲。

赵伟义听后，脸色苍白，眼神黯淡无助，咳嗽越发频繁，双手不停地拍打着胸口，嘴唇也越发乌黑。

“你们说这个事怎么办好？”赵伟义望着发崇和智夫子。智夫子听见赵伟义的问话，忙拍了拍手，放下花生。这时，赵伟义干脆直接对智夫子说：“智夫子，你是文化人，你说一下，这个事怎么办好？”

赵伟义知道分田分地老大、老二有意见，他们只是没有说出来。现在提“抱儿子”的事，他们把事想得更复杂，害怕的事更多。怨只能怨自己当初没有把一碗水端平，他现在想把一碗水端平，在“抱儿子”的事上往老大、老二头上适当做些倾斜，但他又不能对老大和老二说明，说明后传出去，那等于埋了一颗定时炸弹，不知道什么时候炸响，那时自己更不好下台。他觉得千难万难，还是要守住自己的心，守住自己的嘴。当他看着长玉、长久和长昆三兄弟争吵时，心里顿时好像没有了主意。面对现在的局面，他更觉得夜长梦多，这个事情不能再拖了，单兵作战恐怕解决不了问题。只能借助发崇和智夫子的力量，这也是他今天请他们俩来的原因。他眨巴着睁不开的眼睛，乞望着智夫子拿个好主意。

智夫子在旁边看着三兄弟吵得不可开交，他望一望赵伟义，又看一看赵长玉和赵长昆，话到嘴边又咽了下去。

“我是局外人，这样的事，我不好说也不敢说。”智夫子推辞道。智夫子知道自己和德麻子结婚不久，金竹园的风土人情没弄清楚，这水自己蹚下去，不是得罪老大、老二，就是得罪老幺，损人不利己的事千万不要去掺和，智夫子时时敲打着自己。

赵伟义斜着眼睛望着智夫子，不满意地说：“你怕什么，又不是要你去给他们养老，我只想找你讨个主意。发崇，你说说。”赵伟义指望发崇能帮上几句。

发崇看到大爷爷点他的将，也不推辞，直截了当地说：“要我说呀，这个事首先要自愿，强扭的瓜不甜。别人不要‘抱儿子’，你硬要去当‘抱儿子’不行。别人要你当‘抱儿子’，你不愿意去硬要你去也不行。发香不愿嫁人，就当她是赵家的男人，给父母养老送终，什么时候想通了什么时候嫁人。大伯要‘抱儿子’，您就当个家，把养老的事情说清楚。”发崇的几句话没有掩饰，算是给赵伟义帮了大忙。

赵伟义听了发崇的话，不停地点着头，他觉得发崇就像及时雨。老二、老幺两个人说话火冲冲的，老大帮着老二说话，和老幺也过不去。智夫子比蛇还滑，他谁都不得罪，不可能帮上自己的忙。还是发崇直爽实在，说出来的话老大、老二没意见。老幺有点意见也说不出口，发崇是老幺让发盛请过来的，老幺还能说什么呢？

赵伟义转过头，又望着智夫子：“你来一趟，总要说几句吧。”他看出了智夫子的心思，明知智夫子帮不了自己什么忙，但丝毫没有放手的意思。

智夫子在赵伟义穷追猛打下，有些招架不住。“过去说君君、臣臣、父父、子子，君为臣纲，父为子纲，夫为妻纲，‘抱儿子’的事，还是要老丈人拿个主意才行。”智夫子嬉皮笑脸地说。

智夫子这样说，既没得罪长玉和长久，也没得罪长昆。“抱儿子”这个事搞好搞坏都与他没有丝毫关系，他巧妙地把责任推给了“老丈人”。

赵伟义用咄咄逼人的眼光把长玉他们三兄弟扫了一遍。“智夫子说‘抱儿子’的事还是要我做主，尽管我现在老了不中用，但还是一家之主，如果你们三兄弟还认我这个爹，老大、老二的事就按我说的去办，你们认为行不行？”

赵伟义没有丝毫客气，他觉得在“抱儿子”的问题上，当断不断，反受其乱。只有断得干脆，才可能有好的结果。不然的话，自己没面子，说出去也是笑话。

看到伯伯态度坚决，赵长玉慢悠悠地说：“伯伯，我养老的事还是您做主。”他觉得这个面子还得给伯伯，伯伯像西边的太阳快要落山了，还在为自己和老二的将来操心，这个面子不给，良心上说不过去。再说，伯伯说的话他们不听，今后几个姑娘还听他说的话吗？

赵长久铁了心：“我养老的事，伯伯您就不要操心。”他吸了一口烟，悠悠吐着烟圈。赵长久既没给伯伯面子，也没驳伯伯的面子，他觉得自己今后养老的事还是要靠自己，靠发香、发英两个姑娘，别人靠不住。

长昆看到老大和老二表了态，觉得不能再争执下去，再争下去不一定对自己有什么好处，而且显得自己不讲道理，发崇、智夫子说出去，整个金竹园都会炸了锅。想到这里，他抿下嘴角：“我没有意见。伯伯您考虑清楚，不要搞得满塘青蛙叫。”赵长昆旁敲侧击地提醒着父亲。

赵伟义振作精神，立起身子：“那我就做一回主，智夫子，你帮忙记一下，过后帮忙立个契约，以此为据。”

智夫子端端正正坐在板凳上，在桌子上铺好宣纸，拿上笔墨静候。火坑里的树疙瘩照常燃烧，吊罐里的水被火不停地煎熬，发出咕噜、咕噜的声响，蒸汽不停地从罐沿涌出来，整个屋内安静极了，好像静听判决一般。

赵伟义清了清喉中的痰，呷了一口茶，在嘴里咕咚几声，吐在地上。接着他又呷了一口，吞了下去。“我说慢点，你们不要打岔。发盛过继给长玉当‘抱儿子’，负责长玉夫妻的生养死葬。每年给长玉家五斤盐、十斤煤油，负责长玉两口子的口粮。长玉百年归世后，地产归发盛拥有。大妹子、二妹子、三妹子和四妹子出嫁时，负担陪嫁，陪嫁包括大方桌一张，长条凳子四个，椅子四把，五屉桌一张，脸盆、脚盆各一个，杉木箱子一个，被子、枕头一套。女儿出嫁后，东起白果树、西至樟树槽的七亩一分地，归发盛所有。发香留家负责长久和德美的生养死葬，若发生变化时，另行商量变更。”赵伟义把长久一家的事留了一个活口，他怕今后发生意想不到的变化。

智夫子按照赵伟义的口述代笔疾书，赵伟义和长玉、长久、长昆分别在契约人下签字，智夫子在代笔人下签字，发崇在见证人下签字。尽管当事人都在契约上签了字，但这个契约更像是赵伟义写给三个儿子的遗书。

赵伟义心里的石头终于落地，这是他一生中办得最揪心的一件事，他没有想到“抱儿子”这个石头落得这么困难，而且美中不足的是两个石头只落下一个。不管今后结果如何，他已经尽力了，他的身体再也经不起折腾。

长玉签下字后，独自倚在门旁。他感觉自己已经不是自己了，他把自己和田地卖给了“抱儿子”，他把自己和堂客今后的一切都交给了发盛，“抱儿子”到底是个好事还是坏事？他现在一点也不知道，他把生活的希望埋藏在冬季。

长玉和长久没有心思喝酒，匆匆忙忙地扒了几口饭，闷闷不乐地回到家中。只有智夫子和发崇还留在长昆家，划拳饮酒，不亦乐乎。

晚上，蒙蒙细雨带着一丝忧愁，茫然降临大地。雨淅淅沥沥地下着，洋贵姐坐在大门旁，看着这一场小雨，心里忽然觉得冰冷。

第三章

岁月一如既往地徜徉着，没有停下追逐的脚步，它不会因为任何事物而停留。正月十二，太阳越升越高，在阳光的照耀下，羽禽展翅觅食，生灵跑跳奔忙，生机越来越多，午后的阳光为金竹园增添了丝丝暖意。洋贵姐一家人并没有感觉到大地已开始慢慢地回暖，伯伯正月初九从幺叔家回来后，洋贵姐她们几姊妹知道她们将失去属于自己的田地，失去自己的家，失去金竹园。在这个院子里，除发香外，其他几个姑娘在不远的将来，都会各奔东西，只不过大姐、二姐她们奔得更早一些，她们知道在这里不是长远之计，她们在等待时间的宣判。当然，家里还是像往常一样忙忙碌碌地运转着。

这天傍晚，苏噶姐来了。苏噶姐是赵发举的母亲，年纪四十开外，人高马大，双肩扛着一副“马脸”。她身着红花大棉袄，外加一件紫色铺着丝绵的小马甲，下身穿着黑色灯笼棉裤，拄着一根金竹制成的拐棍，拐棍上方呈九十度弯曲，留有制作时被火烘烤的痕迹，拐棍底角用一层薄薄的胶皮精致地包裹，增加与地面接触时的摩擦力。她趾高气扬地迈着一双小脚，身边跟着两个斜挎着枪、歪戴着军帽的国民党士兵，来到赵伟义家大门外。“义大叔，给你拜年了。”苏噶姐透露出一种不可一世的傲慢，在门外大声喊道。她的眼神中充满了轻蔑与不屑，仿佛周围的人和事都不值得她正眼相看。

听到门外的喊声，赵伟义缩着头，定睛一看，苏噶姐和两个年轻的国民党士兵已经站在门槛石边。赵伟义的脸上写满无奈和焦虑，他眉头紧锁，眼神中流露出对苏噶姐的不满和担忧。

“啊，是苏噶姐啊，不敢当不敢当，年还在您家，我们哪有什么年呐，年都上四川去了。”他喘着粗气，声音低沉颤抖，每一个字都像是在压抑着内心的怒火。“快、快，快和两个兄弟进屋喝茶，屋里热乎些。”赵伟义一边说一边用手比画着，心里感到又有不好的事情即将发生。

“我是无事不登三宝殿，有点事找长玉大兄弟说一下。”苏噶姐并没有进屋的意思，她的声音尖锐而刺耳，每一句话都像是在命令，而不是在交流。

赵伟义一双眸子在阳光的映照下更显得苍凉。“那好，那好，他在家里。”一边说一边用手指着大儿子的家，无奈地说，“好、好、好。”

洋贵姐对苏噶姐的厌恶更是毫不掩饰。她的脸上充满了愤怒和憎恨，她的眼神中闪烁着对苏噶姐的深深鄙视。“不就是有个当保长的儿子吗？对人骄横傲慢，有什么了不起？”洋贵姐在门外看见苏噶姐后感到十分恶心。她见不得这个女人。这个女人来没有什么好事情，伯伯每次当夫都是她来通知的，洋贵姐恨不得吃她的肉、剥她的皮，恨不得苏噶姐早死，死得越早越好，好像苏噶姐死了，伯伯就不会去当夫。洋贵姐心里充满仇恨，她把全部的恨撒在苏噶姐身上。

“苏噶姐来肯定是要伯伯去当夫吧，这个乱女人，年都还没有过完，她今后不得好死。”洋贵姐心里狠狠地骂道，话语中充满了对苏噶姐的诅咒，每一个字都像是一把锋利的刀子。

洋贵姐转身进屋把苏噶姐来了的事告诉父亲。长玉听了洋贵姐的话，仿佛看见整个世界在他的面前崩溃，他的心情已经习惯和候鸟一起迁徙，只是有些仓皇，他眼神里满是无奈：“没有办法，是福不是祸，是祸躲不脱。”

苏噶姐拄着拐棍移步到赵长玉家门口，对着正在往门外走的赵长玉说道：“大兄弟，你准备一下，正月二十八去乡公所送点军械到大州府，不远，个把月就回来了。”她的嘴角向下，像悬崖的一侧，嘴里喷出的白雾顺着北风飘绕在阴沉沉的空中，烘托着她那一张冷酷阴沉的脸，让人感受到距离和冷漠。两个士兵跟在苏噶姐身后，不停地搓手跺脚。

赵长玉嘴角微微抽搐，半天说出一句话：“大姐，这次您行行好，能不能把这个夫办给别人，我的病刚刚好，开年抢个季节，把麦子种了，家里差男人。”本来苏噶姐的男人赵长龙比赵长玉还要小一岁多，赵长玉叫她弟妹才对，但他哪敢这样去叫，他只能叫“大姐”。

苏噶姐乜了一眼赵长玉，盛气凌人地说：“你前两天不是得了个‘抱儿子’吗？让‘抱儿子’种地，不然的话，要‘抱儿子’有什么用？你病了可以种麦子，就不能当夫？”她的脸上带着讥讽，似乎在嘲笑着别人的无知和软弱。

赵发盛成为赵长玉的“抱儿子”，只有三天工夫就在金竹园传开，这里面有智夫子一半的功劳。智夫子每天除了背两桶水、给德麻子在客栈打打下手外，多数时间都在走村串户，谈天说地。只要金竹园有什么新鲜事情，第一个知道的一定是智夫子。智夫子添油加醋，一些事情往往被传得神乎其神。比如说这次长久留下发香没要“抱儿子”是发崇帮忙说的话，长玉本来也想招上门女婿的，但留哪个姑娘招婿举棋不定，最后招了个“抱儿子”。

苏噶姐从这些新闻中知道长玉招了“抱儿子”。她没有半步退让的意思，高吊的双眉凶恶地皱在一起，随后转过身去，给身后的两个士兵递了一个眼色，两个当兵的快步抢到赵长玉身前：“你是种地，还是当夫？”苏噶姐目光凌厉地露出凶狠的气象。

赵长玉见状，望着苏噶姐战战兢兢地说：“我先背军械去大州府，回来后再种地。”

“行，就这么定，事情弄大了不好，大家都不好看。”苏噶姐满意地招呼着两个当兵的扬长而去。

苏噶姐的到来，无疑给长玉家带来一场风暴。她的傲慢与专横，激起长玉家人的强烈反感。“伯伯，家里的事我和二妹子、三妹子一起做，您出去躲一躲，去双坪全祚家里躲上一年，看她把您怎么样。”洋贵姐不服输地出了一个让人意想不到的主意。

“躲得过初一，躲不过十五，我们平民百姓怎么敢和国民政府作对？那是拿起鸡蛋碰石头。再说，姑娘没嫁过去，却把老丈人先嫁过去了，这个讲出去，别人会看我们的笑话。”赵长玉无奈地摇摇头，嘴角勾起一丝苦涩的笑容，透出他的无助和绝望。

洋贵姐眼中泛着泪花，她预料到结局，只是不甘心地依然努力着。“管他那么多，躲一阵是一阵，您现在的身体也耐不活去背军械，上次就大难不死一回。”

赵长玉脸色变得苍白，默默地低下头。“怎么躲？现在国民政府实行的‘联保连坐’，一个保中每一户都互相关联，联合作保，户与户之间互相监督，一旦有一户人家犯了事，另外九户都要去揭发，否则被政府发现，那么十户人家将全部定为有罪。实行连坐，我跑了，你二叔、幺叔他们一大家子人怎么跑得脱？”

民国时期，实行保甲制，十户为甲，十甲为保，十保以上为乡镇。保甲制是为了更好地控制百姓，实行军事管理，在这个制度下，社会变成一个实实在在的囚笼。洋贵姐听了伯伯苍白无力的解释，心里充满憋屈，真想大哭一场。面对苏噶姐的权势，长玉家显得无能为力，只能在心里默默地诅咒和反抗，普通人在权力面前只有无奈与挣扎。

苏噶姐走后，洋贵姐感到世事多磨难，对人生的感悟越来越深。她感觉到自己越来越力不从心，总觉得人活在这个世界上有太多的无奈和遗憾，渴望生活不断地好起来，自己做一个心静如水、情思如莲的女子。但这些渴望离她越来越远，她别无选择，只有死扛。此时，她特别想念未婚夫，张全祚的味道一直氤氲在她的世界里，久久不肯散去，她希望此刻他就站在她的面前，作为她的依靠，和她一起共同面对眼前所发生的一切。洋贵姐站在厢房外石磨旁呆呆地思索着。

三妹子看见大姐站在那里发呆，大声喊道："大姐，你在想什么？还有好多事没做。"

洋贵姐一愣，她被三妹子的叫喊惊醒，马上镇定下来。"三妹子，伯伯过几天要当夫出门，你去'麻篮'（篾制的篮子）找一些布条，这些天晚点睡，给伯伯做一双布鞋，鞋样稍微放大些，脚宽松，走起路来不吃亏。"

"行，你让四妹子帮伯伯扎两双鞋垫子，晚上有个伴，免得打瞌睡，共用一个煤油灯，还可以省点油。"三妹子提议道。

做布鞋、鞋垫的边角布料是洋贵姐用田里的小菜，从马鹿池丁裁缝那里换来的。全家的衣裤陈旧不堪，但鞋子还比较规整。

"嗯，这样蛮好，你给二姐说下，让她这几天炒菜稍微多放点油，伯伯把身体养一下后好出门，顺便炒点炒面带上，路上饿了吃。"在几个妹妹面前，洋贵姐不管多痛，都会笑着说不痛，因为再痛也没有人心疼，她习惯了隐藏。

暖暖的阳光下，发英在阳坡轮坎上扯猪草，阳光洒在发英的身上，给她的轮廓镀上了一层金边。她的动作轻盈而有节奏，仿佛在进行一场与自然的和谐舞蹈。她身边放着金竹编织的竹篮，竹篮上沿绑扎的篾圈已开始散落，竹篮虽有些破旧，却承载着满满的生机与希望。竹篮里盛满了狗尾巴草、构树叶、屋儿肠等各式各样的猪草。她弯着小蛮腰，纤细的左手用力地提着竹篮，身子不由自主地向左侧斜去。刚立起身子，发现正前方的羊肠小路上一个熟悉的身影正向自己走来。那不是全祚哥吗？发英不敢相信自己的眼睛，将纤纤手掌平放在额头，挡住刺眼的阳光。啊，是全祚哥！当她发现全祚哥的身影时，她的眼睛瞬间亮了起来。她放下竹篮，脚步变得急促有力，仿佛每一步都踏着欢快的鼓点，她向全祚哥奔去。

"姐夫哥，你今天怎么又跑来了？想大姐吧。"发英咯咯地笑道。她的声音带着一丝俏皮和戏谑，让人心情愉悦。

张全祚被她这么一说，倒是不好意思起来。他的眼睛眯成了一条缝，脸上布满了红晕，带着一丝羞涩和尴尬："你真讨人嫌，小心我织一个'牛兜嘴'，把你的嘴兜起来，免得你一天油嘴滑舌的。”

张全祚约一米六七的个头，漆黑的大眉挂在瘦削的前额，像两把利剑昂首冲翘，眉毛高高地向上耸扬，眉宇下一双不大不小的眼睛，经常眯成一条缝，包容着世间的万事万物，让人感受到无穷的温暖。

“哈哈哈，牛兜嘴兜不住，只能戴在头上当帽子！要戴只能戴羊兜嘴。”发英笑得前仰后合，“你给我配一个铃铛戴在脖子上吧，一走叮当叮当响，免得我走丢了你们找不到。”发英的笑声更大，话语机智幽默，让人忍俊不禁。

“你想得倒美，你走丢了，我才不得去找，免得你一天到晚烦我。”张全祚不屑一顾地说，“走，一路回家。”

“不行，你把肩上的布包取下来，让我检查一下，看你带了些什么好东西，免得等会儿你见到大姐，全部给她了。”发英不由分说，上前一把抢下布包，跑到一边翻了起来，“哟！还带了这么多好吃的东西嘞，有柿饼，还有蜂糖，哈哈，我今天发财了。”

当她看到全祚哥带来的柿饼和蜂糖时，眼睛里闪烁着惊喜。

这柿饼确实做得好，饼身在阳光的照射下，就像一颗晶莹剔透的红宝石，上面裹着一层薄薄的、白白的粉霜，吃在嘴里，甜甜的味道散发出人间满满的爱。

“小祖宗，慢点，莫把蜂糖瓶子弄破了，我给你拿。”张全祚上前拿过布包，“这两筒柿饼给你，蜂糖你拿给二叔。”

“这还差不多，你来做篾活？拿这么多篾活家什。”发英看见包里的劈刀、剥刀和大小强锥问道。

“你大姐带信要我过来做几天篾活。”张全祚看到发英把柿饼和蜂糖放进猪草篮子。

“是大姐想你吧。我跟你说啊，那天背水，她用树条打我，这次你帮我把篮子破的地方修补一下，算是你对我的补偿。”发英抓住机会不依不饶，话语中带着一丝撒娇和恳求，让人无法拒绝。

“嘿嘿，她打你是她的事，凭什么要我补偿你呀？”

张全祚看着发英的样子，心中涌起一股暖流。他知道，这个小姑娘虽然调皮，但心地善良，对家人充满了爱。他愿意为她做任何事，哪怕是修补一个破旧的竹篮。

“因为你们是两口子，她是你的堂客。”发英调皮地说。

听发英这么一说，张全祚心里美滋滋的，倒像是真的结了婚似的。“你今天当着你大姐把刚才说的话再说一遍，你十个篮子我也补。”

“你真坏，坏透顶了，你这不是让我去讨打？你们俩等几天不就是两口子了，还装什么蒜。”发英嘟起嘴，假装不理张全祚。在六个姑娘中，只有发英敢在未来的姐夫面前撒娇。

“回家。你帮我把篮子提起，我帮你挎包，做点轻松事。”发英得意扬扬地挎着布包，向家的方向走去。他们还在院子坎下，英妹子就大声喊：“大姐，我帮你把姐夫哥接回来了，你快出来看呐，他还带来了很多柿饼和蜂糖。”她生怕别人不知道张全祚来了。

洋贵姐听到发英的喊声，赶忙走出来，嚷道：“你这个小蹄子，又不是卖东西，在那里吆喝什么？”

发香听不下去，走出大门，对迎面走来的发英吼道：“英妹子，你安静点好不好，成天像个野人。”接着对着全祚说：“大哥，你过来了，吃饭没有？”

“刚到，还没有吃呢。”

英妹子从猪草篮子里翻出柿饼和蜂糖，顺手递给了姐姐发香，她挽着张全祚的胳膊一蹦一跳地说：“这是姐夫哥带给伯伯和大妈的。”

发香把柿饼和蜂糖拿在手里，看到英妹子得意扬扬的样子，不好意思地说：“你看把发英乐的，让你破费。”

“说不上嘴，一家人不说两家话。”张全祚把胳膊从英妹子的手中取了回来。

赵长玉看到张全祚就像看见儿子一样，脸上露出久违的笑容。二妹子、三妹子和四妹子对张全祚的到来充满好奇和兴奋。她们都围过来，问长问短，叽叽喳喳地说个不停。

洋贵姐道：“二妹子，你把热的饭端过来，让你哥哥吃，吃了好做事。”二妹子心中有着一份淡淡的喜悦，她对张全祚的稳重和能干感到钦佩，也为大姐未来能有这样的大爷嘎感到高兴。

四妹子看不下去，她做出怪怪的样子，瞟了一眼大姐：“你就知道做事，大哥来了该歇歇脚，喘喘气，他跟到你会累死。”说完赶紧往门边走去，她怕大姐过来收拾她。

二妹子在灶屋里把一碗热气腾腾的饭端出来递到张全祚手中。“四妹子，哪有你这样讲话的，找不到大小。”二妹子看到四妹子在姐夫哥面前缺了大姐的面子，觉得很不应该，她狠狠地瞪了四妹子一眼。

张全祚扒了几口饭，喝过一杯水，和家人聊起白来。洋贵姐说：“正月二十八，伯伯要当夫去大州府，你辛苦一下，去厢房旁竹园里砍几根金竹，给他织一个合身的背子。”在最无助的时候，洋贵姐感到全祚哥是她最持久的动力，在最无奈的路口，她感受到无比的温馨和安稳。

张全祚点了点头。看到洋贵姐凄婉一笑，他百感交集。他心痛，知道她有千万个无奈，千万个对不起。这种无奈，就像被狗咬了一口，却无法反咬一口的感觉。她现在最需要的是帮助和依靠。

张全祚是远近闻名的好篾匠，他好像天生就会这一行，人们都喜欢用他编织的竹篾制品，因为他的手艺确实好。他随洋贵姐来到厢房西侧金竹园内，仔细挑选了五根没有疤痕、粗细均匀的金竹，然后用砍刀砍断，砍竹子的笃笃声响犹如镭的裂变。他剔掉竹枝，剁掉竹尖，将金竹管摆放在离自己最近处，然后叠铺在肩上，扛起金竹急匆匆地回家。

“你来后，我感觉安全些。”洋贵姐含情脉脉地感叹道，心中充满无限的感激。她双手不停地搬动着密集的金竹，让它们弯着腰给全祚哥让路。

“有困难大家一起扛。像发英一样，快乐些。”张全祚安慰道。

“那个小蹄子，是个‘梦嘎儿虫’（不懂事的人），成天不知道忧愁，硬是长不大。”

“我来的时候，家里把吴文池的牛借来了。今天，我争取把背子织起，明天回去犁门前的田，伯伯的腰最近老是疼。我把田犁完后，再过来待几天。”张全祚用商量的口气和洋贵姐说。

“没什么，两边都有难处，你忙你的。”洋贵姐对张全祚的到来感到欣喜，她知道自己也需要为张全祚想一想。

张全祚把金竹顺着扛进堂屋，整齐地放在地上，接着拿起一条长板凳，从包里取出剥篾刀、大小强锥和竹锯，将两片刮篾刀呈八字形钉在板凳上，大腿上铺着一块陈旧的羊皮垫，手里攥着篾刀，将金竹逐一放在羊皮垫上，手、刀并用，脚边的金竹管被利落地一分为二。反复多次，竹管变成了数十根金黄色的竹条，接着用剥刀将竹条分层，用牙齿咬住竹条内面多余的米色肉皮顶端，右手里的剥刀迅速将竹条分离，有用的金黄色外皮有条不紊地置放在他的右侧，无用的篾黄被抛在身子左侧，镰刀在他手中就像厨子手里的大勺，使得出神入化。

三妹子、四妹子围在张全祚身边，不停地捣弄着，把取下来的篾黄折断，拖入灶屋。赵长玉从睡房里拿出一把木椅，坐在堂屋门旁，一边抽着旱烟，一边欣赏着未来女婿劈篾、剥篾、编篾和用篾。他和堂客十分看好这个女婿，他们没有儿子，把他当作亲儿子。他们心中充满了对张全祚的信任，眼神中透露出对张全祚的赞赏和对大妹子幸福生活的期待。

长玉一脸的慈祥，眼里藏着满满的爱意，温暖如春风。“菊香（张全祚字菊香），你父母还好？”长玉关心地问。

张全祚一边做着篾活一边应答：“还好嘞，伯伯。您站起来，我看看您的身高和肩宽。”张全祚放下羊皮垫上的篾片，站起来扶着赵长玉，仔细地打量着他的身板，完毕，又说，“您坐好。”

赵长玉坐在木椅上，一边在鞋底磕着烟窝里的烟灰，一边和张全祚说：“我的四个姑娘，都慢慢长大成人，大的不嫁，小的也不好办。你回去后和你的伯伯大妈商量一下。”自从正月初九发盛过继给长玉后，长玉觉得有了依靠，大妹子可以先嫁出去。长玉刚把话说完，又觉得自己在催婚，脸不好落放。

张全祚听懂赵长玉的话：“行，我明天回去后，和伯伯大妈商量一下，争取今年内把婚事办了，二妹子、三妹子也等不起，免得你们操心。”

灶屋里，二妹子正在做饭。“二妹子，你哥哥来了，你去楼上拿点肉，晚上煮哒吃，不要给你大姐说。”大妈一边烧着灶火一边对二妹子说。

大妈对未来的女婿一百个满意，笑起来眼睛眯成一条线，满脸充满甜蜜。四妹子经常发牢骚说：“大妈比伯伯更喜欢儿子，我下辈子变人一定变个男人。”

长昆对发盛做长玉的“抱儿子”怨气十足，他感到自己这次被伯伯和发崇出卖了。伯伯自始至终没有帮自己说一句话，反而还给发盛弄来这么多负担。发崇也不是好东西，长昆这个时候不仅恨发崇，也恨当初把他请来，又是吃又是喝，居然说要不要“抱儿子”需要你情我愿，强扭的瓜不甜。这一下好，原来计划把发奎过继给长久，考虑发香她们只有两姊妹，相对老大四个姑娘，陪嫁要少一半，但家产和老大的差不多，赚钱的买卖没做成，不赚钱的买卖却做了一桩。他原来的打算是发盛、发茂、发奎三兄弟成家立业后，发盛守着老大长玉的田地家产过日子，发奎守着老二长久的田地家产过日子，自己跟着发茂过，还是种原来几亩地，跑跑马帮，现在这些美好的想法只用半晌工夫就化作泡影。

长昆的堂客朱成英知道发盛过继给长玉后，心里也是一万个不舒服，作为女人，她又不好在外人前面表现出来。有气时，也只能当着自己的大爷嘎发：“你这次搞得好，偷鸡不成，倒蚀一把米。”

赵长昆声音低了半拍："怎么倒蚀一把米？"

朱成英见长昆竟胆敢反问自己，吼起来："你没长脑壳，你算算账，你是亏了还是赚钱了。"

朱成英比长昆小五岁，长昆平时在外面威风凛凛，人模狗样的，但一回到家里，见到堂客如同老鼠见到猫，大话都不敢说一声。

朱成英的吵闹声惊动了床上的赵伟义，赵伟义拄着拐杖从屋里走出来，他用拐杖在地上敲了敲，屋里顿时安静下来："做生意哪有只赚不赔的，亏也是这样，不亏也是这样，况且弟兄之间又不是做生意。要我说，你们和发盛把老大的几个姑娘早点嫁出去，人少负担就自然少。"赵伟义知道自己现在没有能力和时间操心几个孙姑娘的事，所以在过继发盛时，他特意将几个孙姑娘出嫁的事做出一些安排。

长昆有苦说不出，他觉得父亲这次彻底"叛变"了。"叛变"也没有办法，他还得听父亲的安排，不管怎么讲，在分田地的事情上，父亲没有亏待自己，老大、老二平时吃亏的事也多一些。想想以前的一些事，这次父亲这么做，长昆心里似乎又平静了许多。

赵长昆听了父亲的话，觉得很有道理，四个姑娘迟早要嫁人，早嫁出去一个，早少一张吃饭的嘴。大妹子、二妹子和三妹子已经订婚，当务之急，就是准备嫁妆，嫁妆准备好后，想什么时候嫁就什么时候嫁，没有嫁妆想嫁也嫁不成。长昆准备开春后，发盛带着发奎去跑马帮，他在家里置办两套嫁妆，争取年内把大妹子和二妹子先嫁出去，明后年再把三妹子和四妹子嫁出去。

第二天，张全祚在晨光中匆匆结束手中的篾活，他的额头上挂着细微的汗珠，脸上洋溢着满足的微笑。他把篾活做完时太阳刚刚爬上山头，晨雾还没有散尽。他匆匆忙忙地扒过几口饭，看看时间还早，有条不紊地收拾着行装，和洋贵姐他们打过招呼，便准备回双坪张家大院。

赵长玉看见张全祚要走，从桌子上选出几匹上好的叶子烟，递了过来："你把这几匹叶子烟拿到路上吃，劲道足着呢。"说完，他似乎又想起什么，叮嘱着："你把我说的话给你伯伯、大妈带到，不要忘记。"赵长玉担心张全祚忘记今年内要办婚事，这对赵长玉一家来说是件天大的事情。这个事没办，二妹子、三妹子的婚事无从谈起。他想趁热打铁，早办早安心，省去一桩心事。

张全祚接过赵长玉递过来的烟，在鼻子上嗅了嗅："这个烟真不错，您说的事我一到家就给伯伯大妈说，您放心。"张全祚知道这个家里拿不出什么东西，伯伯今天拿出几匹叶子烟送给自己，就是多大的人情。

长玉忙说："那好，那好。"

大妈驼着背，双手从背后取了下来，支撑在膝盖上。她深情地望着张全祚："路上慢点走。"她慢吞吞地转过身子，对一旁的洋贵姐说："大妹子，你去送一下菊香。"她两眼直呆呆向前望去，木头般地站在那里，双手情不自禁地擦着滚烫的泪珠。

洋贵姐内心充满复杂的情感，她知道离别并不是结束，而是新的开始。当张全祚真的要走的时候，她鼻子两翼一掀一掀，眼睛里盈满了泪水。她觉得自己的心都空了，找不到一丝快乐的感觉，寻不到一丝幸福的滋味。

洋贵姐知道双坪家里的农活成堆，要积肥、犁田，对土地进行翻耕，然后施足基肥，进行土地准备，等待季节的来临，张全祚回去后有忙不完的事。

张全祚种田是个过细人，用他自己的话说："你不敷衍土地，土地才不会敷衍你。"他翻垄均匀，对翻耕的深度要求达到二十五厘米，确保耕深一致；对于秸秆还田或者绿肥回地，他要切茬和翻埋，然后才耙磨整地，达到齐、平、松、碎、净、墒的标准。

洋贵姐并没有送他，她依依不舍地说："你去吧，我不送你啦，等几天你再来。"

从金竹园到双坪有两条路，一条先走银大路下行到银东县城，再走银双路上行到双坪，这一下一上约莫三十里地，基本上是"礓䃰子"路，走起来比较容易；另一条是从金竹园直接到双坪，大约二十里的"毛狗子"路，这条路仅有两尺宽，窄得像一根羊肠，弯弯曲曲，崎岖不平。张全祚还是决定走"毛狗子"路，这条路他已经走过不知道多少回，闭着眼睛也能走回去，他太熟悉这里的山山水水，一草一木。这条路虽然难走点，但路程要近三分之一，可以节约一个时辰，回家可以多做一些事。

"毛狗子"路通过金竹园的大院坝连接在繁忙的银大路上。大院坝是个土坝子，长宽约为五十米，放着两个石磙，是农户翻晒粮食的地方。院坝坎下长着一片青翠的金竹林，面积足有两亩来地，呈半月形，月肚下面的金竹还在不停地向外扩展。翠绿的金竹挤在一起，像一块巨大的绿苗，从地上冲了出来，金竹园里霞光妩媚，密叶层层，遮日幽深。

一棵拐椒树，长在院坝坎下石缝里，主干粗大，树冠如撑开的巨伞，拐椒长满枝头，七弯八拐，弯弯曲曲，上面挂满一粒粒如绿豆一样的籽儿。拐椒淡黄发亮，沉甸甸的让人垂涎。成群的麻雀在拐椒树上飞来飞去，不停地啄食、品尝着拐椒浓浓黏黏的汁儿，饱了、累了又嬉闹到金竹尖上荡着秋千。拐椒树与金竹为伴，它们的根交织在一起，身体紧紧地贴在一起，你中有我，我中有你，一有风起，它们相互致意。

张全祚甩着双手，手里拿着一支短烟杆，烟叶放在衣袋里，衣袋被烟叶簇拥隆起。他从大院坝快步越过大沟进入阴坡，从南向东走去。他独自一人走在寂静的山野中，正好为思考留下珍贵的空间。

张全祚思绪一波接着一波：向家姐做媒，让他和洋贵姐订婚，伯伯、大妈看过洋贵姐的家境后，他们并不看好这门婚事。父母觉得洋贵姐的父母都是病秧子，帮不了什么忙。几姊妹都是女孩，家里没有一个强劳力。而双坪这边却不同，家里五个人，父母身体硬朗，弟弟张元祚也得了力，妹妹雪梅打杂做些小事情。呯、呯、呯的几声，几个硕大的松塔从松树枝上坠落下来，砸在张全祚身边，打断了他的思绪。

阴坡长四里多，路势相对平缓。路的两边，长满了各式各样的松树，年老色衰，褐色的树干上不时显露的伤疤，流着琥珀色的松油，一团团、一簇簇地挂着。成熟的松塔散落满地，守候在母亲身旁。年轻的松塔，依偎在母亲的怀抱，风一吹，轻轻地摇曳。张全祚一声不响地走在铺满松针的松树林中，“毛狗子”路像是铺上一层层厚厚的地毯，走起路来极富弹性，舒服轻盈。

张全祚走着走着又陷入回忆。自己的母亲说：“你看他们的田地也没有我们这边好，尽是些岩石壳，一点土脚都没有。我们的田地是沙壤土，土层厚、肥力足，种什么出什么，种起来省事多了。”

伯伯实在看不下去，黑着脸对大妈说：“菊香今后又不去金竹园生活，再说金竹园进出也比双坪方便。”

“你怎么就知道菊香今后就不去金竹园过日子？她们四个姑娘，都嫁出去了，谁给他们的父母养老送终？说不定哪一天菊香真变成上门女婿。”大妈话还没说够，“你说进出方便，我们哪一点不方便，他们有银大路，我们有银双路，到银东县城远近差不多，我们的路还平坦些呢。”

望着喋喋不休的大妈，伯伯说：“县城是你的，还是他们的？你跑的是别人的县城，我们的县城远着呢。”大妈再也不搭话。父母的争论并没有影响张全祚的心智，他知道洋贵姐勤快，爱动脑筋。有这两条，日子会慢慢好起来。他这辈子认定洋贵姐，觉得只要共同努力，就没有什么是不可能的。

碍着向家姐的面子，张永福和吴文杰在外人面前从来没有提过洋贵姐家条件差。他们催过几次婚，想让大儿子早点结婚，自己好抱孙子，但对方好像不着急一样，没有应答。

褐色的年轻力壮的大叶青藤，在松树丛中攀缘而上，碧绿滴翠，空气里充满松针的青苦味，好似置身于琼楼仙阁的香火缭绕之中。松树林尽头，二十余户陈氏人家三三两两地散落在半山坡，奥陶纪石林布满了村落，山梁上、沟渠边、田边地角的石头缝隙，漫山遍野的都是桐梓树。

“赵家姑爹，找堂客去了呀？几时把媳妇儿娶回家？张家爹爹等着抱孙子呢。”陈家屋场陈老二的堂客，身着一件笨重的格子花棉袄，挺着大肚子，双手叉着腰，看见张全祚从金竹园走来，打着哈哈调侃道，“赵家姑爹，到屋里喝杯茶再走，太阳才出来呢。”

盛夏时节，张全祚一般会停下来，坐一坐，喝点茶水后再走。今天他没有心思：“不喝了，回去还有好多事要做。”张全祚站着把棉衣脱下来抱在手上，一边说一边继续向前走。

“这段时间忙完后，你来家里做几天篾活。”

张全祚站在路边，喘着粗气说：“好，下雨来，田里做不成事。变天的时候，你把竹子准备好。”

“行，就这么定。”陈家二嫂子高兴地答应着。

走过陈家屋场，张全祚将棉衣抱在身体的左侧，准备向金子山爬去。金子山绵亘蜿蜒在银东县和镇溪县的边界上，怪石嶙峋，绝壁万仞，仿佛藏满了沧桑。张全祚沿着陡峭的山路气喘吁吁地向上攀登，路的两旁是悬崖峭壁，途中常有巨石挡路。“毛狗子”路在崇山峻岭间蜿蜒盘旋。山上柏树茂盛，一年四季立在那里，就像大森林一般。

经过近两个小时的奔走，张全祚终于来到金竹园到双坪与银东县至双坪的交叉路口。路口呈“人”字形，银双路好走得多，一米多宽的“礓礤子”路，向双坪方向伸展着，快接近目的地了，张全祚脚踝和膝盖上的不适隐隐袭来，生理上释放的危险信号让大脑转移了注意力，这大概就是生物的本性吧。

剩下的路程，张全祚头脑也不活跃，天马行空的思绪逐渐变成强烈单一的念头——终点还有多远？无论路上有多少深刻或浅显的思绪，最终他才发现，一切的终极其实就是那么简单，我要和洋贵姐结婚了。这是他这次去金竹园最大的收获。不足三百米就是双坪，这时太阳还没升到山顶。

张全祚回到双坪张家院子，父亲去当夫了，两个男人走后，家里全部都是女人，洋贵姐心里空落落的。这些天太阳还好，她安排四妹子在家帮忙弄弄饭、喂喂猪，有时间去背点水。

四妹子个子不高，背水只能背大半桶，屁股没有顺势跟着水桶摇摆，往往背大半桶水，水还是从桶里荡了出来，她的头发和衣服被水淋得透湿。四妹子愿意和大妈在一起做事。她和大姐、二姐一起在田里做点事，不是大姐说她这也没有做好，就是二姐说她那也没做好，有时三姐也蹦出来说几句，没有一句好话，好像自己是她们的出气筒。和大妈在一起做事就大不一样，尽管很多事没有做好，大妈总是轻言细语地说："四妹子，你做慢一点，动动脑子。"

这几天，洋贵姐和二妹子、三妹子的主要任务就是挖田、砍渣子烧火粪。她们先前分得的地，大多是开出来的荒山，土板结实，往往挖两三锄才能撬动巴掌大的一块黄土，挖起来的黄土，还要用挖锄背把它敲碎，三人一天挖到黑，也整不出一亩地来。

这一天，洋贵姐看地挖整得差不多，拄着挖锄站在田坎边对妹妹说："趁这几天天气好，我们明天去砍渣子烧火粪。不烧点火粪没有地力，种的苞谷没有收成。"

三妹子望着大姐说："大姐，明天能不能闪（休息）半天，这几天太累了。"其实三妹子心里也知道，说了也没用，和大姐一起做事，只要你耐得活，没有不做的道理。这几天她老人家没有半夜三更地把你喊起来出工就算是大慈大悲、救苦救难了。

"你想得倒好，人不出力哪有饭吃？"洋贵姐说完，她望望对面坡上，长久叔和发香、发英他们正忙着烧火粪，"你看看二叔这么大年纪，整天都还在坡里忙。我们明天一人砍两捆渣子，烧一堆火粪，早烧完的早放工。"

洋贵姐把定额管理用到烧火粪上，"鸭子下河各顾各"。原来三妹子和两个姐姐一起烧粪多多少少还能沾点光，现在要单干，三妹子心里暗想："大妖精板眼真是多，在她那里永远讨不到划得来。"

二妹子在一旁看戏不怕台高，不停地朝三妹子眨眼点头："三妹子，搬起石头砸着自己的脚了吧！"

"坏女人脚小，砸不着。我的脚大，不小心就砸到了。"三妹子的脚没有缠裹，是一双大脚。这双大脚是她的骄傲，毕竟她没有经受缠裹的痛苦，她知道这种痛苦是刻骨铭心的。她心怀不满，拐弯抹角地骂大姐是个坏女人。

洋贵姐哪里会听不懂三妹子说的话呢？三妹子说的那个小脚坏女人明明就是自己。她冲着三妹子说："你招呼我把你的嘴撕了，有本事你不吃饭。"

三妹子知道洋贵姐的厉害，再说在家里，她从来没有少做什么。她对着二妹子，伸出舌头做了一个鬼脸，再也不出声。

第二天，洋贵姐、二妹子和三妹子一前一后地来到枣子树坪砍渣子，两个姐姐昨天晚上把镰刀磨好，一到枣子树坪，他们弯腰半蹲在地上，右手握着镰刀，左手拿捏着树枝，迅速地砍了起来。树枝、草丛在她们手下极不情愿地倒在地上，一动不动，没有发出半点呻吟声。三妹子年纪小，动作慢，洋贵姐、二妹子砍完一捆渣子时，她才砍了半捆。这时，她后悔昨天不该说明天闪半天。就是这个“闪”字，既没让她闪脱，更没让她讨到一丝便宜。她现在只有埋头苦干，不然的话，大姐不知什么时候又搞出个新板眼，让人受不了。

枣子树坪坎上，发崇和发大两人披着披肩，抬着一棵杉树，喊着嗨呀、嗨呀的号子声往山下走去。他们右手搭在右肩的杉木上，左手拄着一根“Y”字形的木棍，走得不紧不慢，每走一步，都要先试探一下脚踩牢实没有。

“发崇哥，你们砍树做什么？”三妹子朝正向自己走来的发崇问道。发崇抬头一看，洋贵姐和二妹子正背着渣子往自家田里走去，只有三妹子还在下面，她砍的渣子还不够。

“哈哈，你们不知道吧，你幺叔请我们帮忙砍树，给你们几姊妹准备嫁妆呢。”赵发崇把几姊妹说得特别重，赵发大又补一句：“三妹子，你嫁人，不要忘了请我和发崇喝酒吃喜糖。”三妹子什么时候见过这种场面、听过这样的话？她圆圆的脸上渗出汗珠儿，一下子红到耳根上。

“你们先吃大姐的喜糖吧。我的还没有呢！”三妹子秀长的睫毛，好像枣子树坪密密的树林，给人一种深邃而又神秘的感觉。乌黑的长发，既柔软又纤细，随着晚风在脑后飘拂。

“快得很。你幺叔说，今年争取把你大姐、二姐嫁出去，明年就轮到你。”

发崇一边说一边叫走在后面的发大歇歇脚再走，他们俩把杉木放在“Y”字形的木棍上面，右肩从杉木下面脱出来，慢慢伸直了腰。

“三妹子，我们在上面砍了几棵树，你去把树枝背到田里去烧火粪。”发崇看到累得满头大汗的三妹子，心疼地说。

三妹子一听，喜得眉毛弯成小小的月牙，眼睛眯成一条线，闪烁着喜悦的光芒，鼻子仿佛高挺了几分，嘴角上扬露出整齐的牙齿。她不知道今天走了什么“狗屎运”，几棵树的枝子足足可以抵上她砍两天的渣子，她希望大姐明天还是安排大家砍渣子、烧火粪，我今天把树枝子都背到田里，明后天就可以不来了，看大妖精还有什么说的。大姐不在场时，三妹子叫她大妖精，平时四妹子也跟着她这么喊，三妹子越想越高兴。

"好的，我马上去背，谢谢发崇、发大哥。"三妹子砍渣子意外发了一笔横财，让她喜笑颜开。更让她高兴的是今年大妖精要出嫁了，大妖精一走，瞌睡都要多睡好多。自己明年也要出嫁，这是多么幸福的一件事，想着张思龙，心里比吃了蜂蜜都要甜。

当洋贵姐和二妹子还在给渣子上面倒土时，三妹子已经把三天的渣子背到位。洋贵姐和二妹子不敢相信自己的眼睛，三妹子如有神助，不知从哪里一下子砍来这么多渣子。三妹子故意不理睬两个姐姐，特别是大姐。

洋贵姐忍不住朝三妹子走来："三妹子，你从哪里砍来这么多渣子？"

三妹子昂着头，对洋贵姐爱理不理的："你管我在哪里弄的，只要不是偷来的就行。我今天把三堆火粪都烧了，明后两天可以闪一下吧。"三妹子对洋贵姐提出今天单干的方案耿耿于怀，她心想，这下看你还有什么说的。

洋贵姐也不知道三妹子今天走了什么狗屎运，天上一下子掉下来这么多馅饼，想到自己先前说过的话，不得不说："好，你明天和二妹子都闪一天。"

三妹子一听，心里极不平衡："凭什么二姐也闪一天，我做了你们三天做的事。"三妹子怕洋贵姐算不来账，傲慢地昂着头，她感觉第一次在大姐面前扬眉吐气了一回。

"我告诉你，你和二姐都是兔子的尾巴长不了。今年，你去你的双坪，二姐去她的蛤蟆口。"三妹子也不知道大姐和二姐出嫁对自己和家人到底好不好，但她知道两个姐姐总是要嫁人的，而且一定会嫁在她的前面。

洋贵姐问："你听谁说的？"

"你不要管，反正我知道。"三妹子故意拿捏道，她想你平时对我们横鼻子竖眼的，今天也要你尝尝求人的滋味。

"好，你明天、后天闪两天，二妹子和我继续烧火粪。"

三妹子见大姐服软，这才慢慢地说："我听发崇哥说，幺叔请他们砍树给你们准备嫁妆，树枝子是他们给我的。"

洋贵姐心里顿时明白，在金竹园自己真是兔子的尾巴长不了。她隐隐约约地感觉到，正月初九伯伯他们商量把发盛过继给他做"抱儿子"后，她们几姊妹们的婚事明显提速。她深深感受到了胡子爷爷的力量，她原来对胡子爷爷没有好感，只有成见。她认为在这个院子里，胡子爷爷总是或多或少地偏袒着幺叔，最大的理由就是幺叔有儿子，能够继承家族血脉。而伯伯和二叔的后代是女孩，在传统观念中，她们被视为"泼出去的水"，将来会成为外人。她这次慢慢对胡子爷爷有了一点好感，他并没有强求发香嫁人，今后伯伯大妈有个三长两短，他们也有个临时落脚的地方。

洋贵姐、二妹子和三妹子回到家时，太阳已经落山。她们看见天井里堆满了长长短短的杉木和柏木。洋贵姐有些感动，她知道这是胡子爷爷推着幺叔走的，没有胡子爷爷在背后的支撑，幺叔不会有所动作。洋贵姐想到这里，情不自禁地来到幺叔门前，看见幺叔准备着锯子，他肩上搭着一件灰不灰黄不黄的褂子，腰间插着旱烟杆，烟荷包耷拉在屁股上，像钟摆似的摆动。

长昆见洋贵姐站在他的面前，问道："大妹子，你有什么事？"

"幺叔，这里需要我们帮忙吗？"不知为什么，平时爽快的洋贵姐说话像没力气一般。

"现在把木料锯短堆在屋檐下干两三个月，没有什么忙需要帮，五六月份的时候，你让二妹子去趟蛤蟆口把张木匠请来做几天木活。"

长昆说的张木匠，指的是二妹子的未婚夫张思俊。长昆想让他来做嫁妆，可以省一些工钱。再说东西做得好与坏，任何人都提不起意见，这是一箭双雕的事。

洋贵姐听后爽快地说："好，做嫁妆时，我让二妹子留在家里帮忙弄饭。"

赵伟义躺在椅子上，毛茸茸的小腿上，血管像一条条蚯蚓高低不平地串联着，脚上的布鞋已是破烂不堪，脚板上的茧皮垢有一指厚。听着他们叔侄间的对话，时不时地咳嗽几声，咳完后，他满意地点着头："这样安排好。"

第四章

赵长玉原本公历三月二日从乡公所背军械到大州府，由于从汉口来的船没能按时到达银东港，长玉去大州府的时间推迟了半个月，直到公历三月十八日才出发。好的是这次背的东西都是军衣军被，只有八九十斤重。

一九三五年，中华民族多难多灾。日本在华北地区制造一系列严重事件，河北事件及《何梅协定》、张北事件及《秦土协定》、华北五省“自治”运动及冀察政务委员会成立等，“华北事变”层出不穷。中国共产党领导的中央红军长征初期，红二、六军团为策应中央红军突围，在湘西一带辗转战斗，以牵制国民党湘军主力。中央红军渡过金沙江后，红二、六军团牵制国民党军的任务基本结束。此时，驻守鄂西一带的国民党军部署比较分散，战斗力较弱。从地形上看，敌军湘、鄂两部分别位于红军的南北两侧，在态势上处于被红军分割状态。同时，国民党军内部派系矛盾给红军各个击破创造了有利条件。贺龙决定对国民党军改守为攻，充分发挥红军的运动战优势，在鄂西一带调动敌人，歼灭敌人有生力量。

大州虽小，但战略地位重要，北能威胁四川，南可进攻湘西，并对国民党守军的长江航运线路实施瞰制，是兵家必争之地，抢运军需到大州成了国民党守军紧迫的任务。国民党军初至大州府，长官命令部队抢挖工事，部队人手不够，他们把背夫强行留了下来，建碉堡、挖战壕。

长玉在路上走了半个月，当他来到大州移交完军衣被服后，哨兵没有放他回家，而是把他和来自不同地方的挑夫、背夫集中在一起，修了整整两个月的工事。这两个月长玉修建工事与这些士兵混熟了。士兵们不停地吆喝他跑跑腿，做这做那，让他晚上帮忙站岗放哨，只是每天吃的没少他一顿。

刚到农历五月，绵绵阴雨就开始不停地下了起来。五月初三，天空乌云密布，电闪雷鸣，大雨如瓢泼般下了三天三夜。正当长玉准备起身回家时，一场百年不遇的洪水袭击了大州城和武陵山区，将原本宁静的大州城和村落变成了一片汪洋。

初三下午，大州城对岸的五峰山腰出现了一圈红、黄、蓝三色云雾。老人们说：“这是清江上游大龙潭的巨龙要到大海里去。”

不到半晌工夫，清江上游传来巨大的响动，肆虐的洪水夹杂着折断的树枝和石块，从山谷奔泻而下，宛如猛兽下山。一个老奶奶喊道：“完了！完了！大州城完了。”一屁股瘫坐到了雨水里，绝望的泪水与雨水交织。

人们扶老携幼，往山上跑去。水头猛扑下来，发出惊天动地的怒吼，脚下的大地和城墙都在震颤。第一排浪头过来，吞没了河滩上丈把高的柳树，咆哮的水头凶狠地撕咬着河堤。紧接着，更高的浪头呼啸而过，城外河堤后面的房屋、树木被一扫而光。巨浪撞击着城墙，像要把它推倒一样，城墙被撞击得不停地抖动起来，仿佛整个大州城都在颤抖。

浊浪翻滚的水面上，大树、木料、柜子、牲畜、人、成架的房屋漂下来。人们惊慌失措，见大水漫城，潮水般地涌上城墙。一些胆大的年轻人，坐在城墙豁口处伸出双脚，拨弄着城外洪水里的浪花儿。“嗅嗬，捞浪财了！”他们打着赤膊，有的穿着红的、蓝的或者灰色的短裤，有的把外面的长裤卷得老高，纷纷扛来绑着铁钩的长竹竿，站在岸上或城墙上，把能钩到的木料家什捞上来。

“上游人遭殃，下游人发财。”这是清江上一个不成文的规矩。岸边一个赤裸着身体的老者，一边打捞着浪财，一边惊讶地叫道：“看，又漂来一个水打棒（溺水者）。”他用古铜色的右手指着咆哮的江水，“是具女尸。”

“您怎么知道是女尸？”站在老者身边约莫二十岁的年轻人愣头愣脑地问道。

老者说：“女人的屁股大，溺水后面部朝天，背部朝下。男人的屁股小，溺水后面部朝下，背部朝天。”他刚说完，又用手往江心指了指，对身边的人们说：“你们看，那边漂下来的水打棒是具男尸，他脸朝下，背部朝天。”

大家恐慌地看着江心不时漂下来的尸体，心都提到嗓子眼里了，不知又有多少人妻离子散，家破人亡。绝望的呼救声、哭泣声和洪水的咆哮声交织在一起，构成了一幅悲惨的景象。

二街和东门已开始进水，国民党守军进行抢堵，可人少水凶，哪里堵得住？老百姓拿出被套、布袋装土堵水，洪水顺着南江桥倒灌入城，加上雨水不能排出，城内水位仍然在上涨。

南门外的二街是商业区，现在已成为河道，船只可自由航行。一些小商贩躲上了屋顶或阁楼，死守家业。鑫海、昌耀、慧源等一些大资本商号，船只停于门前，以备洪水上楼时撤离人员和转移物资。一般的商户，便将门板等摽成排以便随时使用。满街漂流着各种木器和瓶瓶罐罐，昔日繁华的街道如今一片狼藉。

长玉躲在大州府最高点六角亭内。六角亭亭高约六米，面积有三十多平方米，六角亭内放置着用条石做成的石凳。站在六角亭内，大州城一览无余，昔日的美景如今被肆虐的洪水所取代。长玉望着四周的洪水，心中默默祈祷着自己的父母和几个姑娘平安无事，他的心中充满了无助和悲痛。

国民党守军在亭内安排了六个人，架着两挺机枪，堆放着整箱整箱的子弹和手榴弹，吃的东西应有尽有。这几天，赵长玉吃喝都在这里，晚上和衣睡在条石或子弹箱上。他待在这里，周围到处都是水，进不得进，出不得出，内心十分焦急。他不知道金竹园的灾情怎样，如果像大州城一样，今年的日子就没有办法过了。好在实际情况是除山高水急，银大路上一些行人和牲畜被水冲走，连续的降水使山体不稳、土质下沉，造成不少地方出现泥石流外，金竹园的人员伤亡和财产损失都不大。

第四天晚上，雨停浪平，清江水开始慢慢退去。洪水终于过去，不等人们缓过劲来，瘟疫接踵而至。瘟疫沿清江而下一直流行到大州一带，持续近两个月。初患者首先感到舌头、手指和脚趾麻木，接着心慌腹胀，继而上吐下泻。

三孔桥街上，张先生的“天天顺”药铺内外躺满病人。大家都用中医中药来治病，病人越治越多，人满为患。许多病人不等药物配齐就死了，有的药还在炉子上煎着，人便断了气。

大州死亡的人数随着瘟疫的蔓延不断增多。东死一个，西死一个，得了病的人，一时三刻都有可能死掉。

北水溪周围的瘟疫更为严重，山沟、街巷，屋内屋外，到处都是暴病而亡的人。收殓死者先是用棺材入葬，棺材用完了就用竹席，最后竹席也用完了，就只好用稻草。家家关门闭户，惶惶不可终日。人们跪在神案前，对着祖师爷像祈祷：“各位列祖列宗，你们睁开眼睛看看，大州快没有人了，你们在阴曹地府保佑保佑我们吧！”

瘟疫开始蔓延的时候，国民党守军陷入极度的恐惧之中，军营全天候与外界隔离封闭，李师长命令各团抽调部分兵力去城外拉来生石灰。士兵们挑来井水浇在石灰堆上，块状的生石灰噗噗噗爆裂成雪白的粉末，腾起一片呛人刺鼻的白烟。李师长让部队把白灰粉末儿铺垫到院子、墙脚、床底、墙根下，渠沟里、道路上撒满白灰，军营和战壕内外一片耀眼的白色。

士兵们迷惑不解地问李师长："为什么不插桃木、艾草而撒生石灰？"

李师长说："插桃木你逃得掉吗？那是迷信。这瘟病是病菌传染的，石灰杀它哩！"

士兵们听着这些奇怪的名词更加迷糊，嘴里撂出话来："那咱干脆搬到石灰窑里去住！"

李师长摇摇头说："去石灰窑里住，谁去守城？现在既要守城又要保命。"

赵长玉的命算是保住了。大州城受灾期间，他天天待在六角亭，与国民党士兵为伴，算是因祸得福。他有效地规避了日趋猖獗的疫情，基本上每天都能把肚子吃饱了。现在最大的问题是人出不来，更不要想走。三个月家里人不知道自己的死活，自己也不知道家里这几个月怎么样。他心急如焚，不知道什么时候能够回家。他想家，想几个姑娘，他觉得回去什么事情都可以不做，只要一家人在一起，坐到那里就是一种幸福。他悄悄把自己回家的想法告诉了守备六角亭的侯班长。

侯班长个子不高，皮肤黝黑，长得特别结实，是江西赣南人，贫苦出身，为了生计，被迫参加了国民党部队。他深知底层百姓的苦难，对长玉的处境感同身受。侯班长去年随部队"追剿"红军，从江西一直追到湘西，再从湘西追到了鄂西，红军主力没"剿灭"，他们却在大州城遇到了贺龙的部队，打了几仗下来，没有讨到丝毫便宜，现在困守在大州城。

侯班长同情长玉："现在城里到处是疫情，你可能还没出城就染上了疫病。还没到家，就可能见阎王爷去了。"现在谁都不敢到处乱跑，那不是闹着玩的，命随时可能搭进去。

"您说的都是实情，我出来这么久，家人不知道我的死活，我不进城，沿着工事绕道从山上走，这些地方撒了石灰没有疫情，走出大州城后再沿银大路回家。"

侯班长望着面前病恹恹的人，说："没想到你还会动脑筋，我们这里三步一岗五步一哨的，别人还以为你是贺胡子的奸细，你怎么走得出去？"

赵长玉知道这里的情况很复杂，需要小心谨慎，但看到机会来了，又舍不得放弃。他央求道："您行行好，您也是穷苦人家出身，我上有老下有小，求您找上面开一个通行证，我就可以走了。"长玉这两个月修建工事，站岗放哨，把侯班长出身贫寒，是江西人了解得一清二楚，他打出悲情牌。

侯班长看他孤独一人，无依无靠，寂寞无奈的模样，心生同情和怜悯，他心里想："家家都有难念的经，要是大家不打仗就好了。"他从条石上站起：

"你今晚帮我站一晚的岗，我明早去连部帮你弄一个通行证，回家和堂客睡觉去。"

"好，多谢班长的大慈大悲。"赵长玉双手合十，不断地对侯班长作揖，为了拉近与侯班长的距离，他直接叫他"班长"。

那天晚上，赵长玉很兴奋，出来几个月，他把回家的希望寄托在那张通行证上。他想家里的每一个人，想和他们坐在一起谈谈事情，其乐融融、温暖无比。他站了一夜的岗，眼睛眨都没有眨一下。他担心红军冷不丁地放两枪，偷偷地摸上来，如果那样，明天就走不成了。

这天晚上，皎洁的月亮在稀薄的云层中穿来穿去，把四周照得透亮，什么事也没有发生。

第二天，侯班长去连部弄来一张通行证，当赵长玉从侯班长手中接过这张盖有连部公章的纸条时，他的上嘴唇紧咬着下嘴唇，眼睛已经蓄满泪水，带着希望，夹着紧张，双眸一动不动地望着侯班长。他扑通一下跪在侯班长面前，人在危难时刻，受滴水之恩，没齿难忘。这是救命之恩，什么语言和行动都是苍白的，无法表达和报答，唯有一跪，记下莫大的恩情。他感到这是一张护身符，是护命的东西，他小心翼翼地把这张纸折叠起来，放进贴身衣服兜里，生怕它跑了似的。

侯班长看见面前可怜的老人疲惫不堪、头发凌乱，身上的衣服破破烂烂，像树皮一般干枯的手落在地上，支撑着瘦弱的身子，不停地磕着头。他躬着身子，扶起赵长玉。"使不得，快请起，大家都是受苦人。"

吃过午餐，赵长玉离开六角亭，他没有往城区里走，而是背着背篓沿壕沟工事横着向五峰山走去，满山遍野的新坟，插满白色的祭吊，一群一群的乌鸦盘旋在空中，发出阵阵哀鸣。乌鸦的嘶叫声提醒着赵长玉，"快点走，快点走"。他不敢去山下的村庄讨吃借宿，他怕给自己惹来麻烦，他现在只吃得起补药，吃不起泻药。

赵长玉顺着半山腰翻过几座大山后，经熊家岩、过黄泥顶再到南岩寺，到南岩寺后就可以放心走银大路了。这段路程走到银大路只需三天的时间，这次他绕道而行，多数时间在翻山越岭，路途十分艰辛，到达南岩寺时花费的时间比平常足足多了三天，好的是那张通行证起了大作用，沿途所遇哨卡都能顺利通过。由于路途人烟稀少，他不得饱食，只能采摘一些野果充饥，困了找个地方，靠在背子上打个盹，打杵子时时拿在手里，以防密林中的豺狼虎豹。

这几天，赵长玉走的不是人走的路，他不敢倒下，因为身后有一群姑娘。他不敢逃避，因为前面还有父母和老婆。他不敢说累，因为没有人分担。他伤心的时候找个角落擦擦眼泪，告诉自己这都不是事。他时刻提醒自己，再难也要走，只有走下去，路才会越走越宽，他才能活着回去见自己的堂客，和姑娘们团聚。当他踉踉跄跄地到达南岩寺时，颤颤巍巍地舒了一口长气，他庆幸自己九死一生，终于跑出了大州这个灾难之地。他实在太困了，决定今天在这里好好吃一顿饭，好好睡一觉，明天早上走银大路，再用三天多的时间，就可以回家了。

赵长玉把自己安顿在“客兴”驿栈，他每次当夫时都住这里。新年里，“客兴”驿栈大门上贴着的对联完好无损。左联是“主兴客兴主客都兴”，右联是“你旺我旺你我都旺”，横批是“兴旺大家”。对联简单明了，吉祥如意，让人看后过目不忘，给来来往往的客商带来回家的感觉。

赵长玉进栈刚落座，紧跟着进来两个背夫，他抬起头望去，这两个人似乎在哪里见过。他向老板讨了一杯热水，在记忆里搜索着这两个人的身影。想了好一阵，他终于想起来，那不是过去和智夫子做伴的两个背夫吗？他走到正将背子靠向墙角的刘继会身边，伸手帮忙把背子靠稳，刘继会好奇地望着他：“你是？”

“我是金竹园的人，洋贵姐的伯伯。你们俩原来是不是经常和智夫子在金竹园住？”赵长玉慢声细语地问。

到现在，赵长玉也不知道智夫子的大名叫什么。他只知道智夫子就是智夫子。初九那天，老幺把发盛过继给他当“抱儿子”签字时，他见智夫子拿着毛笔，龙飞凤舞地在纸上画上几个字，把这几个字交给他看，他也不认识。他一天书都没念过，他这辈子只知道赵长玉三个字是怎么写的。

“智夫子是我舅舅，他在金竹园结婚成家了。”刘继会对舅舅也叫起了智夫子。

刚靠稳背子的谭德厚从地上站起来，看着刘继会纠正地说：“什么结婚成家，那叫生根开花。这个根一生就不用背脚了。”说完，他瞟了刘继会一眼，“洋贵姐我们熟悉，一看就是能干人，既然你是她的伯伯，我们三人开一间房，三人分开开房要九文钱，一起开只要八文，一起吃饭也便宜点。”谭德厚是一个疲性子，他望着赵长玉慢声慢气地说道。

“好，听这位大哥安排，有两个熟人，回去的路上也有个伴。”赵长玉这次出来，背军衣军服苏噶姐给了五块大洋。在大州城修建环城工事，他被当作泥水工使用，每天工资四分之一块大洋，结账时被团部抽成二十分之一块大洋，每天到手只有五分之一块大洋。他挖了两个月的战壕，挣得十二块大洋，除去吃住花销，身上没有几块大洋。三个人一起吃住，还能省点钱，赵长玉心里乐呵呵的，这是三个月以来他第一次这么开心。

长玉不知不觉和谭德厚、刘继会走到一起，可能是上天安排好的缘分。这天晚上，他们要了一个腊蹄子火锅，炖了些干土豆，弄了点大白菜，就着咸菜，喝了点小酒，身子都没有洗，爬到床上美美睡了一觉。

第二天，德厚让老板娘下了三碗面，账结完后，他们走上银大路。长玉说："你俩把棕丝分给我背一点，你们轻松一点。"

德厚不肯，他想："长玉帮忙背棕丝，到时候长玉的食宿钱收也不是，不收也不是，倒不如自己背着还好些。"

刘继会没有想这么多，他眼巴巴地想长玉帮忙分担一点，那样自己会轻松许多。他歇下来，解开麻绳，把自己背的四捆棕丝放了一捆在长玉背篓上，德厚把带的吃的、水壶之类的东西也交给了长玉。德厚想："他帮我背这么点东西，不会找我讨价还价的，再说他不遇到我们，吃饭住栈都要贵一些。"

从南岩寺到金竹园，除枝寨坪到九冲坡有五十里的上坡外，其他的基本上是平路和下坡路。走上坡路时，人背着东西相应地困难许多，除双腿用力向前攀爬外，手中的打杵子还得点着石阶用力向上撑，以减轻双腿的压力。嘴里吐着长气，不停地嗨、嗬、嗨、嗬地叫唤着，好像叫唤才能释放向上的力量。走平路和下坡时，只听见打杵子在石阶上拖得嗒、嗒、嗒地响，有时像独奏，有时像合唱，美妙的声响不停地惊动着银大路边的小鸟，它们从树枝上扑腾扑腾一跃而起，飞向另一个树枝。

他们坐下来休息的时候，喝着水，吃着干粮，抽着旱烟，这是他们这一天最幸福的时刻。

"智夫子过得怎么样？"

"他和德香还过得来？"

这些是德厚最感兴趣的事，一路上，他不知问过长玉多少回。他也说不清楚到底是想智夫子和德麻子过得好，还是想智夫子和德麻子过得不好。不管怎么说，智夫子和德麻子成婚后，他很失落。他这辈子最后悔的事就是撮合智夫子和德麻子结婚，哪知道智夫子顺水湾船，真的把船湾了，而且湾得那样逍遥自在。

智夫子好了，德厚却苦了自己。过去每两三个月，他总能捕捉到一些机会和德麻子云雨一番。现在，半年都没有动过德麻子一根毫毛。

第四天晌午，德麻子在田里扯菜，她远远看见银大路上走来三个人，从他们走路的姿势，她知道是德厚和刘继会过来了，心跳不由自主地加快。她赶紧抱起菜，快步往家里走去，心里却在盘算着如何应对接下来可能发生的一切。她知道，德厚的到来，她必须小心应对，不能让智夫子察觉到任何异常，她走到大门口站住。“你们三个人怎么走到一起去了？”德麻子怎么也没想到长玉和谭德厚他们走到了一起。

谭德厚阴阳怪气地说：“是缘分，就像你和智夫子走到一起一样。”眼睛不停地瞟着德麻子。

每当德厚那双充满欲望的眼睛盯着德麻子时，她总是既感到羞耻，又感到兴奋。她知道，自己和德厚之间的关系，就像一场游戏，随时都可能失控。即便如此，她还是忍不住想要继续这场游戏，她内心深处，渴望被爱，渴望被关注。

德麻子没有生谭德厚的气，她用手往屋里一指：“长玉叔，进屋喝点茶，暖暖身子再回家。”德麻子知道谭德厚和刘继会会在这里住宿，她内心有些忐忑，忐忑的是她和德厚之间那些不为人知的秘密，万一被智夫子发现，那后果不堪设想，麻烦大。没有哪个男人喜欢女人给自己头上戴绿帽子，这样的事说出去，自己的名声也不好听。

德麻子的名声在金竹园本身就不好，智夫子的到来，这方面的议论在银大路上似乎少了许多。为了减少这方面的麻烦，她向屋内大喊一声：“智夫子，你快出来看谁来了。”她这一喊，只有谭德厚明白，这分明是暗中提醒他，今天你不要乱来，我的大爷嘎在家里。

德麻子的心思，就像一团乱麻，剪不断，理还乱。她既想摆脱德厚的纠缠，又无法完全割舍对他的感情。这对她来说，无疑是一个巨大的挑战。她知道，自己已经陷入无法自拔的旋涡，只能任由命运摆布。

长玉他们把东西背进家门，找地方歇下。刘继会歇下来后，用手摇了摇背子，看看背子靠稳没有。接着他又摇了摇靠在旁边谭德厚的背子，当他确定没有问题后，他才解开长玉背子上的绳子，卸下那一捆棕丝。这捆棕丝长玉帮忙背了三天多，长玉到家后，刘继会只能自己背。

桌子边，长玉和德厚一边喝着茶，一边算着这几天的食宿账。德厚给长玉少算了六文钱，长玉大声说：“使不得，亲兄弟，明算账，不是二天没有人缠。”他们俩你一句我一句，把六文钱推过去推回来，互不相让。

德麻子见后："你们不要，把钱给我。"

这时，谭德厚才慢慢收起六文钱："你是瞎子见钱眼睛开。"他现在最关心的是智夫子到底在不在家，德麻子喊了半天，也没见智夫子的踪影。"德麻子肯定在跟老子耍花腔。"德厚心里暗暗想。

洋贵姐准备自己去二妹子的婆家，把准妹夫张木匠接到金竹园帮忙做嫁妆。她后来一想，这个事她去有些不合适，现在幺叔他们砍回来的木料还没有干透，操之过急怕外人说闲话："看，长玉的姑娘怕嫁不出去，木材没干就急着打家具。"木材没干打家具有些问题，时间稍长，做好的家具就会裂缝，残像败露。另外自己以什么身份去，一个大姑娘跑一些本不该自己跑的事，也不好看。

她还想到另外一个事，伯伯过继"抱儿子"时已经说清楚，发盛负责几姊妹的陪嫁。自己把木匠请来，吃喝拉撒到底是幺叔管还是自己管，"马上打屁，两不分明"。她思前想后，请木匠的事要拖一拖，拖到伯伯回来再说。她现在最担心的是伯伯，原来说半个月左右就可以回家，这一走三个多月，还不见回来的踪影。

除洋贵姐担心赵长玉的安危外，赵伟义也是成天提心吊胆的。他隔三岔五地坐在天井里，望着银大路来来往往的行人，他希望这些人中有一个是他的大儿子。他心里明白，这辈子大儿子跟到自己吃的苦最多。大儿子小的时候，家里没有劳力，挖田、背粪、除草样样农活都干，起早贪黑，没完没了。后来长久、长昆长大了，分家后当夫的事情又落在他身上。一年四季，他忙里忙外，没有停息过。这几年，长玉也渐渐年老，力不从心的事越来越多，好的是几个孙姑娘帮他分担了不少农活。

这天下午，就在他们盼星星盼月亮时，一个熟悉的身影出现在银大路上，长玉终于回家了。赵伟义深情地打量着几个月不见的儿子，颤颤巍巍牵着儿子的手摸过去摸过来，眼泪牵起线往下滴，半天才说出一句话："你还好吗？"

"我还好。"赵长玉边说边放下背篓，从背篓中拿出一包用皮纸包装的茶叶，茶叶是经过九冲坡时买的，听谭德厚说"高山的茶比低山的茶好喝些"。他双手把茶叶递给父亲："这是九冲坡的高山茶，好喝。"长玉把德厚的话重复了一遍。

赵伟义接过茶叶，用鼻子嗅了嗅："好茶，真香。"听到这句话，长玉心中充满了慰藉。

几个姑娘听到伯伯在外面说话，兴高采烈地跑出来："伯伯回来了，伯伯回来了。"听到好久不见的欢叫声，发香、发英和长昆、长久跑了出来，大家问长问短，有说不完的话。

"伯伯吃饭吧。"洋贵姐一只手拿着父亲的背篓，一只手牵着父亲的手说道。

长玉说："这么快，饭就好了。"

"好了，智夫子先过来说您在他家里，我和大妈把饭做好了。"长玉这时才明白，难怪德麻子喊智夫子时没看到智夫子，原来智夫子悄悄地送信来了。

长玉回家一段时间后，木料干得差不多，老幺和他商量，长玉请匠人，长昆管饭，先做两套嫁妆，争取年内把洋贵姐和二妹子嫁出去。

洋贵姐明白，伯伯请匠人，匠人将来是自己的妹夫，妹夫怎么好找老丈人收力钱，况且这两套家具中还有一套是自己堂客的。当然，这样也有好处，既然有二妹子的嫁妆，妹夫绝对不会偷工减料，做出来的家具肯定不错。

没过几天，伯伯和大妈去请女婿，张思俊家住蛤蟆口，也在银大路旁，离金竹园只十来里地。他们在亲家屋里住了一晚，第二天早上，张思俊便随长玉夫妇来到金竹园。

张思俊是个会做事的人，一副人高马大的身材。他是个糙汉子，话不多，性子比较急，他和张全祚刚好是两种相反的性格。张全祚做事有条不紊，慢工出细活。张思俊则是大开大合，先做骨架，再做拼件，速度快，质量也不错。

没吃早餐，张思俊就开始选材，二三米长的木材在他手里如玩物一般，翻去翻来。要用的木材先放在"木马"旁边，"木马"用两根二十厘米粗的花楝木做成六十度的十字架，十字架中间用一根八十厘米长、十厘米粗的花楝木与十字架中心相连，"木马"三只脚落地，上面分叉的地方用于放置木材。根据木材长短，两个"木马"可以随意调整距离，木材置于"木马"上，张思俊便开始加工了。他的动作干净利落，只见他以木头为材料，伸展绳墨，用笔画线，拿出刨子聚精会神地刨着一根长条木，木屑四溅，雪白的刨花纷纷扬扬掉落在地，空气中散逸着木头的特殊香气。

在张思俊的记忆里，他十六岁开始学习木匠。出师后，哪里有人找做木活，就往哪儿跑。做门窗、桌子、椅子、衣柜等，只要有需要他都可以做。他善用木工古法榫卯结构，不用一颗钉子，做出来的家具都很牢固，结实耐用。慢慢地，张思俊做木工活在蛤蟆口周边有了名气，周边无人不知，无人不晓。后来他的名气越来越大，下至银东县城，上至土店子，大家都知道蛤蟆口有一个赫赫有名的好木匠。

这几天，二妹子在幺叔家忙得不亦乐乎，心里美滋滋的。她从来没有看见过张思俊做木活，过去只是听见外面传说他的木活做得又快又好。她这次近距离看见，那不敢直视张思俊。在张思俊扭头的那一瞬间，二妹子再也按捺不住心中的喜悦，偷偷地瞟了他一眼。她看见张思俊龙飞凤舞般地摆弄着手中的墨斗、凿子、斧子、锯子、刨子，那一收一放、一敲一凿、一雕一刻，都浸入了她的情感和灵魂。

二妹子越来越喜欢张思俊，尽管他的语言不多，不像张全祚和洋贵姐有说不完的话。二妹昨天在桌子上给他夹菜，他也只是深情地看了看二妹子，半天才说："你自己吃，我自己夹菜。"弄得二妹子很不自在。

二妹子越来越相信大姐的眼光，当初订婚时，大姐说："这个人值得托付。"看看他做事的样子，二妹心里越来越踏实。

这几天不仅张思俊忙、二妹子忙，发英也忙。英妹子主要忙在嘴上，她时不时地来到张思俊身边，秀声秀气地说："二哥，你歇会儿，喝口茶哒再刨。"

张思俊只顾做活，不爱搭理她，有时英妹子离得太近，他说："站远点，招呼斧头伤你。"

长玉坐在椅子上，看见发英话多，他有时也出来制止一下："英妹子，不要耽误你二哥做事，没事的话去窝子背水。"

发英嘟起嘴，闷闷不乐地说："大姐找了一个叫鸡公，二姐找了一个闷头鸡。"

张思俊停下手中的活，直起身子，看了看英妹子，苦笑一下："你二天找一个叫鸡公。"

二十天后，发盛头戴一顶破草帽，露在帽檐外边的头发杂乱无章，看起来像是刚从床上爬起来一般，手持长鞭，不停地吆喝着骡子回到家中。这时，洋贵姐和二妹子的嫁妆已全部做好。

赵长昆看到嫁妆全部做好，发盛安然无恙地回到家里，他如释重负，松了一口气。他对张思俊的手艺十分满意，今年大妹子和二妹子出嫁没问题。四个姑娘出嫁两个，任务完成了一半。他想帮发盛把洋贵姐几姊妹嫁出门，剩下的事情由发盛去办。洋贵姐他们几姊妹出嫁后，老大那边的土地和家产都是发盛的，老大的事发盛不管谁管？他是老大的"抱儿子"，老大的事不该发茂和发奎管。再说，自己的年纪越来越大，没有精力管老大的事，现在要请人挑选一下大妹子出嫁的日子，日子看好了，有了目标，大家才好安排方方面面的事情。

在挑选洋贵姐出嫁的吉日的问题上，是请赵发猛还是请谭老二，赵伟义和赵长玉发生了争执。

赵伟义认为姑娘出嫁是个大事，挑选吉利的日子对于婚礼至关重要，谭老二在这方面享有盛誉。尽管赵发猛是谭老二的外侄，跟随他学习数年，但赵伟义认为姜还是老的辣，谭老二更值得信赖。

赵长玉觉得邀请赵发猛更为合适。赵发猛住得近，抬头不见低头见，舍近求远请谭老二，今后一些事情不好办。赵长玉还考虑到经济因素：从族群关系来看，发猛是洋贵姐的弟弟，他帮姐姐挑选出嫁的日子，最多吃一顿饭。谭老二来挑选洋贵姐出嫁的日子，不仅需要款待他，还要给红包，这也是一笔开支。

赵伟义和赵长玉争来争去，两人最后决定请发猛挑选大妹子出嫁的日子。

发猛得知这一消息后，感到非常高兴。平时的婚丧嫁娶，附近人挑选日子都是他陪着舅舅去的。这次是他第一次独立挑选日子，是“大姑娘上轿，头一回”。他觉得洋贵姐他们给了他好大的面子，抬了好大的庄。他兴致勃勃地来到长玉家，拱着双手“恭喜，恭喜大姐”。长玉、大妈、洋贵姐、二妹子一干人也被这种氛围感动。

落座后，三妹子递上一杯茶。英妹子听说发猛哥为大姐挑选出嫁日子，也跑来凑热闹。发猛接过茶放在桌上，从上衣口袋里摸出了一个泛黄的小本本，里面除文字外，画着各种不同的太极八卦图，他让洋贵姐报上生辰八字，手在舌尖上舔了舔，把黄本本翻开看了又看，用右手掐算，口中念念有词，神经兮兮地说：“农历八月二十九对大姐来说是个百年不遇的好日子，这一天适合嫁娶、纳采、祈福、祈祷、求嗣、进人口、入宅、移徙、安床、挂匾、开市、出火。”

洋贵姐对“出火”这个说法特别感兴趣，认为“出火”不就是结婚后日子过得红红火火嘛！

英妹子也没闲着，好奇地问：“发猛哥，这一天什么事做不得？”

赵发猛回答：“伐木、造桥、纳畜、行丧等活动不可为之。”

赵伟义在一旁听到赵发猛的建议，主动替大儿子当家：“借发猛的吉言，长玉，大妹子的婚期就定在农历八月二十九，你们给亲家和向家姐把一个信，婚期就这么定！”

几个妹妹听见大姐的婚期定了，好像大姐马上就要走，她们仿佛一下子没有了主心骨，感到心里空空的。“家无主心骨，扫帚颠倒竖。”她们你看着我，我看着你，脸上布满了愁云，满屋充满惶惶不安的气氛，好像地球的末日就要来临。

长玉按照父亲的吩咐，第二天身着半新不旧的蓝衣服，袖子往上挽了一截，胳肢窝下夹着一斤九冲坡的高山茶，往中元子向家姐家走去。这个茶是在谭德厚的撺掇下买的，他一共买了三斤，给父亲一斤，自己留了两斤一直不舍得喝，他想到姑娘都已长大，家中办喜事时需要用到茶，自己每天还是喝的柠清茶，柠清茶便宜。

柠清茶也叫一匹罐，这种茶喝起来有一点点的酸甜，里面的营养成分也特别丰富，有一定的茶多酚和茶碱，而且有一种香醇的口感。适量喝些柠清茶，可以起到缓解身体疲劳和压力的效果，在平时生活当中经常做一些重体力的劳动，喝一杯柠清茶，提神醒脑。

向家姐的家坐落在银东县城后山上，距离金竹园不是太远，约莫十里地。后山群峰峭壁如龙盘绕，金竹园与中元子海拔高度相近，这十里地走起来比较轻松，顺着沿路坎上的大路一直往前走。

向家姐的大爷嘎王建华在整个银东县是赫赫有名的人物，王建华的父亲做过清朝的五品官，死后碑文上刻有“公接手，轮住南北，外应三县之劝输，而内泯千家之咨怨，地方凡有公益，无不踊跃乐从”。中华民国建立，王建华并没随父从政，而是利用银东港码头，做起大宗买卖，食盐、枪支、鸦片他都做，什么东西赚钱他就做什么，越是紧俏的东西他做得越欢。后来，他家产越做越大，在汉口、宜昌都设有贸易公司，大州里面几个县的桐油、生漆、棕丝等商品都是经过他的公司转运出去的。

长玉很快便来到向家姐家。只见向家姐身穿浅绿色旗袍，正在院中与几位男女围坐在小圆桌旁品茶。院坝用一米见方的条石铺就而成，整齐划一，没有高低不平的感觉，坝子两侧高大的八月桂遮天蔽日，散发出阵阵香气。向家姐见长玉过来，站起身，快步迎了过去，她怕在座的人知道她还有这样一位家境贫寒的亲戚。

“你来有什么事，在这里说。”向家姐没有让长玉进屋的意思，她屋里来的都是有头有脸的人物。

长玉也不想在此多留，他用简洁的语言说明来意：“大妹子准备在八月二十九日成婚。”他感到在这里多待一分钟都是一种煎熬，不愿面对那些轻视的目光。

向家姐气质如兰，傲岸冷漠。“行，我知道了，也是该结了，张家那边也催过多少回，不是七弯八拐的亲戚，我真懒得管这些事。”

长玉见向家姐知道了，忙说：“我回去了，如果你们八月二十九有时间的话，请你和姐夫哥去喝杯喜酒。”他顺手把茶叶递给向家姐。长玉知道八月二十九向家姐他们不会去的，所以在话中特别加了“有时间”三个字，这样对方好下台阶，自己也好下台阶。不管向家姐去不去喝喜酒，礼节还是要到位，嘎、姑、舅、姨这些高亲不接也不成体统，况且向家姐既是亲戚还是媒人，长玉今天来就是把礼节做到位，避免将来别人说闲话。

向家姐接过茶叶，看都没有看一眼：“你回吧。”说完径直往圆桌旁走去，头也没有回一下。

赵长玉明白这个世上靠谁不如靠自己，做谁都不如做自己，谁好都不如自己好。有钱有酒多兄弟，患难何曾见一人。他这几天总算把向家姐和双坪亲家那里跑到位了，尽管他在双坪时未能见到女婿张全祚，听说他去马宗山帮人做篾活，但亲家他们对八月二十九号成婚满心欢喜。

长玉从双坪返回家中后，家里的几个姑娘加上发香、发英几姊妹立刻忙碌起来，她们开始准备婚礼所需的各种食品。她们炒蘪儿、做米酒、熬糖粘蘪儿坨、打豆腐、炸馃子、粘宣谷糖。蘪儿分为苞谷籽和宣谷两种。苞谷籽用硅化岩细沙炒制，呈白色，炒成爆米花后，用苞谷糖黏合成蘪儿坨；而宣谷糖则是将筒状条形的糖改切成薄片。

在姑娘们忙碌的同时，长玉、长昆和大妈、幺妈不停地穿梭在金竹园银大路两旁，他们一家一户地拜访族人，邀请他们参加八月二十九日的婚礼：“我家大妹子农历八月二十九成婚，敬请你们动动步，捧捧场！”

被邀请的人反应各异，有的人表示：“好，一定去沾沾喜气。”

有的人则叹着长气：“大妹子出嫁后，长玉这个家难得撑下去，如果二妹子再一走，这个家撑下去更难。”

这些担忧并非空穴来风，长昆考虑：“今年还要让二妹子去蛤蟆口过年。”

过去，金竹园红白喜事大多由赵发崇当知客师，但自从智夫子和德麻子偷偷摸摸地结婚后，智夫子凭借其能言善辩，抢走了发崇不少生意。这次，在选择知客师的问题上，赵伟义和赵长玉倾向于发崇：“本家的事还是由本家人来管好一些。”

长昆对发崇在“抱儿子”问题上的态度耿耿于怀，他认为发崇给他挖了一个坑，这个坑要用很多铜壳子去填。他更倾向于智夫子：“智夫子能说会道，事情会办得更圆满。”

长玉知道老幺心里的疙瘩在那里，也没有强求，他说：“谁当知客师都一样，就请智夫子吧。”

第五章

农历八月二十九，智夫子一大早就来到赵家，开始忙碌起来。实际上，他昨晚就已经来过，并且一直忙到很晚，他与赵伟义、赵长玉、赵长昆、发盛、大妈和幺妈几个人一起，把今天的婚事仔细梳理了一遍。

长昆和发盛认为婚礼不应过于复杂，越复杂花的钱越多，这些钱都是要从发盛口袋里掏出来的。

智夫子则认为，结婚的事一生只有一次，程序过场还是要到位，如果婚礼太过简单，不仅“老丈人”丢脸，他自己也脸上无光。

在这个问题上，智夫子搬出赵伟义，让长昆和发盛陷入进退两难境地。长昆后悔自己没有长后眼睛，这次没有请发崇来管事，而是选择了智夫子。他没想到智夫子看戏不怕台高，为证明自己比发崇的能力强，把这桩婚事考虑得面面俱到，滴水不漏。

婚期的日子，亦叫正宴。正宴的前一天，帮忙张罗喜事的人们在智夫子的安排下，齐聚在长玉和长昆的家中，嘎、姑、舅、姨等亲戚们陆续到来，智夫子安排鞭炮迎接。洋贵姐的嫁妆和亲族置办的陪嫁，在智夫子的指挥下，井然有序地摆放在堂屋里，外边摆放着迎客的香桌。

这座寂寥已久的院子，终于迎来喜庆的时刻。大门上贴着一个硕大的“囍”字，门两侧贴着赵同才书写的对联：“皓月描来双影雁，寒霜映出并头梅”。金竹园微风轻拂，竹叶飒飒晃动，更添了几分喜庆气氛。在双坪娶亲队伍到来前，早席已全部安排好。

放铳、放炮仗，大红灯笼开路，娶亲队伍沿途一路吹吹打打，浩浩荡荡地来到赵家。二妹子和发英忙着装烟倒茶，双坪男方的管事张玉祚与智夫子接头，商议新娘梳妆打扮、厨子红包发放以及开席等事宜，礼尚往来的人们、帮忙的人和坐席饮酒吃饭的人谈笑风生，不亦乐乎，一派喜气洋洋的景象。

智夫子忙里忙外，他请洋贵姐的嘎、姑、舅、姨等，凡是分派有茶食的人，都坐在堂屋里，等待开席，享用茶食。

大妈站在人群中，脸上挂着慈祥的笑容，眼中却闪烁着泪花。她看着忙碌的智夫子和欢快的孩子们，心中充满了复杂的情感。她为洋贵姐的出嫁感到高兴，她心里明白，这是女儿人生的重要时刻，她轻轻抚摸着洋贵姐的头，眼中满是慈爱和鼓励，心里默默祈祷着女儿未来的生活幸福美满。

开荷时间到了。随着智夫子的开荷声，发盛首先打开新娘的衣物箱，接着又打开装满茶食的主荷箱，礼兴随之开始。

张玉祚高声说道："红漆桌儿四角方，台荷放在香桌上，只怪家中素贫寒，没给大人争到光，我把钥匙插在销儿上，敬请高人来开箱。"

赵发盛随即回应道："一对钥匙闪金光，拿在手中开金箱，众亲贵族在高堂，打开金箱放光芒。茶食满箱，绸缎衣裳。亲朋欢喜，族人欢畅。"

开荷结束后，智夫子从台荷中取出洋贵姐的衣物，交给三妹子和四妹子用筛子端进她的房间。洋贵姐开始梳妆打扮，她身着红棉袄，下穿青棉裤，脚上穿着新的绣花鞋，头戴红绒花。她看着自己身上红艳艳的喜服，心里怦怦直跳。

房屋内外，亲朋满座。张玉祚按智夫子的吩咐，逐一给洋贵姐主要的亲族分发茶食。茶食分派完毕，双坪娶亲队伍开始收拾嫁妆，准备发亲。

嫁妆收拾妥当，香桌合拢，收来台荷箱。锣鼓喧天，吹吹打打，喜气洋洋。洋贵姐已梳妆打扮妥当，在三妹子和英妹子的陪同下，从房间里走出，来到堂前。她神态自若，喜泪挂在眼角，满怀深情地对着爷爷、伯伯、二叔、幺叔、大妈、二妈、幺妈以及堂前的各位宗亲深深鞠躬，向香火鞠躬，向家神告别，告知家神她将远嫁他乡。

随着离开的时间越来越近，洋贵姐的心情越来越复杂，不安的心情越来越多，压力越来越大，心里充满了舍不得，她不想走出这个家门，她想永远陪伴在爷爷、伯伯、大妈他们身边。

长玉站在大门边，静静地看着眼前的一切。他的脸上带着淡淡的微笑，但心里却是五味杂陈，他心想这些年大妹子为这个家付出了太多，自己心里总觉得亏欠了她许多。他心里打着鼓，不敢想象大妹子走后这个家怎么维持。他深吸一口气，挺直腰板，他要用最好的状态迎接这个喜庆的日子。

晚秋是红叶黄花的主场，如此绚烂的秋景，让人沉醉。在三妹子和英妹子的陪伴下，洋贵姐随着锣鼓队伍的引领，缓缓走出家门，踏上前往双坪的路程。一路上，桐梓树叶在秋风的吹拂下纷纷扬扬地飘落，将大地铺上了一层金黄的地毯，桐梓林变成一片金色的海洋。

迎亲的队伍终于回到双坪，洋贵姐在三妹子和英妹子的搀扶下，轻盈地跨过门槛。在红烛摇曳的新房内，婚床上铺满红枣、花生、桂圆、莲子，寓意着“早生贵子”。

洋贵姐结婚的第二天，她与张全祚、三妹子、英妹子一同回娘家，这是传统习俗中的“回门”。

在回门的路上，英妹子模仿着张玉祚的腔调：“二位高亲在上，留不住，不得玩，就在本地街上买件粗布衣裳，你们回家打粗穿，天晴遮灰，天阴把泥巴挡，也是东家的名望。”她边说边忍不住笑出声来，调侃着，“姐夫哥，你看看你的大哥，腰里挂着一个洋酒壶，恰像一个活儿流，讲起礼兴话来，一本正经的。”

洋贵姐看见英妹子败脏隔房的大伯子哥哥，站出来说：“英妹子，这是在外面，不是在家里，你正经点。”

张全祚看到堂客维护着张家的面子，心里十分好受：“英妹子，你大姐是我们张家的人。”张全祚扬扬自得地转过头，望着身后的英妹子，一不小心脚踩进了乱石壳，一个踉跄，撞向走在前面的洋贵姐，两个人摔倒在一起。

英妹子和三妹子见状，忍不住大笑起来，英妹子开玩笑说：“大白天的滚到一起。”

洋贵姐笑得爬不起来，指着英妹子：“你个小蹄子，还不来拉我一把。”

“姐夫哥拉，我怕挨打。”

“你的皮最近有些紧，找个时间给你松一松。”洋贵姐笑着威胁道。

“有姐夫哥在，我才不怕呢。”英妹子刚说完，又想离开双坪时张玉祚给的粗布衣服，她用手拉了拉三妹子的手，“三姐，你嫁给张弹匠时，我给你当伴娘，也弄件新衣服穿。”

英妹子的话让三妹子有些不好意思，她也有心力交瘁的时候，也想去另一个地方重新开始，找个宽厚的肩膀靠一靠。她知道，家里还有二姐没结婚，自己的婚事八字还没得一撇：“你这是吃了碗里看着锅里，还不知道是你给我当伴娘，还是我给你当伴娘呢！”三妹子口齿伶俐，噼里啪啦地回应着。

“英妹子以后还是找个姓张的吧。”张全祚说着，卷起秋衣袖口，露出小麦色的皮肤，眼睛深邃有神。

英妹子的脸唰地红透，她抬起眼瞥了张全祚一眼：“这世上妖怪越来越多，唐僧越来越少。姓张的就算了，人太多，我怕被欺负。”她半开玩笑地回答。

秋天，许多树木的叶子变黄脱落，可松树仍然挺拔着身躯，擎起一片浓绿。洋贵姐回门没待好久，他们和父母共进一顿饭后，便匆匆踏上返回双坪的路。

张全祚原本提出留下来帮忙做两天事后再回双坪，但长玉坚决不准：“你们新婚，在双坪才是正道，这里的事永远也做不完，还有二妹子、三妹子可以帮忙。”伯伯把话说到这个份儿上，洋贵姐和张全祚只好往回走，当洋贵姐他们经过陈家屋场时，不巧又碰到陈老二的堂客，只不过陈老二的堂客明显比上次瘦了许多。

张全祚调侃道：“二嫂子，卸货了？”

“卸货半个多月了，两个带‘把’的。”二嫂子一脸得意的样子，话语中充满了自豪感，带“把”好像给了她无上荣光。

“恭喜你呀，二哥是弹无虚发。”

洋贵姐听见张全祚的话，在后面说：“你越说越流。”自己却越发不好意思起来。

“你二哥的枪准，你也要好好练一练，争取一枪打两三个崽出来，免得劳神费力的。”二嫂子越说越带劲，“赵家妹子，听到没有，生就生两三个，带‘把’的。”

洋贵姐把头低着往前赶路，她心想，难怪大家都喜欢儿子，可能是下身有个“把”吧。

金竹园一带，自古就有重男轻女的文化陋习，在人们的传统观念里，男孩能够继承家业，延续家族血脉。而女孩一旦出嫁，就如同“异姓旁人”，这种观念根深蒂固。

重男轻女是一种普遍存在的社会现象，这种现象主要体现在家庭、社会、政治等各个方面，农业经济的发展是重男轻女观念形成的一个重要原因。在农业社会里，男人通常被视为家族的中心和经济支柱，他们可以参与到农业生产中去，而女子则通常被认为只能在家里照顾家务和生养孩子，承担相夫教子的角色。

家族制度也在一定程度上促成了重男轻女的观念。在家族制度中，男性通常是家族的继承者和家族财产的继承人，而女性一般没有这方面的权利。为了保持家族血脉和财富的传承，社会普遍倾向于重视男性。

宗法制度也是造成重男轻女的一个原因。在宗法制度下，“不孝有三，无后为大”，在他们的观念中，传宗接代是一件很重要的事情，尤其在金竹园和双坪这样的偏远山区，更是如此。男性是家族的代表和家族的荣誉，女性则通常被视为家族的负担，为维护家族的荣誉和地位，大家以生男孩为荣，生女孩则往往在家族中抬不起头。

洋贵姐讨厌重男轻女，她反感这种不平等的待遇。她不知暗暗想过多少回，如果下辈子还能选择，她宁愿变成其他任何动物，唯独不愿再做女人。她清楚地记得，很久以前，幺叔长昆赶着骡马从大州府回来，带回几串冰葫芦串，胡子爷爷拿着冰葫芦，只给发茂和发奎每人一个，发英和四妹子只能眼巴巴地看着。胡子爷爷说：“弟弟们如果吃不完，再给你们分一点；如果弟弟们不够吃，你们就没有。”在这里，所有的人都一样，包括刚卸货的陈二嫂，他们都希望子孙能延续家族血脉。

洋贵姐想到这些，心中涌起一股酸楚。她担心自己今后不能为张家生个带“把”的。尽管大爷嘎不是家里的独子，小叔子也已经订婚，准备在明年中秋节后成婚。但为了公婆和大爷嘎开心，她感到自己必须生个儿子出来。她记得结婚时，婆婆吴文杰满怀期待地对大爷嘎讲：“明年就可以抱孙子。”她深知，这个家和陈二嫂他们一样，也重男轻女，她如果不能生出儿子，在家里一定会被人瞧不起，遭到轻视和刁难。

洋贵姐明白，在这种“母凭子贵”的观念下，只有生下儿子，才能改变自己在家中的地位。然而，她内心深处渴望的，是一个更加平等和尊重个体价值的社会，一个不论性别、每个人都能得到公平对待和尊重的世界。

结婚不到一个月，洋贵姐就开始呕吐，对食物提不起兴趣。她发现自己对食物感到恶心，什么东西都不想吃，有些东西不要说吃，只要看一眼，甚至想一下就会呕吐，唯一能够下咽的只有土豆。她意识到自己可能怀上了孩子。

当洋贵姐把怀上孩子的消息悄悄地告诉大爷嘎时，张全祚喜笑颜开，情不自禁地把堂客拥入怀中，嘴贴着洋贵姐的耳根悄声地说：“看，陈家二嫂子还要我回来好好练练，争取一枪打两三个崽出来，我还没来得及练，一枪就打了个十环。”说完好不得意。

洋贵姐望着大爷嘎得意扬扬的样子，心里既高兴又恨他。她高兴的是，自己这么快就怀上了孩子。她恨他让她现在什么都吃不下，她开始担心自己肚子里到底是男孩还是女孩。从看见陈二嫂子那天起，她开始执着于生儿子，为了这个愿望，她到处苦求生子偏方，把自己折腾得筋疲力尽。

洋贵姐怀孕后，吴文杰没有特别高兴的感觉，在她眼里，女人结婚就是为了生孩子，这是一件天经地义的事情，没有什么值得大惊小怪的。

吴文杰是个大手大脚的女人。她小时候为逃避裹脚，经常打着赤脚到处乱跑，沿着银双路跑到银东县城。银双路也是“礓䃰子”路，用条石铺就，这条路起于银东县，止于镇溪县，约有八十公里。双坪到银东县城与金竹园到银东县城里的距离相差不多，加上金竹园到双坪的“毛狗子”路，银东县城与双坪和金竹园恰好构成一个三角形，银东县城在左下角，金竹园在顶上角，双坪在右下角。银东县城在西边，双坪在东边，金竹园处在北边。

银东县城位于长江中上游巫峡峡口南岸，逆江而上直达重庆、成都，顺江而下直抵宜昌、武汉、上海，交通十分便利，是大州府物资进出的集散地。银东县城只有一条“扁担街”，它下起磨盘拐，上至头道桥，长不过两公里，宽不足六米，路面坑坑洼洼，整日覆盖着一层浮土，车来人往，尘土飞扬。到了下雨天，一条扁担街更是变得泥泞不堪，人们外出时，总是难免蹚上一脚泥。街道右边房屋依山而建，多为木板屋，临街一层作为经营商铺，楼上为住宅。街道左边紧靠长江，多为木柱支撑的吊脚楼。

吴文杰曾逃至银东县城，目的是逃避裹脚。她特别害怕裹脚，认为裹脚不仅过程痛苦，而且裹成小脚后走路也走不快，更不用说跑步。一双大脚说来就来，说去就去，多么惬意。吴文杰生死不裹脚，小时候因为裹脚的事，母亲狠狠地打过她两次，但她总是一有机会就逃跑，跑得无影无踪。

有一次，她跑到银东县三天没有回家，还是去银东县城卖菜的人看到她睡在菜场里，将她带回家。她喜欢跑到银东县城的第二个目的就是看轮船。她特别喜欢听轮船的汽笛声，尽管她不清楚汽笛三长两短或一长一短是什么意思，但她就是喜欢那种声音。她常常独自跑到江边的沙滩上，一边玩着沙，一边近距离地听着轮船发出的轰鸣，她心中渴望着能乘坐轮船出去逛一逛，看一看外面的世界。

吴文杰的脚终究没有裹成，她成了双坪极少的大脚女人。对吴文杰来说，拥有一双大手、一双大脚并不是什么坏事，她做起事来是一把好手，走路的速度也比其他女人快了许多。

洋贵姐怀孕后仍旧得继续劳动，她步履蹒跚，总是跟不上公婆的步伐。孕期的不适让她这位平时手脚麻利的人也开始感到力不从心，对于那些需要一些力气的活儿，她更是感到无能为力。

吴文杰常常毫不留情地责备洋贵姐："不知道你怎么这么秀气，我做媳妇的时候，怀着菊香还在山上砍柴。生老二的前一天，我挺着大肚子照样背洋芋。"她觉得对儿媳妇要严厉些，不然的话，儿媳妇几句枕头话给儿子一灌，这个家不一定谁做主。当然，吴文杰的确是个能干的人，做起农活来像男人一样，她犁田、耙地样样都行。

在二妹子结婚的前一天，洋贵姐第二次回到金竹园。张全祚担心她怀着孩子，在路上有个三长两短，决定陪她一起回娘家。再说姨妹子结婚，当姐夫的不去也说不过去。他们这次没有走双坪到金竹园的"毛狗子"路，他们俩先是走银双路到达银东县城。城里层层叠叠的吊脚楼、密密麻麻的木板房，从江边一直延伸到山顶。有一个文人曾经写道：

这里是城吗？
这哪里像城，
楼顶连着楼基，
楼基连着楼顶，
像一块巨大的积木，
从天上挂了下来。

江边小餐馆里，
一个赤膊老汉，
正在喝酒，
喝完酒，
他又要去爬山。

在银东县城，洋贵姐在杨氏布品给二妹子买了一床被子，扯过一些卡其布，这些布除送给二妹子做衣服外，还有一些是给伯伯、大妈、三妹子和四妹子做衣服用的。选好布料，张全祚支付完钱，他们沿着银大路朱家巷开始缓慢地爬坡上行，这是洋贵姐走路走得最慢的一次。

出发前，洋贵姐觉得烤红薯好吃，她让大爷嘎在灶屋里烤几个红薯带在身边。他们走到红石梁在石凳上坐下，张全祚把烤好的红薯递给她，洋贵姐吃了两口，就哇哇地全吐了出来。她一边吐一边想，下辈子不要做女人，不管是生男孩还是生女孩，什么孩都不生最好，怀着孩子真是活受罪。

他们直到下午擦黑的时候才回到金竹园，这段平时不到两个小时的路程，他们用了整整一天的时间。

二妹子的婚事还是智夫子那帮人帮忙筹办。智夫子曾是洋贵姐婚事的知客师，他把那场婚事办成了一个大场面，这让长昆和发盛爷俩多花不少钱，长昆、发盛心疼不已。长昆的脸像蜡一样黄，嘴唇发白，胡子一颤一颤的，全身都在瑟瑟发抖。特别是自己的堂客朱成英天天嘀咕，他心里就更不好受。

赵伟义不这样认为，他觉得“肉烂了在锅里”。洋贵姐的婚事办得风光，大家都体面，自己在金竹园赵氏这个大家族里也抬得起头。尽管上次多花了一些钱，吃了一些亏，但总不至于二妹子的婚礼办得比洋贵姐的差吧。两场婚事前后不到两个月，办差了，外人拿出来一比较，金竹园上下肯定沸沸扬扬，花钱还讨不到一个好字，不如踮起脚、硬着头皮把二妹子的婚事办得更好些。

智夫子办完洋贵姐的婚事在金竹园声名鹊起，他有些沾沾自喜：“谁说我们后乡佬不如前乡人？”智夫子对大家有时叫他“后乡佬”耿耿于怀，他感觉那是瞧不起后乡人，是对后乡人的轻视和侮辱。洋贵姐的婚事，他当知客师办得风风光光，让他证明了自己的能力，他的头抬得比以前高些，眼睛望得远了许多，他感到自己终于为后乡人争了一口气，给后乡人挣了些面子回来。当长玉和长昆这次还是请他给二妹子结婚当知客师时，他二话没说：“都是左右邻居，你们的事就是我的事。”

洋贵姐回到娘家，尽管她因为怀孕反应没有吃什么饭，但她很快又回到出嫁前家中主事的角色，开始指挥三妹子、四妹子、发香和发英忙碌起来。

四妹子一边忙碌，一边小声向英妹子抱怨：“你看那个大妖精，自己站在那里不动，让我们消停不下来。”四妹子怕大姐听到了，她伏在英妹子的肩膀上，悄悄地对英妹子说。

“你也不长个眼睛，你看大姐吃什么吐什么，她给你怀外甥了。”

四妹子停下手中的活儿，看了看远处的大姐：“嗯，她看起来是胖了点，说话也没有以前声音大。”然后她又好奇地问英妹子，“你说她怀外甥，我怎么没看到她的肚子大起来？”

“三天两头肚子就大起来？那要几个月的时间才看得出来。”英妹子比四妹子在这方面观察得更仔细，懂得更多些。

“哦，没想到你一天疯里疯气的，在这方面还很有经验。”四妹子的话还没说完，英妹子的手在四妹子膀子上狠狠地揪了一把：“看我不把你的肉揪掉一块去喂狗。”

四妹子被揪得大声喊叫着：“你也太狠心，肉真的要被你揪掉。”一边说，一边奋力挣脱英妹子的手向一旁跑去。她知道用武力解决问题，她绝对不是英妹子的对手。

洋贵姐和二妹子的两场婚事，把长昆和发盛这些年跑马帮的一些积蓄全部贴了进去。从正月初九把发盛过继给长玉那天起，长昆感到今年的钱只有出没有进。先是准备木料做嫁妆，接下来是大妹子出嫁，紧跟着又是二妹子出嫁，事一桩接着一桩的，一连串的花费让他感到压力巨大。

他后悔先不应该在土地上打算盘、动脑筋。他甚至认为自己和父亲、智夫子属相不合，而且冲得不是一般的厉害。父亲促成了过继的契约，智夫子大操大办让发盛的银子哗哗地向外流。

长昆还觉得发崇也不是一个好人，他支持发香当老姑娘，眼睁睁地看着长久的田产从身边跑掉。想到这些，他眉毛紧紧地拧在一起，眼睛里涌出无数的焦虑。

洋贵姐出嫁不到两个月，二妹子也结婚了。洋贵姐和二妹子相继出嫁后，以往热热闹闹的家如今冷冷清清，这让赵长玉和大妈瞬间感觉自己老了许多。女儿们出嫁的时候，他们真正地体会到女儿才是爹娘的心头肉。大妈拿着洋贵姐买的卡其布，放在手里摸了又摸，回头对女婿说：“沾你的光，我发财了。”大妈知道买布料的钱是女婿在外做篾活挣来的，这些钱整整在外面挣了半个多月。

第二年正月二十八，赵伟义扛不住凛冽的寒冬，坐在火坑边的椅子上安详地闭上了眼睛。他不再为大儿子和二儿子的养老操心，也不再为孙女们的婚事操心。他知道还有好多心要操，但他确实没有了精力。他只好放弃操心去了另一个世界，把本不属于自己的一些操心事留给了自己的后人。

雪发疯似的施展着浑身的解数，铺天盖地地落下来，将大地冻得颤抖。银双路已经盖上一条长长的白地毯，那么纯洁，那么晶莹，看起来真叫人不忍心把脚踩上去。刺骨的寒风在耳畔狂啸。人们在猖狂的啸声中缩着脖子，艰难地挪动脚步，嘴里不住地埋怨老天爷的冷酷无情。

洋贵姐早晨推开门出去时，刺骨的寒风呼呼地吹着，不时地向她袭来。顽皮的小雪花纷纷扬扬地落下来，就像跳舞一样。六角形的雪花有的像银针，有的像落叶，还有的像碎纸片……煞是好看。落在地上，仿佛给双坪铺上了厚厚的毛毯。落在树上，像穿上了银装。地面和房上都变成了白色世界。这美丽的雪景使双坪的人们沉浸在清新的空气里，到处银装素裹，美不胜收。

洋贵姐嫁到双坪快半年了，她总是家中第一个起床的人。随着怀孕日子的增加，她的肚子渐渐隆起。她挺着大肚子还是和从前一样操心这、操心那，地里的事逐渐做得少些，家里的事逐渐管得多了起来。她开始操心给小叔子张元祚讨老婆，操心给小姑子雪梅寻找合适的婚配，全家人的衣食住行和什么时候喂猪，今天做些什么都一一记挂在她的心上。

吴文杰感到这个媳妇除力气小点外，其他方面都还行。她特别勤快，把什么事都安排得井井有条，家务事基本上都是这个媳妇儿包办。有时候，吴文杰甚至觉得这个媳妇儿有点烦人，天还没亮就起床忙东忙西，挑水、煮猪食、准备早餐，不是把这里碰到响，就是把那里碰到响，想睡一个安静的瞌睡都不行。当然，这些响动并没有影响张全祚、张元祚和洋贵姐的公爹张永福，这三个男人照睡不误，鼾声如雷。有时洋贵姐把公婆吵得不耐烦时，吴文杰又会把怨气撒在大儿子身上：“要你找媳妇，你倒好，找了个夜猫子回来。”

张全祚反驳道：“夜猫子也不是我找的，是你们请向家姐做媒找的。”张全祚并不认这个账，他把向家姐搬了出来，毫不示弱。

吴文杰一听大儿子说是向家姐做媒牵的线，马上不作声。她知道向家姐嫁给王建华后，在双坪家族这边也是说一不二的人物，大家都想尽办法接近她、讨好她，谁敢说她的不是？

每当这时，洋贵姐的公爹张永福都会带着笑意，慢条斯理地回应道：“你找了一个勤快能干的儿媳妇，是你八辈子修来的福，你找个懒家伙试一试，我保证你和她三天都搞不好。”

张永福长着一副笑脸，连两道浓浓的眉毛也泛起柔柔的涟漪，好像一直弯弯的，像是夜空里皎洁的上弦月。他是一个慢悠悠的人，说话慢，吃饭慢，做事也是磨磨蹭蹭的。张永福两口子为了他的“慢”，一辈子不知打过多少架。他将这种慢性子基因传给了儿子张全祚，张全祚也是火烧眉毛不着急的人。

瑟瑟的寒风在双坪呼呼地刮过，卷起了地上的落叶，家家户户的窗户紧紧实实地关闭着，大家都在躲避这不受欢迎的寒风。

洋贵姐将热气腾腾的猪食倒进猪槽，她常自言自语：“大冷天的，猪也要吃热的才行。”接着，她端着装有泡涨的大米和黄豆的木盆，左手倒拐子贴着门板往屋内用力推了一下，身体向后倒退两步，木盆里的水荡漾起来，溅出些许水花。洋贵姐艰难地从大门挤出，走到石磨前开始磨米，四周空无一人，只有寒风在双坪徘徊。她吃力地推着石磨转动，每转两三圈，她又停下来，从木盆里舀一些大米和黄豆添进石磨，接着又推着石磨转动几圈，往返重复。随着石磨的转动，米浆潺潺流淌，像一串串珍珠挂在石磨上。寒风呼呼地吹着，她鼻子流出清涕，手冻得麻木，脚也冻僵。她一边推磨，一边不停地跺着脚，直到身子慢慢地热起来。

洋贵姐磨完米浆后，天还没有放亮，月下的景物都如凝住一般。寒光浸骨，除自己的骨和肉有暖意外，天上地下，四周的一切都是冷的。

在金竹园一带，洋贵姐做米粉享有盛名，她做的米皮既筋道又富有弹性。天色渐亮，她开始准备开水烫浆，灶炉中的柴火噼啪地燃烧着，炉火通红，洋贵姐的手和脸都烤得发烫，脊背却依旧冰凉。她准备好簸箕，按比例把开水添加在米浆中，边倒边搅拌。她曾经教几个妹妹做过米皮："加开水一定要慢慢地加，如果一次性全部倒进去的话，米浆就烫熟了，还会有疙瘩，这样做出来的米皮会泛青。米浆烫好后再加一点淀粉水拌匀，少量的淀粉可以让米皮更透亮。"但不管怎么教，除发香能做出与她相媲美的米皮外，其他几个妹妹做的米皮不是泛青就是有疙瘩。

洋贵姐把米皮做完后，张玉祚家的大公鸡喔喔——哦——喔喔——哦——一声接一声地啼鸣，催人梦醒，整个双坪便有了早晨的"交响乐"。木轴门的吱吱响声由稀落渐次密集，水担钩着水桶哐当哐当的声音响起，洋贵姐公爹浑浊的咳嗽声也随着寒风不时地飘滚出来，接着便是银双路上不时响起越来越紧的挑水声，也有或急或缓的男人赶集的脚步声。

张全祚还徜徉在深沉的梦乡中，他在洋贵姐的嗔怪中揉揉难张的睡眼，在喧闹声中逐渐苏醒。当他穿好衣服，走下楼梯看见"夜猫子"堂客做了这么多米皮时，不禁摇摇头，对着正在摆放米皮的洋贵姐说："你适合开栈房，做生意。"

洋贵姐听到这句话，转过身来，心中暗想：他怎么知道我想开栈房呢？看来他也有开栈房的想法。洋贵姐不慌不忙地吐出几个字："不是一家人不到一家去。"

张全祚莫名其妙地望着自己的堂客，不知道这句话到底是什么意思，他没有多想，径直去了厕所。

晨曦已穿过窗棂，新的一天悄然在双坪开启。

自从洋贵姐和二妹子出嫁后，赵长玉家里基本上只有三妹子一个人做事。长玉和大妈身体不好只能算半个劳动力。四妹子原来就没有做过什么事，做起事情来往往适得其反，越帮越忙。

发盛作为“抱儿子”，没有进入“抱儿子”的角色，除帮忙送两个姐姐出嫁外，他整天忙着跑马帮，不是去大州府，就是去建南县。

赵长玉的家境越来越差，过去几亩薄地种的红薯和土豆，尚能勉强维持生计。去年一个洪水年，尽管灾情没有大州城那么大，但还是造成了不小的损失，苞谷成片倒伏，减产三至五成。

二妹子嫁到蛤蟆口后，日子过得轻松许多。家里没有吃闲饭的人，几亩地只需要她和公爹、公婆耕种。张思俊带着弟弟张思齐基本上在外做木活，挣的钱除购买油盐等生活必需品外，一年手头还有一些结余。

在二妹子的鼓动下，他们把多余的钱在三里坪买了五亩多水田，家里现有的劳力种这点地很轻松，无论年景如何，二妹子一家都能吃饱肚子。他们准备每年都用攒的钱购置一些土地。“大姐说过，地越多越好，土地没有脚，多了它又不会跑，自己种不完还可以请人种。有土地，就不愁没有吃的。”

二妹子想早点生两个胖小子，长大后能帮家里种地，哪想到越是想生越是不生，自从嫁到张思俊家，都快一年了，她的肚子里空落落的，不见一点动静。

…………

半个月后，洋贵姐卸货，她心满意足地卸下一个带“把”的小子，称重五斤九两。

洋贵姐生下儿子后，像一缕明亮的阳光，让她光彩照人。张永福家中的每个人似乎都被喜悦的气氛所感染。吴文杰和张永福夫妇的脸上洋溢着幸福的笑容，他们感到无比激动和满足。特别是当张永福和吴文杰夫妇看到儿媳妇生的是个带“把”的小子时，更是欢天喜地，奔走相告：“去，去，去金竹园给亲家报个喜。”

张永福迫不及待地安排小儿子张元祚跑一趟金竹园，他要在第一时间把好消息告诉给亲家公和亲家母，让他们一起高兴，沾沾喜气，特别儿媳妇又是生产的带“把”小子，这对没有儿子的赵长玉夫妻来说，更是喜上加喜。

吴文杰抱着小孙子，好像捡到无价之宝，她让雪梅烧肉、煮鸡蛋、做米酒。“你嫂子吃好了，才有奶水，孙子才有吃的。”雪梅忙得不亦乐乎。

“他爹，你帮孙子取个名。”吴文杰安排着自己的大爷嘎。“刚立秋几天，就叫张克秋吧。”张永福没读过几天书，他随便一想，想出这样一个名。

在鄂西土家族地区，孙子孙女出生后的名字一般由祖父取，这是一个不成文的老规矩。张永福给孙子取名“张克秋”虽然简单，却蕴含着对季节的尊重和对未来的希望，这个名字不仅代表了孩子的出生时间，更象征着收获的季节，一个充满希望和喜悦的时刻。

洋贵姐听到公爹给自己的儿子取了名，心想这也好，免得劳神费力地动脑筋。再说秋天很好，既不热也不冷，天气舒服得很，该收的农作物都是这个时候收回来的，这个小家伙不就是这个时候来到人间的吗？洋贵姐越想越觉得这个名字好，她对公爹充满了感激和认同。她觉得这个名字简单有力，正如她对家庭的期望一样，朴实无华却充满力量。

自从洋贵姐生了克秋后，她对家庭的贡献得到认可，她在家中的地位也因儿子的出生而提升，这让她感到自豪和满足。她对守候在身边的大爷嘎说：“爷爷已经取名了，我们给他取个字吧？”

张全祚好奇地问：“什么字？”

洋贵姐联想到这些天家里发生的变化，现在不是母以子为贵嘛，还是生儿子好。“那就叫‘迎弟’。”洋贵姐温柔地望着丈夫说。

“这个字好，再生一个弟弟，两个带‘把’的。”

张全祚对妻子提议的“迎弟”感到很满意，不停地点着头：“还是堂客厉害，我们今后有两个带枪的儿子。”他故意把“带把”改为“带枪”，说完话，哈哈大笑起来。

洋贵姐抬眼看到大爷嘎得意忘形的样子，伸手在他腰间狠狠地揪了一把：“看你得意的样子。”

张全祚不经意间受到洋贵姐的偷袭，连忙把她的手拿开，离她远些。“你欺负我儿子的爹，你不怕他们长大了帮他爹复仇？”说完，一步三回头，打着响哈哈，忙着下地。

古时国人都有姓、名、字、号。姓代表家族，名是个人的代号。字代表你在这个家族中的地位。号则是同辈之间的称呼或表明自己的一种志向。“字”是古代男子二十岁不便直呼其名，故父母或师长为其取的与本名意义相关的别名。

当张全祚把儿子的“字”叫“迎弟”告诉父母时，全家人都很满意：“没有读过书的人，居然起这么好的字。”吴文杰觉得有些不可思议。

张永福整个家庭因为新生命的到来而变得更加团结和和谐。他们的喜悦不仅仅是因为新生命的诞生，更是因为家庭的希望和未来得到了延续和加强。这个新生命的到来，不仅是家庭的喜事，也是每个人心中对未来美好生活的期待和憧憬。

秋雨如泪，无声地滴落在金竹园的山峦之上，染就了一幅凄美的画卷。金竹的绿意中，掺杂着淡淡的秋黄，它们在风中轻轻摇曳。

当赵长玉听说洋贵姐生了个带“把”的外孙，人好像瞬间高了一截，心情如同被秋雨洗刷，既喜悦又沉重。大妈脸上的笑容如同秋日的阳光，温暖却带着一丝不易察觉的忧伤。家中的贫瘠，让他们在喜悦之余，不知道去双坪拿点什么好。其实，家里没有什么可拿。他们商量只有提前杀年猪。杀猪是没有办法的办法，长玉为了脸面，决定杀猪。自己得了外孙，而且还是带“把”的，总不能让堂客空着手去双坪吧。

三妹子对杀猪很有看法，眼中闪烁着不解与无奈。一般杀年猪是在冬月底或腊月初，那时快过年了，田里没有红薯叶等东西喂猪。现在杀年猪确实早了，她觉得猪还可以再喂上两三个月，多长五六十斤肉，明年一家人的生活好过些，等几个月后，再给大姐送两个猪蹄子去又有什么关系呢？她不理解伯伯和大妈为什么这个时候一定要杀猪。

“不能先去二姐家借两个猪蹄子，杀猪后再还给她们？”她的声音中带着一丝祈望。

洋贵姐和二妹子在家时，三妹子只做事不操心，两个姐姐出嫁后，父母身体差，没有能力管，家里铺天盖地的事，只有她来管。

这几年，二妹子如同家中的一盏明灯，总是在父母最需要的时候给予温暖和帮助。加上蛤蟆口比双坪近，家里有困难，大家首先想到的都是她。她的付出，如同秋日的果实，滋养着家人的心田。

赵长玉充满了对二妹子的感激。“找她找多了不行，她在家里抬不起头，不好做人，我这张老脸也没有地方放。”

晚风轻韵，浅秋姗姗来临，赵长玉心情终不能如陌上花开，茫然若失中透着淡淡的无奈。

三妹子的思绪如同秋日的落叶，纷乱而深沉。她的心中充满对家人的担忧，也对自己的无能为力感到痛心。“想想办法总是可以的。”想要找到解决问题的办法，却又在现实的面前显得无力。

三妹子与伯伯的争执声惊动了隔壁的长久一家，发香问明情况后，主动说："先在我们这里拿两个腊蹄子用着再说，我好久没有看见大姐，也该去沾点喜气。"

发香的出现，如同秋日里的一缕阳光。三妹子不知道怎么感谢发香。她知道，自从大姐、二姐出嫁后，发香就是她们心中的主心骨，拿不准的事都要问问发香姐。

三妹子狠狠地拍了拍自己的脑袋："今天怎么不问问发香姐呢？"

发香的慷慨解囊，不仅解决了长玉夫妻眼前的困境，也给了三妹子心灵上的慰藉。

英妹子听到姐姐和大妈去双坪，她迫不及待地从屋里跑出来："我也要去。"

发香问："谁喂猪？"

"三姐帮忙喂。"英妹子说完，朝长玉屋喊了一声，"三姐，你帮我喂一天猪，我回来给你带柿饼。"

"我帮你喂，你给我带柿饼。"四妹子站在大门口抢在三妹子前面争着喂猪。

"看，解决了吧！四妹子喂猪。"英妹子对着姐姐做了一个鬼脸，得意扬扬。

第二天清晨，大妈、英妹子和发香一同前往双坪。沿途，桐梓树粗壮的枝干横斜交错，细小的枝丫向四面八方伸展，一团团、一簇簇荫蔽着它脚下的土地。陈家屋场的孩子在桐梓树林中嬉戏玩耍，跑进跑出。他们穿着单衣，赤着脚，有的在树林里打马蛇子、捉屎壳郎。每当马蛇子受到惊吓，它们就会脱掉尾巴逃走。因为有人说马蛇子是蛇的小舅子，所以要在地上画个圈，圈里画个叉，再吐一口唾沫，以防蛇来报复。

在双坪小住的两天里，英妹子、发香和洋贵姐有说不完的话，她们忙碌地帮着亲家拉谷子、做米酒，没有停歇。

临走时，英妹子没有忘记柿饼的事。她看看四周没有人，神经兮兮地对张全祚说："姐夫哥，你帮我准备几个柿饼带上，不是我要吃的，是三姐和四妹子要的。"英妹子说完又补充道，"我不吃柿饼。"

张全祚听后笑了起来："柿饼不吃你吧。"

转眼间，洋贵姐在双坪已经生活了三年多。迎弟出生后，洋贵姐没有怀上二胎。倒是张思俊从老姨那里得到了真传，二妹子不鸣则已，一鸣惊人，农历五月初八，二妹子生下一对男孩。俗话说："十个新生儿，九个丑。"当二妹子看到两个带"把"的小家伙皮肤皱皱巴巴，像小老头一样时，她不禁疑惑："这是我生的吗？"

站在一旁的公婆说："不是你生的是谁生的？长开了就越来越好看。"

二妹子的担忧似乎有些多余。生命是从孩子睁开眼睛、爱上母亲的面孔开始的。而母亲在看到自己孩子的那一刻，却真的已经开始操心他的未来。

一个月后，两个小家伙越来越丰盈，骨骼也很大，整个人也好看很多。他俩继承了张思俊和二妹子的优秀基因，让人越看越喜欢。张思俊把先出生的孩子叫"大蛮子"，后出生的孩子叫"小蛮子"，为了不弄混，张思俊在大蛮子的左脚心点了一点红油漆，在小蛮子的右脚心点了一点红油漆作为标记。至于大名，张思俊说等他父亲想好后再说。

吴文杰看到洋贵姐生了孙子后再也没有动静，心里十分着急。她的心中始终怀揣着一个朴素的愿望，那就是希望两个儿子能够多生孙子，让家族的血脉更加繁盛。她常常在心中盘算，孙子们如同家族的希望之树，每多一个孙子，就多一份未来的保障。她和张永福商量，中秋节前后把吴发金给老二娶回家。

吴发金是吴文杰弟弟的女儿，他们开的老表婚。表亲结婚指的是表兄妹、表姐弟之间结成配偶的婚姻形式，分姨表亲和姑表亲（姑舅亲）两种，即姑姑与舅舅的子女之间、姨母与姨母的子女之间的联姻，其婚礼仪式与普通婚姻相同。

张元祚和吴发金八月十八日举行了婚礼。吴发金中等身材，在女人中也算是人高马大。她身大力不亏，种田是一把好手。

洋贵姐对土地有着一种近乎执着的渴望，深知有田的幸福、无田的痛苦。在她看来，土地是子孙后代的饭碗。随着家庭成员的增加，洋贵姐与公婆商量，现在种田的人多，吃饭的人也多起来。弟媳来后可以帮忙种田，张全祚可以一心一意在外面做篾活挣钱，这样一来，他们可以多买一些土地。只要有点钱，她都会极力争取去买点田，有了田就有了一切，家族都能有一份安稳的生活保障。"田是个好东西，越多越好，有田不会饿肚子。"她经历过饥饿，对饥饿的记忆比一般人更加深刻。

在洋贵姐的坚持下，他们花一千八百串铜钱买下了张坤祚上坝的三亩水田。买田不仅增加了家庭的收入，也为子孙们的未来增添了一份保障，更是对传统观念的一种传承。

田多了，事也多了起来，好的是洋贵姐和弟媳妇从来没有扯过皮，大话都没有说过一句，大家相安无事地过着日出而作、日落而息的生活。

这年底，在发盛的操办下，三妹子出嫁了，嫁给了东南峡的弹匠张思龙。

第六章

初春的天气，没有阳光的时候还会从冬天冻透了的土地里透出丝丝寒气，走在外面还完全没有春风拂面的舒服惬意。但看着柳条上小小的芽苞，某一根枝丫上偷偷顶出来的一两片小嫩叶，和有些稀落却娇黄鲜嫩的迎春花，终于让走出肃杀寒冬的人，忍不住心生欢喜。

洋贵姐家院坝地上长着一层厚厚的苔藓，踩上去软绵绵的，像一层绿色的地毯。院坝里的花草树木充满了生机，树木吐绿，花儿含苞，迎春花已开着星星点点的黄花，含着微笑。

正当洋贵姐一家为迎接又一个春天而忙碌时，迎弟突然生病，他瞪着双眼，四肢蜷作一团。当张全祚把中医接到家时，迎弟已经没有了呼吸。

迎弟的死，好似倒春寒，挡住了家的希望。洋贵姐沉浸在痛苦之中，她的心被迎弟的死牢牢地揪住。迎弟的离世，仿佛将她所有的努力和期待都化为泡影，她感到一种前所未有的恐慌和无助。

迎弟不仅是她的孩子，更是她在张家立足的希望和保障。她担心迎弟的死会让自己在家里的地位不稳，她害怕被边缘化，害怕影响自己在双坪张家大家族中的地位，害怕自己的未来变得一片模糊。她不知道何时又能生个带“把”的儿子，取回现有的地位。

她感到自己的心像死了一样，那种心痛的感觉，仿佛将她置身于漆黑的夜晚，让她无法呼吸，感到自己的心在滴血。她失去了深爱的人，留下的只是空洞和麻木。

张全祚的心中充满了悲痛，他无法接受儿子的突然离世。他感到一种深深的无力感，他对中医的到来抱有一丝希望，但当希望破灭时，他的心也随之沉入了绝望的深渊，他开始怀疑自己的命运。

迎弟死后，吴文杰无法理解为什么会发生这样的事情。她精神有些恍惚，眼泪顺着她的脸颊滑落，流进嘴角，带着一丝苦涩的味道。她嘴里不停地念着“迎弟、迎弟”，她想不得和迎弟朝夕相处的日子。

她联想到洋贵姐的嫁妆。按照当地的风俗习惯，女方的嫁妆有三样必不可少。其一，是箱子和柜子。箱子寓意生姑娘，柜子寓意生儿子，“先开花，后结果”。其二，是铺盖。其三，是锅碗瓢盆。受“树大分丫，儿大分家”的影响，孩子们成家以后，要独立生活，这些父母早就应该考虑到。

她对儿媳妇的嫁妆充满了怨恨，认为那是导致迎弟死亡的罪魁祸首。洋贵姐的嫁妆没有柜子，也没有锅碗瓢盆。没有锅碗瓢盆还好说，家运不会受什么影响。没有陪嫁柜子，这分明是不想要儿子，叫老张家断子绝孙。吴文杰把迎弟的死归罪于洋贵姐。

“陪嫁陪的都是什么，一个柜子都陪嫁不起，结什么婚，结黄昏。”吴文杰把一肚子怨气撒了出来，迎弟的死，就是洋贵姐没有陪嫁柜子惹的祸。

吴文杰的心情在悲痛和愤怒之间摇摆，她需要一个出口，一个可以让她宣泄情绪的对象。她将所有的怨气都发泄在洋贵姐身上，认为她没有尽到一个妻子和母亲的责任。她的内心充满对迎弟的思念，对过去的怀念，以及对洋贵姐的怨恨。

洋贵姐暗暗地流着泪，她不仅为失去儿子伤心，也为金竹园的家伤心。她担心蛤蟆口的二妹子，因为她的嫁妆也没有柜子。她忧虑大蛮子和小蛮子不会有什么问题吧，一天提心吊胆的。这段时间，洋贵姐整整瘦了一圈，她在张家的地位急剧下降。

这天，她强忍心痛，偷偷拿出娘家陪送的被子，洋贵姐称这床被子为“撑脚散”。这个被子盖在身上，不要好长时间，棉花就会变成一坨一坨的。每当被子的棉花变成一坨一坨时，她不敢拿出来，而是在房间里偷偷用针线把它缝补起来。她不敢在外面缝补，怕婆婆说一些冷嘲热讽的话。

三妹子出嫁后，赵长玉依旧经常去当夫。有一次，他当夫去四川万县，回家途中，他趁背货的机会，偷偷地躲进船舱。当时，长江上行驶的不是中国人的船，而是日本人的洋船。船行至巫山后，赵长玉被日本人发现，遭到一顿毒打，被赶下洋船。他顺长江而下，沿路乞讨，往银东县的方向走去。

这一次，他整整去了一年半。当他回到家时，赵长玉看起来就像一个乞丐，蓬头垢面，衣衫不整。他的衣服一年都没有换过，上衣已成黑色的，短小得衣不遮体，像几条破烂的布条组成的。他瘦弱的身躯在瑟瑟秋风中显得可怜，面容被苦难刻画得沟壑纵横，一双凹下去的眼睛仿佛凹得更深。眼中的光芒早已熄灭，只剩下无尽的空洞和绝望。他的皮肤被风尘侵蚀得黝黑，双手粗糙如树皮，每一条裂痕都记录着他流浪的辛酸。他的脚步沉重，仿佛背负着千钧重担，每一次呼吸都似乎在用力地诉说着他的不幸。

“国家存亡，在此一战。”“不打日本鬼子，将来难过日子。”发盛头上照旧戴着一顶破草帽，手持长鞭，成天赶着骡马，奔走在银大路上。这些年抗战形势日趋严峻，大州成为抗战的大后方，物资进出渐渐多了起来。随着货物的增多，发盛越发忙起来。长玉家里的事发盛基本不管，他也没有时间管，管也管不过来。

赵发盛将自己是伯伯的“抱儿子”忘到了九霄云外。一年到头，他没有给长玉家一颗粮食和一分钱。

赵发盛的堂客周世秀长着一张雪白的瓜子脸，眉毛弯弯，凤目含愁，微微一笑，媚态横生，艳丽无比，是一个美貌少妇，看模样不过二十三四岁。

周世秀是金竹园出了名的厉害人。她表面云淡风轻，但心里面却又是自私又是计较。她的抠门让她成为节俭的代名词。她的吝啬成为邻里间流传的笑柄。她的心被贪婪所占据，她对金钱的渴望超越了对家人的关爱。金钱对她来说比亲情更重要，她不愿意在长玉家里花一分钱。她的抠门像是一块布匹蒙住了自己的眼睛，看不见别人的痛楚。在她眼中，长玉一家的困境都与她无关，对长玉家的求助视而不见。

前些年，洋贵姐出嫁时，周世秀嫁到赵家还没有多长时间，人生地不熟，她看到智夫子当知客师把婚礼办得热热闹闹，花了那么多钱，感到有些不满。那时，胡子爷爷还在，加上家里的事公爹管得多一点，她想说又不敢说，只能私下把这种怨气向婆婆朱成英吐露一下：“花这么多钱陪嫁四个姑娘，还不如用这个钱买地划算，这样东拉西扯的，人和钱都吃亏，还不一定讨得到好。”

朱成英听了儿媳妇的话，觉得她不简单，是一个会算账的女人。但另外一想，发盛的媳妇儿才二十多岁，处理问题总是想到吃亏没有，家里还有好多事，他们今后爬不动了，这个小妖精也不是一盏省油的灯。

朱成英想着想着，不禁怕起来：“人吃亏的事总是有的。让你大爷噶当‘抱儿子’，我们吃了发崇的亏。你大姐、二妹子出嫁，我们吃了智夫子的亏。不管怎么讲，肉烂了还在锅里。”

朱成英尽可能地为大爷噶赵长昆和公爹赵伟义开脱，在“抱儿子”和嫁几个姑娘的问题上显得满不在乎。她心里对儿媳妇既佩服又害怕，她佩服周世秀独到的眼光，又怕这种眼光今后会伤害自己。朱成英觉得不能和儿媳妇走得太近，要保持一定的距离，这样儿媳妇才不知道自己在想什么，让她不敢轻举妄动。

长玉一家的生活，如同被无情命运的巨轮反复碾轧，每一刻都在与贫困和疾病做斗争。尽管洋贵姐和二妹子时不时地给了些资助，但自从三妹子出嫁后，日子越来越过不下去，家里穷得叮当响，本身生活难熬，却越冷越刮风，越穷越倒霉。大妈三天两头地生病，长玉当夫不断。真是镰刀壁上挂，家里没有吃。人穷不如鬼，茶淡不如水。

平日家中缺少食物或日常用品时，通常都是大妈出面去借。四妹子心里充满无奈，她不愿意成为别人的负担，觉得经常找别人借这借那，自己抬不起头，也不好意思，再说自己也有一双手，所以她从来不出头露面找别人借这借那，她宁愿饿着，或者用南瓜和白菜煮些简单的盐水汤。

大妈每次不是找发香他们借，就是找德麻子借。智夫子每次看到大妈借米借面时总是十愿九不愿："借也不是一个事，你们要找'抱儿子'才行。"智夫子表面上对长玉家的困境表示同情。

大妈每一次求助，都是在向命运低头。每一次被拒绝，都像在她的心上重重地划了一刀。"不好开口找，发盛的堂客说，陪嫁几个姑娘把家里搞得干干净净，还有四妹子要陪嫁呢，不好意思再给他们添麻烦。"

智夫子心想："陪嫁几个姑娘，发盛确实花了不少钱财，他私下听发盛说过陪嫁一个姑娘要八百串铜钱。唉，清官难断家务事，我一个外乡人，还是少管一点别人家的事好。"借不借是德麻子的事，他不愿意过多地卷入长玉家的事务。

大妈每次找到发崇借米、油时，发崇倒是爽快得多，他的话也多。"陪嫁大妹子、二妹子，本身就是发盛的事，土地、家产就是这么得的。不仅要陪嫁几个姐姐妹妹，他还要管你们的吃饭穿衣，生养死葬，不然你们要'抱儿子'有什么用？再说原来的契约也是这样写的。"发崇觉得发盛两口子把长玉老两口管起来，把几个姑娘陪嫁出去，是天经地义的事情。

长玉一家就这样过着吃了借、借了吃的日子。借了以后没有钱还，一年辛辛苦苦喂的猪只有八九十斤重，到腊月杀年猪的时候，讨债的人都来了，没有钱还给别人，大妈只好让债主拿走猪肉。最后实在没有办法，大妈想起房子上剩下的一些瓦片没有用完，还有一部分瓦堆在地上。

她找到智夫子："智夫子，你是个能干人，你想办法帮我把堆在地上的五百片瓦卖掉，我好早点把你的钱还了。”

智夫子听后，眼珠子一转：“急着卖，卖不出好价钱。”他内心打着小算盘。

大妈怕过了这个村就没有这个店了。“只要能卖出去，你说多少就多少。”她头发早已被风霜染成了白色，布满皱纹的脸好似一片干枯的树叶，眼里流露出几丝忧伤，仿佛在期待着什么。

智夫子内心充满矛盾和挣扎，他想自己怎么样从这笔买卖中赚到一些钱，又不损害自己的形象。“我试试看！”智夫子按低于行情百分之百三十的价格，买走了长玉家的瓦片。

人性有善良与自私、同情与冷漠。人性不是单一的善或恶，而是多种因素交织的结果。

周世秀看见智夫子把瓦背走，她的心态崩溃。她认为自己作为儿媳妇，发盛作为长玉的“抱儿子”，家产理应属于他们。她没有了做儿媳妇的规矩，收起平日里的温婉和斯文，怒火如同火山爆发。她发疯似的对着长玉两口子一边跺着脚，一边大骂：“你们卖，你们现在卖几个瓦片片，瓦片片卖完了，你们就卖小沙牛儿。”她把四妹子喊成小沙牛儿。“小沙牛儿没有了，就卖你这个老腔腔。”她骂把四妹子卖了再卖大妈。

她的声音尖锐刺耳，如同一把锋利的刀子，无情地切割着长玉一家脆弱的尊严。她言辞激烈，每一句都充满了讽刺和侮辱，她的指责如同连珠炮一般，无情地轰击着长玉两口子的心坎。她的骂声在空气中回荡，如同一道道无法愈合的伤痕，刻在每个人的心上。

大妈任凭她骂，也不还嘴。她坐在那里一动不动，内心世界却已经坍塌粉碎，一地狼藉。

最深的绝望往往来自家人。赵长玉的脸变得灰白，一点血色也没有，憔悴得很难看。对“抱儿子”，他由期望变成失望。他心里滴着血，现在卑微到连放弃的资格都没有。无论受了多少委屈，只有自己默默忍受，埋藏在心底。他不是不想说，只是不知道该怎么说，能和谁说。

近年来，洋贵姐过得很不称心。迎弟的死，像浓浓的思念蔓延，挣扎、痛苦和煎熬始终伴随着她。明明自己心里有很多话要倾诉，她却不知道如何表达。她心里突然冒出一种厌倦的情绪，让她感到极度疲惫和迷茫。

“一寸山河一寸血，十万青年十万军。”随着抗日战争进入相持阶段，物价飞涨，物资、粮食短缺，生活变得异常艰难。国民党残兵败将不断地往湘鄂西方向撤退。银双路上，为了躲避战乱，逃荒的人们趔趔趄趄，艰难地跋涉，那是一个苦难的时代，无数老百姓都在死亡边缘挣扎。

看到兵荒马乱，张永福让两个儿子少在外面跑，家里事不多，吴文杰便带着家人去黄树岩开荒，将乱石岗改造成熟田。

这天下午，乌云从西边压了过来，一团一团地簇拥叠加在一起，在撞击中喷发出火光，闪电瞬间将整个双坪的天空照得透亮。轰隆、轰隆的雷声穿过厚厚的云层，把云层炸出巨大的黑洞，窗户和瓦片震得哗哗作响。风渐渐大起来，一阵紧似一阵，如口哨声在双坪遍地乱跑，银双路两边满山遍野的树木在口哨声中不停地左右摇晃。树叶被卷起，张牙舞爪地漫天飞舞。雨在树木的摇晃中，互相追逐，从乌云的黑洞中落下，砸得石板不停发出噼里啪啦的响声，时而高声引吭，时而低调回旋，大自然的一切都是那样我行我素！

雨越下越大，张全祚他们的身上都被淋透，吴文杰丝毫没有收工的意思。她不走，谁也不好意思走。张全祚看到母亲没有走的意思，提醒道："大妈，雨越下越大。"

"热天的雨是跑暴雨，下一会儿就会停下来。"

"您看看天上黑压压的云，今天没有停下来的意思。"张元祚在一旁边脱衣服边帮腔。

吴文杰不耐烦地赌气道："你们都走，我一个人在这里挖。"

张永福二话不说扛起锄头，带着两个儿子，把手放在前额上，顶着风雨，快步向家中跑去。

洋贵姐和吴发金看见公爹他们走了，婆婆一个人还在雨中挖荒，她俩走也不是，不走也不是，只好陪着婆婆继续用力挖着乱石岗。

风追着雨，雨赶着风，风和雨联合起来追赶着天上的乌云，雷声响过，大雨就像断了线的珠子一样不断地往下落，整个天地都处在雨水之中。吴文杰看到雨越下越大，丝毫没有停下来的意思，这才对两个儿媳妇说："把东西收了，回家。"等到大家收工回家以后，六个人都被雨淋成落汤鸡。

回到家，张永福吊着脸，赤裸着上身，下身只穿了一条短裤，呼噜呼噜地吸着水烟，他拿住身份，不吐一句话，家里没人敢去问。

张全祚火冒三丈，进门把背篓和挖锄往地上一扔，赤裸着上身，光着脚丫，屁股坐在背篓上，眼睛瞪着堂屋里的香火老爷。

吴文杰见大儿子气鼓鼓的，一言不发，顿时火冒三丈。她对张永福大声地喊："他伯伯，我们打一个豆腐，接几个人来，把这个家分了，这个家没有意思。你看菊香，用眼睛看着香火老爷，没有眼睛看我，不知道是什么事把他得罪了。"

"他伯伯"是吴文杰跟着儿子们叫的，菊香是张全祚的字。洋贵姐第一次看见婆婆对自己的儿子发这么大的脾气，她赶紧收拾好农具，走到吴发金身边轻轻地捏了一下她的手，两人快步向灶屋里面走去。

洋贵姐吩咐："你上楼去给他们找几件衣服，我烧水让他们洗一下，把衣服换上。"

不一会儿，吴发金把找的干净衣服拿下楼，洋贵姐把倒好水的木脸盆端过来。张永福两脚在地上蹭了几下，泥巴掉了一屋。他打着赤脚，拿着一双没有泥土的鞋，走到木盆旁洗脸洗手，毛巾擦抹干后，坐在桌边等吃饭。

张全祚在父亲用过的水里洗了一遍手，把发黑的水泼在院子坎下菜地里，再打水洗二茬。

当洋贵姐把木盆端到婆婆面前时，婆婆吴文杰瞪了她一眼："不要你劳神费力，我自己来。"洋贵姐吃力不讨好，怏怏不乐地去灶屋里做饭。

望着洋贵姐远去的背影，吴文杰忍不住嘀咕道："自从她来了，菊香就变成了另外一个人。"

婆婆的埋怨，洋贵姐听在耳里记在心里。她不知道自己是什么事让婆婆这么招恨，她知道迎弟的死对婆婆的打击大，但对自己的打击如晴天霹雳一样。她现在不敢提生小孩，她怕生女孩，也怕生男孩，怕生了养不活。

有一天，洋贵姐去关山寺烧香问卦。卦象让她往西南方向走，这坚定了她回娘家的信念。当她把这些想法说给自己的大爷嘎听时，张全祚没有反对。管他三七二十一，你走哪里我就跟到哪里，他不想操这些瞎心，操了也不起作用。他什么都不想要，他只要洋贵姐的人。

离家出走，回金竹园在银大路上开个栈房，在洋贵姐和张全祚心里慢慢形成了概念。走肯定是要走的，什么时候走，给不给父母亲打个招呼，这些事一直在洋贵姐头脑里盘旋着。她不想因为她的出走把家里搞得鸡飞狗跳，让整个双坪沸沸扬扬。她想走得不知不觉，走得没有怨恨。她相信德麻子能办的事自己也一定能办，而且会办得很好。

她听人讲，很早以前，在金竹园旁有一家小店，这里是商贾官差、文人武士、背夫挑客歇脚饮茶食宿的地方，人来人往热闹非凡。店铺挂有上联：茶献黄芽金竹满山延诗客。下联留白，以此吸引南来北往的文人雅士对出下联，但时至今日，仍然没有得到理想的下联。

金竹园古盐道旁的一栋房子一楼，曾有一副楹联：“日过千名好汉，夜宿八百英雄”。这副楹联道尽了昔日金竹园村驿栈的繁华与沧桑，是古驿栈背夫挑客生产生活场景的真实写照。

当时的交通要道往往与盐茶贸易运输相关。穿越金竹园的川盐古道，是集官道、商道、驿道、民道为一体的古代交通要道，也是历史上贩运茶叶、食盐的商队必经之路，因而被称作“茶盐古道”，当地人也称之为“银大路”。

银东县人口中的“背脚子”们，络绎不绝穿梭在茶盐古道上。他们用双脚和双肩承载着进出西南山区的物资。当年，来自四川巫山等地的油、盐经水路运抵银东县百户沱码头。从百户沱银盐司出发，背夫们背着上百斤的盐包，脚踏一双草鞋，手执打杵子，穿着麻布衫，开始了绵延数百公里的长途跋涉。寒来暑往，背夫们行走在危机四伏的古道上，将盐运往大州和宜昌的长阳、五峰等地。返回时，又将当地的茶叶背往银东县码头，再通过船只运往汉口。

洋贵姐心中早有在金竹园银大路上开设栈房的想法。在她没出嫁时，她曾专门跑到德麻子家考察。也就是那一天，洋贵姐认识了智夫子、刘继会和谭德厚，当时她就察觉到智夫子和德麻子有着某种不寻常的关系。现在，她觉得在婆家待不下去，加上金竹园那边的父母带来的尽是一些揪心的消息，她晚上躺在床上辗转反侧，脑海中不断浮现出迎弟、公婆、父母的身影以及金竹园、双坪的一些事。她思来想去，横下一条心，决定回金竹园去，在银大路上开栈房。那里进进出出的人多，生意好做，挣钱后把土地赎回来，赎回来以后什么事都好办，有钱后还可以买一些地。那时，把父母接过来和自己一起住，给他们养老。

洋贵姐始终相信，改变生活的最佳时机就是现在。她认为，无论目前所处的情况有多糟糕，只要努力一步一步往前走，生活随时都可能翻盘，现在所受的苦最终会变成你喜欢的甜。如果有钱，就不会有那么多烦恼，你可以选择做自己喜欢的事情，而不是被生活所迫。你可以选择过自己想要的生活，而不是被现实所困。她也意识到，当你有钱的时候，你会发现身边的人对你的态度都会不一样，你会得到更多的尊重和认可。

这几年，张玉祚一家的生活可谓是顺风顺水，尽管没有发什么大财，但也没有遇到大病大灾。前些年，张玉祚的堂客接连生下两个儿子，都长得乖巧可爱。没到两年，她又怀上第三胎，上个月初七她卸货产下第三个儿子。周围的亲戚朋友羡慕不已，纷纷称赞张玉祚的祖坟埋得好，老婆成了高产户，生的尽是带“把”的。

张玉祚和张全祚同一个曾祖父，住在一个院子里。张玉祚一家住在东头，张全祚一家住在西头。要说张玉祚的祖坟埋得好，那么张全祚的祖坟也应该埋得好。后来，人们不再在祖坟上纠缠，说张玉祚的堂客连续生下儿子，主要是他们家房子的位置好。大家认为，房子正在龙头上，这样的位置肯定能带来子孙兴旺的好运气。大家把张玉祚家连续生下三个儿子的功劳，归功于房子的位置，好像与张玉祚的堂客没有一点关系。大家相信，只要张玉祚的堂客接着往下生，那生的一定还是带“把”的。

这天，张玉祚的第三个儿子满月，家里请客置办“祝米酒”。族间七大姑八大姨都来“过嘎嘎客”。

在鄂西土家族的习俗中，外公被称为“胡子嘎嘎”，外婆被称为“么儿嘎嘎”。爷爷被称为“爹爹”，奶奶被称为“婆婆”。张永福得知喜讯后，用竹篮子装了五十个鸡蛋。清晨，他和吴文杰一起，前往张玉祚家贺喜。到达张玉祚家时，他们看到堂屋内已经布置妥当，香桌上摆放着各式酒水和杯子，洋溢着浓厚的喜庆氛围。

张玉祚本身就是族间的知客师，对家族中的红白喜事格外上心。今天，他更是喜气洋洋，他要让大家知道，他的三儿子满月。他还要继续生老四、老五，一直生下去，直到堂客生不出来为止。他抿了一口酒，拖着嗓子，对着“嘎嘎客”唱起来：“门前喜鹊喳喳叫，嘎嘎舅妈来得好热闹，理应三里铺毯，五里结彩，才是礼兴，只怪时间有限，设杯淡酒，来把路酒敬。”

孩子的舅妈也不甘示弱，回应道：“红漆桌儿四角方，绸毯锦缎铺香堂。备金杯，设银盘，皇帝娘娘站两旁。礼兴我不会讲，我们进高堂。古之贤人，诗书之礼，弄璋弄瓦是人人喜，舅妈给外侄从头到脚都办齐。只怪嘎嘎舅妈家中贫寒，没能力，本地铺子买几件粗布衣，愿龙孙穿起，一年四季，青青吉吉，嘎嘎舅妈欢天喜地。”

张玉祚见舅母子言辞流利，开口就来。心想今天也不能输给她，接着唱道：“一把钥匙响叮当，拿在手中开金箱，开金箱，开银箱，金箱里从头到脚是衣裳，银箱美味又飘香。既有美酒和糕糖，又有面条和饼干，还有点心和猪蹄髈。嘎嘎舅妈费心置办，外孙长大成人，来报嘎嘎舅妈恩。”

舅妈见状，继续回应：“天上星星对星星，地上金铃对银铃，恭贺爷爷奶奶得龙孙。嘎嘎舅妈本应讲礼仪，高明篾匠织花背，高明弹匠弹花套。绸缎大花铺盖，这才配龙孙。只怪嘎嘎舅妈家中困难，本地本乡请篾匠，织个粗篾背篓，弹床细线花套，嘎嘎舅妈办事不周到，摇乡过村逗人笑。”

张玉祚笑着回应：“东边栽金竹，西边织绫罗。嘎嘎舅妈真不错，织起金窝对银窝，织起凤凰花被窝，织的金竹背篓是家用货，缝的被盖是料子货，嘎嘎交来背外孙，奶奶接手背孙孙，将来必是栋梁之人。”

“金壶打酒圆又圆，装的酒儿甜又甜。你是有福之人来酌酒，我是无福之人不能受。”当吴文杰听到舅妈说到这时，她有些坐不住了。她想起自己的孙子迎弟，迎弟不夭折的话，现在也有四五岁。她心中暗想：“我也是一个无福之人哪。”她担心待下去影响大家的情绪，往堂屋里面走了几步，对张玉祚说：“玉哥，你们热闹，我们还有点事，先走一步。”

“吃了饭再走吧，我替克峰谢谢你们。”这时，张永福和吴文杰才知道张玉祚的三儿子叫张克峰。

“不用，我们先走。”张永福退出堂屋，一边不停地点头，一边和认识的人打着招呼。

趁着公公婆婆去玉伯伯家吃“祝米酒”的机会，洋贵姐收拾着去金竹园的行装，她收拾完衣服后，拿着升子在谷桶里舀了三升稻谷，准备带上。

吴发金见洋贵姐和张全祚忙忙碌碌地收拾着东西，准备出走的样子，便走到洋贵姐身边问：“大姐，你们准备到哪里去？”吴发金对婆婆平时为难洋贵姐的做法也看不下去，她觉得迎弟的死不能怪罪于洋贵姐，更何况洋贵姐在家里勤快能干，每天总是第一个起床，最后一个睡觉。

“准备回金竹园。”洋贵姐装着稻谷，心里充满决绝和不舍，泪珠在她的眼睛里闪动。然后，大大的、圆圆的、一颗颗亮晶晶的泪珠顺着她的脸颊滚落下来。

“你多装两升，回去没有吃的。”吴发金在一旁牵着口袋，一边说道。她知道自己无力改变现状，更多的是同情和无奈。

洋贵姐感激地望着弟媳，心中涌起一股暖流。那时，一升稻谷是四斤，一斤稻谷可以脱壳成七两米，洋贵姐装了五升稻谷，可以脱壳成十四斤米，这是她和张全祚活命的米。

张全祚将家里的稻谷、一床被子和几件衣服装进背篓，准备和自己的堂客一起离开。洋贵姐手里提着一个篾篮子，里面装着两双棉鞋和一个酒瓶。那时，中国不会制造酒瓶，这酒瓶是外国人制造的，人们把它瓶叫作洋棒。

正当洋贵姐和张全祚离家走上金双路时，吴文杰见儿子背着被子，儿媳提着篮子，看样子他们是准备离家出走。她走到儿媳妇面前，见篮子里面有一个酒瓶，顺手拿了回来。“这个洋棒是我干老子送给我的，你不能带走。”说完，她不满地瞪了张全祚一眼。

张永福呆呆地站在那里，无力感充满了胸腔。面对儿子和儿媳的离开，他感到无力和失望，他知道说什么都晚了，他用手拍了拍自己堂客的肩膀说：“天要下雨，娘要嫁人，让他们去吧。”张永福选择了尊重儿子和儿媳的决定，话语透露出一种无奈，认为有些事情是不可控制的，只能接受。回过头，他又对儿子说：“你们好自为之。”说完，他背着双手，径直往家里走去。

金竹园风光旖旎，景色宜人。银大路上“背脚子”默默地赶路。洋贵姐回到生她养她的地方，心情顿时好起来。赵长玉两口子和发香一家看到洋贵姐和张全祚回到金竹园，非常惊讶，不清楚双坪那边发生了什么事情，但又不好问他们。只有英妹子和四妹子欢天喜地，好像大姐和姐夫回来，又多了新的玩伴，看到姐夫哥这次回来的落魄样，英妹子没有像以前那样向姐夫索要东西。

回到金竹园后，按照当地习俗，外嫁的姑娘不能住娘家。洋贵姐和张全祚匆匆忙忙在发香家吃了点饭，便急忙出门租房。

洋贵姐希望租的房子不仅要大，而且还要紧靠银大路。她比较了三四家，最终选择了一个位于自己父母家下方大约五十米处的房子。

房子是赵同才的，坐落在银大路上，与德麻子的房子相距三十米远。德麻子的房子在西头，和大院坝近在咫尺。赵同才的房子在东头，离洋贵姐父母的家近。银大路正好在两家之间是段平路。坎上的一排大樟树长在金竹林边，为银大路撑起了一片树荫。

赵同才衣着朴素，眼神清澈透亮，给人一种深沉的感觉。他读过几年书，是个私塾先生，教一二十个学生。他整天教：“子曰：学而时习之，不亦说乎。”《三字经》《弟子规》是他教授的主要内容。后来，全国抗战轰轰烈烈，他不知从哪里得到一份油印的《抗日弟子规》。他用毛笔端正地将学习内容写在宣纸上，用教鞭指着字领读：“弟子规，抗日训，全中国，都遵信。七月七，轰北平，卢沟桥，动大兵。夺北平，抢天津，举国愤，世界惊。父兄们，教后生，子弟辈，共所宗。救国家，务当先，国能保，家方安。望同胞，齐抗争，我民族，乃复兴……”他的教鞭每往右边移动一下，学生们就会跟着读出后面的三个字。孩子们知道中国正在和日本鬼子打仗，他们渴望快点长大，像前线的叔叔伯伯一样，拿起武器将日本鬼子赶出中国。

赵同才的房子楼上楼下共有两百多平方米。除了把堂屋和一个卧室留下供自己使用外，其他的房间都租给了洋贵姐，他说："多挣些钱，好捐赠给前线的抗日将士。"

赵同才的堂客也是双坪那边的人，按照辈分，她比张全祚高一辈。但赵同才的辈分又比洋贵姐低一辈，这样他们在称呼上犯了难。如果按照张姓的辈分来称呼，洋贵姐不知道如何称呼赵同才。如果按照赵姓的辈分来称呼，张全祚又不知道如何称呼赵同才的堂客。他们商量过去商量过来："我们黄牛角、水牛角，还是各叫各。"称呼女方为"姑妈"，张全祚称呼赵同才为"赵先生"，赵先生称呼张全祚为"张师傅"。他们决定各自按照自己的习惯来称呼对方，这样，既保持了尊重，又避免了尴尬。

张全祚到金竹园后，没有消停一天。他砍些金竹，编织篱笆，再将麦壳和黄土搅拌后涂抹在篱笆上。待篱笆稍微干，他用这些篱笆搭建成篱笆墙，将房子分隔成单间。

赵同才看见这出神入化的单间，他没想到张全祚有这么好的手艺："不错，做得真是漂亮。"他称赞道。

张全祚听到赵同才的夸奖有些不好意思："赵先生过奖，这是点粗活，不值一提。"

赵同才好奇地问："在你眼睛里什么是细活？"

张全祚回答说："在篾器上织字。"

"还能在晒席、背子上织字？"赵同才有些不相信。

"能，麻烦一些，是个细活。"

赵同才明白在篾器上编织字才是篾匠的细活，他这一辈子也没看到哪个篾匠在篾器上织过字。他兴奋地对张全祚说："老兄，我给你出个主意。"赵同才这时也不管什么姑妈、姑爹、张师傅什么的，干脆直接把张全祚喊成了"老兄"。

"赵先生有什么主意？"张全祚听到赵同才的称呼，下意识地叫赵同才为赵先生，提醒他不要乱了辈分。

赵同才这才发现自己出了错。"不好意思，一高兴又把你的辈分喊低了，姑妈听到会不高兴的。"赵同才自我解嘲，"我想你既然会在篾器上织字，何不织几个字挂在大门上招揽食客？"张全祚一听，觉得这是一个好主意，织几个什么字呢？他犯难。“这个办法好，赵先生说织几个什么字？”张全祚求教道。

赵同才想了一会儿，拍拍脑袋，兴奋地说：“有了，就叫‘洋贵姐驿栈’，五个字。”

张全祚对洋贵姐三个字很清楚，那不就是自己的堂客吗？他不明白“驿栈”两个字是什么意思，想问一下赵先生，又觉得有些丢人，有点不好意思。

赵同才看到张全祚一副窘相，连忙解释：“驿栈，就是供人吃饭、睡觉休息的地方。”

张全祚这才搞清楚“洋贵姐驿栈”不就是堂客开的吃饭休息的地方吗？“行，赵先生，还是肚子有墨水好，就这五个字。”

张全祚十分高兴，他对赵同才的感激之情溢于言表，觉得这几个字编织成后是送给堂客的最好的礼物。

“赵先生，你看牌子织多大合适？”

“长一米八，宽三十八厘米，怎么样？”赵同才还沉浸在肚子里有墨水的氛围中。

“哈哈，赵先生，我不认识那几个字。麻烦你帮忙把那几个字写一下。”

赵同才高兴地说：“行，我马上写，免得耽误你们的生意。”

“我们驿栈开张后请你喝酒。”张全祚觉得今天干了一件惊天动地的大事情。

这几天，洋贵姐忙里忙外，她用大爷嘎在双坪做篾活攒下的钱，添置了十二床被子和脸盆、夜壶、锅盆碗筷等生活用品。

发英和四妹子这些日子不请自来，帮着大姐收拾这收拾那，忙得不亦乐乎。英妹子一边擦拭着桌凳，一边望着蹲在地上正在编织“洋贵姐驿栈”几个字的姐夫，调侃道：“姐夫哥，我觉得菊香驿栈比洋贵姐驿栈好听，菊香菊香，菊花真香。”说完，她甩了甩自己的秀发，笑了起来。

张全祚听到英妹子调侃自己，他瞪了英妹子一眼，顺手从脚旁拿起刻尺，假装向发英打去。

“姐夫哥打人。”她大喊大叫起来，“我准备在大姐这里混一碗饭吃，饭没吃到，‘面条’倒是吃了不少。”

英妹子把刻尺比作面条，逗得四妹子捧腹大笑：“你要吃‘面条’，菊香哥保证让你吃个够。”

四妹子给张全祚也不喊姐夫哥，跟着英妹子直接喊起张全祚的字：菊香。

洋贵姐听到英妹子她们嘻嘻哈哈的声音，厉声吼道："不要没大没小的，还有好多事没有做。"她转过身对正在收拾床铺的四妹子说，"这里我来收拾，你和英妹子去把我从双坪带来的谷子磨了，煮五斤米。我做点甜酒，甜酒做好了，我们后天开门做生意。"

洋贵姐做甜酒的手艺相当不错，她不想一开始就把生意做砸了，她想图个好彩头，希望今后的日子能像她的甜酒一样甜蜜。她非常重视开业的日子，特意请教发猛，希望选择一个吉利的日子。

发猛告诉她："农历八月十六是个好日子，这天可以开光、冠笄、裁衣、挂匾、作灶、开市、开池。选择这一天开业，生意一定会兴隆发达。"洋贵姐对发猛说的话深信不疑。

农历八月十六，当张全祚他们把"洋贵姐驿栈"的招牌挂在大门口时，立刻引起众多路人的目光。人们纷纷驻足观看，对将文字编织在招牌上的创意赞不绝口。

"把字织到匾牌上，真是好看。"

"一看这家就是细致人。"

"洋贵姐这个名字好听，肯定是个能干人。"

"你说对了，金竹园出了名的能干人。"

大家你一言，我一语，行人越聚越多，熙熙攘攘的。附近族人也纷纷前来观看热闹，送上祝福。

英妹子站在门口，不停地招呼："大家都进屋坐一坐，喝杯茶。"

众人吆喝着："这里不光是店名好，妹子也长得好。走，进去看看。"

三三两两的背夫把背子靠在银大路边，商贾官差、文人武士也不急着赶路，他们走进屋里，有的抽着旱烟，坐在那里天南海北地吹聊起来，有的这里转转，那里看看，不停地询问洋贵姐吃住的价格。

四妹子和英妹子忙前忙后，不停地给客人们添茶倒水。客人们七嘴八舌，好像在金竹园这个地方发现了什么新大陆。

"价格还不错，今后热的时候不用进城，就在这里歇，凉快些。"

"我今天不走，就在这里住一晚。明早进城，回来时还住这里。"

刘继会和谭德厚从茅田出来，准备住德麻子家。他们刚把背子靠在银大路边，看见旁边屋里人来人往，热闹非凡。刘继会从背子中脱身出来，用一条已经褪色的毛巾擦了擦汗，对谭德厚说："走，我们去看看那边在干什么。"

谭德厚的心思根本没在看什么热闹上，全在德麻子身上。这些年，他和德麻子的关系一直暧昧不清，时不时地找个机会发泄一下。

刘继会看到谭德厚对旁边的热闹不感兴趣，说：“你不去，我去看看。”他离开谭德厚，独自前往驿栈探个究竟。

刘继会来到驿栈，喝着茶，他和洋贵姐、四妹子、英妹子聊了一会儿，渐渐熟悉起来。坐了一会儿，他突然想起来自己背的东西还靠在路边，德厚舅舅还在旁边屋里。他站起身来，对出来送行的洋贵姐说：“不好意思，我舅舅在旁边，今天背的东西放在旁边屋里，下次一定来这里吃住。”刘继会意识到自己的疏忽，连忙解释。

洋贵姐没有勉为其难：“住哪里都一样，你是智夫子的外侄，我们好久前都认识。”这时，刘继会才想起若干年前的一个早晨，天下着鹅毛大雪，洋贵姐在德麻子家和大家见过面，说过很多开驿栈的话。他恍然大悟，洋贵姐心里想开驿栈已经好多年，她的梦想今天终于实现。

屋里的行人和贺喜的人渐渐散去，有九个客人住了下来。他们拿出自带的苞谷面，洋贵姐给他们炒成饭，然后，给他们打一点懒豆腐，炒了土豆片、四季豆、茄子和南瓜丝几个小菜，加上一小碟豆瓣酱和三块豆腐乳，吃饭住宿每人收费五文钱。

长玉和大妈白天看见人多，自己行动不便，没有过来凑热闹。晚上，路人散尽后，张全祚把他们请下来看了看，说了一阵话。看到大姑娘开张就有这么好的生意，他们心里没有了疙瘩。长玉喝着茶，眉开眼笑：“只要天天有生意，不愁没有饭吃。”

大妈心里既高兴又愧疚地对两个姑娘说：“可惜我们老了，帮不上你们什么忙，还净给你们添麻烦。”

洋贵姐安慰她说：“您说到哪里去了，这个店子还不是你们的？我现在和四妹子、英妹子在这里开店挣钱，张全祚在外面做篾活挣钱。过两年我们把钱挣够后，我把土地赎回来，你们跟到我们过。”

长玉和大妈听后感动得眼泪汪汪，他们的心像久旱的苗儿喝到了水。大妈喃喃地说：“这是哪里的话，不像样子。”

英妹子见状，安慰道：“什么不像样子，和谁过得舒服就和谁过，你们不要想多了，姐夫哥是个好人。”她怕张全祚不同意，先给他戴顶高帽子。“姐夫哥，是不是？”她冲着坐在伯伯旁边的姐夫哥说道。

张全祚没有想到英妹子会这样问话，他白了英妹子一眼："你说呢？"

"你有时是好人，有时候嘛又不是好人，是坏人。"英妹子俏皮地昂着头说。

大妈望着英妹子，制止道："英妹子，你又在瞎说。"

洋贵姐在一旁说："她这几天皮又有些紧。"一边走到英妹子背后，轻轻地在她屁股上拍了几下，"我们给你找一个狠一点的男人。"

一个月以后，天阴沉沉的。刘继会在银大路洋贵姐驿栈对面的金竹林下，把沉重的背篓稳稳地落在石凳上，他的动作熟练有力，每一个细节都透露出他作为"背脚子"多年历练出的坚忍和稳重。浑厚的臂膀和健硕的肌肉，散发出一种不可侵犯的王者之气。

刘继会向后扬起左手，抓住背篓上沿，右肩从背篓背带中卸出。然后，右手又去抓住背篓上沿，左肩得以从背篓背带中卸出。他从石凳右侧捡起一块巴掌大小的薄石块，塞进背子脚跟，用手摇了摇背子上的山货，看到背子确实靠稳，他放心地松了口气。

刘继会每个月从龙坪茅田老家出发，经樟树坪、青树包、狮子岩、蛤蟆口、马鹿池、金竹园，背着山货前往银东港。在那里，他会换取食盐、煤油、布皮等生活日用物资，从银东港沿银大路背回，来回一趟约二百公里，需要半个月的时间。茅田属于二高山，土地肥沃，山清水秀，一条小溪在冲边静静地流淌，这里盛产桐油、棕丝及各种药材，有聚宝盆之称，山货丰富。

刘继会结实的双腿支撑着高大的身躯，虎头虎脑的圆脸上浓密的乌发散落在耳边，叛逆的眉毛悄悄地向上卷扬，细长的睫毛下，乌黑的眸子，狂野放荡、邪魅性感。刘继会拿起背篓里的水壶，取下肩上的披肩，垫在石坎上，慢慢地坐下。

这件披肩用黄牛皮精心制作而成。牛被宰杀后，皮匠将浸泡在水桶中的牛皮拿出，摊开在地上，检查整张皮是否完整无缺。摊开牛皮之后，先用预制的U形木块放置牛皮上，接着用黑色墨汁划成U形，将牛皮割下，丢入滚烫的沸水中。煮过的牛皮再放入冷水中，去除表面的毛。接着，将牛皮浸泡在石灰水中，泡上十天半月，然后削去底层的脂肪和表皮的污垢。这一系列繁复的工序完成后，一件美观耐用的披肩才算制作完成。

刘继会坐在披肩上，喘着粗气，大口大口地喝着水壶里的水。一会儿，半壶水被他喝了个精光。他用衣袖擦拭着额头上的汗珠，露出一撮密黑密黑的胸毛，胸毛被汗水浸透，毛尖上挂着一串串的汗珠，不停地向银大路面坠落，砸得条石滴答滴答作响。他稍坐了一会儿，用手撑着石坎站起来，拖着沉重的脚步往洋贵姐驿栈走去。脚好像有千斤重，每迈一步都感觉困难。两个多月来，不管天晴下雨，他没有休息过，天天行走在银大路上。

“洋贵姐在吗？”刘继会俊美的脸上涂抹着放荡不羁的微笑，推开半掩的堂屋门问道。

“谁呀？”只听见楼上传来咚咚咚的脚步声，顺着楼梯越来越近。

“是我。”刘继会一边回答，一边望向楼梯口。一头秀发飘逸、声音清晰悦耳的妹子正下楼向自己走来。她的身上透着猴一般的灵动，散发着一股青春活泼的气质。

“哦，是刘大哥呀，什么风把您给吹来了？”发英在驿栈帮忙，和过路的客人熟了起来。她把秀发一甩，大大咧咧地说。

刘继会进入驿栈，当他的双眼与发英的双眼接触瞬间，他的身体像触电似的。他被发英的气场镇住，站在那里不知所措。他好歹也算是跑江湖的人，大小场合见识过不少，这种情况下，他还是显得有些语无伦次：“洋贵姐不在？”他试图掩饰自己的紧张，不经意间的言语却暴露了他的内心。

发英看着刘继会魂不守舍，打着哈哈说：“洋贵姐不在，洋四姐和洋五姐在。”

“装大，什么洋四姐洋五姐的，当个妹子还差不多。”刘继会抬头望着站在楼梯上的发英，胆子逐渐大了起来，“你姐姐出门了？”刘继会打听道。

“今天大姐和姐夫去了双坪，要忙几天才回来。”发英对刘继会的第一印象是积极的，然而，当她发现刘继会正盯自己看得入神时，她感到了一种前所未有的羞涩和紧张，这种感觉让她既困惑又兴奋。“看什么看，又不是什么怪物。”接着转过头对着楼梯口喊了起来：“四妹子，来客了。”

刘继会得知洋贵姐不在时，他心中既有一丝失落，也有一丝窃喜。他本想歇会儿吃口饭摸黑把山货背进银东港的，但看到英妹子后他改变了主意：今天不走，歇这里。他内心深处渴望能有更多的时间和发英单独相处。

“你问客人吃不吃饭，歇不歇。”楼上传来四妹子的声音。

发英指着大桌子旁边的板凳，对刘继会说：“你是吃饭还是住宿？”不知怎么回事，她突然变得有些害羞，说起话来也不利索了。

“既吃饭又住宿。”刘继会干脆果断，目光不时偷偷地瞥向发英，却又不敢直视她，总是躲躲闪闪的。

“我们这里的饭有两种吃法，一是你自己出苞谷面，我们帮你做，收点柴火费。二是吃搭伙饭，你和我们一起吃，收费贵一点。”

“一家人肯定还是吃搭伙饭哪。”刘继会毫不掩饰，一箭双雕调皮地说道，和两个漂亮妹妹在一起吃饭对他来说是件求之不得的事。

“谁跟你是一家人？你胡说，讨打。”英妹子一边说，一边假装生气地拿起旁边的竹扫帚。

“英妹子，有话好好说，君子动口不动手。现在不是一家人，你敢保证今后我们不是一家人？我先去洗个澡。”

发英不知不觉被刘继会的直率和幽默所吸引。她喜欢刘继会的这种放肆。她觉得这种放肆让她眼睛一亮，给她带来了快乐和新鲜感。

身披披肩的刘继会，他并没有轻视自己是个“背脚子”的身份。在洋贵姐的客栈里，受荷尔蒙的挑动，对一个刚刚遇见的年轻女孩产生了不恰当的想法。当这种苗头出现时，他并没有想要压制，而是采取攻势。看似单纯的英妹子，对于发起攻势的“背脚子”男人，她好似是不愿的，但她也没有表现出完全的抗拒。

天色已晚，银大路上南来北往的人还在赶路。那些往银东县城方向去的“背脚子”，由于走的是顺坡路，常常是一路小跑。他们拿在手上的打杵子，随着脚步，在“礓礤子”石阶上有节奏地敲击，有节奏地发出当、当、当的响声。而那些前往大州方向的“背脚子”，因为走的是上坡路，每走一步都显得格外艰难。他们将打杵子用力地撑在石阶上，头顶冒着白气，汗珠不停地顺着额头往下流，嘴里不停地发出嗬、嗬、嗬的喘息声，艰难地向上攀行。

相比之下，那些拖着山货的骡马帮则显得轻松许多。骡马脖子下的铃铛不停发出悦耳的响声，远远地就能听到骡马队的到来。骡马队行走时，一人在前牵着马，一人在后拿着鞭，时不时地甩出啪、啪、啪的响声。

龙坪刘蛮子率领着他的骡马队来到洋贵姐驿栈门前，站在银大路上停了下来。不一会儿，就听到吧嗒、吧嗒的响声，仿佛这只骡马已经形成生物钟，每次经过这里时，都会拉一些马粪。骡马屙完，刘蛮子大声喊道：“洋贵姐，你发财了。”刘继会洗完澡，走到门上一看，惊喜地发现是蛮大哥，便问：“啊，是蛮大哥，你今天不在这里过夜吗？”

“不住了，明天早点打转身，你今天住这里？”

“累了，住一晚，明天再进城。”

“那你慢慢来，洋贵姐的几个妹妹漂亮，你招呼魂被勾去。”刘蛮子一边说，一边扬了扬头，手中的马鞭在空中划过，发出清脆的响声，随即叮当叮当的铃声再次响起。

刘继会看到骡马留下的粪便，大一摊、小一摊的不成体统，他转身去墙角拿来撮箕和月锄，三下五除二把地面收拾干净了。

四妹子看见刘继会帮忙做事，进屋对正在烧火做饭的英妹子说："你今后找男人就要找他这样的，看得到事情！"

英妹子脸上泛起一抹红晕，不好意思地说："那你嫁给刘哥去龙坪安家吧。"说着，她又往灶里添了一把柴。

"你就是嘴贫，和你说的正经事，你以为开玩笑的。男人是用来解决问题的，不能解决问题，要他有什么用？"

"我将来找男人，就找姐夫那样的，要多勤快就有多勤快。"灶火把英妹子的脸烤得通红通红的，越发显得漂亮迷人。

"要是大姐听到，她不打死你。"四妹子炒着锅里的白菜，笑着说。

"我来帮你们解决问题，外面来客人了，你们去招呼一下，我来烧灶火。"不知什么时候，刘继会站在灶门口。

英妹子慢慢地站起身，拍了拍裤腿上的灶灰，眸光在刘继会脸上快速扫了一下："好，你来烧火，我去招呼客人。"

英妹子大步向门外走去，不小心被一个小板凳绊了一下，她一个趔趄，迅速地站起身来："几位大哥，你们今天是不是要住在这里？如果住的话，请帮忙把石坎上的货背到堂屋里面的条凳上，免得晚上弄丢了。"

五个从楂树坪过来的客人都是洋贵姐的老熟人和回头客。"英妹子，弄丢了不要紧，我们几个就住在这里好吃好喝。"一个身材瘦弱名叫肖猴子的客人开玩笑说。

"不需要好吃好喝，天天看到英妹子就饱了。"扯巴眼笑哈哈地说。

英妹子回应："好，马上吃饭，你们五个人坐到边上看着我吃，你们看到就饱了。"

"不行，人是铁饭是钢，没吃饭哪有力气看？要看扯巴眼一个人看，我还是吃点饭，我饿得前胸都贴到后背。"肖猴子本身就瘦，这样一说，大家再看看他，觉得他更瘦，脸只有二指宽。

四妹子手脚麻利地炒好了菜，还煮了一个腊猪蹄子炖土豆。刘继会帮忙把菜端到了堂屋里的饭桌上，七八个菜摆到大桌子上，让人一看就食欲大增。

肖猴子看到刘继会跑进跑出，调侃道："刘老弟在这里安家了？成了跑堂倌！”

“猴哥，你别取笑我了，早点吃了睡觉，明天好下力。”刘继会数着筷子，回敬道。

“大家都上桌子吃饭，吃了才是正事。”英妹子拉着刘继会，“刘哥、猴哥你俩坐这里，扯哥你们坐那边。”四妹子和英妹子同坐在左侧。

“大家随便吃。”英妹子顺手在汤锅里夹了一坨猪蹄肉放在刘继会碗里。扯巴眼半开玩笑地说：“刘老弟好福气啊，坐在首席，还有妹子夹菜。”

刘继会也没有想到英妹子会给他夹菜，顿时不好意思起来。

“我先帮忙弄，这叫近水楼台先得月。”刘继会的话让发英感到既好笑又心动。她对刘继会的好感在不知不觉中增长，她开始享受和他的互动，心里暗自期待他有更多的表示。

“刘老弟继续努力，多帮些忙，近水楼台先得人。”肖猴子说完，扯巴眼几个人哈哈大笑起来。

“得人就得人，你们几个想得还得不到呢。”英妹子说完，故意往刘继会那边挪了挪，他们之间的互动充满微妙的情感张力，显得十分亲切。

刘继会对英妹子的举动没有丝毫准备，连忙往旁边挪动。这不动还好，一动便把坐在旁边的肖猴子挤到条凳顶端。条凳顿时翘起，他们俩同时滚到地面，四脚朝天，筷子在半空中飞舞，身上撒满了饭粒，场面十分狼狈，把英妹子笑得前仰后合。

夜里，天下起了蒙蒙细雨，屋檐水滴答滴答地落在石板上，敲打着刘继会的心。他躺在床上，望着屋顶的亮瓦，听着外面淅淅沥沥的雨声，心里如同翻江倒海一般。他回想起今天与发英的相遇，那双明亮的眼睛和灵动的身影在他的脑海中挥之不去。他想着英妹子“得人就得人”的话，感到一种前所未有的冲动，这种冲动让他既兴奋又紧张。他知道，自己对发英产生了强烈的好感，甚至可以说是爱慕之情。

刘继会开始幻想，如果有一天能够和英妹子在一起，那该是多么幸福的事情。他的心里充满了期待和憧憬，仿佛已经看到和发英一起生活的甜蜜场景。

第七章

银大路上熙熙攘攘，络绎不绝的行人中，多数是来自南面几个县的背夫。由于县城食宿相对贵一些，这些背夫往往傍晚在洋贵姐驿栈里先住一晚。在驿栈里，他们通常会带上自己准备的炒面或面食，只需支付少量的柴火费，让洋贵姐、四妹子她们帮忙做一下。或者几个脚夫聚在一起，让洋贵姐炒几个小菜，蒸点苞谷饭，一起搭伙吃饭。饭桌上，他们唠唠家常、分享旅途中的趣闻逸事，倒也是一种快乐。

第二天清晨，他们背上货物，踏上银大路，把货物背送到县城。夜幕降临，他们又背着食盐等回到洋贵姐驿栈住上一晚再走。洋贵姐的驿栈成了他们旅途中的一个落脚点，在这里，他们可以暂时放下生活的重担，享受片刻的宁静与安宁。

洋贵姐驿栈人声鼎沸，热闹非凡。智夫子和德麻子站在门前，看到洋贵姐的生意越来越红火，而自己的生意却日渐冷落，他们心里泛起阵阵焦虑。长玉一家过去常来借米借面的事，自从洋贵姐回来后，再也没有发生过。

现在，除了谭德厚偶尔还会来住上一晚外，刘继会基本上都是跑到洋贵姐驿栈吃住，不光是他住，有时还把同行的一些背夫也带过去。

“智夫子，这样下去就要关门了。你倒是想想办法。”德麻子深感面临的危机。她的危机感从赵发国死后就有，她知道几亩薄地养活不了自己，她过去饿怕了，面对危机，要有转身的准备。

智夫子知道洋贵姐是一个勤快能干的女人，晓得她一开店，自己家的店不做一些改变，肯定会受到冲击。他没想到的是，冲击像决堤的洪水来得如此迅猛。现在的客人，包括原来的一些熟人和回头客想都不想，就冲着洋贵姐驿栈去了。

智夫子晓得长期这样下去，他和德麻子会没有吃的，说不定哪天还要反过来找长玉一家去借米借油。他坐在大门旁边的椅子上，悠闲地拿着一支短烟杆，隔一会儿抽一口，吐一个烟圈出来，再隔一会儿又抽一口，又吐一个烟圈出来，一副很享受的样子。他一边抽着烟，一边摸着山羊胡子，不紧不慢地对德麻子说："洋贵姐驿栈生意好，自然有它好的道理。"

德麻子本想让智夫子出点主意，没想到他半天说出这么一句无关痛痒的话。她有些不满地说："我看就是有英妹子和四妹子两个漂亮的妖精，惹得那些骚男人趋之若鹜。"

智夫子听后，微微一笑："你年轻的时候还不是害得我自投罗网，永远不走了？"智夫子看到德麻子有几分姿色，相夫持家是一把好手，才使了一些手段，把德麻子弄到手，语气中带着几分自豪。

"你不要扯别的，快说我们怎么办？"德麻子有些不耐烦，催促道。

智夫子收起烟杆，用抹布把烟嘴和烟窝擦了擦，烟嘴和烟窝被擦得锃亮。"船到桥头自然直，不用过多考虑。"

这种近乎听天由命的回答，德麻子听后，心里更加焦急，她不知道智夫子到底在想些什么，急得跺脚："火都燎到脚背，你还不着急。"她有着大大的眼睛，淡红的嘴唇，还有一头乌黑的头发，发起怒来却是凶巴巴的。

智夫子望着德麻子，眼中闪过一丝狡黠："要我说，洋贵姐之所以生意好，主要还是耐得烦，你看她，天还没亮就起床，把甜酒、玉米饼摆在路边卖。"

"你说快点行不行，我又没有看见她卖饼子、甜酒。"德麻子催促着。

"当然，你不知道，她卖饼子时大家都还在睡觉。中午和下午给过路的和住宿的客人做搭伙饭，晚上歇客。天气热时还烧一些柠清茶，收点茶水费。你看洋贵姐、英妹子和四妹子一天到晚忙得团团转，我们要吃点苦才行。"

智夫子说的是实话，洋贵姐常常深更半夜还坐在银大路边守候着过往的客人。她常对四妹子和英妹子说："吃得苦中苦，方为人上人。吃不得苦，生活想好也好不起来。"

德麻子听智夫子这么一说，想了想："我受不了起那么早，睡那么晚，只想做点搭伙饭。"

自那以后，德麻子家也有搭伙饭吃。洋贵姐驿栈客满时，英妹子和四妹子常常把客人带到德麻子家里。再后来，洋贵姐也收了德麻子家一些带客费。

一年下来，洋贵姐挣了不少钱。她将赚的钱按三三四的比例，给英妹子和四妹子各百分之三十，自己得了百分之四十。英妹子和四妹子从来没有看到过这么多钱，笑得眉目舒展。

"还是大姐厉害，姐夫哥三年也挣不到这么多钱。"英妹子高兴得手舞足蹈。

在这个问题上，英妹子说的是真话。张全祚长年在外做篾活，也挣了一些钱，但他确实没有洋贵姐挣得多。

洋贵姐不希望别人说大爷嘎不行：“你个小蹄子，又在乱说话。把嘴管住，用钱的地方多着呢。”她看到英妹子高兴的样子，瞪了她一眼，提醒她省着点。

金钱，虽然不是万能的，但是，没有钱是万万不能的。

洋贵姐对四妹子和英妹子说：“我们一定要努力赚钱，只有有了钱，我们才不会看人脸色，才不会低声下气。你们俩明年还要勤快点，做事主动点，特别是四妹子，不要像癞蛤蟆一样，戳一下动一下。”平时洋贵姐吵四妹子稍微多一些，她想四妹子是自己的亲妹妹，英妹子是二叔的姑娘，毕竟关系上还是隔了一层。

四妹子瞟了姐姐一眼，不敢多说话，不停地点头。

英妹子快人快语：“大姐，你看我有什么不顺眼的，有话就说，有屁就放，不要憋着。你憋病了，我和四妹子无法向姐夫哥交代，我们跟着你挣钱就行。”

四妹子听到“有屁就放”时，她捂着嘴，看着大姐不禁笑了起来。洋贵姐忍不住也笑了起来，这发自内心的笑声，荡漾在金竹园的银大路上。

发盛总是戴着那顶破草帽在外面跑马帮。他风里来雨里去，家里的事由堂客周世秀管理。

长昆这些年衰老得很快，家里的大事他偶尔过问一下，小的事情他基本撒手不管。他觉得多一事不如少一事，操心太多往往讨不到好。再说他的儿媳妇也是一个厉害的角儿。

前几年，周世秀骂长玉和嫂子的场景时时在长昆脑海里回放。尽管他认为儿媳妇有些过分，但他不敢惹她。他现在甚至有些后悔，当初不让发盛去给老大当“抱儿子”，也许还没有这些不愉快的事。再说，老大的几亩地和家产也不值几个钱，费这么大的周折，账不一定算得过来。长昆当起了甩手掌柜，只挂帅不出征，由着堂客和儿媳妇去操心家里的大小事情。

自从周世秀把长玉和大妈骂了一顿后，她便采取三不政策，一不给钱，二不给粮，三不买衣服。对长玉和大妈就是两个字：“不管”。

长玉一家三口人基本上靠洋贵姐、二妹子、三妹子接济度日。发崇看到这些事情不好去说，毕竟当时发盛过继给长玉当“抱儿子”，他和智夫子是参与者，现在说三道四的不受人说，好像自己打自己的脸。发崇看到洋贵姐从双坪回到金竹园做起了驿栈生意，逐渐发达起来，他心里又觉得有些话不吐不快。

有一天，发崇上山放羊、砍柴经过洋贵姐驿栈时，洋贵姐站在门口对他说："发崇哥，进屋喝点茶再上山。"

发崇回应道："太阳要当顶了，下次再喝。"他吆喝着羊群往前走去。没走几步，他又转过身退回，"大妹子，有句话不知当讲不当讲。"发崇见四周有人，有些犹豫。

"发崇哥怎么现在变成了小姑娘？你只管讲，我们相信你。"在金竹园，洋贵姐除发香外，她最相信的是发崇。发崇是个坚持原则、不偏不倚的人，他为人正直，说话、做事公道，总是以公正的态度对待族间的人和事，向着弱势一方，像阳光驱散洋贵姐心中的黑暗。

发崇见洋贵姐这么说，心里有了些底气，他说："你看你的父母，现在吃的穿的都是你们的，发盛他们又没给粮给钱养活两个老人。你父亲抱的'抱儿子'有什么用？你现在钱也出粮也出，一碗肉埋在饭里吃，外面不知道的人，还以为是发盛他们尽的孝。"

洋贵姐见发崇噼里啪啦地说了这么多，心想，发崇哥说得有道理。她问："那你说怎么办呢？"洋贵姐对父母的孝顺让她在面对家族纷争时显得有些挣扎。

发崇稍微想了一下，直接提出："把原来的契约退掉，把土地从发盛手里收回来，让张全祚当上门女婿。"

洋贵姐想了想，今后父母的养老确实是一个问题。发盛指望不上。她把发崇拉到自己的身边，轻声说："你说的是个事，张全祚当上门女婿没有问题，关键是过去我、二妹子、三妹子出嫁时，发盛他们操了不少心，花了不少钱物。"

"这个事好办，他们陪嫁你们花了多少钱，算一个账，你们补给他们。你父母的吃穿用度，也算一个账，补一点，不让他们吃亏。"发崇三下五除二，把事情想得很简单。

"这个事我们提不合适，还是委托大哥去办。钱，你帮忙谈。我们放心你。"

发崇见洋贵姐办有难度，发生争执时调解的人都没有，他望着走远的羊群，大声说："行，只要你们放心，这个事我来办。"

天气像着了魔似的，金竹园已经连续下了三四天雨，还没有歇下来的意思。雨不是很大，但它一阵一阵地从天空中坠落下来，屋檐水牵成线滴在成型的石窝里，溅起朵朵水花，水花向上跃起，瞬间又向四周散去砸在青石板上。参差不齐的屋檐水叮咚叮咚地作响，恰似一首叮咚进行曲。雨水慢吞吞浸入田地里，让金竹园的土地喝了个够，不时泛起一些泥浆，田埂上已经伸不得脚。

清晨，洋贵姐腆着大肚子，穿着胶鞋，头戴斗笠，身披蓑衣，从田里摘了些菜回家，泥巴沾满了她的双脚，鞋子被泥牢牢粘住，每走一步，都感觉脚似乎要与鞋分开一般，费了好大劲才拖着满是泥的鞋子走到堂屋门前。她把装满蔬菜的竹篮放在门槛旁，对着屋里喊道："菊香，你帮忙拿把椅子出来，把弯刀递给我。"

张全祚没有应声，四妹子见状，急忙从灶屋里跑出来，从墙壁边拿起椅子递给门外的大姐，然后转身回灶屋里取来弯刀。

洋贵姐坐在椅子上，吃力地弯着腰，拿起弯刀清理脚上的泥巴。张全祚看洋贵姐累得上气不接下气，便走过来，蹲下身子接过洋贵姐手中的弯刀，帮她清理着脚上的泥土。

"雨已经下了好几天，看样子还要下几天。客栈里也没有几个人，今天在小磨子上推几升苞谷。明后两天，你去肖永贵家，帮他织个背子和筛子，他已经请了很长时间，今天又让赵同雨带信，我告诉他，你明天去。"洋贵姐一边清理泥巴，一边安排着接下来的事。

张全祚披着一件卡其布蓝色制服，听着洋贵姐的吩咐，没吱声，径直往楼梯走去。

小黄猫从楼梯口黄豆叶中爬了出来，它摇了摇身子，将身上的黄豆叶抖落得一干二净。然后，它不停地对着张全祚喵喵喵地叫着，一边叫一边往楼的角落退去，退到角落尽头，它坐了下来，用舌头不停地舔着左爪，然后又用爪子在脸上擦拭。擦拭完毕，小黄猫又扭过头来，对着张全祚叫了起来，好像在说："我的脸洗干净没有？"

张全祚笑笑："你的脸洗干净了。"他和小黄猫很有感情。他特别欣赏小黄猫隔三岔五地叼着一只老鼠从堂屋中间走过时那副扬扬自得的派头，喜欢冬天小黄猫蜷缩睡在他的脚头，那毛茸茸的身子温暖得像一团火，尤其喜欢小黄猫那均匀的鼾声。

在长玉家厢房外，三根沙木搭成的木架上，安放着直径约四十厘米的石磨。石磨由花岗岩石打造而成，分为上磨、下磨、磨盘和 T 形推拉拐木。下磨和磨盘固定不动，上磨放在下磨上面。上下磨之间用一根长约五厘米的花梨木磨心连接。上磨侧面凿着一个长宽四厘米左右，深七厘米左右的方孔，孔中嵌入一段顶端带有圆孔的木方。推拉拐木一端插在木方的圆孔里，另一端则由一根拇指粗细的棕绳吊在屋檐的挑梁上。

石磨是在赵伟义手中添置的。赵伟义去世后，石磨自然而然地变成了赵长玉三兄弟的共同财产，大家都有使用权。难办的是，谁也不愿意承担石磨日常打理和保养的责任，时间一长，石磨的石齿磨得光滑，再也磨不出面粉。

面对这种情况，赵长玉把老二、老幺召到一起，提议采取由三兄弟轮流坐庄的办法对石磨进行管理。每年请石匠对石齿进行敲凿修理，保证石磨正常使用。这个办法一直维持了几十年，一直到二十世纪八十年代初，村里有了粮食加工厂，这项传统的做法才停下来。

张全祚拿着筛子，在木缸里舀了三升苞谷从楼上走下来。他看着还在收拾脚的洋贵姐，有些不耐烦地问："什么时候推？推完是个事。"

"你把样子黑起，又不是我一个人吃。驿栈每天这么多客人，饭都没有吃的还叫驿栈？"洋贵姐咕哝道。

"我知道每天吃饭的人多，你不能把苞谷、小麦送到赵同雨家里用大磨推？这样不省事多了。"

赵同雨的家在银大路上，离洋贵姐驿栈不足一百米。他家的大磨足足有五个小磨大，一根粗大的木杠固定绑在石磨上。通常由毛驴或骡马拉着石磨不停地转圈。为了防止动物转圈时头晕，毛驴和骡马的眼睛总是被篾织的眼罩蒙住。没有毛驴和骡马时，则由两人用双手顶住木杠，推着石磨转动。通过碾压，苞谷粒就变成了金灿灿的苞谷粉。

洋贵姐回应道："驿栈挣的几个钱不都送给赵同雨了，小磨我们也有一份，不用的话不是吃亏了？"

"你鸡蛋里算得出来骨头，半个时辰能做完的事，你非要两个时辰，不知道你算的什么账。"

"你不要多说，先把这几升苞谷推了再说。等你发财后，你想在哪里推就在哪里推，推过河去都行。"洋贵姐清理打扫着石磨，站在石磨边往石磨里喂了七八粒苞谷。

张全祚站好位置，一只脚在前一只脚在后，双手紧握着拐木，身体前倾，用力推动着石磨转了起来。

不一会儿，英妹子跑过来，对张全祚说："姐夫哥，你往旁边站一点，我俩推。"张全祚瞥了一眼正往自己身边挤的英妹子，给她让出位置，调整自己的握持，左手落到右手边。

“姐夫哥，推磨的时候要哼点小曲。”

张全祚不耐烦推磨，哪有心情哼什么小曲：“要哼你哼。”

“你不哼我哼了，等会儿不要后悔。”英妹子神情专注地清了一下嗓子，小曲从她甜润的喉咙里飘了出来：

推磨拐磨，
推到嘎嘎门前过。
推了三升苞谷壳，
推的面儿黄不过。
推粑粑，
接嘎嘎，
嘎嘎不吃姐夫的酸粑粑。
推豆腐，
接舅舅，
舅舅不吃姐夫的酸豆腐。
推合渣，
接姨妈，
姨妈不吃姐夫的酸合渣。
推磨拐磨，
做的粑粑甜不过，
姐夫你也吃一个。
…………

张全祚瞥了英妹子一眼，英妹子只当没看见一样，照样哼着她的小曲。那悠扬的旋律穿过雨丝，洒在金竹园银大路上。石磨伴着小曲吱呀吱呀地转动，金灿灿的苞谷面从上下磨石缝隙中散落下来。

发崇见外面下着小雨，觉得在家闲着也是闲着。他想到洋贵姐交办的事没有完成，今天下雨是个机会，长昆应该不会到哪里去。他戴上斗笠，眉宇间充满自信，眼睛闪烁着真诚之情，脸颊上挂着从容自若的笑意。长昆见发崇向自己家走来，便邀请他在堂屋里坐下。他拿出一捆上好的烟叶，让堂客沏来一壶高山茶，给发崇满上一杯，热情地说："这个白腊烟味道很好，你找两根试试。"

朱成英和周世秀知道发崇一家待人诚恳，行事仗义，在金竹园口碑很好。她们猜到发崇今天来一定是有什么大事情，不自觉地搬了两把椅子在旁边坐下。

发崇瞟了她俩一眼："你们听听也好，我刚才给长昆叔提件事，洋贵姐想让父母跟她一起过日子，尽点孝道。"发崇的话音刚落，朱成英和周世秀你望我，我望你，心里不停地扑腾着。

朱成英好像事后诸葛亮，得意地说："看看，我就知道发崇来肯定有大事吧。"她轻轻扯了扯身前的围裙。

"她不就是要让她的大爷嘎回来当上门女婿，让发盛不再当'抱儿子'，把土地退给她家吗？"周世秀把这件事情看得明白，"这么大的事，大姐为什么自己不来？"周世秀感到很好奇，她又补充说了一句。

长昆一边呷着茶，一边抽着旱烟，一句话也不说。发盛过继给老大当"抱儿子"的事，他听过不少闲言碎语。外面人讲发盛养两个老人是假，贪老大的田产是真。家里人则说，他是偷鸡不成蚀把米，三个姑娘的陪嫁去了一大坨，弄得他是猪八戒照镜子，里里外外不是人。现在大妹子要孝敬父母，那不是扇发盛的耳光？虽然发盛常年在外跑马帮，确实没有管老大两口子，但陪嫁三个姑娘，他还是尽了心，花了钱。现在大妹子要养父母，要收回土地，那过去花的钱总不能打水漂了吧？长昆心中纠结，头脑里捋着一团乱麻。

"地可以拿回去，但总得有个说法。"周世秀年轻气盛，愤愤地说。自从她把伯伯和大妈骂了一顿后，发香、英妹子和四妹子都不再和她说话，她再也没去过伯伯家半步。

周世秀把话说完，似乎冷静了许多。"大姐她们把地拿回去，对她们来讲不见得是件好事，对我们来讲也不见得是件坏事。把地拿在手里，四妹子出嫁还要陪嫁，还要花一大坨钱。伯伯和大妈生要养、死要葬，也是不小的开销。这个账算不得，不如快刀斩乱麻，一刀两断好，免得今后净是些麻烦事。"周世秀说这些话时，好像长玉和大妈这些年都是她和发盛供养着。她的脸皮比厕所的马桶都要厚。

"这个事只要不亏待发盛就行。"朱成英忍不住插了一句。朱成英原来对发盛当"抱儿子"就不感冒，认为自己的大爷嘎做了一件吃力不讨好的事。她在这件事上对公爹赵伟义一直耿耿于怀，嘴里又说不出口。这次大妹子主动说给父母养老，她觉得这是一件顺水推舟的事，只要把钱退了就行。有了钱，在别处买地也一样，还没有这么多麻烦事。

发崇见长昆他们并没有反对大伯大妈跟大妹子过。就是反对，在外面也说不过去。毕竟大妹子是讲孝道，是尽孝来的。他说：“你们说得对，大妹子让父母跟着她过，是为了尽孝，让我看没有错。现在的难题是如何处理原来的契约。这些年，发盛花了不少钱，大妹子怎样补这些钱、补多少，需要大家一起商量。”

长昆觉得发崇的话有理，看到自己的堂客和儿媳妇也没有反对，心里逐渐有了底。他知道不让大妹子养老人，在哪里都说不过去。现在只要处理得当，不伤害发盛和自己的面子，把过去用的钱收回来就心满意足。

他给自己倒了一杯茶，又把发崇的杯子拿过来添满茶水，发崇不好意思地接过茶说：“老的动手添茶，我要遭雷劈的。”说完，连忙接住长昆递来的茶杯。

“怎能这样讲话，你还不是为发盛的事来的。”长昆把茶水递给发崇后，又慢慢地坐了回去。

“发崇，你也不是外人，这个事情还是由你来办好。”长昆继续说道。

“行，只要您和发盛相信我。”发崇喝口茶，答应下来。

“这个事只有发崇办才合适。”朱成英在一旁附和着说，“过去发盛过继时签了契约，现在不当‘抱儿子’，也还是要有个契约。”

“契约肯定还是要有，到时候还是要智夫子写。写好后大家签字，这个事就算办结了，大家皆大欢喜。”发崇回应道。

“关键要有不是发盛不想当‘抱儿子’，是大妹子要对父母尽孝，不想让发盛当‘抱儿子’。这一条最重要，不然的话，我们的脸往哪里搁，今后族间的人怎么看我们？”

周世秀万万没有想到公爹把名声问题考虑得这么重，她觉得只要把钱收回来就行了，名不名声的那是小事情。她的眼睛一直盯着公爹，生怕他不提钱的事，也生怕他说错什么。

长昆叹口气，接着说：“还有一个事，本来不好说，但不说又觉得不合适。原来说发盛当‘抱儿子’负责把四个妹妹嫁出去，现在只有四妹子没出嫁，在三个妹妹的婚事上，他前前后后花了两千七百吊铜钱，这些钱需要大妹子补给发盛。”

“不止两千七百吊，应该是三千吊，这些钱我知道。”周世秀见公爹只说了两千七百吊，急起来，在公爹说的基础上加了三百吊。

发崇看看长昆，又瞥了一眼发盛的堂客："钱的事，就高不就低。事情是大妹子提出来的，大妹子吃点亏也是应该的。"发崇知道发盛堂客开的价有些虚高，不如把话说得亮堂些。

"这个事等发盛回来后，我和他合计合计，再找个时间把这个事处理完。"长昆觉得不能再把所有的事都揽在自己身上，应该慢慢地退下来，把当家的事交给发盛。

赵长久得知大妹子准备回家给父母养老，心中窃喜。他对堂客说："还是我们好，你看老大搞什么'抱儿子'，别人的儿子怎么会巴心巴肝地去伺候你，他不想你早点死就算不错了。"

"那发香也不可能当一辈子的老姑娘，还是要找个男人才行呐。"堂客回应道。

"招个上门女婿，总比找个'抱儿子'强。"长久觉得自己当初没有听父亲过继"抱儿子"的建议是明智的，他心中不免有些自得。

洋贵姐的肚子像个南瓜，越来越大。公婆不在身边，她生男生女的压力小得多。大妈时常用温和的话语宽慰她："生男生女都是上天赐予的礼物。生个女儿一样好，你看你和二妹子、三妹子，哪个都不比男孩差。"大妈甜蜜的话，像一股清凉的泉水在洋贵姐心中流过。

前些日子，洋贵姐请算命先生郭后安为她算了一卦。她将自己的生辰八字告诉郭后安，这位算命先生掐指一算，然后缓缓开口："你的命格中财星旺盛，但人丁不旺。你曾生过一个儿子，可惜未能留在人间。现在你身怀六甲，怀的是个女儿。她选择来到你们家，是因为前世有所亏欠，今生来偿还。她的命格有些硬，给她取名字时要用些强硬的字眼，而且她不宜在床上出生。"洋贵姐对郭后安的话深信不疑，将这些话牢牢记在心间。

一九四〇年农历七月二十七，张全祚出门到阴坡陈家屋场做篾活去了，洋贵姐早晨起床后发觉肚子微微痛了起来，她意识到自己马上临产，便让发英赶快去叫大妈："你就说大姐快生了，让她把剪子和包单拿过来。"

英妹子从未经历过这样的场面，但知道这种事情等不得。于是，她一溜烟地跑去找大妈。英妹子离开后，洋贵姐捂着肚子，脸上大颗的汗珠不断滚落。四妹子在一旁吓得不知所措，洋贵姐忍着疼痛吩咐她："你去给客人准备早餐，把昨天的账结完，赶快烧一点热水。"

“你怎么办?”四妹子手足无措地问。

“你不要管，你快去忙你的事。”洋贵姐的脸色煞白，她无力地挥挥手让四妹子去忙。

四妹子往灶屋里走去，每走几步就回头看看，满心担忧。

“你快去做你的事，我这里没有事，大妈来了就好了。”

英妹子心急如焚地跑到大妈家，上气不接下气地喊了起来:“大妈、大妈，大姐快生了，您快点去。”

大妈听到英妹子急促的喊声，吃力地从灶台边走出来。

“您快点，大姐要您把剪子带上，对了，还有包……包什么的东西。”英妹子急得把带什么东西都说不全，“您的剪子在哪里?我去帮忙找。”望着行动不便的大妈，英妹子心里急燃，她想还不如回家喊二姐和妈去，于是她又往自己家里跑，“二姐、二姐，大姐快生了，你快去帮忙。”

发香刚喂完猪，洗完手，用毛巾擦干净。“接生我也不会，快去叫妈。”

英妹子叫上自己的妈，飞也似的往驿栈跑去。

等发香和大妈赶到驿栈时，洋贵姐已经把孩子生在地上，她有气无力地说:“生哥哥的时候，生在脚盆里，这次不能把她生在脚盆里，要把她生在地上，下地时就摔一跤，摔一跤后好养些。”

洋贵姐听从算命先生郭后安的话，相信孩子出生时摔一跤，这样才养得。为了好养，还给女孩取了个小名“捡狗子”和“迎子”，她想女孩子不值钱，如同捡来的狗一样，养得。她心里还期待着未来能生个儿子，没有了“迎弟”，就“迎子”，迎接儿子。

“日本强盗民族本性一天不改，天下一天不安宁!”尽管我们以必胜的信念抗战到底，但武汉终究还是失守。随着武汉的陷落，大量战区民众开始逃离家园。他们从银东港下船后，沿着银大路逃入鄂西。前线战事节节失利，物价飞涨，货币暴跌。在金竹园，农民们的生活变得极其艰苦，他们往往要七八天才能吃得上一顿捞饭。捞饭就是把小米煮到八九成熟后，捞出焖成干饭。能吃上捞饭对他们来说是一种奢侈，因为大多数时候他们只能吃煮得很稀的黑豆糊糊，偶尔加点瓜菜和土豆。到了青黄不接时，连黑豆糊糊都没有，只有忍饥挨饿。

洋贵姐还在月子里，她让四妹子、英妹子和大爷嘎经营着驿栈。随着逃难人群的陡增，驿栈的客人也越来越多。四妹子和英妹子每天在银大路上设立粥棚，为逃难者提供食物，她们忙得焦头烂额。

金竹园的深秋，秋风过处，竹叶飘落，天气总是瞬息万变，偶尔暖阳露脸，让人捉摸不透。这两天的天气还不错，太阳照常东升西落，把热量播洒给大地。

发盛这次离家快两个月了，随着战争规模不断扩大，物资运输量越来越多。他常常刚踏上回家的路，就又被民国政府征召，驮着军用物资去鄂西。当他终于拖着疲惫不堪的身躯回到金竹园时，已经是农历九月初。

当长昆向发盛转述洋贵姐想让她父母跟她过日子，而发盛不再当“抱儿子”的想法时，发盛显得有些不耐烦。他觉得这个“抱儿子”当得不值得，没有得到什么，失去的还不少。发盛说：“昨天世秀已经把这个事情给我讲了，赚不到钱的事还是不搞为好，这些年来，您看看我贴了多少进去。”

多年来，发盛一直被当作长玉的“抱儿子”，但他对此并不感兴趣。他觉得自己从未主动要求承担这个角色，这是伟义爷爷和父亲为他安排的，给他找的一点事。

长昆故意推迟了一天才给儿子透露这件事，他这样做是希望发盛的堂客事先给他打个预防针，免得自己碰一鼻子灰，毕竟将来还要靠他养老。再说，“抱儿子”的事确实是自己和父亲共同定下来的，在这个问题上，长昆意识到自己过去有些贪得无厌，把问题想得过于简单。“你的意思是不当‘抱儿子’？”长昆小心翼翼地问。

“只要不亏，把三千吊铜钱补给我。”发盛和他堂客的想法一模一样，并无二致。只是三千吊铜钱并不是从他一个人手中拿出来的，有一半是他的父亲长昆拼凑的。发盛这时也没有把这些钱还给他父亲的意思。

后来，朱成英逢人就说：“现在老的再怎么玩都玩不过小的。”她认为发盛没有把自己大爷嘎出的钱退回来，一定是周世秀这个小妖精的主意。

长昆看到儿子松了口，心里放下了一个大石头。“那我给发崇说一声，让智夫子起草一个契约，趁你在家，把这个事处理完，我们好另做打算。”

战争的阴影笼罩着金竹园，受战乱的影响，赵同才的学生少了许多。原来二三十个学生现在只有十五六个。课桌空了接近一半，读书声也不再像往日那样洪亮。

赵先生对学生要求严格，从早到晚，学生们几乎没有自己的时间，更别提人身自由。有时，他们还会受到体罚。背不到书、认不得字，轻则打手板，揪眼睛皮，重则打屁股。

赵同凯是一个坐不住的孩子，经常疯来疯去，他挨的打也最多。今天，他扯了坐在前面苏噶姐孙女赵同秀的头发，惹得秀姑娘号啕大哭。赵先生愤恨的情绪在心中翻腾，他怒不可遏地吼叫着："赵同凯，你给我站起来。"这声音像沉雷一般在地上滚动着，滚得很远很远。

赵先生严厉的眼神仿佛一把利剑令人不寒而栗，让在场的每一个人都感受到了他的威严。"去把板凳拿过来，打十下。"

赵同凯在赵先生的命令下，心不甘情不愿地起身，他的手指不自觉地摩挲着裤缝，动作僵硬地拿起板凳。他的嘴唇紧抿，脸色苍白，显然是在极力压抑着内心的恐惧和不安。当他面向板凳趴下时，他的身体微微颤抖着。当赵先生的尺板落下时，赵同凯的身体猛地一震，眼泪瞬间涌出，哭声中带着一丝绝望和无助。他摸着火辣辣的屁股，疼痛让他的声音都有些颤抖，他一边哭一边站起身来，对赵先生说："谢赵先生打。"这一刻，他的心中充满了复杂的情绪，既有对赵先生的敬畏，也有对自己行为的悔恨。

赵先生和赵同凯辈分一样，如果不是师生关系的话，赵同凯应该管赵先生喊大哥。但今天，赵先生并没有把赵同凯当小弟看待，更像是他的儿子一般。

洋贵姐见侄儿子挨打，心中也是五味杂陈。她感到赵先生连生气和计较的力气都没有。她知道赵先生的严厉是为了同凯好，但她还是忍不住心疼。她抱着迎子，眼神中流露出一丝关切和担忧，仿佛在思考着什么。

赵先生看到洋贵姐在一旁，连忙问："姑妈，你有事找我？"

洋贵姐手里抱着迎子，上前一步说："跟你打个商量，下午放学后，我想把你的课桌拼齐，请几桌客。"当洋贵姐向赵先生提出请求时，她的语气中带着一丝紧张和期待。

"没问题，吃完饭后，你们把课桌还原。你那个侄儿子太任性。"赵先生把话又扯到赵同凯挨打上。

"打得好，树不育怎么会直？小孩不管教，今后没有用。下午一起吃个饭。"洋贵姐邀请道。

"我就不用了，你们忙你们的。"赵先生的回应让她松了一口气，她的脸上露出一丝感激的微笑。

这天下午，英妹子和四妹子准备着茶水，炒了些花生和瓜子。张全祚当起了厨房里的大师傅。"姐夫哥什么时候还有这么个手艺？"英妹子不敢相信眼前的姐夫哥把土豆丝切得那么细，黄瓜切得那么薄。

张全祚一副若有所思的样子：“你不讨厌，今后嫁人时，我来当大厨。”他的手法熟练，每一个动作都透露出自信和专注。

英妹子调侃道：“只怕没弄好，早被你偷吃完了。你还是帮忙织几件篾器。”

“英妹子，又在和谁斗嘴呀？”发崇前脚刚迈进大门，就听到英妹子在高声地说话。

“发崇哥，今天太阳从西边出来了，姐夫哥在给你们弄饭吃。”英妹子从灶屋里出来，给发崇递上一杯茶。

“太阳这时在西边，早上肯定是从东边出来的。”发盛接过茶杯，慢条斯理地说。

英妹子娇滴滴地大声说：“我看你和姐夫哥是一伙的，都不是什么好人，是坏人。”

“真的坏人来了。”发崇指指大门外，见智夫子披着一件蓝色上衣，胳肢窝里夹着纸卷，手里拿着笔墨，缩手缩脚地走来。冬天还没有来，他的样子却像在过冬天一样。

发崇的到来，让气氛变得活跃起来。他像一阵春风，给在场的每一个人带来了温暖和活力。他的言谈举止中，透露出机智和幽默，让人忍不住会心一笑。

当长玉、长昆、长久三兄弟到来时，他们的步伐稳重，脸上带着一丝严肃。他们的出现，让在场的气氛变得更加庄重。发盛、发茂、发奎紧随其后，他们的眼神中带着一丝敬畏，显然是对即将到来的事情感到紧张。

“各位叔叔、伯伯、弟兄，大家都坐。”发崇指着墙边摆放的板凳，请大家坐下来。四妹子忙碌着为大家准备着茶水，灶屋里张全祚抄起锅铲，不停地翻炒着菜肴，等着菜慢慢从生变熟，一股香味扑鼻而来。

“饭要好了，大家好不容易在一起，还要喝两杯。我们先把事说完，说完了好吃饭。”发崇快人快语，眼神中透露出一丝决断。

智夫子一听还要吃饭喝酒，忙说：“发崇，你说我记，大家若没有意见，我整理成正式的契约，大家签字画押。”

“按智夫子说的，发崇你先说。”长玉先发话，“老二、老幺你们看行吗？”长玉望着两个弟弟，征求着意见。

“行。”长久和长昆两兄弟点头说，他们对发崇是尊重和信任的。

“大伯和大妈年纪越来越大，大妹子想把父母接到跟她一起过日子，尽尽孝心。”发崇说到这里，环顾四周问道，“大家对这个安排有什么意见吗？”

“没有。”长玉立刻表示支持。

“没有”“没有”“没有”，长久、长昆和发盛分别表明了自己的态度。

“既然大家没有意见，这里有几个具体事要说一下。”发崇说到这里，见幺妈朱成英和发盛的堂客站在门外，“你们要不要进来听一下？”

周世秀摆摆手，连忙说：“不用，有伯伯在。”

“第一件事，大妹子、张全祚负责父母的生养死葬和四妹子的陪嫁之事。大家听清楚没有？”发崇大声问道，大家没有作声，点着头，抽着烟。

“第二件事，大妹子、张全祚补给发盛三千吊铜钱，取回东起白果树，西至樟树槽七亩一分土地，这些土地归长玉所有。”发崇说完，环视着屋里的人，“就这么两件事，不知大家听明白没有，还有没有不同意见？”

发崇话音刚落，长久把烟杆在椅子扶手上轻敲了几下：“这件事是老大和老幺之间的事，他俩没有意见，我也没有意见。”刚说完，感觉没有表达全意思，他又补充说，“大妹子回来帮忙养老是件好事。”

“我们没有意见。”长昆把几个儿子都代表了。

“我有意见。”一直抱着孩子坐在墙角的洋贵姐突然开口，她的声音坚定而有力，眼神中透露出一丝坚定和自信。

站在门外的周世秀心里一沉：“这下麻烦来了，洋贵姐肯定觉得三千吊铜钱给多了。”她预感这笔买卖可能泡汤。

发崇一愣，先和洋贵姐说好的事，怎么一下就变了？发崇意想不到洋贵姐有意见，他强装正经地问：“大妹子有什么意见？”

“三千吊铜钱给少了。”洋贵姐出乎意料的话，让在场的人感到惊讶，大家议论纷纷，不知道洋贵姐葫芦里卖的什么药。英妹子跑进灶屋，在四妹子的耳边悄悄地说：“你看，大姐病了。”

“她没有病，不知道她是怎么想的。”四妹子回应着。

“姐夫哥，你堂客病了？”英妹子着急地说。

“吃五谷生百病，哪个不病？”张全祚好像没有这么回事一样。这个家都是自己堂客当的家，她说一就是一，说二就是二，他才懒得操这些瞎心。

洋贵姐是家里的“摄政女王”，这也符合居家过日子的规律，她挣的钱比张全祚不知多多少倍，谁挣的钱多谁有话语权，张全祚在这方面心知肚明。

“关键是她病得不轻。”英妹子咬牙切齿地恨不得蹦起来，她觉得大姐挣点钱不容易，挣的是辛苦钱。

“你去帮忙治治。”张全祚不紧不慢地回应着英妹子。

“懒得管你们，钱是你们的又不是我的。”英妹子说完，气冲冲地跑出灶屋。

发崇没想到洋贵姐会提意见，更让他没想到的是，她提的意见居然是赎地的钱给少了。他试探着问：“大妹子，你想好，你认为给多少好？”

“这些年来，伯伯和大妈承蒙发盛一家的照顾，没有功劳有苦劳，在钱的问题上不能亏待他们，我认为在三千吊的基础上再涨二百吊，给三千二百吊。”

洋贵姐的话感动了在场的所有人，大家被她的大方和孝顺所感动。四妹子从灶屋里跑出来，“大姐，我出那个二百吊，我的嫁妆我自己出钱置办。”四妹子的回应，让在场的气氛变得更加温馨和感人。

周世秀这时走也不是，不走也不是。她万万没有想到会出现这样的场面，苍白的脸上泛起一阵红晕，尴尬地看着众人，干笑了两声，窘迫地走到角落一边坐下。

发崇没有想到洋贵姐这么大方，给他这么大的面子。他心想自己在族间办过不少的事，唯有这件事办得最爽。到时候智夫子在外面一唱，不光是洋贵姐好评如潮，自己也风光无限。想到这里，他的心随之舒展开来：“智夫子，赎地按三千二百吊写，你快去写，写完大家按个手印后吃饭喝酒，喝得一醉方休。”

智夫子摆弄着笔墨，应承道：“几句话，一会儿就好。”

洋贵姐看了看四周，对英妹子说：“你快去把幺叔一家和你们一家都喊来一起吃饭，把大妈也喊来。”

“四妹子准备上菜。”洋贵姐大声吆喝着，声音透露着兴奋与自豪。土地终于赎回来了，父母也回来了。

第八章

洋贵姐从赵发盛手中赎回东起白果树。西至樟树槽的七亩一分地，全家人笑在脸上，喜在心里。赵长玉更是从心底感谢大姑娘和女婿的辛勤付出。这几年他们开驿栈历尽艰辛，饱尝辛酸，吃了不少苦、受了不少罪，尤其是女婿张全祚，做篾活、办驿栈，什么事都少不了他。

冬天越来越深了。北风夹杂着浩浩的霜寒，在金竹园肆虐，即使烤着火也感觉不到丁点温暖。在这天寒地冻的日子，洋贵姐的心情是复杂的。她躺在床上，心头积压的种种忧愁爬上来，让她难以入眠。她辗转反侧，起来又躺下，躺下又起来，这漫漫的长夜真是难挨呀。她用膀子蹭了蹭睡在身边的大爷嘎，轻声说："哎，陪我说说话。"

张全祚睡得正香，洋贵姐的拉扯让他有些恼火，他不耐烦地说："你干什么？天寒地冻的。"

洋贵姐兴奋地说："我在想，土地收回来了，我们怎么把地种好？"

"不睡觉就能把地种好。你慢慢想，我要睡觉。"张全祚伸了一个懒腰，翻过身去，又睡了过去。

"那几亩地土质比较瘦，要给地多上些屎尿。"洋贵姐把她的想法说了出来，"你不把地伺候好，它也不会把你伺候好，来年的收成也不行，肚子里还是吃不饱。"

"从哪里弄屎尿来？你一天喜欢胡思乱想。"张全祚打着哈欠，干脆把头埋进被子里。

洋贵姐掀开被子，冷风扑面而来，张全祚被冻得瑟瑟发抖，他赶紧抓住被角往身上捂着，寻找一丝余热。他知道不让堂客把话说完，这个觉想睡也睡不成，于是他转过头，带着一丝无奈望着堂客说："你快说，冰冷冰冷的，你不要把我冻僵了才甘心。"说完，他用力扯了一把被子。

洋贵姐把被子松了一下，送了一些过去。"我上次去城里买东西，看到张连祚和张玉祚，他们俩一人背着一个粪桶，在城里一边走一边喊，倒罐子喽，倒罐子喽！城里的人纷纷把尿罐子端出来，把尿倒进他们的粪桶，一会儿粪桶就装满了。”

“你的意思是让我进城收尿，把它背回来？”张全祚这时才意识到，睡在旁边的堂客又在打他背粪的主意。

“冬天地里没有什么事做，驿栈的事我和英妹子打理，伯伯和大妈帮忙带一下迎子，你和四妹子一起去，城里人也起来得不早，你们还可以多睡一会儿。”洋贵姐开始做起思想工作。

“四妹子还是大姑娘，她怎么好意思在城里喊‘倒罐子’？再说，我带着姨妹子到处跑，你也放心？”张全祚睡意全无，干脆披着衣服坐了起来。他左看右看，寻找着烟杆。他慢慢被洋贵姐的激情感染。

“我说背粪又不是偷人，有什么不好意思的？现在要把地种好，地种好了，肚子才能吃饱。肚子都吃不饱，那才真的没有脸见人。”

张全祚觉得堂客的话有道理。第二天，他砍了两根金竹，将金竹剥成篾片，编织成椭圆形的圆圈，放置在粪桶里上沿，这样粪水在肩上就荡不出来。

张全祚一边整理着背篓和粪桶，一边对四妹子说：“你看这金竹圈，我们把它放到粪桶上沿，粪就不会洒出来。”

四妹子笑着回应：“姐夫哥是个能人。”

英妹子站在一旁，情不自禁地开着玩笑：“有这个圆圈，‘菊香’不会变成菊臭。”说完，撒腿就跑。

第三天五更时分，张全祚领着四妹子，背着粪桶沿银大路向银东县城方向走去。尽管路上还有少许积雪，但他们走的是顺脚路。张全祚边走边说：“四妹子，我们好不容易把地赎回来，要想地有一个好收成，虽然辛苦点，但想到将来饭吃得更饱、更好，心里就暖和。”他偷师学艺，把洋贵姐做思想工作的那一套学到了手。

四妹子点头：“姐夫哥，不辛苦，只要能让地肥、有饭吃，再累也值得。”两人说说笑笑，一会儿，就到了县城。

银大路从红石梁开始分为五条支路，赵家巷、陈家巷、张家巷、朱家巷和谭家巷，像天梯一样，伸出五个手指，把银东县县城牢牢抓在手上，生怕它滑入长江。这五条巷子又接出数不清的小巷，若干条青石巷好像县城的血脉，与街道相接，又相互贯通，融为一体。银东县城的冬季清晨是恬静的，没有那种喧闹的气息，让人感到清冷。时时传来的“倒罐子”“倒罐子”的声音，惊醒了人们的美梦。

张全祚和四妹子来到银东县城后，他们商量分别从赵家巷、张家巷、朱家巷由下向上倒罐子，这样会省一些力气，然后在红石梁会合。

张全祚在赵家巷里大声喊道："倒罐子喽，倒罐子喽！"

四妹子则在张家巷里轻声细语地喊着："倒罐子喽，倒罐子喽！"

不到一刻工夫，俩人在红石梁会合时，他们的粪桶里装满各式各样人的屎尿，有男人的，也有女人的，有老人的，也有小孩的。张全祚看着满满当当的粪桶说："城里人吃得好，拉的屎都臭一些。"

四妹子擦了擦额头的汗珠，望着汗流浃背的姐夫哥说："你的鼻子真灵。"

"我属狗，是狗鼻子。"

当张全祚和四妹子把这些屎尿倒入家里的粪池时，太阳才刚刚爬上山头，吐出一阵舒暖的气息。从这天开始，张全祚和四妹子信心满满，他们预备迎接一个盼望已久的丰收年份。那些漂亮的苞谷、小麦也能叫他们的肠胃润滑起来，也能让他们脸上长出无限的生气来。

二妹子和三妹子这些年生活得顺风顺水，他们两家离得比较近，走动频繁。二妹子的孩子们，大蛮子和小蛮子以及今年新添的妹妹"小可"，都长得天真可爱。三妹子也有了姑娘和一个儿子，更难得的是两家人和一家人一样。张思俊收张思龙的二弟做徒弟，张思龙收张思俊的小弟弟做徒弟，他们互相介绍着生意。洋贵姐过去说，几姊妹都找姓张的手艺人，今后互相有一个帮衬，在二妹子和三妹子那里开了花，结了果。

一个多月前，二妹子在去县城买东西时路过金竹园，听大姐说准备把土地赎回来。回家后不久，二妹子便生下"小可"，行动不便。她前几日听说大姐请人吃饭，花了三千二百吊铜钱把土地赎回来了，这让她激动不已，连续几个晚上都难以入眠。她想，今后父母再也不会为吃为穿发愁。

这一天，二妹子找人带信要三妹子到家里来一趟。三妹子也不知道是什么事，急忙跑过来。当二妹子看到三妹子匆忙的身影出现在门口时，她心情激动。"三妹子，你来了！"

二妹子的声音中带着一丝颤抖，她拉着三妹子的手，一起走进屋。茶都没来得及喝一口，二妹子对三妹子说："大姐和姐夫这几年不容易，白手起家开驿栈，现在把地赎回来了，父母也接回来了。"

三妹子看着二妹子激动的样子，心中不免感动，她嫌二姐拐弯抹角、啰里啰唆的，便直接问道："二姐，有什么事你就直说。"

二妹子深吸了一口气，稳定了一下情绪，然后说：“我想明天和你一起去看一下伯伯和大妈，顺便给大姐一点钱，父母也是我们的，让她一个人养两个老的，心里总觉得过不去，我们也应该尽一份力。”

三妹子点头：“好，应该帮忙分担一点，你给多少我给多少。”三妹子觉得自己不应该比二姐给得少，给少了自己也没有面子，况且还是一起去的。

“我家里条件比你强一点，我给四百吊你给二百吊吧。”

三妹子想了想：“这样合适吗？”

“合适，长短是个棍，多少是个情。你们现在也不宽裕。”三妹子看着二姐，心中涌起一股暖流。

自从洋贵姐和张全祚离开双坪后，张永福家的日子算是过得不温不火。吴发金结婚几年，肚子里没有一点动静。倒是院子里的其他几家姓张的人丁兴旺。张玉祚这几年又添了两个带“把”的。张汉祚、张连祚、张雄祚也各有所得，有的生了带“把”的，有的生了千金。张满祚的堂客更是一次生下了两个带“把”的。

每当提起生娃，吴文杰总是灰头土脸的。“你看我那个媳妇儿，做事像个男人，她会下崽子吗？”她把不生娃怪罪到儿媳妇吴发金身上，埋怨她只会做事不会生娃。

洋贵姐和张全祚也时常回到双坪走一走，毕竟他们的父母都健在。没有父母，哪有自己呢？他们通常只歇一夜便回金竹园。时间是疗伤最好的药，随着时间的流逝，过去不愉快的事也渐渐淡了。

深秋的天空深邃而高远，黄家湾黄洪茂家的木梓已经成熟。成千上万棵木梓桃躲在一片片椭圆形树叶做成的绿绒大伞下，遮遮掩掩、时隐时现，跟采摘人玩起捉迷藏的游戏来。一条浅浅的溪水轻轻地系在黄家湾的腰间，溪水晶莹透亮。露出白色根须的金竹、茂盛的木梓树、悠闲的牛羊，看上去一片宁静的样子。

黄洪茂和张永福是姨老表，平时走得比较近。每年寒露过后，张永福都要带着儿子去帮忙摘木梓。以前是大儿子张全祚去，现在大儿子去了金竹园，只剩下小儿子张元祚跟着去黄家湾摘木梓。

清晨，太阳像一个大姑娘，羞羞答答半天露不出头来，树上挂满了露珠。“老表，你们先到屋里喝茶，等太阳出来，树上干了再去摘木梓。”黄洪茂担心上树滑，对走进木梓林的张永福父子说道。

“没有关系，我们摘完了早点回去。”张元祚说着便开始上树忙碌起来。木梓树较高，树梢上的木梓桃用手难以触及。张元祚一只手用携带的长竹钩将树枝钩到面前，另一只手飞快地采摘。对于那些实在采摘不到的地方，他就拽住树枝用力摇晃。就在摇的一瞬间，悲剧发生了，张元祚的身体失去平衡，从树枝上坠落，树枝从他的下巴刺入，从嘴里穿出，将他的食管戳了一个洞。鲜血洒满一地，由于失血太多，没进门张元祚就死了。

黄洪茂站在木梓树下，望着张元祚跌落的方向，他双手颤抖，眼中充满了泪水。黄洪茂心中充满自责和悔恨，他责怪自己没有阻止张元祚上树，痛恨自己的无能为力。他感到悲伤、自责、痛苦和挣扎，他不知道如何面对张永福一家，也不知道如何弥补这个无法挽回的损失。

吴文杰失去了爱子，如同被撕裂一般，仿佛整个世界都变得毫无意义，留下一片空虚和无尽的悲伤。

吴发金得知大爷嘎的噩耗后，她感到整个世界都崩塌了。大爷嘎是她生活的全部希望和寄托，现在这一切都化为了泡影。她的内心充满了痛苦和不甘，她无法接受这样的现实。

她木然地看着张元祚的尸身被抬回来，看着大家为他装殓、下葬，院子里由开始的慌乱热闹变得沉寂。她看见自己的心被撕裂成无数条碎片随风飘荡。她还看见有无数鲜血淋漓的条状物四散飘零，像被劈得大大小小的柴块。她知道那是张元祚的身体，她想抓住这些碎片，把它们重新拼接在一起，可她的手不知道有多重，重得抬不起来，她想走上前去，却抬不动脚步。她徒劳地憋住气，使尽全身力量……她瘫了下去。

吴发金病了，病得很重，她的身体烧得像火一样。她翻来覆去彻夜难眠，头疼欲裂，盖再厚的被子依然感觉浑身冰冷。她昏睡下去，自己一个人在漫无目的地游走，周围是无际的黑暗，就像在深夜，不知道去哪儿，安静得只听到自己的呼吸和心跳，莫名的恐惧让她感到全身的皮肤、五脏六腑甚至骨头都缩紧了。她太害怕，她蹲下身子，双手抱头，蜷缩成一团圆球。“发金，回来，发金，回来哟。”突然，有一丝隐隐的声音传来，似乎在喊她的名字。她屏住呼吸，仔细再听，这时，呼喊她的声音更加真切清晰起来，她像溺水的人突然看到一根稻草，立即抬起头，急切回应：“我在这儿，我来了，我来了！”

守在旁边的张全祚突然看到吴发金的手动了一下，喉咙里发出细微的咕噜声，惊喜地喊：“发金、发金！伯伯，发金醒了。”这声音如一声惊雷，震醒了全屋的人，只听噼里啪啦的脚步声响，人们都涌到吴发金的床边。这时，吴发金睁开重如千斤的眼皮，仿佛看到张全祚胡子拉碴，疲惫不堪的脸在晃动，她想再看看周围的人，可她的眼皮太重，她没有一丝一毫的力气。她的眼睛又闭上了，就是这一睁眼的工夫，已用尽了她全部的力量。屋子里的人都激动得泪流满面，不住念叨：谢天谢地，终于醒了。

已经昏睡七天的吴发金，在这天的深夜终于醒了。张家因为张元祚的离世慌作一团，吴文杰也是一病不起，张永福虽然勉强支撑，却元气大伤。

出事之后，张全祚一直在双坪主理事务，但事情太多，他一人实在忙不过来。吴发金的母亲看到张家忙乱的样子，决定把发金接回娘家去照顾，每天请医问药、占卜打卦，再加饮食上的精心调理，她终于慢慢地好了起来。

活了过来的吴发金，知道这次她也陪着张元祚到阴曹地府走了一遭。从发送张元祚的那天她就昏了过去，全身毫无知觉，只有心口微微地跳动，张全祚请了中医开药，每天喂服。又请了有名的针灸师“张秃头”烧灯火。张全祚见她睡了三天还没醒来，又请了从四川逃荒来的“王端公”设坛作法，画招魂符，让人每天傍晚站在她卧室窗外“喊魂”。她醒来的那天是“喊魂”的第四天。吴发金知道了这些，看到脸上、手上、脚上豌豆大的灯火疤，想着醒来第一眼看到的张全祚的样子，心里百感交集。

养病的日子，她做不了什么事，想着和张元祚过去的恩爱，思量自己以后的日子该怎么过，每天愁眉紧锁。她母亲看她两个多月都过去了，还是这样萎靡不振，也是暗自伤怀。

这天细雨霏霏，农户出不了工，难得的休息时间，男人们都三三两两聚在一起聊天打牌，女人们在家缝补浆洗，做点好吃的改善下生活。吴发金的三嫂今天特地在家擀包面，请公婆和吴发金吃午饭。三嫂的大嫂前年因难产过世，留下一个儿子跟着大哥，由于家道殷实，日子也还过得去，就是大哥没有找到一个合适的续弦，帮忙料理家务。现在看到吴发金住在娘家，人又极其能干，做得一手好的农活，犁田、耙地样样行，饭也做得好。就想着这不是天作之合嘛，于是对待发金格外殷勤周到，有意讨好。发金妈也知道三嫂的意思，细细思量下，颇感满意。

在娘家人忙着为她做媒的时候，她的内心是抗拒的，经过这次死里逃生，她已心如死灰，不想与任何人再发生交集。她也明白娘家不是她永远的依靠，因为她结婚三年，没有生下孩子，张家也不是她的久留之地。她的内心充满了痛苦和挣扎。

洋贵姐目睹吴发金娘家正忙碌地为她牵线搭桥。她深知，那片用三千二百吊铜钱赎回的土地，对家族来说至关重要，它承载着家族的希望和未来。驿栈也要继续经营下去，不然的话，钱从哪里来？生计从何谈起？双坪的土地也不能丢，洋贵姐不惜投入八百吊铜钱买了两亩水田，那是她用起早贪黑办驿栈挣的辛苦钱买的。如果弟媳改嫁，家中的老人将无人照顾，土地也将荒废，家族的延续和发展将面临巨大威胁。到那时，才叫竹篮打水一场空。

在洋贵姐看来，世间万物皆在变化之中。感情可能会背叛，誓言可能会失效，孩子终将长大，父母终将变老，唯有口袋里的钱和手中的地不会背叛你，它们能够给你和家庭提供坚实的保障。她深知家里不能没有钱，更不能没有地，有了钱、有了地，就拥有了一切。她不能把辛辛苦苦挣来的土地就这样丢弃。思来想去，她突然萌生出一个念头，可是，她被自己的这个念头吓得跳了起来。“不、不、不，这不可能。”这个刚刚萌芽的想法，就这样被她迅速在心里否定了。

苍颜白发人衰境，黄卷青灯人心空。人心最痛，莫过于生离与死别。小儿子的死像一张网，网住了张永福和吴文杰的心，他们思绪凌乱，感觉走到尽头一般。

洋贵姐看到白发人送黑发人的悲哀，痛在心上，急在心里。公爹公婆现在不能主事，他们今后的生计怎么办，现有的土地谁去种，这些问题摆在她和张全祚的面前。

张全祚见弟弟丢下父母自己先走了，心里痛苦万分。现在双坪家里没有了强劳力，也没有了主心骨。他知道，如果自己回到双坪，金竹园那边刚刚赎回来的土地可能会荒废。如果自己留在金竹园，双坪的父母将无人照料。他恨不得自己变成孙悟空，拔一根毫毛，变成无数个张全祚，把金竹园和双坪两边的事都兼顾起来。他进也不是退也不是，不知道怎样办好，心中充满了矛盾和无奈，眼神中流露出迷茫和挣扎。手中的烟杆被他无意识地紧紧握着，仿佛那是他唯一的依靠。

洋贵姐看到大爷嘎一天愁眉不展，她对坐在椅子上默默抽烟的大爷嘎说：“我想了一个万全之策，既能解决双坪的问题，也能保住金竹园土地，我们虽然辛苦一些，但日子还能继续过下去。”

张全祚平时不喜欢当家做主，只愿意做点事，对于洋贵姐所说的完美方案，他半信半疑地回应道：“除非你是神仙下凡，有三头六臂。”

洋贵姐带着一丝玩笑的口吻回答：“我没有三头六臂，但你有三头六臂。”

“都什么时候了，你还有闲心开玩笑，火都烧到眉毛了。”张全祚感到在他痛苦的时候，洋贵姐居然还有心情开玩笑，没好气地回怼洋贵姐。

“我想的是不是办法的办法，这个办法坑了我，好事了你，这样我们两边的田地都能保住。”洋贵姐一副正经的样子，“你想不想好事？挣那点田地也不容易。”洋贵姐继续询问张全祚的意见。

张全祚看见堂客不像是在开玩笑，知道她平时爱动脑筋，于是回答说：“好事谁不想，不想是个苕。”

听到大爷嘎的话，洋贵姐陷入了沉思。她想到的这个办法已经在她脑海中盘旋了好几天，但她不敢轻易说出口，因为话一出口，就像射出的箭，收回来就难了。洋贵姐掂量着这个办法的好处和问题，特别是会不会造成鸡飞蛋打、偷鸡不成蚀把米的后果。她意识到，如果不冒这个险，自己不承受一些委屈，这些年辛辛苦苦挣的一点地产肯定保不住，她左思右想，始终下不了决心。

张全祚见洋贵姐愣在那里不说话，他的兴趣反而上来：“你说说看，你想到的是个什么好办法？”

洋贵姐深吸了一口气，带着一丝无奈：“我这是不得已，卖自己大爷嘎的办法。”

张全祚震惊地问：“你什么时候把我卖了？”

洋贵姐点了点头，眼里含着泪水，满面悲伤。她静静地坐着，半天不说一句话。良久，她才带着哀怨的语气说：“我要把你卖了才行，才能挽救这个家，才能把两边的土地护住，才能把两边的家护住。”

洋贵姐的提议虽然出人意料，但她的话语中透露出一种坚定和决心。她知道这个决定将给她带来巨大的牺牲，但她更清楚，如果不这样去做，整个家庭可能会面临更大的危机。她的眼中闪烁着泪光，同时也有着一种决绝的光芒，她的声音虽然低沉，却充满了力量：“我这样做，是为了我们这个家，为了我们的土地，为了我们的未来。”

张全祚把烟杆在地下砰、砰地磕了几下，气冲冲地从椅子上站起身来，脸一下子涨得通红，脖子上青筋暴起，他鼻子喘着粗气，如同发怒的公牛。“你说说，你怎么把我卖了？卖到哪里去了？”

“我想你讨个小，让发金和你圆房，这样双坪、金竹园两边的田地都保住了。”张全祚一听，双眼装满怒火，死死盯着洋贵姐，仿佛下一秒就要将世界毁灭。他怒目圆睁：“真亏你想得出来。”说着，他起身一脚踢翻刚坐的凳子，甩手离去。

张全祚盛怒之下，背着竹筐和月锄，准备去窝子后面的山上收集枯树叶。这样的枯树叶收集多了可以做猪窝，腐烂了又是上好的农家肥。他心里有气，脚步很快，不一会儿，他气喘吁吁地爬到了后山。

他找了一块平坦的石头坐下，习惯地抽上烟，思绪随着飘散的烟雾缓缓上升，飘远……他想着堂客的话，觉得她的提议真是荒诞不经。这些年，他和洋贵姐的生活历历在目，从初见的喜欢到现今的平淡，他们都是全心全意地为彼此付出，可是现在，她居然要他去跟另外的女人过日子，而且这个女人还是自己的弟媳！她把他张全祚看成什么人了！

他大口大口地吧嗒着叶子烟，不觉天色已晚，心绪也慢慢平静下来，回想着洋贵姐说这话时凄楚的神情，心里又柔软些。“真是一个傻婆娘！”

这几天，洋贵姐和大爷嘎反复讨论这件事情，张全祚由最初的盛怒转为沉默，他实在没有什么更好的办法。

长玉得知大妹子准备让张全祚圆房，内心如同被万根钢针插着，喉咙仿佛被异物堵塞，感到难以言说的苦楚。他想日子刚刚勉强能过，双坪亲家那边就出了这么大的事，现在大妹子又提出让女婿圆房，这让他感到非常担忧。长玉让四妹子去请大妹子到自己身边，洋贵姐低着头不敢直视父亲，心扑通扑通跳个不停。

长玉深情地打量着自己的姑娘，温柔地说：“你坐下，我有几句心里话对你说。”他指了指旁边的椅子，示意大妹子坐下。

洋贵姐知道父亲要说张全祚圆房的事，便急切地说：“伯伯，您有什么事赶紧说，屋里还有客人等着呢。”

长玉示意大妈把迎子抱了出去，然后语重心长地说：“这些年来，你和菊香、四妹子他们吃了不少苦，我和你大妈也沾了你们不少光，现在听说你要让菊香和弟媳圆房，我觉得这个事不妥。”

“为什么？”洋贵姐抬头望向伯伯，只见他脸色凝重，脖子上凸起几根青筋。

“如果这样做，将来发金生了儿子，菊香就不会把你当人。”长玉的担忧和心痛也是显而易见的。他看着自己的女儿，心中充满了复杂的情感。他知道洋贵姐的提议可能会给她带来不幸，但他也明白，如果不采取一些措施，他们可能会失去一切。他的手轻轻抚摸着洋贵姐的头，眼中充满了慈爱和担忧：“大妹子，你这样做，值得吗？”

洋贵姐感激父亲的提醒，她沉思片刻后说：“这也是没有办法的办法，现在最重要的是保住两边的田地，不然今后大家吃什么？至于以后的事，只能听天由命，走一步看一步。”

张永福和吴文杰对大儿子圆房的事非常关注。如果这件事处理不当，家庭可能很快就会分崩离析。他们从心底里赞同大儿子和发金圆房，认为这是保全家产和家庭的万全之策。

吴文杰这次仿佛在一个陌生的地方，发现了一种久违的感动。她从内心佩服洋贵姐，认为她是一个了不起的女人。她甚至认为过去有些事自己做得有点过分，不然的话，大媳妇也不会回到金竹园，也就不会发生这些乱七八糟的事情。她内心处于深深自责之中。“世界上哪有女人帮自己的男人圆房的，她不像发金，除了犁田耙地，连秤都不认得，更别提算账。”吴文杰对洋贵姐赞许之情溢于言表，她对这个大媳妇有了新的认识。

双坪张姓族间对洋贵姐的提议感到震惊，也看到了其中的合理性。他们知道，为了家族的延续和土地的保护，有时候必须做出一些艰难的决定。他们的眼神中既有对洋贵姐的赞赏，也有对未来的忧虑。

面对洋贵姐的提议，吴发金感到仿佛整个世界都在对她施加压力，要她屈服于家族的意志。她的内心充满了复杂的情感，她坐在昏暗的房间里，手中紧紧握着大爷嘎留下的一枚磨损的铜戒指，那是他们之间的纽带，也是她心中不可磨灭的记忆。她的眼神中既有迷茫，也有坚定。她深知大爷嘎的离世给她的生活带来了巨大的空缺，但同时，她也清楚地意识到，家族的决定并非出于对她个人意愿的考虑，而是基于整个家族利益的考量。她深吸了一口气，抬头望向窗外的星空，那里有着大爷嘎曾经指给她看的星座。她闭上眼睛，默默地祈祷，希望大爷嘎在天之灵能够理解她的决定，无论这个决定将她引向何方。

张全祚和发金圆房在众人的赞同和不赞同声中定了下来。大家最终达成了共识，那就是土地。土地就是大家的命根子，命根子没有了，大家没有办法生活下去，这是最根本的东西。什么东西都可以没有，但是土地不能没有。金竹园的土地不能丢，双坪的土地也不能丢。只要有了土地，大家吃饱了肚子，什么事都好办。

最近，洋贵姐和张全祚在双坪和金竹园之间跑来跑去。“毛狗子”路上，树木都已变得光秃秃的，瑟瑟的寒风呼呼地刮过，卷起地上的落叶，松树上的松果被风吹得乱摇乱摆。洋贵姐他们忙完双坪田里的事，又要忙金竹园田里的事，还要为张全祚圆房做一些准备。

在去双坪前，洋贵姐把英妹子和四妹子叫到面前："这段时间双坪的事情多，我和姐夫哥在家的时间少，你们俩要多担待些，家里的事四妹子做，驿栈的事英妹子多操心。"

英妹子和四妹子按照大姐的吩咐有条不紊地忙碌着。好的是天气转冷，银大路上行人渐渐少了许多，歇客也自然少些，这让她们稍微轻松些。

自从上次发英偶遇刘继会，四妹子戏谑地说："我那天看到你和刘继会就有点意思。"她就相信刘继会是属于她的。可惜天意弄人，让他们分隔两地。在他们分开后的每一个日子里，在一天二十四小时里，在一小时的六十分钟里，在每分钟的六十秒里，发英心里充满了对刘继会的思念，这种思念已成为她生活中不可或缺的一部分。

她时常在心里自问："我们什么时候才能一起共筑爱巢呢？"她与刘继会仅有一面之交，也不知道他有没有家室，他心里到底在想什么。不管刘继会想的什么，但发英心里对他的喜爱不需要理由，没有原因。她就是喜欢刘继会，她最大的奢望就是天天和刘继会在同一个木盆里洗脚，在一个锅里吃饭，平淡相守到老，老了哪里都不去。

发英对刘继会的思念是日复一日，她好想再见他一面。每天傍晚，她都会独自站在条石铺成的天井坎上，凝望着银大路上熙熙攘攘的行人。夜的寒风如此凄凉、蚀骨，清风吹起发英的长发，发英深深地吸了一口气，空气中弥漫着忧伤与失落，这一切的等待，都是为了心中那个苦苦思念的远方的人。

赵长玉属于破罐子受熬的人，他把自己熬得两眼深陷，脸颊瘦得只有二指宽，全身上下都是皮包骨。自从大女儿洋贵姐用三千二百吊铜钱从赵发盛手里赎回田地后，他的生活逐渐好了起来，给国民政府当夫的事情主要是一些近夫和小夫，每天都是早出晚归，还能吃饱饭。

赵长玉尽管不再像从前那样当大夫、远夫了，但病恹恹的身体却是江河日下，一天不如一天。他已经在床上躺了三个多月，生活完全不能自理。洋贵姐和几个妹妹轮流照顾他，饭菜都在床上吃，到了后来，他连筷子也拿不起，吃饭、喝水都需要别人喂。他的咳嗽一天比一天严重，每次咳嗽的时候，脸憋得通红，持续很长时间。

在一个冬天的傍晚，长玉终于熬不下去，他半躺在床上，上气不接下气，突然一口鲜血从他嘴里喷出，他的头慢慢地向床边歪去，没有了呼吸，永远地闭上了眼睛。

洋贵姐没有哭，她强忍着眼泪，开始安排着父亲的后事。“三妹子、四妹子，别哭。人总是要死的，早死早解脱。哭没有用。”洋贵姐把死看得很淡然。“菊香，你去楼梯口把落气纸拿来，先烧落气纸，烧了后你去请智夫子和发崇来，让智夫子当知客师，负责整个治丧活动，发崇来帮忙穿衣服，发猛把上山的日子看一下。”

三妹子把耳子锅放在她父亲的床边，张全祚从口袋里拿出一包火柴，抽出一根，在火柴皮上轻轻划了一下，吱的一声，一个火苗燃起，他们一家人跪在耳子锅旁，哭声低回，凿过的火纸被不停放进耳子锅内燃烧。不一会儿，三刀火纸烧完，三妹子迅速在天井的条石上燃放了一挂鞭炮。

不久，智夫子和发猛来到洋贵姐家。发猛根据长玉的生辰八字，算出发丧的时间，确定第三天寅时下葬。

“红事请，白事戳”，来帮忙的人越来越多。智夫子根据孝家的宾客情况，确定了由七人组成的丧事执勤名单，对张罗丧事的人员进行分工，他们各司其职，伺候宾客。二妹子、三妹子、四妹子和发英主要负责装烟倒茶和驿栈客人的住行。

灵堂内，人们熙熙攘攘，进进出出。喝茶的，抽烟的，打纸叶子牌的，谈白闲聊的，忙得不亦乐乎，地上铺满了厚厚的瓜子壳。一切都在有序地进行，张思俊请来的锣鼓队跳起了撒儿嗬。

打起那个银山鼓啊，
跳起那个撒叶儿嗬，
潇潇洒洒哟，
是长玉哥的魂哟。
打起那银山鼓啊，
跳起那个撒叶儿嗬啊，
天山日月万年梭，
地上烟云转眼过，
人走天地一场空，
盖棺论定任凭说。
撒叶儿嗬啊，
撒叶儿嗬啊。
打起那个银山鼓，

跳起那个撒叶儿嗬，
日出那个日落喂，
在我坡上歇歇脚咯。
打起那个银山鼓啊，
跳起那撒叶儿嗬嘞，
大江那个大河哟，
在我这里打漩涡，
撒叶儿嗬哟，
撒叶儿嗬哟。
打起那个银山鼓啊，
跳起那个撒叶儿嗬啊，
喊喊那个喝喝哟，
是我长玉哥的情哟。
打起那个银山鼓啊，
跳起那个撒叶儿嗬啊，
蹦蹦那个跳跳啊，
是我长玉哥的乐哟。
撒叶儿嗬啊，
撒叶儿嗬啊。
打起那银山鼓，
跳起那个撒叶儿嗬啊，
恩恩那个爱爱耶，
跳成了幸福的河哟。
打起那个银山鼓哟，
生生那个死死哟，
喊成了古老的歌。
撒叶儿嗬啊，
撒叶儿嗬啊。

发英对智夫子安排的这份差事感到很满意，她除和三姐、四妹子一起烧水、倒茶、装烟外，还时不时地可以往驿栈跑。她的心在驿栈，在银大路上。她多么希望刘继会立刻出现在银大路上，可她一次又一次地失望。

半夜子时过后，忙碌了一整天的发英非常困倦，她坐在灶屋里添柴时睡着了。尽管灵堂里人声鼎沸，丝毫没有影响她的睡意。她梦见刘继会更年轻更帅，他剃了一个平头，背着山货，显得有些吃力地向她走来。不一会儿，他又转身离去。在他转身的那一瞬间，发英觉得心都碎了。而梦中的刘继会深情地对她说："你要好好照顾自己，不要感冒了流鼻涕，偶尔可以打几个喷嚏，那代表我在想你。"说完，他真的转身往回走。这时，一根柴火棍从灶门口掉出来，烫到发英脚，她"啊"了一声，发现自己刚才做了一个梦。她心里想，这几天，他大概不会来了。但转念一想，梦是反的，我刚才梦见他转身往回走，说不定他这两天会来。她在刘继会来与不来中不断假设，不断肯定又不断否定，心里乱糟糟的。于是，她往驿栈跑得更勤，常常独自立在天井的条石上往银大路大州方向痴痴地凝望。

寒风卷着鹅毛大雪铺天盖地而来，金竹园银装素裹，满地皆白。苍翠的松柏树披着银霜。田野显得又空又远，只有麦苗伏在雪地里。雪飘飘扬扬地落在大地上，大地正在构思着春天的图画，小草将会萌发，小花将会绽放，大地将会充满绿色的生机！

发英依然忙碌着，继续负责装烟、倒茶。上午，她和三姐、四妹子轮流休息了一会儿。到了下午，她到驿栈更勤了一些。除过路的客人大多是傍晚时分住下来的原因外，她知道刘继会从茅田出来，经过这里也通常是傍晚。她不能让这个"兔崽子"从自己眼皮底下溜掉。

天色渐渐地暗下来，就在发英认为刘继会今天不会来的时候，一个熟悉的身影映入她的眼帘：坚挺的鼻梁，厚实的嘴唇。他一边往石坎上靠着背篓，一边喊道："有人吗？"那富有磁性的声音还是那么悦耳动听。

"人都在这里。"发英应道。他和她的目光撞在一起，两颗心怦然跳动。发英低眉顺眼回避着刘继会热切的目光。

"哦，英妹子，今天住栈。"

当英妹子接触他的目光时，发现他的目光依旧那么热切，她浅浅地笑了笑："好，我来安排。"她感觉内心陡然慌乱起来，察觉自己心里长草了。

"唉，英妹子，快来，我给你带来了好东西。"刘继会的目光热切如故，多了几分坚定。

发英迟疑了一下，继而不再回避。"什么好吃的东西？"

"不是吃的，是天天用的。"

英妹子故意拿捏着："给我看看是什么宝贝。"

“你先给我弄点吃的，我才给你看。”刘继会卖起关子。

英妹子一点都不示弱：“在我这里吃饭可是要收钱的呀！今天加倍收，看你卖不卖关子。”

刘继会看到机会，嬉皮笑脸地说：“好，羊毛出在羊身上，我出钱等于你出钱。”

“这话怎么讲？”英妹子故意不思其解。

“你我成了百年好合，钱都归你掌管，我的钱就是你的钱。”刘继会说完，得意地笑了起来。

发英的脸唰地红透了，她清澈明亮的瞳孔，弯弯的柳眉，长长的睫毛微微地颤动着。她没想到刘继会把话展露情意，说得这样直白，而不是在有意无意中把心中的情结，一点一点地释放。她的心，顿时升腾一股曼妙云端的轻烟，追随云烟缠绵，融入夜色，她决意向前走。“不要贫嘴，今天很忙，只有给你煮面条吃，加两个荷包蛋。”

“听你的，坎上这么热闹，在忙什么？”刘继会问道。

“大伯昨天过世了，今天的大夜。”

“哦，我也去凑个热闹，让大家认识认识未来的女婿。”刘继会好像板上钉钉，已经是赵家女婿一般。

发英感到刘继会的放荡不羁是如此幸福与美妙：“谁说我就是你的人了，自作多情。凑热闹也不能去半会儿就跑了，凑就凑两夜，让大家看看你这个假女婿的真面目。”

刘继会吃饱喝足，顿时来了劲头。他把嘴一抹：“走，找个安静的地方，我把信物交给你。”他满脸喜悦，嘴咧得久久合不拢。

英妹子扭了扭小蛮腰，噘着小嘴瞪了刘继会一眼：“在这里给不行吗？”

刘继会摆摆手：“不行，等会儿被四妹子他们看见不好意思。”

“那你快点，别磨磨蹭蹭的，我还要去灵堂装烟倒茶。”

“走，到大院坝去。”刘继会顺手拿起条凳上的皮肩，招呼着发英向驿栈旁边的大院坝走去。发英一边走，不停地向四周张望，生怕有人发现。

“你拿皮肩干什么？”英妹子问。

“等会儿垫在石磙上你坐。”刘继会解释道。

发英心想：他心真细致，连院坝里的石磙都知道，真是个有心人。

英妹子和刘继会一同坐在大院坝拐椒树下的石磙上，刘继会从口袋里取出一把精致的檀香木梳。木梳用茅坝漆油得精亮，上面刻着“发英”二字。他将木梳递给英妹子，手指触碰的瞬间，她仿佛感受到一股电流流遍全身。他坐在自己旁边，隔着一些距离，她也能感觉到他的气息。他聪敏的谈吐、温暖青春的气息让她沉醉不已。刘继会也感受到了强烈的情感，他偷偷地像做贼般地爱上了英妹子的一颦一笑。他的身体不由自主地产生了生理反应，他想掩饰隐藏，手不知不觉地握住了英妹子的手，不停地抚摸滑动着。他们似乎彼此身上安有一对磁铁，相吸在一起。发英陡然觉得浑身软绵绵的，她喃喃地说："别这样，松开手，让人看到不好。"

话音未落，银大路上传来乔大姐的声音："是发英吗？这么晚招呼'棒老二'。"当她看到发英和刘继会在一起时，她的眼睛里闪过一丝惊讶。

乔大姐是个有名的大嘴巴，她喜欢传播消息，尤其是那些能够引起轰动的八卦。她心想英妹子的伯伯去世，她不去守夜，而是躲在大院坝里和男人约会，太没有孝道。这件事要是讲出去，英妹子在金竹园的名声一定会一落千丈。她觉得这个消息足以让整个金竹园的人兴奋一段时间。她心里已经开始期待，当自己说出这个消息时，周围人的反应会是如何。她想象着他们惊讶、好奇、羡慕或嫉妒的表情，这让她感到一种莫名的满足和快感。

发英察觉到乔大姐话中有话，回答道："好，我不怕'棒老二'，我马上去灵堂，你回家睡一下？"

"我回去睡一下，明天给你伯伯送葬。"乔大姐高声回应。嘴上的叶子烟火时暗时明，闪耀在银大路上，随着乔大姐的脚步声不停地向前移行。

当乔大姐离开后，发英和刘继会感到一丝不安。发英担心地转过头小声对刘继会说："怕碰见鬼还真见了鬼，乔大姐是金竹园出了名的乔大嘴，不出两天，在她嘴里肯定没有好话出来。"

"哈哈，这是好事情，金竹园上下不都知道你是我的堂客？"刘继会恨不得乔大姐这个时候转回灵堂去，向大家讲述英妹子和他在一起的故事，故事悬念越多越好，他好向大家郑重宣布："英妹子是我的堂客。"

发英把檀香木梳子拿在手上，在月光下瞧了又瞧，看了又看，心满意足地说："看把你美的，还说不一定呢！走，你去灵堂凑凑热闹。"说完，英妹子拉着刘继会向灵堂走去。

当发英和刘继会双双出现在灵堂时，打牌的、抽烟的、喝茶的人都投来异样的目光。四妹子看到刘继会时，心中不禁生出一丝好感。她大大咧咧地迎上前去："刘大哥来了，英妹子，快装烟倒茶。"她的目光在两人之间徘徊。

刘继会很快和守夜的邻居们熟悉起来，他找到洋贵姐："洋贵姐，有什么忙要帮，你尽管吩咐。”

洋贵姐感到一阵温暖，她感激不尽地说：“你这么远来，我们担当不起，这里的事都安排好了。”

智夫子熬了两夜，眼皮已经抬不起来，当他看见英妹和刘继会拘束地进屋那一瞬间，他的眼睛突然闪亮起来，心中暗自点头，他的目光中透露出一丝明了和期待。他从鼓乐队旁立起身，走到正在打纸叶子牌的赵发盛旁边坐下，他拍了一下发盛的肩膀：“恭喜恭喜，发英给你找妹夫了。”智夫子用手指了指站在灵堂门内的刘继会。

赵发盛正准备出牌，听到智夫子的话，把手中的牌收在一起，按照智夫子指的方向望去：“男大当婚，女大当嫁，有什么稀奇的。”

智夫子故意撩拨道：“发英远嫁，你们幺房可以收点土地回来。”

赵发盛不耐烦地摆手：“你尽胡说，你以为英妹子是省油的灯，收地不是一件容易的事，你没看到大伯的几块地把我们碰得头破血流？到时候再说。”

智夫子故意说：“那没戏了？要我看呐，不如让你小舅子娶了发英，肥水不流外人田。”

“你去管你的事，少操瞎心。”

智夫子看到自己的外侄和英妹子成双成对，心里有说不出的高兴，他喃喃自语：“还是一辈更比一辈强。”

第二天上午，长玉入土为安。从乔大姐的口中大家知道发英和刘继会已经在一起，大家感到很惊奇，个个瞠目结舌。他们用异样的眼光打量着英妹子，好像在她身上搜索着什么变化。英妹子不管众人的心景，好像什么事情都没有发生过，照样大大咧咧、疯疯癫癫的。

很多事就像天气，慢慢变热或者渐渐变冷，等到我们意识到时，已经过去了一个季节。这几天，发英帮忙把大伯送上了山，同时也将自己交给了刘继会。

生老病死，非人力可控制。俗话说：“一样生，百样死。”老死或病死千奇百怪。生者，三天洗三。死者，三天复坟。第三天，洋贵姐领着几个妹妹、妹夫静默地站在伯伯坟前，面对坟前飘起的黄纸灰，两眼已是满满的泪水，不是痛苦，不是忧伤，更不是难过的苦日子，而是满满的回忆和思念。

赵长玉驾鹤西去，耽误了张全祚圆房的事。按金竹园的习惯，老人去世后，亲人要守孝七七四十九天，其间不得发生娶嫁。

时间，像怪兽一般吞噬着洋贵姐的心。这五十天，洋贵姐急得像锅上的蚂蚁，不思饮食，坐立不安。她天天掰着手指数日子，希望时间能快点过去。这些日子，她照样和大爷嘎不停地在金双路上跑来跑去，两天在金竹园，三天在双坪。她知道穷会被人瞧不起，会亲情冷漠。她要把两边的土地和家守护着。她不希望再有什么变故打乱自己的计划，给已经乱成一锅粥的家庭再添一些乱。好的是，英妹子和四妹子逐渐长大，也能帮忙分担一些事。双坪那边，尽管小叔子走了，但弟媳还有一把力气，公爹和公婆还能下地劳动，田地都种上了。现在唯一让洋贵姐操心的事是大爷嘎圆房的事，这是保住土地和家的唯一途径。

金竹园赵姓族人听说洋贵姐让张全祚和弟媳圆房，许多人都不敢相信自己的耳朵。他们不相信有这样大方的女人，愿意让自己的男人去圆房，与别的女人共用一个男人。当大家确认这件事是真的时，年轻的人大多摆摆头："洋贵姐是不是脑壳里进水了。"年纪大的人则投以赞许的目光："洋贵姐顾全大局，有眼光。只有这样，金竹园和双坪两边的家才能保住。"

守孝期满，洋贵姐终于松了口气，但摆在她面前的问题接踵而至。按照双坪的习惯，女人丧夫后，要在孝期满了三年后才能再嫁人。现在张元祚才去世两个多月，吴发金嫁给大伯子，这破坏了当地的风俗习惯，洋贵姐承受着伤风败俗的压力。她知道三年时间太长，肯定等不起，到时候夜长梦多，事情可能会变得更加复杂。圆房的事还是要快刀斩乱麻，以快治乱，不管别人怎么说，先把土地和家守住才是当务之急。洋贵姐左思右想，认为这是一件早得晚不得、快得慢不得、紧得松不得的大事情，还是要尽快把大爷嘎圆房的事办了才行。

初春悄悄地来临，像一个淘气的精灵，不知不觉中给双坪和金竹园换上了新装。初春没有阳光的时候还会从冻透了一冬天的土地里透出丝丝寒气，走在金双路上还完全没有春风拂面的舒服惬意。但看着金竹上小小的芽苞，枝丫上偷偷顶出来的一两片小嫩叶，和有些稀落却娇黄鲜嫩的迎春花，洋贵姐终于感到一丝欢喜。

"伯伯、大妈，我想在三月初八把菊香和发金的事情办了，你们有没有意见？"洋贵姐望着坐在门口抽烟的公爹和公婆说。洋贵姐和张全祚这次从金竹园过来已经有三四天，他们带来了结婚的一些用品，置办了两床新被子，给发金添置了几件衣服。洋贵姐让雪梅去把在阴坡里挖田的大哥和二嫂也喊回来。

"你请人看日子了吗？"张永福现在最关心的是大儿子成亲圆房的日子。小儿子的死，曾经给他的大脑留下一片空白，他恐惧地畏缩着，周围的一切仿佛都要把他吞噬掉，迎面是无尽的黑暗。他希望大儿子快点圆房，延续家里的血脉。但他又有点害怕大儿子圆房，小儿子的死亡阴影缠绕着他，他甚至认为：小儿子的死，是因为结婚日子没有选好。

“日子我请人看过，那一天的日子蛮好。”洋贵姐从屋里拿出三把椅子，坐在公婆公爹身边。

“这个事早办早好，不办不好，办了好省心。”吴文杰坐在椅子上，望着从外面走来的大儿子和二媳妇，对发金说：“快坐，你大姐给你俩把椅子都拿来了，我们正在说你们的婚事呢！”洋贵姐起身又给发金他们倒了一杯茶。

“雪梅，你有眼睛一点，你大嫂正在和我们说事呢。”吴文杰看见洋贵姐倒茶，眼睛瞪着自己的姑娘吼道。

自从洋贵姐提出让菊香和发金圆房后，吴文杰对洋贵姐的态度发生了一百八十度的大转弯，家里什么事情她都听洋贵姐的。她认为大媳妇是一个头脑清醒的人，是家里的贵人。“难怪别人给她喊洋贵姐。”吴文杰自言自语。

前两年，洋贵姐给雪梅找了一个婆家，如果不是家里前后发生这些变故，雪梅应该早已出嫁。

“三月初八把菊香和发金的事情办了是个好事，只是委屈你。”张永福喝了一口茶，转身对坐在旁边的洋贵姐感叹道。

“伯伯、大妈你们放心，我没有委屈，只要大家好就行。”发金听了洋贵姐的话，把头埋在腿上，一句话也不说。

张永福望了望发金，又望了望洋贵姐。“这个事情也要委屈发金，办的规模不要大，叫几个人吃个饭。另外，有些风俗还是要信，要说得过去。”

“您说的‘脱白’的事，我和发金说过，她没意见。”

“脱白”是双坪的风俗习惯。对于丧夫未满三年再嫁的女性，人们会扎一个茅草人，给它穿上衣服和裤子，然后，在茅草人的身上写上女性的名字，如“吴发金”。人们再把茅草人焚烧，象征性地告诉已故的丈夫，这个女人已经不存在。

吴发金的心中充满了忐忑和不安。按她的本意，她是不会（至少短时间不会）再接受其他的男人。但世界很大，她很渺小，渺小到她如果没有一个男人就没有在世界的立足之地。在这段时间，她对张全祚对她病中的照顾充满感激，三年的共同生活，她和公爹、公婆也处出了家人感情。经过长时间的深思熟虑，她觉得这是最好的安排。

有时候，事情的发展总是出人意料。洋贵姐前一天还在问发金月经会不会来，结果第二天发金的月经真的来了。

双坪和金竹园有“骑马拜堂，家破人亡”的说法。意思是女人带着月经带，就是骑着马，“骑马”是不能成亲的。如果女人在月经期举行婚礼，会给家庭带来不幸。洋贵姐心想，结婚日期已经选定，客也请了，如果推迟婚期，一个事变成了两个事，会带来更多麻烦。她决定寻个办法冲一冲，婚期不改，婚礼照常进行。

洋贵姐想出一个主意：既然发金月经来了，“骑”的是一匹“红马”。那么，给菊香也做一个月经带，让他成亲时把月经带戴上，“骑”着“白马”参加婚礼，“红马”对“白马”，就不会发生家破人亡的厄运。

洋贵姐信誓旦旦地对大爷嘎说：“我给你做一个白色的月经带，婚礼时你戴上。”

张全祚丈二和尚摸不着头脑：“你这是唱的哪一出戏，哪有男人戴月经带的？”

洋贵姐认真地说：“发金的红马来了，不是一件好事，你戴上白色月经带，骑上白马冲一冲，不然的话，好事没办成，坏事办了一大堆。”

张全祚见堂客说得这么认真，如同面粉掉进油锅里——荤（昏）了。“你真是睁着眼睛打呼噜，昏了头。”

“宁可信其有，不可信其无。我们现在只能吃补药，不能吃泻药。再说又没让你天天骑白马，骑一时半会有什么关系？”

张全祚见犟不过堂客，快快不悦地说：“好，按你说的办。骑白马的事外人知道了，会笑掉牙。”

“这件事只有天知地知，你知我知，没有人知道。”洋贵姐又补充道，“你还怕丑？”

张全祚瞟了堂客一眼，无可奈何地摇了摇头。

三月初八，春意盎然，万物复苏。这一天，洋贵姐为张全祚和吴发金主持了一场别开生面的婚礼。张全祚身着素雅的长袍，“骑”着象征纯洁的“白马”，吴发金身着红色的嫁衣，“骑”着象征热情的“红马”，两人在张永福堂屋中，面对着亲朋好友，完成了三拜仪式——拜天、拜地、拜父母。

洋贵姐怀着复杂的心情主持完了菊香和发金的婚礼。婚礼结束后，她感到好累好累，心情异常沉重。她意识到自己并没有想象中那么坚强，一切似乎都是命运的安排，是老天爷给她出的难题。她的心情很复杂，找不到合适的语言表达她现在的心情，悲喜交集，她尽量控制着自己悲伤的情绪，她不想让这种负面情绪影响到自己的家人和亲朋好友。

张全祚心中五味杂陈。多年的婚姻生活，他和洋贵姐不惧艰辛，同甘共苦，有着深厚的感情，但残酷的现实让他不得不接受这样的安排。他知道，作为一个男人，有责任延续家族的血脉，守护好家中的土地。他内心对洋贵姐怀着深深的愧疚，对吴发金充满同情。

摆席吃的是“四碗八碟”。菊香和发金的结合让张永福感到非常高兴，他像一个小孩一样傻笑着，与玉祚、连祚、汉祚几兄弟多喝了几杯。张玉祚喝高了，他说：“伯伯，你们今后可不要亏待大嫂子，她让咱们张家又多了一条人丁兴旺的路。”

“两个嫂子生孩子，总比一个生得多些。”张汉祚夹了一口菜，呷了一口酒，说了句实话。

张永福听到这些话，心中的忧愁顿时消散。他再也不愁没有孙子。尽管他现在有一个孙女，但那还不行，孙女是别人屋里的人。只有孙子才是自己屋里的人，才能传宗接代，才能在家族中占有一席之地。

贺喜的人逐渐散去，一切又恢复了往日的平静。晚上，菊香与发金没有同房。

吴文杰心情好了起来。她今天起得很早，觉得大媳妇这几天太辛苦、太累。吴文杰还没洗完脸，洋贵姐已从楼上下来了。“大妈，你起这么早！”

“这几天把你忙坏了，金竹园那边的事也没有人管。我想你们吃过早饭后，你和发金、菊香一起去金竹园。毕竟他们俩才结婚，我们也想早点有几个孙子。”吴文杰对洋贵姐说。

洋贵姐想到快要春播，担心地问：“双坪这边怎么办？马上要种苞谷了。”

“我们辛苦一点，雪梅还在家里，让发金先去个把月，有急事时我们带信给你们。”

“也好，我们回金竹园先把在急的事处理一下，等段时间让发金他们俩回来。”洋贵姐觉得这样安排，金竹园和双坪的事情都没有耽误。

吃过早餐后，吴文杰为洋贵姐的母亲准备了两瓶蜂蜜。菊香他们三人一起离开了双坪，沿“毛狗子”路往金竹园走去。

春姑娘踏着轻盈的脚步走来，树枝仪态轻柔娇嫩，长满青春的气息。“毛狗子”路上，遍野的小草像是听到了冲锋的号角，争先恐后地钻了出来，为春天加油喝彩。

“赵家姑爹，今天拖了两个‘拖驳子’。”陈家屋场的陈二嫂带着几个孩子，坐在院坝大树下，一边悠闲地晒着太阳，一边缝补着衣服。每当针刺不透布料时，她要么用顶针顶一下，要么用牙齿咬住针头，用劲将针线往外拖。“驳子”是长江里面洋轮拖的船，一般洋轮只拖一个“驳子”，最多拖三个。

“你跟我回家，免得针把嘴扎了，我拖三个‘驳子’。”张全祚笑着回答。

“我怕你马力小，拖不动三个‘驳子’，你还是拖两个吧。”陈二嫂哈哈连着哈哈，她觉得撩撩男人，也是一种乐趣。

“你的胆子真大，两个‘驳子’都拖不动，还想拖三个。”洋贵姐在后面用毛巾打了一下走在前面的大爷嘎，发金抿着嘴笑，不乱插话。

夜幕降临，金竹园的一切都笼罩在一片宁静之中。洋贵姐独自一人坐在窗前，望着窗外的月光，她的眼泪在月光下闪烁，心里充满了复杂的感情。她知道，从今往后，她的生活将会发生翻天覆地的变化，但眼中始终充满着希望。

当天晚上，张全祚在楼上另外开了一个铺睡，这显然是洋贵姐的安排。

几天后，吴发金的例假结束，洋贵姐把发金拉到一边，声音低沉地对她说：“从今天起，你把枕头抱着去菊香床上睡觉。”发金听后，脸上泛起了一抹羞涩的红晕，她不好意思地点点头，不自然地冲洋贵姐笑笑，然后低下头去看地面，脚尖在地上轻轻地擦着，似乎在寻找着可以让她安心的支点。

天黑了下来，发金按照洋贵姐的吩咐，带着自己的枕头，轻手轻脚地走进了菊香的房间。菊香已经在床上等候，两人的目光在昏黄的油灯光下交会，都带着一丝紧张和期待。发金深吸了一口气，鼓起勇气，慢慢地走向床边，她的动作显得有些笨拙，眼中闪烁着期待的光芒。

洋贵姐独自一人躺在她和菊香的床上，心中五味杂陈，听着隔壁房间传来的木板床的吱呀声，她的眼泪不由自主地滑落。

在菊香的房间里，发金和菊香的呼吸逐渐平稳下来。发金的脸紧贴着菊香的胸膛，听着他的心脏有力地跳动，她的身子被一双铁臂箍得紧紧的，紧得她似乎喘不过气来，但她的内心却又无比踏实、安然。张元祚的死带给她的悲痛欲绝，娘家安排她改嫁让她感到自己身不由己、漂若浮萍。几个月来，她时刻都被无尽的悲伤笼罩着。现在，她这只断线的风筝，终于停了下来，她满足并享受着此刻的宁静。

此刻的菊香思绪万千，想到隔壁房间里薄衾孤枕的洋贵姐，肯定也是翻来覆去，难以入眠。经过那么多的艰难困苦，两人不离不弃、风雨同舟的婚姻生活，使他们彼此的感情、生命早已互相融入骨髓，血肉相连。他一直深信，他会和她携手共度余生，生同衾、死同穴。可是现在，他怀里拥着曾经的弟媳，让她一个人孤单地度过漫漫长夜。想起这些，他的心里漫过难以言说的尖锐痛楚，夺眶而出的热泪滴落在发金带过来的枕头上。他极力控制着随着心痛而来的身体的痉挛，抚摸着发金的头发，在心里深深地叹了口气，带着对死去兄弟的歉意，对发金的同情、感激和爱睡去。在他心中，虽然有着难以言说的痛楚，但他的脸上却露出一丝淡淡的微笑，这个让人难以接受的选择，是为了家族的未来，为了美好的明天。

第九章

长久既没有招“抱儿子”，也没有嫁姑娘，日子虽然简单，却也过得自在，平和而自给自足。他们家的田地自耕自种，粮食紧紧巴巴的，收成仅够维持基本的生活所需，但也算自食其力，无须额外担忧。英妹子在洋贵姐的驿栈里帮忙，为家里带来些额外的收入，买些油盐等生活必需品，为平淡的生活增添了些许滋味。这份额外的收入如同涓涓细流，为家庭经济注入了活力，也让家人的生活多了一份安稳和期待。洋贵姐驿栈不仅是英妹子工作的地方，也成为她心灵的寄托，让她在日复一日的劳作之余，有了一丝属于自己的小确幸。

一九四五年八月十日，日本正式照会中、苏、美、英四国，表示接受《波茨坦公告》，无条件投降。一九四五年八月十五日早晨七时，经中、美、英、苏四国政府磋商，四国通过无线电广播用汉、英、俄语向战场上的海陆空部队以及世界各国宣布：日本政府正式无条件投降！金竹园沸腾了，爆竹声此起彼伏，欢呼声在银大路传开来，万头攒动，拥塞着，欢呼着。汗水把每个人的衣衫与周围人的衣衫黏在一起，大家脸上洋溢着笑容，互相道贺。

赵同才的学生换了一茬又一茬，他教授的《抗日弟子规》更加丰富、全面，他还是照样用教鞭指着字，领诵道：“弟子规，抗日训，七月七，卢沟桥，日本鬼，开了炮。佟麟阁，赵登禹，两将军，把兵举，守南苑，攻丰台，身虽死，有荣哀……”

日军刚刚宣告投降，湘鄂西边界山区的国民党第六战区的部队，从银大路潮水般涌向银东港，以受降为名，乘船沿长江而下直奔武汉，抢占军事战略要地。这些日子，金竹园住满了国民党的部队，有的说是第六战区副司令长官孙蔚如的部队，有的说是二十六集团军总司令周喦的部队。不管是谁的部队，开小差的士兵逐渐多了起来。

一天，两个国民党的士兵逃跑了，他们偷走很多军衣。他们把军衣藏匿在金竹园大沟中的天坑里，人不知去了何方。

大沟是累经暴雨冲刷剥蚀坡面形成的，沟壁陡峭，沟宽约二十米，沟底碎石堆积。大沟从马鹿池经过金竹园，从南往北直通县城。暴雨时，大沟洪水滔滔，不断冲击着沟壁两侧，洪水或汇入长江，或经喀斯特地貌天坑注入地下。

长久的堂客左德美是个爱热闹的女人。她听说逃跑的士兵把偷来的军服藏在天坑里，便想去看看，说不定还会发笔财。她叫上长久："你带上棕绳，我们下天坑去看看。"

长久本身是一个"糯米脑壳"，虽然不情愿，但他拿自己的堂客没有办法，只好拿着棕绳，跟在堂客的后面向怪石嶙峋的大沟走去。沟越来越深，两侧也越来越陡。坡面上出现大量横的、纵的或纵横交错的土层，有的深达五六米，有的薄如蝉翼。

他们沿着蜿蜒的沟壑前行，长久心中的不安愈发强烈，右眼皮不停地跳，心里突然冒出一种不祥的预感。"回去吧，下面黑漆漆的，我看到都害怕。"赵长久劝阻道。

"怕什么，你怕我下去。"左德美没等大爷嘎把绳子拴稳，就迫不及待地攀附着岩壁往下试探着走去，不小心跌入天坑。

长久在洞口听见里面发出痛苦的吼叫声，连忙把发崇、张全祚几个人叫来。在火把摇曳的亮光中，长久和发崇、张全祚小心翼翼地下到天坑，找到了受伤的左德美，把她救了上来。左德美伤势严重，两条大腿都摔成粉碎性骨折，她从此瘫痪在床，成天睡在那里，屁股处的褥子磨出碗口大的洞。

自从左德美出事摔断了腿后，长久逐渐变得消沉，心中充满了自责和无奈。他后悔那天不该去天坑，感觉那天要出事，但他还是去了。他知道，从今往后，他将承担起照顾堂客的全部责任。他听不得堂客每天撕心裂肺的吼叫，被痛苦的氛围紧紧地包裹着，感觉生活对他太刻薄，活在世上真累。他想到了放弃，放弃是很简单的一件事情，但放弃又有许多不舍，他还有两个勤劳能干又孝顺的姑娘，他舍不得她们。她们俩除兢兢业业地帮他维持着这个家外，从来没有什么别的奢求。长久处于两难之中，放手舍不得，坚持又太累。赵长久的日子备受煎熬，他渐渐瘦了下来，一天除帮忙给堂客端屎喂饭外，家里的其他事情他基本帮不上忙。更令人痛苦的是，他晚上睡不好觉，刚刚一睡着，堂客疼痛的喊叫声又把他惊醒，他感觉这种痛苦的日子没有尽头。

长久感到心灵没有栖息的地方。在这个世界上尽是失望，没有希望。他踏上了一条没有归途的路。半夜子时，他拿着去天坑的那条棕绳，穿上几件干净衣服，一个人悄悄地向窝子方向走去。他想在天亮前结束自己的生命，天亮时背水的人多，自己了断后容易被人发现，不至于长时间地吊在那里。借着月光，他拖着疲惫的身体，步如缚铅走到一棵大桐梓树下。绳子的一端拴在树上，另一端套在脖子上，长久就这样悄悄地离开了安静的世界。他的眼角挂着泪珠，没有人打扰他，只有树上受惊的鸟儿扑腾扑腾地飞向远方。

天亮了，发香到处找不到伯伯，当她去窝子背水时，她不敢相信吊在桐梓树上的是她的伯伯。以往她路过桐梓树，总会停下脚步歇一歇，将桐叶摘下来围成一圈，当作草帽遮阳。有时她会摘取些大的、没有虫眼的桐叶带回家，母亲把它们洗干净后，把嫩玉米糊摊在上面包好，放在锅里蒸熟，桐叶苞谷粑吃起来清香四溢，别具风味。今天，她发疯似的甩掉肩上的背桶，飞一般地向伯伯身边跑去，她大哭大叫："伯伯、伯伯，您为什么想不通？您走了，我和发英、大妈怎么过呀？"她挣扎、痛苦和煎熬，冰冷的时间含着发香辛酸的泪水，一圈一圈滴落着无尽的苍凉，将无助的寂寞与悲哀层层叠加，她的心碎了。

长久走后，洋贵姐和张全祚协助发香、发英处理了二叔的后事，一切又恢复了原样。

发香考虑的事越来越多，自从她挑起家中的重担，生活变得更加艰难。当她从四妹子那里知道发英和刘继会好上时，她心里既高兴又担心。她只有这一个亲妹妹，父母想生一个男孩，给她取了一个小名叫"盼弟"。"盼弟"没有盼来弟弟，却盼来了一个妹妹，这个妹妹就是发英。发香和她的妹妹以及大房里的洋贵姐几姊妹一样，从小在赵氏家族中都不受待见，她们心里很难受，总有一种被人看不起的感觉。小时候，每逢过年过节，发盛、发茂等几个男孩都能从爷爷那里得到几粒糖果，而她们从来没有享受过这样的待遇。大房二房的六个姑娘从小一起玩耍，无话不说。

英妹子身子越来越丰满，心智越来越成熟，发香决定找妹妹聊一聊。这天，外面下起大雨，没有什么事可做。英妹子站在吊脚楼上，望着银大路发呆。吊脚楼用两根一尺见方的杉木，借用银大路的保坎立在银大路路面之上，是发香他们房子的一部分。吊脚楼悬在半空中，不与地相接，四周通风透气，在夏天是一个乘凉睡觉的好地方。

发香放下手头的针线活，关切地问："英妹子，你在发什么呆？"

"没发呆，我在看下雨，银大路上还有没有'背脚子'。"英妹子看着姐姐回答。

"你是在看刘继会吧，过来坐，我们聊聊。"发香指着吊脚楼上的床沿说。

英妹子转身走到床边，坐在姐姐旁边。“姐，你不去喂猪，还有闲心关心刘继会。”

“我听四妹子说，刘继会人不错，姐替你高兴着呢！”

“姐，你不要听四妹子乱说，八字还没一撇，大妈都不知道。”

“这是件好事，主要是人好。大伯去世那几天，我看刘继会还真不错。我原以为是大姐的熟人，哪知道是你的相好。”发香笑了笑，接着说，“人不错，但有些事情也要考虑一下，嫁人是人生大事，马虎不得。”

英妹子问：“人不错就行了，还要考虑什么？”

“我觉得光人好还不行，还要有门手艺。现在年轻有力气背脚，年纪大了怎么办？那时靠什么养家？再说，背脚一走都是十天半个月，结婚了和没结婚没什么两样。”她希望英妹子能够嫁给一个不仅有德行，而且有稳定手艺的人，这样无论岁月如何变迁，英妹子都有一个安稳的生活依靠。

英妹子觉得姐姐说得有理：“姐，你觉得学门什么手艺好呢？”发香想了想，“他是龙坪人，茅坝的生漆不错，可以学做漆匠。万一不行，拜姐夫为师，学做篾匠也行。”

“姐这个主意不错，让他跟姐夫哥学篾匠，我找机会去求一下姐夫。”英妹子觉得刘继会找姐夫哥当师傅是件轻而易举的事。姐夫哥答应也行，不答应也行。对付姐夫哥自己有的是办法，他不当这个师傅肯定不行。

“地方要出米、有水、有煤。这样生活起来轻松。”发香给出第二个建议。

“他们那里是水田，门前就是一个溪沟，长年活水不断。五六公里远的地方有个松树坪小煤窑，比我们这里强。”发英话说得利索也很骄傲，她早都把刘继会家那边的情况摸得一清二楚。

刘继会的老家确实不错。门前的溪沟在阳光的照耀下，一闪一闪的，溪水静静地、缓缓地流淌着。水底躺着许多鹅卵石，它们形状各异，色彩斑斓，有的像月饼，有的像粽子，还有的像土豆、米粒。一阵晚风吹过，溪面上泛起层层波纹，随后又恢复了暂时的平静。暮色包围着一片正待收割的庄稼地，庄稼地后面，居住着土生土长的刘姓人。一幢一幢的土墙屋错落有致，在它们的身旁，散布着猪圈、牛圈、羊圈和柴屋。

“如果我真的嫁过去，你和妈也一起过去，我们还是在一起生活。”发英满怀憧憬地说。

发香用食指轻轻戳了戳发英的额头：“你想得倒好，我们都走了，这里的田和房子怎么办？”

“把屋和土地都给大姐他们。”英妹子觉得和洋贵姐她们就是一家人，把房子和土地给她们天经地义，她一点都不心疼。

发香心有余悸，摇摇头：“你想得真简单，这样弄又得扯皮，这样的皮扯得既伤和气，又伤感情。你真的出嫁了，你名下的地留不留得住都是个问题。”说完起身向外走去，“我去喂猪。”

发英望着姐姐离去的背影，感觉她慢慢地变老了。她脸色泛黄，原先那红润光滑如红苹果的脸上已有了浅浅的皱纹。她和洋贵姐每天如同永动机一般，从早到晚总是忙忙碌碌的，丝毫没有停下来的意思。她俩是女儿身，做的男人事，家里没有哥哥弟弟，她俩明白必须带头自立，证明赵姓的女人同样能够独当一面，不能让家族小看赵姓女人。

自从刘继会帮忙把发英大伯送上山后，他陆陆续续地跑了几趟银东港。过去经过金竹园时，他不一定住驿栈，但自从和发英有了那层关系后，他每次来都会在洋贵姐驿栈住上一晚。时间一长，洋贵姐察觉到这里面的蹊跷。加上四妹子时不时地拿英妹子开玩笑，洋贵姐对刘继会与英妹子之间的关系更加确信。

洋贵姐心里暗自思忖：“难怪这个小蹄子天天往这里跑呢，原来是为了等相好的人。”她觉得，应该有个正式的婚约才行。

如果他们这样偷偷摸摸继续下去，把肚子折腾大了，一旦事情败露，不仅会让外人看笑话，还会让父母丢脸。

她把这个想法私下里告诉了发香。发香说：“这件事我也不好直接给刘继会说，毕竟发英是我的亲妹妹，再说发英又不是嫁不出去。”

洋贵姐听发香这么一说，想了想：“你说得也对，由你来跟刘继会提这个事确实不太合适。我跟他熟悉些，有些话还是由我来说比较好。”

天逐渐热了起来，太阳照得人们身上火辣辣的。天空中没有一丝云彩，也没有一丝凉风。金竹垂头丧气、懒洋洋地站在太阳下被炙烤。

张全祚、洋贵姐和四妹子薅完樟树槽里的苞谷，刚走到窝子用泉水把脸洗完，英妹子的声音到了：“哈哈，今天我的火气真好。姐夫哥，你昨天从双坪偷偷地回来，两手空空，既不给我带柿饼，也不带蜂蜜，是不是把发金姐给我们的东西私吞了？该不该罚？”

“罚什么？”张全祚知道这位姨妹子难缠，没有什么好事，她每次总是东拉西扯的，不弄点划得来不得松手。

“帮我把这桶水背回去。”英妹子边说边把背子往石凳上靠去。

张全祚回应道：“可以，背回去后直接倒在我缸里，我正说早上没来得及把桶带来，哪晓得你帮忙把它送来了。”

“咦，你想得美，你这样欺负姨妹子，看大姐不剥了你的皮。”英妹子向站在一旁的洋贵姐投去求助的眼神。

“我才不管你们这些乱七八糟的事，今天我倒是看看你们谁更厉害。”洋贵姐和四妹子干脆在窝子边的石坎上坐下，摆起坐山观虎斗的架势。

“你俩继续闹，我们在这里凉快凉快，我看看英妹子是怎么欺负姐夫的。”四妹子看戏不怕台高，添了一把火。

“剥皮抽筋都行，只要水倒我缸里就行。”张全祚见自己的堂客和四妹子没有给英妹子帮腔，口气越来越硬。

“你们到底是一家人，没有一个帮我的，发金姐在就好了。”英妹子灵机一动，知道这样僵持下去不是个办法，他真的把水倒他缸里，我还得多跑一趟，“好，我不罚你背水，你帮我带个徒弟。”

英妹子的脸颊泛起了淡淡的红晕，她的眼神中闪烁着一丝不易察觉的狡黠。她知道自己的请求有些唐突，但为了刘继会的前途，她愿意放下身段。她心里非常清楚，张全祚不会真的拒绝她，这场戏不过是两人之间的一场默契的游戏。

“带徒弟可不是随便带的，要看什么样的徒弟。”张全祚听洋贵姐和发香说过发英的事情，心里早就有一些准备，他装模作样地摆起谱来。

“徒弟鞍前马后地伺候你，出门帮你拿家什，好吃的先让你吃，过年过节还给你打酒喝，这么划得来的事情你还跷叶子。”发英用一种看似无助，实则充满策略的眼神，向张全祚投去一瞥，那眼神中既有求饶，也有挑战。

张全祚故意问：“徒弟是你什么人？”

“龙坪那边的一个小伙子，听说姐夫的篾匠手艺好，想跟你学篾匠。”英妹子羞涩地低下头，双手紧紧握着衣角，脸上挂着一抹羞怯的微笑，不知所措。

“不是小伙子，是我今后的老姨吧。”张全祚说完爽朗地大笑起来。他觉得这是和英妹子打交道最高兴的一回，平时总是英妹子戏弄自己，没想到她也有今日。

“英妹子，你跟刘继会说，娶你也要明媒正娶。”洋贵姐趁机把话赶紧说了出来。

“龙配龙、凤配凤，老鼠子配的会打洞。你们两口子变得越来越坏，去双坪不带东西不说，还笑话我。姐夫，你说到底收不收这个徒弟？”英妹子撒娇道。

张全祚用泉水把脸又洗了一遍：“你把水背回去倒在我缸里，这个徒弟我收，不然的话……”张全祚把腔门越拖越长，故意不说。

“好，这次依你，我吃个亏，水背给你，徒弟你收。”英妹子涨红了脸，微笑着抬起头，瞥了他一眼。

阳光下，张全祚的心情如同这炎热的天气一般，火热而兴奋。他从未想过，自己和英妹子打交道第一次没有吃亏，一向机灵的英妹子竟也有求于他的时候，这让他感到一种前所未有的满足。他故意摆出一副高高在上的姿态，哼着小调，享受着这一刻的优越感，让英妹子也尝尝被戏弄的滋味。

太阳落山又落西，
英妹子招来了一个憨女婿，
哎呀哟哟吔，
憨里憨气学篾匠呀，
哎呀哟哟吔，
学到手艺讨饭吃，
哎呀哟哟吔。
月亮落山又落西，
英妹子招来了一个憨女婿，
哎呀哟哟吔，
憨里憨气学篾匠呀，
学到手艺养家人，
哎呀哟哟吔。

“明媒正娶”是土家族的传统婚俗，这一习俗受汉族文化的影响，融合了汉族文化的诸多元素，同时也保留了土家族的特色。银东县土家族为巴人后裔，在清雍正十三年（1735年）改土归流之前，其婚姻的价值观与汉族文化中的“父母之命，媒妁之言”大相径庭。他们崇尚婚姻自由，以对歌的形式为纽带，这种形式不仅具有鲜明的民族特色和仪式感，而且程序复杂，体现了深厚的巴文化元素和文化底蕴。改土归流之后，尽管土家族传统嫁娶文化依然极富仪式感，但受汉族文化的影响，“明媒正娶，娶亲完配”逐渐成为主流。

最终，英妹子没有把水背给姐夫哥。张全祚说：“老姨这个徒弟我收了，你把水背回去，免得今后留些牙齿印。”

发英耍起嘴皮子：“水是你不要的，不要说我没背。不管好坏，徒弟你收，教好了，有酒喝。没教好，想喝酒都没门。”

发英背水收获不小，刘继会给姐夫当徒弟的事情终于有了着落。虽然发英平时在姐夫哥面前调皮捣蛋，但内心一直很敬佩他。姐夫哥勤劳，做事有条不紊，他的手艺路人皆知，有百里挑一的篾匠技艺。更难能可贵的是，他像一头牛，无论是在双坪还是金竹园，两边的家他都照顾得很好，不仅保住了土地，还添置了一些地。洋贵姐和发金姐这么多年来从未红过脸、说过重话。这样的姐夫真的难找。有时发英静下心来，暗自思忖：自己今后找大爷嘎就找姐夫这样的。

洋贵姐提出要“明媒正娶”让发英明白，全家人对刘继会没有意见，这消除了她心头大患。她知道，按照传统婚俗行事，那是堂堂正正的事，自己才不会掉价。

没有几天，发英与男人约会的流言在金竹园传开，如同夏日的热浪，一波接一波。银大路两旁，上至九冲坡下至银东县城，传得沸沸扬扬，传得有鼻子有眼。有人说：“不守妇道，老的去世了，还有心思在外面偷男人，成何体统。”有人说：“幺房想要她们的土地，想她早点嫁出去，里面不知道有多少说不清、道不完的事。”有人说：“男大当婚、女大当嫁正常得很。”各种版本五花八门，各说不一，但最终有一条是肯定的——发英确实有了男人。

发英感受到了异样的眼光，隐隐约约听到一些议论。她知道这些流言是乔大嘴那个“化生子”（没满十二周岁死去的小孩）唱出去的。面对着众人的窃窃私语，英妹子显得异常冷静和坚定，你们有闲心你们尽管去说，我现在只关心刘继会这个王八蛋愿不愿意学篾匠，刘继会能够学到篾匠手艺，这是对未来的承诺和保障。

英妹子心里暗想：刘继会学篾活的事我做主，他不学不行。如果他不学，本姑娘不会嫁给他，让他去背一辈子的脚。学之前，我还要把“明媒正娶”的事提出来，自己不能不明不白地嫁出去。我明天去发旺哥那里，让他帮忙削一张羊皮，给刘继会做个围裙，也算回他个礼，其他的篾活家什让他自己去准备。

英妹子没有时间浪费在无谓的争执上。她一不做二不休，跑到洋贵姐家借来姐夫的羊皮围裙，一溜烟地去发旺哥家，眼神中透露出一股不屈的意志，仿佛在告诉说三道四的人，她的命运掌握在自己手中。

发旺哥的堂客乔大姐看到英妹子急匆匆地跑来，以为她是来找麻烦的，连忙赔着笑脸迎了上去："发英，找你哥？"

"嗯，找哥，你的账以后算。"

"你哥今天不在家，有什么事你直接给我说。"乔大姐被英妹子的气势镇住，大气都不敢出。

"你让哥选一张上等羊皮，比照我手里的羊皮裙做个新围裙，尺寸放大三指。"英妹子话语简洁，干净利索地把做羊皮裙的事说得一清二楚。

乔大姐连连点头答应："我清楚，你把围裙放这里，比照这个尺寸放三指，你哥回来后我给他说。"

"做好了，我再来找你算账。"英妹子抬脚就走，说了句一语双关的话。

乔大姐听到这个话，犯起糊涂，算账是来给做围裙的工钱呢，还是找自己扯皮呢？心如十五个桶打水七上八下，她用力把自己的右脸抽了一巴掌，喃喃自语："硬是管不住嘴。"

半个月后，英妹子去发旺哥家取回了新做的羊皮围裙。出乎意料，乔大姐害怕找她算账的事并没发生。结账时乔大姐说："大家都姓赵，抬头不见低头见，给一半的钱。"

这时，英妹子才发现，有些事不说比说还要管用得多。发英取回羊皮围裙后，坐在驿栈的堂屋里左瞧瞧右看看，双手在围裙上不停地翻动，她很满意围裙的柔软和做工，她感觉发旺哥这次真是下了一番功夫，不知道是不是乔大姐在中间起了作用。

刘继会上次跑银东港还是两个月前的事，他心中充满了对未来的憧憬。在家中，刘继会将自己和发英的事情从头到尾给父母讲了一遍，他深知父母对他的牵挂和期望。这几个月里，他一直在思考着与发英的未来，他需要父母给这段关系一个明确的答复。

"女方也算是码头上的人，她愿不愿意到我们这个山旮旯里来，你要问清楚。"刘继会的父亲是一位饱经风霜的老农，虽然年迈体弱，但对儿子的婚事充满了关切。

"这个你们放心，嫁鸡随鸡、嫁狗随狗。她若愿意嫁我，自然就会跟我来。

总不可能我去当上门女婿吧。”刘继会充满信心地回答。

刘继会的母亲是一位老实厚道的农妇，过着日出而作、日落而息的生活。“你可得想好了，她若愿意，我们自然欢迎；她若不愿意，咱们也不能强求。”

“爸，妈，你们放心，我会处理好这件事的。”

“那就好，我们年纪大，帮不上什么忙。你准备几天，找个媒人把这个事情定下来，也省去我和你娘一桩心事。”刘继会突然发现父母才是自己生命中最值得在乎的人。他们无时无刻不在担心着你，你的家庭，你的一切，只是他们无力再为你做些什么。

刘继会在家准备了半个月后，他上身着灰色中山服，搭配着黑色的长裤，踏上了银大路。只见他衣服干净笔直，肤色古铜，身材伟岸。一双明亮清澈、有着淡淡蓝色的眼睛，射出柔和温暖的光芒，有时又显得狂野不羁、邪魅性感，充满了男性的魅力。他带着满满的信心和期待，踏上了前往金竹园的路。他步伐轻快，心中充满了对发英的思念和对未来的憧憬。他的速度比以往任何一次都要快，仿佛连时间都在为他让路。他的身影在银大路上离家渐行渐远，心却越来越接近深爱着的人。过去六七天的路程，这次他仅仅用了三天半的时间。

第三天傍晚，刘继会到达洋贵姐驿栈。洋贵姐和四妹子正在打扫卫生，准备住栈客人的晚饭。

“洋贵姐，你们在忙呀。”洋贵姐驿栈的门被轻轻推开，刘继会带着满面春风，背着一个沉甸甸的口袋，出现在驿栈门口。他的到来，给这个平凡的傍晚带来了一丝不寻常的气息。刘继会的声音温和有礼，他的目光在屋内扫过，带着一丝期待和紧张。

洋贵姐拿着抹布，闻声转头一看，刘继会背着一个口袋已经进屋站在她身后，洋贵姐眼中闪过一丝惊讶。她打量着他整洁的衣着，心中暗自赞叹，小伙子今天真是精神。

“哦，是你呀，今天穿得这么整齐，有什么喜事，让我们也沾点喜气。”洋贵姐的话语中带着一丝戏谑，她边说边给四妹子递了一个眼色，四妹子从大姐的眼神中知道让她把英妹子喊来。“刘大哥你先坐一会儿，我去把英妹子喊来。”四妹子这么一说，刘继会有些不好意思，脸上露出了一丝羞涩的笑容。他从口袋里掏出了两斤茅坝茶和漆油，还有一些天麻，递给洋贵姐。

“大姐，这是我给您和姐夫带的一点心意，您一天太操心，这些可以补补身子。”刘继会的话语中带着一丝关切。

“过这些细干什么，这么远背都难得背，有心就行了。”洋贵姐觉得刘继会很会说话，心里暖洋洋的，“你先歇一会儿，等一会儿吃饭。”

“大姐，我这次来还要请你帮个忙。”刘继会的声音中带着一丝惴惴不安，他的目光紧紧地盯着洋贵姐，等待着她的回应。

“有什么事你只管吩咐，只要办得到。”洋贵姐的眼中闪过一丝了然。她已经猜到了刘继会的来意，知道刘继会十有八九想请她帮什么忙，但她不能说出来。在英妹子的婚姻上她们必须握有主动权，她感到女方主动了，今后去婆家后话语权就少了。当然，她相信英妹子，这个“小蹄子”平时看到疯里疯气的，但心里有货，在她那里讨个便宜也不是一个简单的事情。

刘继会知道，洋贵姐在这个家里的地位举足轻重，她的话有着不可忽视的作用。他深吸了一口气，鼓起勇气说：“我想与发英修成百年好合。本来父母应该来请您出面做媒的，他们年岁大，行动不便，我只好厚起脸开口求您！”

洋贵姐脸上露出了一丝微笑，她没有直接答应，故作沉吟地说：“这是天大的事情，我还得掂量掂量，找不到英妹子心有多大，碰一鼻子灰也没有脸面。”洋贵姐拿捏着，心里想着一口答应就掉价了，还得悠着点。

刘继会心中一紧，他连忙说：“做媒的事情只有大姐最合适，金竹园上下哪个不知道大姐是呼风唤雨的能人，你们这个大家庭的事，还是您说了算。”

刘继会知道女人都喜欢听好听的话，他在洋贵姐面前说些奉承话。这些奉承话也是真的，在这个家里，洋贵姐的大爷嘎是能做事但不操心的人。大事小事都是她和发香商量办，为了这个家，她操碎了心，她就是为了这个家操心而生的。

洋贵姐知道婚姻是大事，不能儿戏。“发英是里里外外一把手的姑娘。这个事也是缘分，你先把生辰八字告诉我，我今天抽个时间找人合一下。八字合，这个忙我帮了。八字不合，就勉为其难。”她心中感到一丝满足，喜欢听好听的话，尤其是刘继会这样真诚的奉承。

刘继会知道洋贵姐答应了。他连忙点头，将生辰八字告诉洋贵姐，眼中满是期待和感激。“还是您想得周到，测测也好，缘分到了八字自然就合，缘分没到，那自然是有缘无分。”

在土家族的传统中，男女成婚前都要请算命先生进行男女姻缘生辰八字配对和八字合婚配对。从出生年份看，年命相生为宜，相克则不利；出生年、日的天干地支为相生比肩为好，或同为三会局，否则婚姻多波折；男女八字的五行均衡可作为婚配的依据，生肖相合在一起顺利的概率大些，不顺利的概率小些。

刘继会沉浸在自己的思绪中，四妹子的声音打断了他："刘大哥，英妹子来陪你吃饭了。"接着打着哈哈，"不要不好意思嘛。"英妹子在四妹子的拉拉扯扯下，显得有些局促，腿脚半天迈不进堂屋门槛。

洋贵姐安排道："你们两个小蹄子疯什么疯，四妹子快去招呼旁边吃饭的客人，看他们今天住不住，把床铺收拾一下。发英你陪刘大哥聊聊天，准备几个菜。我出去一会儿，回来一起吃饭！"她声音里带着一丝不容置疑的命令。

洋贵姐出门走了几步又折身回来，叮嘱了一句："发英，你等会儿看看你姐夫从双坪回来没，如果回来了，让他过来陪刘大哥喝两杯。"说完，她快步往发猛家走去。她的身影匆匆，却又不失稳重，仿佛家中的一切大事小情都在她的掌控之中。

刘继会在一旁帮忙烧火，动作略显笨拙。发英在灶屋里忙着为客人准备饭菜，她心中有些焦虑，不知道大姐这个时候跑到哪里去了。她走也不是不走也不是，她不希望姐夫今天回来，怕他喝酒后把收徒弟的事说了出去。"明媒正娶"的大事都还未定，收徒弟的事却提前了，有些不妥。今后真的结了婚，那不成了刘继会的口实和笑柄。

"英妹子，今天好像心事重重的，不欢迎我来呀？"刘继会忍不住开口，眼神中带着一丝探寻和关切。他抬头望着正在炒菜的英妹子，只见锅铲子在英妹子手中上下翻舞，英妹子嘴唇薄薄的，眉目灵动，颇有秀气。

发英的心中一紧，她没有想到刘继会会这么直接地问。"谁说不欢迎你啦，大姐不是要姐夫来陪你喝酒吗？"英妹子把炒好的菜放在灶台沿上，生怕菜凉。声音里带着一丝强颜欢笑，她不想让刘继会看出自己的不安。

"欢迎就好，我已经请大姐做媒。"刘继会声音里带着一丝期待和紧张。

发英迫不及待地问："大姐答应了？"

刘继会一五一十地把洋贵姐的话转述了一遍："大姐说要先合一下生辰八字。八字合，这个媒她就做了。"

这时，发英如梦初醒，自言自语："哦，大姐肯定出去找发猛算生辰八字去了。"她没有想到事情会进展得这么快。她的心中有些慌乱，不知道八字合不合，感觉自己的婚姻大事已经不由自己做主。

"这命不在自己手上，交给别人了！"发英的声音里带着一丝无奈和自嘲。

"你别这样说，大姐也是好心，现在大家都兴这个，算一算，合一合，心里总是踏实些。"刘继会真是想得开，他的声音里带着一丝豁达和乐观。

发英听刘继会这样一说，心里想：男人就是男人，拿得起、放得下，一点也不着急八字合不合。她转过身，继续忙碌着手中的菜，心中多了一丝温暖和安心。

一盘青椒炒猪肝放到灶沿上，刘继会嗅了嗅鼻子，忍不住夸奖道："真香。"

洋贵姐带着一丝不易察觉的急切，迈着碎步来到发猛家，见发猛躺在竹子躺椅上。她没有绕弯子，开门见山说明来意："发猛，请你帮忙把发英和刘继会他们两个人的生辰八字算一算，看他们俩合不合。"

发英夜晚偷约男人的事情在金竹园传得沸沸扬扬，发猛虽然对发英的流言有所耳闻，但他对自家妹妹的品行深信不疑，他不相信发英走邪，对她的婚事自然也是关心备至。

洋贵姐把发英和刘继会的出生年、月、日、时报给了发猛，发猛眯起眼睛，手指轻轻敲打着躺椅的扶手，似乎在心中默默计算着什么。片刻之后，他睁开眼睛，用充满信心的语气给出了他的判断："继会、发英属男金女土，金土夫妻好姻缘，吃穿不愁福自然，子孙兴旺永育贵，福禄双全万万年，上等婚配。"

洋贵姐仔细听完发猛的述评，心中的一块石头终于落地，脸上露出灿烂的笑容。她感激地对发猛说："托你吉言，这是个好事情，明天过来和全祚哥喝两杯，酒不好，苕根子酒。"

"行，这个人户放得。"发猛肯定地说。

洋贵姐从发猛家出来，心中充满了喜悦和踏实。她边走边思考着如何向二婶报告这个好消息。在家族中，二婶通常对大房、二房的事务不太插手，总是说："问你大姐去。"洋贵姐和发香一直是家中的决策者，她们商量着处理家中的大事，几个老的都是甩手掌柜，挂帅不出征，更多的是在背后默默支持。今天，又一件家族中的大事得到了圆满的解决，洋贵姐的心中不禁涌起了一股自豪和满足。

当洋贵姐回到驿栈时，刘继会正忙着往桌子上端菜，英妹子收拾着另一桌刚吃完的碗筷。洋贵姐一进门就开玩笑说："我还没回来，你们几个小蹄子准备吃啦。"

洋贵姐平时除发香外，给二妹、三妹、四妹和英妹子都是喊的"小蹄子"，今天把刘继会也喊了进去，除了有点牵强附会，但更显得近一层，亲切。

刘继会和发英从洋贵姐的玩笑中听出了八字合婚的结果，两人相视一笑。

“大姐不回来，我们就是饿得前胸贴后背也不敢动筷子。”刘继会摆放着碗筷，露出快乐的笑意。

英妹子装作一脸委屈，回应道：“四妹子说你转身了，我们才开始端菜。你不回来，借一个豹子胆，我们也不敢先吃。”

“别人不敢先吃我信，你不敢先吃谁相信。”说完，洋贵姐的目光在屋内扫视了一圈，她问英妹子：“你姐夫回来没有？”

“四妹子去看了，说他舍不得发金姐，还没回来。”英妹子回答时，嘴角带着一抹调皮的笑意，随后对着刘继会做了一个夸张的鬼脸，引得在场的人忍俊不禁。

“你这个小蹄子，今天是不是看到有人帮你撑腰，胡说起来。我什么时候说姐夫舍不得发金姐，看我打死你。”四妹子装作生气的样子，拿起扫帚，故作姿态地向发英追去，“你这个小蹄子，这几天皮紧，让我帮你松一松。”

发英在四妹子的追逐下，像一只被猎人追赶的小鹿，围着饭桌跑得上气不接下气，她边跑边带着笑意求救：“大姐，救救我。”

洋贵姐站在她俩追逐的中间，脸上带着无奈和宠溺的笑容，板起脸伸开双臂拦住四妹子：“你们两个小蹄子，不要疯，有力气疯，吃完饭多做点事。”

发英眨了眨眼睛，她的话中带着一丝调皮：“你看你看，还是大姐大度，姐夫去一个月都不要紧。发金姐年轻些，姐夫多待几天也很正常呀。”话刚出口，发英觉得没管住嘴，脸上露出尴尬的神色。

四妹子抓住机会，反讥着发英：“刘大哥，你和姐夫一样，争取找个二房。”话一出口，大家都笑了起来。

刘继会听罢，连连摆着手，脸上露出了尴尬好笑的神情：“不敢，不敢。”

晚餐在一片欢声笑语中结束，天已经降下帷幕，银大路上南来北往的人渐渐稀疏起来，夜幕下的金竹园显得格外宁静和祥和。

英妹子洗完锅盆碗筷，带着一丝神秘的微笑对刘继会说：“你在这里等我，我回家去拿点东西。”不出三分钟，发英手中拿着一个精心包裹的牛皮纸回到了刘继会的面前。那牛皮纸包裹得严严实实，让人不禁好奇里面究竟藏着什么宝贝。

“这牛皮纸里是什么？”刘继会的好奇心被彻底勾起，他忍不住问道。

洋贵姐在饭桌上答应给刘继会做媒人，英妹子知道这件事是“对窝里面打鸡蛋——靠得牢”。所以她决定今天把羊皮围裙送给刘继会，让他跟姐夫学篾匠。“不准看，找个地方你慢慢看。”英妹子把围裙抱得紧紧的，好像里面装着世界上最珍贵的东西，生怕一不小心就会被别人抢走。

说完，两人不约而同地向大院坝走去，这一次他们选择了一个更加隐蔽的地方，背靠拐椒树席地而坐。这里一切都是静悄悄的，月亮在天空中快速奔跑，金竹林里时不时传来阵阵猫咪发情的吼叫声，为宁静的夜晚增添了一丝生机。

刚坐下来，刘继会迫不及待地问："你手里拿的什么好东西？"

"管你吃一辈子饭的东西。"发英把秀发一甩，不屑一顾地说。

刘继会好奇心更盛，他伸出手去："这么值钱，拿给我看看。"

"不行，你想看得先答应我一件事才行。"发英没有丝毫商量的余地。

刘继会毫不犹豫地答应："别说一件事，一百件事都可以。"

"态度蛮好，不许反悔的呀，你是个男人。"发英把"你是个男人"说得很重。

"反悔是小狗。"刘继会玩笑着回应。

英妹子紧接着说："不是人。"

"不是人。"刘继会满口应承下来。

英妹子小心翼翼地打开牛皮纸，露出了里面的羊皮围裙。她的眼神中充满了期待和认真："我想让你跟姐夫学篾匠。天天背脚很辛苦，也不可能背一辈子。学个手艺，人轻松些，还可以养家。"

刘继会看见那精致的羊皮围裙，心中涌起了一股暖流，深感发英的用心良苦："做得真好，这是天大的好事。我家那边还没有一个好篾匠呢，不知道姐夫收不收我做徒弟。"

"收不收你不要管，你只管规规矩矩跟着姐夫把艺学到手。"英妹子的话语中带着一丝俏皮，她用手指轻轻戳了戳刘继会的胸口，"你送了我一个耳巴子大的梳子，今天我送你二十个耳巴子大的羊皮围裙。哈哈，你的情我还上了啊。"英妹子感到了今天存在的价值。

刘继会心中充满了感激："我都听堂客的。"他惴惴不安地将右手搭在发英的肩头，轻轻地把她往自己身边拢了拢。发英顺势倚着刘继会的胸膛，只听见他的心脏咚、咚、咚有力快节奏地跳动着。她自己的心跳也不由自主地快了起来，而且越来越快，像要蹦出来一般，仿佛要与他的心跳合二为一。

赵发盛和赵发茂对发英夜晚偷约刘继会的事情早有耳闻，他们感到有失体统，丢了祖宗八代的面子，心中充满愤怒，认为这不仅违背了家族的规矩，更是对赵家祖宗的不敬。他们俩觉得发英长期养在家里早晚会出事，不仅她个人的名声受损，整个赵家的声誉也会受到牵连。因此，他们决定要提前给二婶娘打个招呼才行，避免事态进一步恶化。

午后，阳光明媚。站在熙熙攘攘的银大路上，让人感觉到的不是快乐，是忧伤。双手空荡荡，脑袋空荡荡，灵魂也空荡荡，无所依傍。

发盛和发茂来到躺在门沿前的左德美面前，心中充满了阴霾。发盛往阴凉处挪了一步："二婶娘，我长期在外跑马帮，家里的事情我也鞭长莫及，您给英妹子说一下，现在金竹园上下把她说得一文不值。"

还没等发盛说完，发茂恶狠狠地开了腔："二婶娘，你把两个姑娘留在家里，外面没有闲言碎语，大家都好说。如果发生侮辱我们赵家名声的事，给我们赵家带来不好的影响，哪怕你瘫了，我们照样按族规，毫不留情地把你们拉到祖坟面前去打，给祖宗赔礼道歉。"

左德美听着两人的话，心中充满了无助和痛苦，幽怨和心痛挂满脸颊，滚落的泪珠里全是忧伤。

英妹子自从父亲去世以后，她便很少再去洋贵姐驿栈帮忙。她和发香姐一边种地一边照顾瘫痪在床的母亲，除了日常的农活和家务，英妹子和发香姐还会在空闲时开垦荒地，希望能够增加一些田地，为家里带来一些收入。

她们的田地与赵发茂的土地相邻，中间隔着一块刻有"地界"字样的界碑石。这块地的草丛长得极为茂盛，掩盖了界碑石的存在。挖地时，英妹子不慎将地界挖错，她本应该从界碑石往下直挖，因为草丛的遮挡，向右多挖了一米宽，无意中英妹子挖了赵发茂的地。

赵发茂看到英妹子挖了自己的地，他站在界碑石上，双手叉着腰，瞪大的双眼里燃烧着熊熊烈火，鼻子喘着粗气，宛如一头愤怒的公牛。他大声斥责英妹子："你是哪里的一根葱，你是哪里的一根蒜，你是哪里的一支支脉。"他的声音在空旷的田野中回荡，充满愤怒和不满。

这件事让发香感到无奈、苦恼。她怕把事情闹大，连忙跑到田边。"发茂兄弟，你消消气，都怪英妹子不好，没有看到界碑石到处乱挖，我给你赔个不是。"

"你以为赔个不是就行了，她是欺负我们。二婶娘上次偷的军服都还没还给别人，小心我告你们。"赵发茂暴跳如雷，他怎么都不能原谅英妹子挖了他们的地，"我们走着瞧。"说完，他头也不回地走了。

第十章

张全祚圆房，圆的是自己的弟媳妇，在金竹园传得沸沸扬扬，成为族间茶余饭后的谈资，人们对这件事的看法各不相同，有的人认为人间真是千奇百怪，世界之大无奇不有；有的人认为洋贵姐是个大量之人，大量之人必有后福。

洋贵姐的宽容不仅为自己赢得了尊重，也确实给张永福一家带来了福气。发金结婚不到一年肚子渐渐隆起，吴文杰看到儿媳妇有喜，脸上总是挂着慈祥的笑容，她突然觉得日子多了几丝甜蜜，空气中似乎也飘着几丝温馨。她甚至认为大媳妇儿沾星宿，没有她的舍取，也没有发金肚子里的孙宝宝。

迎弟的离世对吴文杰刺激太大，她觉得应该在发金临盆前去观山庙找胡瞎子算一算，希望能为即将到来的新生命求得一个吉祥的征兆。尽管众人对胡瞎子的占卜能力看法不一，有的人说："胡瞎子算得很准。"有的人说："胡瞎子尽是打瞎说，他怎么没有把自己算一下，瞎子一天没有事，整天坐在庙外面胡说八道。"但吴文杰还是决定去求个心安。

一个下雨的日子，吴文杰带着一颗虔诚的心来到观山庙。她找到坐在庙外樟树下的胡瞎子。雨水潺潺，雨水顺着樟树叶的缝隙滴下来，开始像断了线的珠子，随着雨势的加大，渐渐地连成一条线，地上的水越来越多。

胡瞎子戴着一顶破草帽，草帽下的他显得格外神秘。他拿起手中的竹棍，撑着身体慢慢立了起来："雨大了，我们在屋檐下面去算。"吴文杰牵着胡瞎子，在屋檐下面干燥的地方坐下。吴文杰把发金的生辰八字报上。

胡瞎子问："算什么？"

"算儿孙。"吴文杰声音中带着一丝期待和不安，她不知道胡瞎子会算成什么结果。

胡瞎子"哦"了一声，开始占卜。他的手指在风雨声中轻轻摆动，似乎在捕捉着某种不可言喻的信息。半晌，他略停了一下，神经兮兮地说："她这个命不太好，有克夫克子卦象。"胡瞎子的话让吴文杰的心沉到了谷底。

吴文杰一听，急了："怎么讲？"她的心情瞬间紧张起来，急切地询问胡瞎子。

胡瞎子不紧不慢地摸着嘴底下的络腮胡，慢条斯理地解释说："你这个媳妇儿八字恶，一般的男人镇不住，她的一生可能会有两次婚姻。"胡瞎子补充道，"她克单不克双。"

这句话让吴文杰的心情稍微平复了一些，她在心里暗自思忖：胡瞎子的预言与现实情况相符。

吴文杰心里还是不踏实，她追问："克单不克双是什么意思？"

胡瞎子似乎看穿了吴文杰的心思："克第一个丈夫，不克第二个。"胡瞎子的两大片络腮胡子一直长到鼻孔边，胡须乱蓬蓬的，拖把布似的，随着说话声不停颤动。

吴文杰听到这里长长地松了一口气，她的眼中闪过一丝希望，心想："胡瞎子算得真准，小儿子是发金的第一个大爷嘎，她把他克掉了。大儿子是她的第二个大爷嘎，她不会克。"

然而，吴文杰更关心的是发金是否会克子，这关系到她即将出生的孙子（孙女）。"那她克子怎么办呢？"吴文杰心想这才是今天来的主要目的。

胡瞎子嘴角微扬，似乎对眼前的事毫不在乎："想办法化解。"

"怎么化解？"吴文杰眼神焦急，她的呼吸也变得急促，仿佛一秒的等待都会让她无法忍受。

"小孩出生后，三岁时，要在桥上拜一个干爹才养得。"胡瞎子说。

吴文杰追问："那天桥上没有人呢？"

胡瞎子的回答充满玄机："在桥上碰见人拜人，碰见狗拜狗，无人无狗拜石头。"这番话让吴文杰感到既困惑又安心，她似乎找到了解决问题的希望。

算完命，吴文杰给了胡瞎子两个铜钱，算是买了一个放心。

天放晴了，雨后空气更加清新，夹杂着泥土芬芳的味道，沁人心脾。瓦蓝色的天空飘浮着大朵的白云，阳光暖暖地洒下来，透过树枝的间隙，光斑点点。树木显得格外青翠，鸟儿在枝头婉转歌唱，仿佛唱不尽对春天的憧憬与向往。吴文杰陶醉在这芳菲的季节，体味春天的絮语，神采飞扬。

五个月后，发金顺利产下一名带"把"的男婴，体重六斤半。家人喜出望外，给孩子取名张克林，寓意他能克服困难，林立于世。张克林的出生给张家带来了新的希望和喜悦，吴文杰更是对这个孙子寄予厚望。

张克林三岁那年，张永福和吴文杰没有忘记胡瞎子的占卜，他们决定履行在桥上拜干爹的仪式。他们带着小克林来到银双路的无源桥头，等待合适的人选出现。就在这时，张汉祚恰好从银东县背粪回来，他把沉重的粪桶靠在石坎边，打算歇息片刻。吴文杰一见是张汉祚，认为这是个好机会，她急忙拉着孙子，声音中带着一丝急切：“快跪下，拜汉祚叔为干爹。”

克林不知所措地跪在石阶上，在吴文杰的引导下，给张汉祚磕了三个响头，用稚嫩的童声说：“干爹，我是你的干儿子张克林。”

张汉祚有些茫然，不明白伯伯和伯娘为何突然来了这么一出。他擦了擦额头上的汗水，温和地对克林说：“快起来，侄儿子和干儿子有什么区别？”吴文杰这才把胡瞎子算命的事和化解的方法告诉了张汉祚。

张汉祚听后，恍然大悟，随即笑着接受了干爹这个角色：“哦，好、好、好，我有了干儿子。今后你要帮我背粪、打酒给我喝。”汉祚说完，摸了摸克林的小脑袋，他对这个突如其来的干儿子显得十分喜爱。

克林拜汉祚叔为干爹，吴文杰高兴得手舞足蹈。她心想：今天真是顺利，这个干爹找得好，没有乱辈分，平时给干爹拜年也不远。从此，张克林除了正式的名字外，还有一个可爱的小名——“桥生”。

桥生出生后，兴奋、喜悦和激动如同阳光温暖着张永福一家。张全祚的担子重了起来，他感到了前所未有的压力。金竹园和双坪家的农活、家务如同两座大山，沉甸甸地压在他的肩头，让他没有喘息的机会。

好牛好马上得了几架坡。张全祚晴天忙碌于田间地头，耕种着金竹园的土地，随后又马不停蹄地赶往双坪继续劳作，他就像一头不知疲倦的耕牛，两头奔波。雨天他出门做篾活。他的生活就像一根绷紧的弦，始终拉着满弓，张弛无度，没有放松的时刻。他变成了一个地地道道的挑夫，一头挑着金竹园岳父一家，一头挑着双坪父母一家。

张全祚在金竹园至双坪的“毛狗子”路上不停地来回跑着，每次走过陈家屋场时，总能听到陈二嫂带着调侃：“赵家姑爷，又去看大堂客呀！”或是：“吴家姑爷，今天去看小堂客呀。”她的言语中透露出一丝玩笑和羡慕，“还是堂客多好，也有一个走处。”

张全祚现在觉得一天疲惫不堪，他常常坐在家里的椅子上，劳累让他有时连抽烟的力气都提不起来，更不想多说话。他的身体和精神都达到了极限，渴望能够停下来，哪怕只是片刻的休息。可是这种情况没完没了，他真想坐在地上休息一会儿，好好地睡一觉。面对沉重的生活压力，他也想到过放弃，但无论如何都不能允许自己那样做。

他站在路边，目光毫无生机，有气无力地喘道："招呼我什么时候成了你们陈家姑爷。"

陈二嫂听到这话，忍不住笑了出来，脸上的皱纹宛如一朵盛开的金菊。"成了陈家姑爷好，三个堂客，你天天都有换洗的。"陈二嫂总是那么风趣。

"那你就是舅母子。"张全祚干脆坐了下来，他拾起烟袋里的烟叶，按在烟窝里，抽了几口，看着烟雾散尽，这才慢慢立起来和她开两句玩笑。

"舅母子半边妻，那你有三个半'堂客'，换洗的更多，你累都是累死，累得爬不起来。"

过度的劳累终于引发了家庭战争。这一天，张全祚睡了一个早床，洋贵姐催促他起床背水、砍柴。任凭她怎么喊怎么催，张全祚就是不起床，他哀求道："今天没什么事，你让我睡一下，好不好？"

洋贵姐见状，自己背着水桶去背水。张全祚大为光火，一骨碌从床上爬起，从洋贵姐手上抢过水桶扔了出去。迎子听见父母的吵闹声，一丝不挂地从床上跑到父母面前。张全祚摸着女儿的头说："日子过不下去了。"说完，他大步走出家门，朝双坪方向走去。

张全祚现在后悔圆房。白天的事多，晚上的事也多了起来，不是伺候大堂客，就是要伺候小堂客，整天有做不完的事。他现在才明白，生活有时会逼迫你不得不放弃一些东西，无论是土地还是儿子，你不可能什么都得到。在生活中应该学会放弃，放弃才能让自己活得更轻松。但现在一切都晚了，洋贵姐要的是土地、家产和钱。伯伯、大妈要的是孙子和延续血脉。而他，只能继续无穷无尽地劳作。

没几天，张全祚被吴文杰从双坪撵了回来，吴文杰责备他："你一个男人怎么欺负自己的堂客呢？她又不懒，你要记住，两边的家都是你堂客给的。"

张全祚前脚刚进金竹园的门，洋贵姐神色慌张地迎了上来。她急促地说："谁让你回来的？苏噶姐带着几个乡丁来办你的夫，我说你去了双坪，他们在楼上楼下找了一阵，没见到你的人，说等会儿再来。你快去窝子背后的岩洞躲几天，避一避风头。"

苏噶姐的每一次到来都像是一场风暴，让人心惊胆战。她的眼神中透露出一种几乎可以触摸到的冷酷，仿佛能穿透人心，让人不寒而栗。她的拐杖不仅是行走的辅助，更是她权威的象征，每一次敲击地面都显得那么有威胁性。乡丁们像影子一样跟在她身后，增添了她威严的气场。当苏噶姐带着乡丁再次来到金竹园时，她的脸上写满了不耐烦和愤怒。她的声音尖锐而刺耳，每一句话都像是命令，不容置疑。她抓张全祚的夫显得执着而冷酷，似乎不达目的誓不罢休。她的出现，就像一片乌云遮住了金竹园的阳光，让人感到压抑和不安。

张全祚拿起桌子上的杯子，咕咚咕咚地一口气喝下大半杯水，干脆坐下。他不解地问："金竹园这么多人，他们为什么不办别人的夫？偏偏要抓我？"

洋贵姐焦急地回答："苏噶姐说，姓张的凭什么得姓赵的田产，你不当夫谁当夫。"洋贵姐无法平息自己，只有一阵阵徘徊不定的脚步声，难以平静的情绪快要涨满。

她一边说，一边收拾着吃的东西和衣服。"你快把这些东西拿上，晚上记得加点衣服，烟和吃的东西在里面。"洋贵姐把手里的包袱递给大爷嘎，"口渴了，趁没有人时，在窝子里喝几口水，我每天让迎子给你送饭。"

张全祚从堂客手中接过包袱，打开后门，沿着小路快速向后山跑去。

洋贵姐驿栈开得红红火火，只是英妹子来得少了，洋贵姐和四妹子忙碌了许多。大妈这几年的生活有了保障，洋贵姐还请胡老中医给大妈治好了腰疼的病，人渐渐精神起来，她在驿栈也能帮忙做些小事。

这些天，洋贵姐总是将饭菜做好后放在篮子里，让迎子扮成找猪草的样子，扯上一些青草叶子，盖在篮子上面，偷偷地把饭菜送给躲在岩洞中的父亲。有时英妹子、四妹子背水时，她们也会将饭藏在背篓里。到了窝子后，吹一个口哨，张全祚便下来把饭菜取走。

三天后，苏噶姐带着乡丁来到洋贵姐家，她的眼神高傲冷漠，仿佛一切都在她的掌控中。她拄着拐杖，步伐虽然缓慢，但每一步都像在向世界宣告她的到来。"大妹子，姑爷回来没有？"

洋贵姐对苏噶姐的来访感到极度的厌恶和恐惧。她的内心充满了抵触和反感，苏噶姐的每一个动作和声音都让她感到刺耳。洋贵姐的手心因为紧张和愤怒而出汗，她的心跳加速，脑海中不断思考着如何应对难缠的苏噶姐。

"他的一个老表在章家坪结婚，喝喜酒后才得回来。"洋贵姐故意把张全祚去的地点说得远，时间说得长。

苏噶姐拄着拐杖，算着时间，失望地说："我们等不起，这回就算了，跑得了和尚跑不脱庙，下次看他往哪里跑。"

洋贵姐看见苏噶姐有走的意思，假笑道："姑妈您不坐一会儿，喝口茶再走。"洋贵姐的脸上虽然挂着假笑，但内心却是波涛汹涌。

苏噶姐乜了洋贵姐一眼，心里很不舒服。“茶留到下回来喝吧。”说完愤愤地离去。

苏噶姐的离去让洋贵姐松了一口气，但同时也感到了深深的无奈和忧虑。

赵发茂怎么也想不通发英挖了他家的地。他记得小时候，伯伯和大妈常说，大伯、二伯家都是几个姑娘，将来她们出嫁后，大伯、二伯家里的地都是我们的。现在，赵发茂的内心充满愤怒和不解，他无法接受自己长久以来的期望被打破。他一直认为，随着大伯和二伯家的女儿们出嫁，那些土地将顺理成章地归他们所有。然而，现实却给了他沉重的一击，大姐不仅赎回了土地，还招了上门女婿，经营驿栈，他对大伯家的土地不再抱有任何幻想。二伯家里的两个姑娘，也不提嫁人的事。尤其是二姐，年过三十，都快变成老姑娘了，也没有丝毫嫁人的意思。“发英人小胆子大，这次竟敢在我们头上动土，若不是发现早，她挖错的地不就是她家的了？”发英的大胆行为更是触动了发茂的敏感神经，让他感到了前所未有的威胁和挑衅。发茂越想越气、越气越想，他从轮坎上的地界上回到家里，找到弟弟发奎把发英挖了他家的地说了一遍。

发奎愤恨地说：“这是骑到我们头上屙屎屙尿。”

“要给她们一点教训，不然今后会翻天。”发茂的愤怒如同即将爆发的火山，他感到自己的权利和尊严被践踏，这种侮辱让他难以忍受。他决心要给发英和她的家人一个深刻的教训。

“怎么教训他们?”发奎听到哥哥的遭遇，同样感到愤慨，他的眼神中闪烁着对发英的极度不满和仇恨。在他看来，发英的行为是对家族规矩的公然挑战，是不可饶恕的。他恨不得马上把发英打翻在地，再踏上一脚。

发茂环顾四周，小声地说：“我俩明天趁大姐去了驿栈，二姐和英妹子出工到坡里后，把二婶娘用绳子捆了抬到凉水寺法院打官司，告她偷军服，抢占土地。”

发奎听了哥哥的计划后，觉得这是一个办法。“我今天把绳子和杠子准备好，趁她们不在家，我们就动手。”发奎被哥哥的计划所鼓舞，他期待着通过打官司将二伯家的田地据为己有。

“行，现在同顺也在法院里，我们把官司打赢后，二伯家的田地就是我们的了。”

赵同顺是赵发举的大儿子，他在法院里当推事。赵同顺的存在，给发茂打赢官司带来信心。

连日的细雨如同发茂和发奎心中的阴霾，压抑着他们的情绪，使他们感到无比的惆怅和郁闷。他们一直在等待一个合适的机会，实施他们的报复计划。

好不容易雨停，院子里的人出工的、办事的，该走的都走了。发茂和发奎兄弟俩认为时机已到，急不可耐地冲向二伯家。还没等二婶娘反应过来，他们俩三下五除二地用粗糙的棕绳将左德美的两只手和两只脚捆绑，不顾她的惊恐和挣扎，将木杠从手脚中间穿过，抬着她沿银大路向银东县城奔去。左德美蜷缩的身体不停地在“礓礤子”路上撞击摩擦，她哀号，没有一丝反抗的力量。路人见状，惶恐不安，议论纷纷：

“谁家不肖子孙，能把人当猪抬吗？”

“这两个断子绝孙的家伙，二天讨不到好死。”

后来，金竹园民众对发茂和发奎做的伤天害理的事极度鄙视。

左德美脸朝天背朝地，被两个侄儿子连拖带抬地沿银大路来到凉水寺法院大堂上。左德美的后脑勺和背部被拖拽得鲜血淋漓，衣服沾满了泥土和血迹，惨不忍睹。她的痛苦和屈辱在这一路上被无情地放大。

当发茂、发奎把二婶娘左德美如牲畜般摔在法院大堂冰冷的地面上时，大堂法官望着地上躺着的这个血迹斑斑痛苦万分地哼唧着的老妪问道：“地上躺着的是何人？”法官的声音带着震惊和愤怒。

“是金竹园的左德美，我的二婶娘。”发茂小心翼翼地回答。发茂和发奎面对法官的质问，显得心虚而慌乱，他们的回答带着颤抖，眼神闪烁不定。

“你们俩是谁？有什么诉求？”法官又问。

“我们是她的侄儿子，她偷了国民党的衣服、抢占我家的土地。”发茂四下望望，发现赵同顺没有在场，心里不禁发虚起来。

接着发茂把左德美怎么去大天坑偷国民党的衣服，她家怎么样开荒挖地挖过了界碑石的事从头到尾讲述了一遍，他一边讲一边斜眼瞟向端正坐立的法官。

“她这个样子，还能下地开荒挖地？我把你们的腿子打断，看你们还有没有能耐去开荒。”法官愤怒地说。

“是她姑娘发英挖的。”发奎战战兢兢地回答道。

左德美听到这里，挣扎着在冰冷的地上挪了挪：“地是小姑娘不小心挖错了，大姑娘给他们赔不是，把挖错的地退回去了。”她内心充满惊恐，生怕给发英招惹麻烦。

“是不是这样？”法官望着发茂。

发茂慢吞吞地说："是这样。"

"国民党在金竹园时住在天坑里？"法官紧接着问道。

发茂回答："没有，他们住在老百姓家里。"

"你们怎么知道国民党把军衣放在天坑里？"

"不知道。"

"左德美是怎样来这里的？"法官的怒喝和惊堂木的撞击声在大堂内回荡，加剧了兄弟俩的恐惧。发茂看了看发奎，发奎又看看发茂，谁也不敢答话。法官把惊堂木朝桌子上一拍："说呀。"

"是我和哥哥把她抬来的。"

左德美的手和脚还被绑着。"还不把她手脚上的绳子松开。"法官命令道。

在法官的命令下，发茂和发奎如临深渊地走到左德美身边，松开了她手脚上的绳子，她的双手双脚已经血肉模糊，法院推事将她架起时，她已经奄奄一息，歪坐在板凳上。

"你们俩的胆子真大，把婶娘当猪抬？你们是人还是畜生？什么时候国民党住到天坑里去了？军衣放在天坑里？你们完全是胡说。左德美的姑娘开荒把地挖错了，是她的不对，她们给你们赔了礼、道了歉，把地退给你们，你们还有什么过不去的？你们过去是一家人，一笔难写两个赵字。左德美是你们的婶娘，是你们的长辈，你们这样做对得起列祖列宗？你们是不通人性的不肖子孙。来人呐，把他俩拖下去，各打五十大板。"

法官对赵发茂和赵发奎的行为做出了严厉的判决。他们不仅官司败诉，还受到肉体的惩罚，重重地挨了五十大板。发茂兄弟俩带着打击和羞辱，将左德美背回家。这一路，他们的心情如同死灰，原本愤怒和报复的心理被深深的自责和后悔取代。

左德美回家后，她的身体和精神都已经到达极限。她的整个身体都抽缩了，她的每一次呼吸都似乎在用尽她最后的力气。她躺在床上，头发蓬乱、眼窝深陷、肤色灰黄，嘴角微微上翘，她喃喃地叫着两个姑娘，心中充满了对女儿们的牵挂和不舍，泪水从眼角滑落下来，无声地诉说着她的不甘和遗憾。没有几日，她的病情突然严重，在一声声微弱的呼唤中，她吐了最后几口血，慢慢地闭上了眼睛。

左德美瘫痪在床三年后走了。发香、发英守在床边啜泣："走了好，走了好啊，您再也不用受罪了……"

第三天上午，一片阴沉的天空笼罩着整个金竹园，厚重的乌云挡住了阳光，哀伤的氛围笼罩着整个葬礼，让人们心生寒意。出殡的那一刻，下着雨，雨滴淅淅沥沥地降落在大地上，仿佛是无尽的眼泪，打湿了那一片泥土。

洋贵姐拉着迎子随着众人沿着湿漉漉的小径默默跟随，一步一个脚印，如同沉重的命运在背后追逐。殡葬队伍终于抵达了长久的墓地，这是他一生守护着的土地，他的妻子来这里和他永远在一起。墓地四周被茂密的古树环绕，散发着神秘而古老的气息。乌鸦盘旋在空中，发出凄厉的鸣叫，诉说着另一个世界的哀怨。

洋贵姐沉思着，在这个平凡的世界之外，隐藏着无尽的神秘和未知，左德美的离去只是一个开始。这场雨是对她生命的滋润，同时也是一种神秘的连接，连接着生与死，连接着人与大自然。

发香和发英沉浸在无尽的悲痛之中，她俩长跪在湿漉漉的土地上，磕谢着亲人们的眷顾。

“伯伯、大妈，我们回家了，你们在天上帮我和英妹子把土地守住护好。”发香哽噎，她多么希望父母在另一个世界庇佑着她们。

雨越下越大，仿佛是无尽的眼泪，表达着众人内心的思念和悲痛。发香和发英的悲痛之情溢于言表，她们的泪水与雨水交织，仿佛在诉说着对亲人的无尽思念。她们的心中充满了对发茂和发奎两兄弟的怨恨，从这以后，英妹子和发香把母亲的死归罪于发茂和发奎两兄弟。仇恨，像怪兽一般追赶着他们，吞噬着她们的心。她俩恨不得当着众乡亲的面，狠狠地扇发茂和发奎一耳光。这份怨恨如同一道裂痕，在她们心中种下仇恨的种子，从此两家老死不相往来。

抗日战争胜利后，蒋介石撕毁国共合作协议，发动了全面内战。一九四八年，解放战争进入了大反攻阶段。在这一年，辽沈、淮海、平津三大战役中，国民党的重兵集团被解放军一个个歼灭，国民党方面完全丧失了进攻的能力，转而求和。共产党则更加坚定了决心，“打倒蒋介石，解放全中国”“为了新中国，前进！”他们要打过长江，夺取全国的胜利。

一九四八年，新四军江南纵队转战湘鄂边，牵制蒋介石的兵力。为了维持国民党的统治，宋希濂挂着川湘鄂边绥靖公署的牌子，把持各县财粮，骨里熬油，民怨沸腾。

不管时局如何，春天照样悄悄地来临。金竹园变得苍绿了，银大路近处山坡上的郁郁葱葱的金竹林刚刚醒来，就换上了一身新装，青绿的叶撒下一大片浓荫。金竹随风轻轻摇摆，不时发出沙沙的响声。然而，战争的阴影仍旧笼罩着这片土地。

这天，洋贵姐找赵发忠借牛，请了三十个力工帮忙种苞谷。力工就是你帮我种地，我帮你种地的劳工。田地到处都是劳作的身影。张全祚刚套上牛犁了两行田垄，苏噶姐带着一高一矮的国民党士兵来到田埂：“姑爷，你把手里的农活放下，我给你说点事。”

张全祚看到苏噶姐带着两个兵，不敢怠慢。他把犁杆交给张汉祚，走了过去：“姑妈您有什么事？”

“上次办你的夫，你回老家吃酒去了，这次麻烦你跑一趟白果树坪。前方战事紧，粮食紧缺，宋长官坐镇鄂西，要抓紧跑一趟。不然的话，吃不完还要兜着走。”苏噶姐知道，在这个战乱的年代，她手中的权力足以让她为所欲为。

张全祚的额头上，汗水与泥土混杂，形成了一道道斑驳的痕迹，他的肩上搭着一件灰不灰黄不黄的褂子。整个脊背又黑又亮，闪闪发光，好像涂上了一层油。“下次我去，这次您能不能换别人跑一趟？”张全祚央求道。

苏噶姐的眼神中透露出对张全祚的轻蔑：“上次都该你去，这次不去不行，再说你得了赵姓的这么多地产，当一次夫也算不了什么。”

张全祚见苏噶姐蛮横无理，没有商量的余地，扑通一下跪在她的面前，下面的裤腿卷过膝盖，毛茸茸的小腿上，布满大大小小无数个筋疙瘩。

张全祚的内心充满对苏噶姐的愤怒和对战争的无奈：“你行行好，这几天，我好不容易借的牛，又请了这么多工，我去当夫，种地的人都散了，地也种不成。把这个夫办给别人，我下次一定去。”他知道，一旦离开，不仅自己家的农活会受到影响，那些力工的劳动也将白费。

苏噶姐乜了一眼跪在地上的张全祚，哼了一声，给两个当兵的翘了翘嘴：“我看你不吃软的想吃硬的。”两个士兵上去将张全祚五花大绑捆了起来。

桥生见状，挥舞着两只小手，大哭大喊地向伯伯这边跑去：“伯伯，你不要走，你不要走。”桥生眼睛里充满了泪水，眼神中透露出对伯伯的依恋和对眼前一切的不解。他不明白，为什么那些人要这样对待他的伯伯，他的内心充满了恐惧和不安。

从双坪过来帮忙种地的张汉祚，忙跑了过去，抱起桥生。“不要哭，我们回家。”他紧紧地抱着桥生，试图给他一些安慰。他知道，他必须尽快回去，告诉洋贵姐这个消息，想办法救出张全祚。

桥生转过头，望着伯伯：“干爹，他们为什么要把伯伯捆起来呀？”张汉祚没有作答，他这时只想早点回家给洋贵姐报个信，大哥被当兵的捉走了，他快步向洋贵姐家跑去。

两个士兵把张全祚捆起来，拖着他走到银大路口，用绳子把他吊在赵发大房屋的挑梁上，两个士兵找来金竹条，不断地抽打着张全祚，他们仿佛已经习惯了这种对待平民的方式。

“你是种地还是去当夫？”苏噶姐坐在门外的椅子上，右腿搭在左腿上，不停地晃动着。

张全祚极不情愿地回答：“我去当夫。”苏噶姐的脸上挂着一丝得意。

“先把他带到龙池关两天再说，免得他跑了，我们交不了差。”苏噶姐给两个士兵递了一个眼神，他们把张全祚从挑梁上放下，押到八公里外的龙池监狱关了起来。

洋贵姐在驿栈里听到张汉祚说大爷嘎被苏噶姐他们抓到龙池关了起来，急得团团转。原来准备花点钱请几个工，把金竹园的地和发香他们的地一起种完后，再去种双坪的地。但现在这个计划全部落空，而且她还不知道大爷嘎这个夫当到猴年马月才能回来。她坐在门槛上，想过去想过来，想找到一个办法，不让自己的大爷嘎去跑这一趟。再说，最近从后乡来的背脚客说，那边的战事越来越频繁，仗越打越大，这不是个好兆头。

静了一会儿，洋贵姐把英妹子和四妹子叫到面前，说：“今天晚上和明天，你们俩把驿栈的事情照看好。英妹子把桥生招呼好，晚上他跟你一起睡。”

左德美去世后，英妹子回到了洋贵姐驿栈，两家的土地大家一起种，只不过饭还是各自吃各自的。

接着，洋贵姐又把发香从田里喊了回来，说：“你大哥被苏噶姐抓走了，这几天你和汉祚多操点心，人误地一时，地误人一年，该做的事情还是继续做。”

其实，洋贵姐对发香知根知底，她对发香做事很放心。洋贵姐自己都觉得给发香说多了些。但她担心如果不说，又怕发香不敢大胆去管田里的人和事。

发香说：“大姐，你放心，你忙你的，先把姐夫哥救出来再说。”

洋贵姐把事情安排妥当后，回到母亲家，让母亲找些腊肉、面粉和韭菜，她和大妈包了一大簸箕包面。“给桥生、迎子和您留一些吃，其他的都装到篮子里。”

大妈知道家里一定出了什么事，她又不好问：“你用得着的话，都拿走。我找时间给两个孙子包。”

那天晚上，洋贵姐一夜都没睡，她的心中充满焦虑和不安。她知道张全祚对家庭的重要性，他不仅劳动力是支柱，更是精神的依靠。

天渐渐破晓，朦朦胧胧的，如同笼罩着银灰色的轻纱。四周一片寂静。突然，一声鸡叫，打破了这份宁静。

清晨，洋贵姐提着篮子，往中元子向家姐家走去。洋贵姐内心挣扎，思绪不停纷飞，心很乱。她不知道这一趟该不该来，向高高在上的向家姐低头。不来的话，一点希望都没有，大爷嘎的夫当定了。来的话，她又害怕看向家姐的脸色，人不求人一般高。尽管向家姐给自己做媒，让她嫁给张全祚，做了一件好事，但她总是高高在上，没有把自己看在眼里。加上平时大家也没有什么来往，出了事才来找别人，她感觉也不是很好。

洋贵姐转念一想：讨不到米口袋在，现在只有死马当作活马医。求一下向家姐总会有点希望，可能把大爷嘎救回去，也可能把大爷嘎救不回去。现在，这么一大家人，双坪离不开他，金竹园也离不开他。外面的战事愈发紧张，他如果去当夫，人回不回得来还是另外一回事。如果在外面出了事，这个家也许就完了。这一大家人，他们不能没有张全祚，他不能去当夫。想到这里，洋贵姐坚定了找向家姐的决心，她迈着沉重的步伐，走向远处环绕的群山。

当她到达中元子时，向家姐穿着睡衣刚刚起床，站在门口伸着懒腰。她一看洋贵姐提着篮子匆匆忙忙地走来，便知道没有什么好事。“你这么早到哪里去？”向家姐主动打招呼。

洋贵姐脸一下子红透，眼神不敢直视向家姐，话到嘴边又不敢说。她磨蹭了一会儿，下了一百二十个决心，鼓足勇气说：“姑妈，我今天来求您，请您帮我一点忙。”

“什么忙？”向家姐的语气听起来心情不错。

洋贵姐把张全祚被苏噶姐他们关到龙池，当夫去白果树坪的事一五一十地讲了出来。

向家姐听到洋贵姐的请求后，心中掠过一丝惊讶。她意识到，尽管平时与洋贵姐并无太多交集，但不管怎么讲，张全祚还是她的远房亲戚，在这种关键时刻，她有能力也有义务伸出援手。她的内心涌起一股暖流，感到自己被需要，这让她有一种莫名的满足。向家姐二话没有说，转身从家里拿出一张王建华的名片递给洋贵姐。

“你把这张名片拿到监狱里交给他们，他们会把张全祚放出来。”

洋贵姐拿到名片后，心中的负担仿佛瞬间减轻了许多。她拿着名片，不停地给向家姐作揖道谢：“谢谢姑妈。”

“我不留你，包面是你们的一片心，我留下，你赶紧去救人吧。”

向家姐在洋贵姐离开后，心生感慨。她想自己在这种时刻能够帮助别人，也是一种幸福。她的眼神变得柔和，她开始重新审视自己与周围人的关系，意识到在这个世界上，人与人之间的相互帮助和依赖是不可或缺的。

人具有社会性，这种社会性要求人们互相帮助，而不是互相伤害。

洋贵姐拿上名片，紧赶慢赶跑到监狱时，已是正午。她把名片递给站岗的国民党士兵，士兵拿着名片瞧了又瞧："你等一会儿。"

不一会儿，张全祚被放了出来。他怎么也没想到，站在监狱门口的是他的堂客。他眼眶一红，鼻酸眼热，用手在洋贵姐的发际线上摸了摸。他接过洋贵姐递过来的水，仰脖喝了一口，压过心里涌动的酸楚。洋贵姐看他伤痕累累，也禁不住暗自流泪。此时，两人犹如劫后重生，虽有平安重逢的欣喜，更多的却是心力交瘁。一天一夜的煎熬，他们都黑瘦了。

这时，站岗的士兵问上司："我们把张全祚放了，少了一个人怎么办？"

上司说："王建华我们不能得罪，让赵甲长再给我们补办一个。"

当苏噶姐知道张全祚回家后，她的脸色顿时变得苍白，眼中闪过一丝惊慌和不安。她意识到，洋贵姐和王建华一家的关系远比她想象的要深。这是一个可怕的信号，可怕的不是洋贵姐，可怕的是有权有势的王建华。在这方圆百里，谁不知道王建华，有事谁不让他三分。不让的话，那就是搬起石头砸自己的脚。她开始后悔自己的鲁莽和短视，没有事先摸清洋贵姐的背景。她不知道洋贵姐在向家姐面前说了些什么，内心充满恐惧，担心这件事会给她带来不可预知的麻烦。她恨不得马上到洋贵姐家赔礼道歉，做一些解释，让她在王建华面前美言几句。她觉得今后要小心谨慎些。

张全祚没去当夫，苏噶姐失去了一个可以随意摆布的劳力。补谁去白果树坪呢？苏噶姐吃一堑，长一智，她想到了智夫子。智夫子是外乡人，不会像洋贵姐有强大的背景。再说智夫子的老家离白果树坪不远，他过去是"背脚子"，熟悉路。让他跑一趟再好不过。

第二天下午，苏噶姐像往常一样，拄着金竹拐杖，在两个国民党士兵的陪同下，来到德麻子家。智夫子一看来势不好，便装着一副痛苦不堪的样子，捂着肚子大声呻吟起来。

"智夫子，你不要给老娘装，我早上还看到你背水背得好好的。"苏噶姐说。

"我肚子真的疼。"智夫子的呻吟声越来越大。

苏噶姐端起了黑脸："来人，我让你再吼几声。"

智夫子一听，呻吟声立刻停了下来："有事好好说，我忍到些。"

苏噶姐禁不住笑了："别人都说你智夫子是个滑头，我看你比泥鳅还要滑。明天去龙池背货去白果树坪，顺便回老家看看。"苏噶姐像开大恩一样。

智夫子连忙答应："好，好，我明天一早就去。"

"就这么定了。"苏噶姐拄着金竹拐杖，得意扬扬地离开。

晚上，德麻子为智夫子准备好了换洗衣服，带上一些小吃。"你早去早回，听说那边打得热闹，子弹不长眼睛，小心些。"

德麻子知道前方的战事危险，智夫子此行恐怕不会轻松。她的声音中带着一丝颤抖，她轻轻地抚摸着智夫子的脸颊。智夫子紧紧握住德麻子的手，为了这个家和德麻子，他必须平安归来。

这些年来，每个月只要德麻子的红马一来，智夫子都忙里忙外帮着熬药，给德麻子补血调理，已成为智夫子每月必做功课。石头抱久了也是热的，德麻子和智夫子的感情慢慢升温。

智夫子听到德麻子的一番话，看到她温柔回眸的一瞬间，他感觉自己的心都被融化，他明白了眼泪背后的幸福。这么多年来，他从来没有听过德麻子说过这么温馨的话。两人平时除歇客、种地、做饭、睡觉外，日子过得平平淡淡，也没红过脸、扯过皮。尽管外面传言德麻子和"背脚子"谭德厚有一脚，智夫子也没有放在心上，他想："有一脚就有一脚吧，'背脚子'长年在外，谁没有一脚呢？"

第二天，智夫子起了个大早，踏上前往龙池的道路。清晨的空气中带着一丝凉意，他知道自己必须尽早到达。去晚了，轻一点的货物被别人背走了，自己就没有了选择余地。

智夫子到达龙池时，天色刚刚开始放亮，他挑选了一个轻便的军械背在身上。走了一段小路后，他沿银大路往西南方向奔去。

张全祚回到家后，他和大家一起用了三天的时间，不仅种完了自家的田地，还把发香一家的地也种了。洋贵姐和他商量："你明天和发香一起，把迎子、桥生带到双坪去，他们俩已经有些日子没有看见爷爷奶奶。再说汉祚过来帮忙种田也有几天了，他也该回去忙自己田里的事。"

张汉祚是桥生的干爹，前些天被张全祚请来帮忙种田，他顺便把桥生也带了过来。"我们明天早上走。晚上，你在驿栈准备几个菜，请桥生的干爹喝杯酒。”张汉祚他们这几天确实辛苦。

“把发香也喊上，让她给你帮一下忙。”张全祚担心吃饭时忘了发香。

“我知道，你明天去双坪后，多待几天。这边没有什么事，在双坪正好把你的小堂客服侍几天。”

洋贵姐话中有话，张全祚一听，说：“服侍多了，只要你没有意见就行。”张全祚开心地笑了起来。

洋贵姐跑过来，狠狠地揪了张全祚一把：“你真是一条喂不饱的色狼。”他们心中填满了幸福，脸上不由自主地荡开了笑意，身边的一切都被感染。

迎子和桥生听说要回双坪看望爷爷和奶奶，激动得一早就从床上爬了起来。他们俩拎着一只小竹篮，里面装着五彩斑斓的大小卵石，他们说要把这些石头送给爷爷和奶奶玩。

这几天，张全祚心情格外好，“毛狗子”路上开满了美丽的野花。清风拂过，便有万千花瓣落下。花香伴着泥土的清香交织在一起，让人心旷神怡。他步伐轻快，一路哼着小曲儿，仿佛每一步都踏着欢快的节奏。偶尔，他会停下来，深吸一口清新的空气，像这样清爽的天气，像这样香甜的气味，像这样好走的路，他觉得活了三十多岁了还不曾见过，心中充满了对洋贵姐的感激之情。

迎子和桥生在前面跑跑跳跳，一路上叽叽喳喳，讨论着爷爷奶奶会喜欢哪种颜色的卵石，他们的眼睛里闪烁着期待和兴奋。

张汉祚和发香跟在孩子们的后面，他们的步伐稳重，偶尔交流几句，脸上洋溢着淡淡的微笑。

上坡时桥生走不动，他转过身：“伯伯背。”

张全祚哄着他：“你走到前面那棵树下后我背你。”

待桥生走到树下后，他用手一指又说：“走到那儿、那儿。”

待桥生走到那儿，他又说：“让你干爹背，我背你姐姐。”

发香看不下去，她挤上前：“桥生，来，我背你。”

桥生并不买账，坐在地上耍起横来：“不要，我要干爹背。”

张汉祚只好躬下身去，让他趴到背上：“你真会心疼你的干爹。”桥生安心地趴着，他的小手紧紧抓着干爹的肩膀，仿佛找到了最温暖的依靠。

“我给你打酒喝。”桥生给他干爹一个大大的奖赏。

“给你伯伯打不打酒？”

“不打，他不背我。”桥生在张汉祚的背上不安分地扭动着，小手在空中挥舞，似乎想要抓住飘舞的花瓣。

干爹问："那谁给他打酒喝？"

"他背姐姐，姐姐打。还有妹妹给他打酒喝。"童言无忌，惹得发香、张全祚笑个不停。

妹妹张克存，是发金生的第二胎，比桥生小一岁半。

他们一行走到黄家湾溪边，张全祚蹲下身，轻轻拨动着水面，看着水波一圈圈地扩散开去。他们挽起衣袖，在溪水的轻抚下，把手洗了又洗，双手合一捧起一些水，在脸上擦了又擦。

吴文杰平时衣着打扮一直很马虎，今天知道儿子和孙子们要回来，她特意穿上了干净的新衣服，头发也梳理得整整齐齐，还没有说话，眼睛就乐得眯成一条缝，脸上的皱纹也因为快乐变得不那么明显。

当吴文杰看到两个孙子刚走上院坝，她一路小跑过去，一边兴奋地用手拍打着前胸，一边亲热地牵着两个孙子，她对发香说："这次你们来了多玩几天，我们这边的田种得差不多了。"

"来给您添麻烦。"发香客气地回应道。

吴文杰笑着摇摇头："你这是哪里的话，接都接不来的客人，一家人不说两家话。"吴文杰知道大媳妇和发香关系很好，好得像一家人一样。

智夫子一行二十余人背着军械，在国民党湖北省保安团邱班长一行三人的押送下，经过八天的跋涉，终于抵达白果树坪军械库。军械刚入库，只听见砰的一声枪响，一个哨兵从庙前古柏树上栽了下来。国民党士兵顿时惊慌失措，陷入一片混乱。"共军来了！准备战斗。"他们蜂拥而上，噼噼啪啪地朝着山下胡乱射击，枪声像炒苞谷花儿似的响成一片。

智夫子听见枪声大作，心想这里不是久留之地，三十六计走为上计。正当他抬步准备离开时，一个声音叫住他："你往哪里走，先去登记。"智夫子无奈，只得怏怏地往登记处走去。

登记人问："你是哪里人，从什么地方过来的？"

"我是银东县金竹园人，从龙池背军械过来的。"智夫子小心翼翼地回答，生怕说错话。

"你是金竹园的？"坐在一旁的国民党军的团长问道。

"是的。"智夫子瞥了一眼团长。

"你认识赵长玉吗？"

“认识。”

“他这次怎么没有来？”

“他已经死了好几年了。”智夫子胆子逐渐大了起来，回答也越发流利。

问话的团长是长玉在大州城遇到的侯班长，红军长征时，他随部队尾追红军到了鄂西。抗日时他又随部队去了湖南参加长沙会战。抗战结束后，他又随宋希濂部退回到了湘鄂西。

侯团长听到智夫子提到赵长玉已经去世多年后，不禁感慨万分。他回想起自己曾经和赵长玉在大州城的相遇，以及在红军长征、长沙会战等战役中的经历。他心中对战争的厌恶和对老百姓的同情愈发强烈，他深知战争给人民带来的苦难。侯团长叹息道：“人生无常，好好的人怎么都走了，老子们还在这里拼死拼活，打仗只有老百姓遭殃。”

正在这时，背后山坡上传来激烈的枪声和手榴弹爆炸声。侯团长见状，对登记人说：“不要登了，只要东西不少就行，让他们早点回家去吧。”

智夫子听到这话，犹如捡了一根救命稻草，连背子也不要，空着手就往回家的路上跑去，枪炮声离他越来越远，这时他才喘着粗气，找了一个地方坐下。

张全祚他们去双坪的第三天，二妹子与三妹子相约到金竹园看望小家伙们的外婆。大蛮子和小蛮子八岁多，长得虎头虎脑的。小可五岁出头，长得清秀可人。

三妹子把老二咚咚锵也带上了。咚咚锵三岁刚出头，是个带“把”的。他出生的那天，隔壁张家正在举行婚礼，锣鼓喧天，喜庆热闹。三妹子的公爹想到那天的喜事不断，锣鼓咚咚锵地响个不停，于是，他给三妹子的儿子取了个小名“咚咚锵”，这个名字朗朗上口，特别好记。咚咚锵长大后，谁也没有叫过他的大名张昌勇，很多人甚至连他的大名都不知道，东南峡一带，大家只知道他叫咚咚锵。

大蛮子和小蛮子像两只小鹿，蹦跳着在前面带路。小可像一只轻盈的蝴蝶，跟在他们后面，偶尔停下来，打量着路边的野花。

三妹子和二妹子轮流背着咚咚锵，跟在大蛮子他们后面一路小跑。几个小家伙听说去看外婆，一路上兴致勃勃，没有丝毫停歇的意思，二妹子他们在后面不停地提醒：

“小蛮子，慢点跑。”

“大蛮子，慢点跑。”

“小可，你们慢点跑。”

说归说，跑还是照样跑，加上后半程是下坡路，几个小家伙跑得满头大汗。

英妹子看到二姐、三姐带着大蛮子他们向这边奔来，上前抱起小可，问道：“小可，还记得小姨吗？”说完，她在小可脸上亲了又亲。

小可深深的眼窝、长长的睫毛、一对水汪汪的大眼睛，一笑起来眯成一条缝，一发脾气瞪得像小圆球。“记得，你上次给我柿饼吃了的。”小可认真地回答。

“小可的记性真是好。”英妹子两只眼睛像黑宝石一样，亮晶晶的，闪耀着聪敏、慧巧、活泼和刚毅的光芒。

四妹子见英妹子跑了出去，看到她正与小可亲热，也跑了过去，她摸了摸大蛮子和小蛮子的头，从三姐手里接过咚咚锵，说：“快进屋里坐，英妹子你去喊一下大妈和大姐，说咚咚锵他们来了。”

“你去喊，我先和咚咚锵他们玩一会儿。”英妹子回应道。

四妹子瞟了英妹子一眼，说：“你早点嫁了就好，生七八个娃好和他们玩。”

三妹子笑起来：“又不是母猪，一时半会也生不了这么多。”

英妹子被她们惹火：“你们两个不是好东西，联合起来欺负我。”

二妹子打来热水，忙碌着给几个小家伙擦洗。看着几个妹妹闹，洋贵姐一句话都不说，站在旁边笑。心想，她们好久没在一起，让她们闹吧。

“你不要以为我们只想你生娃，我们也想四妹子早点生娃。你们两个一起生。”三妹子还没说完，忍不住大笑起来。

三妹子来之前，她想四妹子还没有找人家，大姐原先说过，几姊妹找人家都找姓张的、有手艺的人，今后有个什么事情，姓张的一起也好解决些，有手艺还可以养家。

现在大姐夫姓张，是个好篾匠。二姐夫是个好木匠。自己的大爷嘎张思龙是远近闻名的好弹匠。尽管大姐夫他们不和张思俊、张思龙他们共祠堂，字辈也不一样，但一笔难写两个张，从根子上讲祖宗还是一个。英妹子自己找了刘继会，不姓张，但准备跟着姐夫哥学篾匠，这也是件好事情。

四妹子怎么办呢？三妹子想到了小叔子张思明。张思明这几年跟着二姐夫学木匠，已经出师一年多了，尽管木匠手艺和二姐夫哥相比还有差距，但挣一碗饭吃，养家也没有问题。

她把这个想法和公婆公爹、二姐说后，大家都说亲上加亲是件好事情。今天他们到金竹园，三妹子就是代表男方来提亲的。

三妹子把这个想法说给了大妈大姐，大妈一手抱着咚咚锵，一手牵着小蛮子，脸上充满了灿烂的笑容，她说："我不管，这个事情你大姐管。"大妈的心情，像湛蓝的天空，开阔得很。

洋贵姐言行举止透露出当家做主的沉稳和自信。当她听到四妹子的婚事时，她沉思了片刻："这是个好事情，你们三个人住得近，今后互相有个依靠。"

三妹子听到大姐这句话，觉得过去回金竹园的时间少了些，什么事情都是大姐挡在前面。

洋贵姐望着大妈，问道："大妈，您说行吗？"

"你说行就行。"大妈心里喜盈盈的。

洋贵姐说："二妹子，你把几个小家伙带一边玩去，把四妹子和英妹子喊来，让她俩不要和大蛮子他们疯，我们说点正经事。"

四妹子和英妹子来了，找条板凳坐下，她俩不知道有什么重要的事情，你看看我，我看看你。英妹子瞟了洋贵姐一眼，不耐烦地说："您老人家有什么好事？说了我好和大蛮子他们去玩。"

大妈笑着对英妹子说："你真是没有长大，只知道玩。"

三妹子说："等段时间，刘继会会管教她的。"

英妹子不屑一顾："你等着瞧，到时候是我管教他，还是他管教我。"

洋贵姐把三妹子提亲，让四妹子嫁给张思明的事重复了一遍，她问四妹子："你觉得可以吗？"

四妹子低下头，显出莫名其妙的拘束，脸颊蓦地红了起来："我不知道，这样的事大妈和大姐拿主意。"

大妈说："四妹子，我看这桩婚事蛮好，张思明也有手艺，今后你和三妹子互相也有个帮衬。"

三妹子见四妹子没有说话，怕她心有疑虑，解释道："你嫁给张思明，他养家糊口没有问题。"

四妹子感觉幸福来得太突然，她仰起头看了三姐一眼，害羞地说道："我刚才说了，这个事大妈和大姐拿主意，她们没有意见，我也没意见。"

洋贵姐见四妹子没有意见，说道："前几年，我们已经给你俩把嫁妆的木料准备好了，这次二妹子三妹子回去后，让张思俊和张思明过来做你和英妹子的嫁妆，早点把你们两个小蹄子嫁了，省点心。"她脸上洋溢着笑，心里像喝了蜜糖水，甜滋滋的。

洋贵姐的话像一股清凉的风，掠过英妹子的头。她眨巴着眼睛，俏皮地对洋贵姐说："你真狠心，准备不要我和四妹子了。"

洋贵姐的眼中闪过一丝欣慰："你不要贫嘴，你姐回来后，我和她商量商量，这些年你们也不容易，你的嫁妆和四妹子的嫁妆一样，我和你姐夫哥负责，你们把师傅的饭弄好。"

英妹子和四妹子听了大姐的话，好像马上就要走了一样，那样的旧时光，那样的幸福，一晃就要过去了，她们心里有千万个不舍，她俩的心情变成了郁闷的棕色。

刘继会订婚后，他来银东港的次数多了。有时他独自一人前来，有时和谭德厚舅舅一起来。每当他们到达金竹园后，谭德厚总是选择住德麻子家，刘继会则总是住在洋贵姐驿栈。他们有时住一晚就走了，有时也住上两三晚。每当谭德厚舅舅决定多住几日时，刘继会感到难以言喻的喜悦。他帮忙种地、背水，忙得不亦乐乎。大妈笑着说："英妹子有福气，找到了一个好人家。"

智夫子当夫后的第十天，刘继会和谭德厚背着山货来到了金竹园。

刘继会在洋贵姐驿栈住了下来，英妹子细心地为他准备洗澡水，帮他挑选了一身干净的衣服。在刘继会吃饭时，英妹子把前几天几个姐姐在一起谈婚论嫁的事给他讲了一遍。

"哈哈，你等不及了，想跟我刘某人走了？"刘继会开玩笑说。

英妹子见他没有一句正经的话："好，不嫁了，我给你说正经事，你以为是开玩笑的。"她起身准备离去。

刘继会见状，连忙拦住英妹子："姑奶奶，大人莫计小人过，坐下来说正经事。"

英妹子重新坐下，她昂着头："你有什么想法？"

"我这次来，就是为结婚的事。父母年纪大，身体又不好，加上路途远……"

"你直接说重点，别拐弯抹角的。"英妹子也是一个急性子。

"父母想我俩早点把婚事办了，我们那边也准备得差不多了，你们把时间定下来。"

"时间初步定在下个月初八，那天是好日子。嫁妆才开始做三天，至少还要二十天才做得起。"英妹子把大家商量的结果一五一十地告诉给了刘继会。

"你什么时候开始学篾匠？"

“我父亲说，我们结婚后，先在金竹园住上半年一年的，我跟姐夫哥先学篾艺，你也可以在驿栈给大姐帮帮忙，算是我谢师傅啦。两个弟弟已经长大成人，他们可以在家种地。”

英妹子听了他的话，认为安排得很周到，只是觉得刘继会学艺，自己帮他谢师傅这句话不中听。她站起来，走到他的背后，两只手揪住刘继会的耳根：“你学艺，我帮你谢师傅。”

刘继会疼得仰起头，抓住英妹子纤细的双手，慢慢品尝着独属于她的清甜，柔沁入骨分分寸寸地讨要。

第十一章

谭德厚在银东港卸下山货后，背上沉甸甸的一百二十斤盐巴，迈着沉重的脚步，折身在德麻子家里住下来。德麻子也希望谭德厚多住几天，尽管她担心智夫子从外面回来，但她心里感觉到有个男人在家里，特别是晚上有人抱着她睡觉，心里踏实多了。

刘继会看到德厚舅舅并不急于离开，心中不免感到焦虑。他决定不再等待，自己先走一步，回去把结婚的事料理一下。

刘继会走后的第五天，谭德厚终于带着满足感，踏上银大路，往龙坪方向走去。

在人生的旅途中，人们总会面临各种选择，而每一个选择都可能带来不同的后果。私情、背叛、欺骗，这些都是人性的弱点，也是人们成长的教训。

岁月流转，多年过去，智夫子仿佛人间蒸发，再也没有人见过他的踪影。智夫子不见了，像一枚重磅炸弹在金竹园炸开，人们议论纷纷，有的人猜测他可能在白果树坪的战事中不幸被流弹击中，脑袋开花死了。也有人怀疑他是回家的路上遭遇“棒老二”的偷袭，孤独离世，无人为他收尸，看到怪可怜的。但无论真相如何，智夫子的消失都给金竹园的人们带来了深深的震撼和哀伤。

解放初期，德麻子和谭德厚拿到了区公所颁发的结婚证书，他们堂堂正正地走到了一起。德麻子与谭德厚的结合，给金竹园带来了新的波澜。大家又说智夫子和谭德厚为了德麻子争风吃醋被谭德厚用毒药害死了。千说万说，归根到底还是德麻子有“克夫”之命。德麻子的八字太恶，她克夫。谭德厚与德麻子结婚后，大家为谭德厚捏了一把汗，不知道他什么时候会被德麻子克死。

一九四八年农历七月初八，是一个嫁娶、祭祀、祈福、求嗣的吉祥日子。这一天，天空格外晴朗，金竹园的空气中弥漫着喜悦与祝福。英妹子身着鲜红的嫁衣，带着对未来的憧憬，踏上了远嫁的路程。

十月初八，四妹子的婚礼同样选在一个吉日，她与东南峡的张思明结为连理，成为三妹子的妯娌。

英妹子和四妹子相继出嫁，洋贵姐驿栈冷清了许多，屋里屋外尽是洋贵姐的身影在驿栈内外忙碌着。客人多时，发香偶尔过来忙一阵子，为洋贵姐分担一些劳累。直到农历十一月初，刘继会来金竹园向姐夫哥学篾匠，英妹子才带着初孕的喜悦回到驿栈，她的归来让驿栈再次充满家的温馨和生机。

一九四九年十月，中国人民解放军第四野战军发布命令，发起了第二次鄂西战役。集中第五十军三个师，湖北省军区两个独立师，第四十二、四十七军各两个师共九个师的兵力，由湖北省军区第一副司令员张宏坤、参谋长张才千统一指挥，求歼宋希濂集团。鄂西南战役打响后，国民党军队溃不成军，银大路上随处都是国民党的兵，他们牵着马，拖着大炮，长蛇般地溃退。

突然，一道闪电划破天际，一声炸雷响起，怒吼的狂风夹杂着铜钱大的雨点劈头盖脸地砸向金竹园。轰隆隆又一个大炸雷，好像炸裂的天河，暴雨倾泻而下。银大路挂起一幅巨大的雨帘，洋贵姐的驿栈在风雨中显得格外脆弱，屋顶的白雾与狂舞的金竹交织在一起。

几声炸雷过后，金竹园中的兵马陷入一片混乱和恐慌。这场混乱中，几名国民党士兵冲进了驿栈，他们贪婪地搜刮着一切可以带走的物资，见什么拿什么，这给风雨飘摇的金竹园带来深重的苦难。

天放晴，国民党的部队仍在银大路上无休止地撤退，他们的队伍如同一条长龙，不见首尾。洋贵姐看见他们在发盛家像饿狼一般，随意杀猪宰鸡，心中充满无奈和愤怒。她和英妹子将家里的六只老母鸡藏匿在了猪圈楼上的草堆里，用筐子遮掩，希望这些家禽能够逃过一劫，为家中留下一线生机。

洋贵姐站在猪圈楼上，四周布满了蜘蛛网，重重叠叠，缠绕在她的周围，沾得全身到处都是。她紧张地对楼下的英妹子说："去，拿一个石头来，我把筐子压上。"

英妹子身怀六甲，腆着大肚子，找来一块沉实的石头递给洋贵姐。

筐子里扣着的鸡咯咯嗒地叫个不停。

英妹子提醒道："大姐，这样不行，他们从这里经过会听到。"她的声音里带着一丝担忧。

洋贵姐觉得把鸡关在猪圈楼上朝不保夕，她喘着粗气，用力撑着筐子，望着猪圈门边的英妹子："你让迎子拿个背子，把鸡背到山上苞谷田里去。"

英妹子点头，觉得只有这一个办法，这样既可以避免鸡被抓，也可以让鸡在地里透透气。

洋贵姐小心翼翼地将鸡从筐子里捉出，再用棕叶子把鸡腿和翅膀捆扎，然后装进背子里。她望着只有十岁的迎子说："你伯伯他们的饭，我让发香姨去送。"

为了躲避当夫，张全祚和刘继会整天躲藏在窝子后面的岩洞里。迎子每天把母亲做好的饭菜装在竹篮中，一边走一边假装成扯猪草的样子，把饭送到父亲他们躲藏的山洞。张全祚他们已经在山洞里藏匿了三天。

洋贵姐看看四周没人，便轻声对迎子说："你快点把鸡背到山上苞谷地里去，擦黑时再回来。"

迎子按照母亲的吩咐，小心翼翼地将鸡背到山上苞谷地。她放下鸡，扯了些南瓜叶遮盖在鸡的身上，自己折了些苞谷秆，躺在地上，晒着暖暖的太阳，荧红的光照着她全身。迎子一边啃着甜秆子，一边守着鸡。鸡被捆绑得紧紧的，没了自由，不停地折腾起来。

就在这时，一支国民党部队从苞谷地上面经过，他们听见苞谷地里有鸡的叫声，停下了脚步。砰的一声，子弹打在迎子旁边的石头上，火星四溅。鸡受到惊吓，不叫也不折腾了。迎子被吓得浑身颤抖，害怕像疯狂的子弹一样穿透她的心灵，吓得她脸色苍白，蹲在地上，一动也不敢动，只感觉到脊梁上冷汗淋漓。

当国民党部队没有发现异常，继续前行后，迎子迅速将鸡装进背子，像一只受惊的兔子一样飞快地跑回家。

洋贵姐看到迎子累得上气不接下气把鸡背回，她立刻叫来发香帮忙，将鸡全部宰杀，煮了一大锅，一家人饱吃了几顿。

国民党的部队撤完后，张全祚和刘继会从岩洞里走出来。洋贵姐驿栈什么东西都没有了，赵同才的课桌也被烧得一干二净，金竹园在这场劫难中损失惨重。

凌乱的日子终于结束。日子过得平静何尝不是一种幸运，只有苦难的日子才是难挨的。

洋贵姐驿栈在战乱的阴影下日渐萧条，加上英妹子的肚子一天比一天大起来，洋贵姐不得不暂时歇业。她每天清晨准备一些油条、油心儿、麻元和米酒拿到银大路上叫卖，尽管收入大不如前，但凭借着过往的熟客和她的勤劳，生意还算不错，足以维持基本的生活。平时迎子跟着发香他们进城去卖点小菜，换取一些铜板，用作油盐之类的用度。

秋风送走了夏日的燥热，带来了一份清新与宁静。“迎子，田里的菜长得吃不完，你明天上街卖点菜。”迎子看到篮子里已经准备好的南瓜和辣椒，感到去不去已经由不得自己，她望着大婶，不情愿地点点头。

迎子称呼母亲为大婶，是因为算命先生说她的八字恶，除了小名叫“捡狗子”，她也只能称呼母亲“大婶”。

月亮还高高挂在天上，洋贵姐就叫醒了迎子：“天亮了，快起来，早点去，买菜的人多些，菜好卖些。”

迎子睡眼蒙眬，半睁着眼睛，晃晃悠悠地起了床，独自一人背着菜，沿着银大路往县城方向走去。她心里充满恐惧，常听大人们讲：“鸡子不叫，狗子不咬时有鬼。鸡子一叫，狗子一咬鬼就没了。”她多么希望此时鸡子叫狗子咬。鸡叫得越欢、狗咬得越凶越好。然而，四周一片寂静，鸡和狗还在沉眠，她绝望了。

她一边走一边唱着歌，自己给自己壮胆。走到庙前，她被国民党的哨兵拦下：“你这个娃子胆子真大，一个人还敢走夜路，快歇下来，等天亮后再走。”

迎子听到喊声，把背篓靠在石坎上，疲惫地歇下。她好困，好想睡觉，不想动，一动就觉得累，一累就想睡觉，她现在最大的愿望就是睡觉。

夜幕渐渐散去，天空逐渐放亮，天边的灰色渐渐消散，变成淡淡的蓝色。哨兵走了过来，敲了敲迎子的菜篮：“天亮了，快走。”

迎子被哨兵的喊声叫醒，她揉揉眼睛，背起菜篮继续向县城走去。走到土地头儿岔路口，这里有两条路可走，银大路直通县城，还有一条叫烟袋包的小路，路窄又陡，到县城比走银大路稍近一些。

国民党在此设立了一个检查站。哨兵歪戴着军帽，嘴里叼着一支香烟，右肩挎着一支上有刺刀的枪，站在菜农面前说：“现在是管制时期，大家把通行证拿出来。”

“通行证是哪样的，我见都没见过。”一个菜农背着一大筐菜，歇在打杵子上，无可奈何地说。

“这是上司的命令，没有通行证一律不准进城。”哨兵丢掉手中的烟头，拉开枪栓。

卖菜的人越聚越多。有人趁哨兵不注意，沿着银大路跑了，他们像兔子一般，一溜烟没了身影。哨兵朝天放了一枪，紧跟在后面追了过去。有人趁机往烟袋包的小路上跑。迎子的心一下子怦怦地猛跳起来，额上渗出冷汗，脚步越走越快，渐渐地飞跑起来。汗一滴一滴从脸颊上落下，打在干涸、有些苍白的嘴唇上。一不小心，迎子脚下一滑，跌倒在地，背上的篮子顺着陡坡向下滚去，南瓜、辣椒散落一地，衣服被划得破烂不堪。她顾不得身上的伤痛，迅速收拾好散落的南瓜、辣椒，重新背在背上，继续向前跑。

追杀声渐渐远去，迎子跑不动，只能疾步走着，脸色苍白。迎子终于走到街上，南瓜和辣椒都已经失去新鲜的外观，没有看相，她半价把菜卖完。

龙坪方向的战事日趋激烈，洋贵姐和发香经过深思熟虑，为安全起见，决定让英妹子和刘继会暂时不回龙坪老家，在金竹园生孩子。他们还没等孩子出生，便开始考虑孩子的名字。“现在到处战火纷飞，孩子今后看家护院得有高强的武艺才行。”面对当前的混乱局势，洋贵姐建议名字中要有“武”字。

刘继会觉得大姐说得有道理，脱口而出：“那就叫刘高武吧。”

“这个名字要得，‘高’说明武艺比一般人强。”张全祚一边抽烟，一边点头表示赞同，嘴里吐出一个个烟圈。

“女孩子呢？你这个名字是男孩子的。”发香觉得应该取个女孩子的名字，备用在那里。

刘继会不假思索地说道：“那就叫刘英武。”“刘英武”既体现了武艺，又不失女性的英气，他的提议得到大家的认同。

英妹子腆着大肚子，她没想到大爷嘎能取出这么好听的名字，感到有些骄傲：“没想到你还有两把刷子，就这样，带‘把’的叫高武，千金叫英武。”

刘继会听英妹子这么一夸奖，自吹自擂起来：“不管怎么说，我也是个闯江湖、有见识的人。”

看到刘继会得意忘形的样子，英妹子走到他的后面，揪起他的耳朵：“我看你是猫子的尾巴越摸越翘。”这一幕把大家逗得哈哈大笑，洋贵姐嘴角上泛起一阵涟漪，眼睛笑成一条缝。

一声婴啼划破金竹园上空，高武降生了。他脑袋圆圆的，小脸红扑扑的，像一个半熟的桃。他紧紧地蜷缩在英妹子的怀中，小脸上充满了红润的色彩，微微皱起的眉头和嘴，像是在想着什么。高武满月后，英妹子和刘继会带着小高武依依不舍地离开了金竹园，沿银大路返回了龙坪。

一九四九年底，金竹园又来了大批军队，这些部队和国民党穿的军服不一样，头上的帽子有一颗红五星。

这些戴着五角星的部队刚到金竹园时，村民们怕他们杀人放火，年轻力壮的男人都躲到后面山上去了，留下来的都是女人和小孩。

解放军在金竹园住下来，他们把铺开在银大路上。老百姓房子的墙上到处都是“共产党是人民的大救星”“解放军是人民的子弟兵”“解放军不拿人民一针一线”“毛主席万岁”“共产党万岁”等大幅标语。几天后，洋贵姐看到这支部队和国民党的兵不一样，她和发香的胆子大起来。

一天下午，一个长官模样的人看到周世秀，他上前询问：“请问你一下，你们这里有没有叫智夫子和赵长玉的人？”

长官模样的人是侯团长，他在白果树坪率领他的那个团起义，加入了人民解放军。

周世秀听到这个问题，心中一紧，脸色苍白如纸，她害怕地畏缩着，不明白这位军官怎么会知道智夫子和她伯伯。“赵长玉是我伯伯，他已去世多年。”周世秀小心翼翼地回答。

“我听智夫子说过，你伯伯去世多年了，智夫子呢？”侯团长问道。

“智夫子当夫去白果树坪后，就再也没有回来，现在不知道他是死是活。”她胆怯地低着头，不敢直视侯团长那张古铜色的脸。

听到周世秀这句话，侯团长目瞪口呆，惭愧地低下头。他心中充满了疑惑：智夫子是在他的视野中离去的，一个大活人怎么会就这样消失呢？也许……也许有太多的可能。很多也许出现在侯团长的脑海里，他意识到在这个兵荒马乱的年代，智夫子可能真的遭遇不测，他可能真的不在人世了。

“金竹园怎么没有看见什么男人？”侯团长环顾四周，提出一个新问题。

周世秀犹豫着不知如何作答，这时洋贵姐不知何时已经站到了一旁。“他们都上前线打仗去了。”她平静地回答。

侯团长转过身，看见身后的洋贵姐和发香：“老乡，你们不要怕，我们是共产党的部队，是毛主席的部队，和国民党的部队不一样。”

洋贵姐观察到，这次来到金竹园的部队与前两个月来的部队是不一样，他们并不在老百姓家里翻箱倒柜。她鼓起勇气说：“只要不欺负老百姓，不抢老百姓的东西就是好部队。”

“对、对、对，不欺负老百姓的部队才是好部队，我们就是这样的部队。”发香他们半信半疑，只见侯团长接着说，“我们也会差这差那，我们都会找大家借并打上借条。”

站在阶沿坎上的朱成英好奇地问：“什么是借条？”

“我们找你们借东西，我们会给你们写一个条子作为凭证，解放后，你们可以拿着这个条子，乡政府会根据这个条子还给你们钱。”

大家听后，觉得这样也好，不管今后还不还，手里总有一个凭证，有凭证总比没有凭证好。

在金竹园休整的三天，侯团长的部队找老百姓借柴、借菜、借粮食都写借条，每张借条上盖有部队的大红印章。他们还争先恐后地帮老百姓背水、砍柴，把银大路打扫得干干净净。

金竹园解放了，侯团长没有随部队继续南下，他被政府留下率工作队住进了金竹园，开展土地改革。赵同才有点文化，有幸成为工作队的一员，这让他倍感自豪。

发盛总是喜气洋洋地赶着他的骡马，自豪地告诉每个人：“侯团长是我接来的。”

侯团长的到来，给金竹园注入了新的活力。他积极发动群众、召开斗争大会、开展诉苦教育，揭露地主阶级的罪恶，帮助贫苦农民认清地主的发家史和农民的血汗史，土改运动如火如荼地进行。

德麻子勇敢地第一个上台，她义愤填膺地揭露王建华采取偷梁换柱的办法让智夫子去当夫：“不是那个王八蛋，智夫子也不会去当夫，我们现在都不知智夫子的死活。”她言辞激烈，充满对不公的控诉。

台下窃窃私语，讨论着德麻子的过去和现在：“德麻子应该说，没有王建华，我也不会和谭德厚结婚。”

谭德厚站在诉苦现场台下，赵同选扯了扯他的衣角：“你应该要感谢王建华才对。”

赵同选的一番话让他心生感慨。谭德厚瞟了赵同选一眼：“你招呼侯团长把你捉去。”

“捉赵同选可以，千万不能把你捉去。”发崇在一旁开着谭德厚玩笑。

谭德厚一本正经地问：“为什么？”

“把你捉去，德麻子不晓得又要和谁结婚。”

“可以嫁远点，我赶骡子送她。”发盛也来凑热闹，他扬起手，嘴里叭的一声，学起鞭响，惹得大家哈哈大笑。

侯团长见秩序不好，在台上大声喊道：“请大家安静一点，现在洋贵姐诉苦。”

洋贵姐原本不愿在众人面前诉说自己的苦楚。她心想，大家都是金竹园的人，今天不见明天见，没有必要把人都得罪了，过去的事就让它过去吧。再说，谁也不知道今后还会不会变天。刚才，德麻子在台上讲述智夫子被迫当夫的事，勾起她伯伯长年在外当夫和大爷嘎东躲西藏的情景，她心里憋着一肚子委屈和仇恨。

在德麻子的启发下，洋贵姐鼓起勇气，走到诉苦大会的台上。她的出现，让所有人感到惊讶，大家看到瘦弱的洋贵姐，也不知道她今天要诉谁的苦。

洋贵姐在台上环顾四周，目光最终落在被民兵看押的赵发举和苏噶姐身上："我今天要控诉的是姑妈苏噶姐。"

她接着详细讲述了苏噶姐如何逼迫伯伯和大爷嘎去当夫的。"你作为姑妈，心被狼狗吃掉了吗？我们一大家人老的老，小的小，病的病，你却不顾我们的死活，把我们往绝路上逼。我的父亲病得快死了，你还逼着他去大州府当夫。我们本身就没有什么土地，你还来抓夫，让我们的土地荒着，我们一大家人用什么，吃什么？你是饱汉不知饿汉饥。"

她含着眼泪，控诉着苏噶姐的罪行，这是一段充满血和泪的家族史。

苏噶姐站在台上，失去了往日的威风。她心想，过去确实抓赵长玉和张全祚的夫多一些，但那时自己并不清楚他们和向家姐还是亲戚，如果早知道他们有这层关系，她也不会经常抓他们一家的夫，世事难料。

此时群情愤激，"打倒赵发举""打倒苏噶姐""打倒王建华"的口号声，在工作队同志的带领下此起彼伏，赵同能、周法甲、赵发宝、赵发大、赵同根等相继上台，控诉王建华、赵发举、苏噶姐的剥削和压迫，他们的声音汇聚成一股强大的力量，推动着土改运动深入发展。面对控诉，苏噶姐感到了前所未有的压力。

有一次，周法甲在众人面前吹嘘："王建华不把我当人看，那天斗争他时，我也没有把他当人看待。"

后来，他当着赵发大的面又吹了起来。周法甲咬牙切齿地说："那天如果不是民兵拦着我，我恨不得踢他几脚才解恨。"

赵发大说："那天，我把他祖宗八代翻出来骂了一顿。"

赵同根、赵发崇、赵同能、赵发大等人加入了民兵组织，负责管制赵发举、苏噶姐等坏分子。洋贵姐、德麻子、周世秀等人加入了妇女会。金竹园的妇女从封建制度的枷锁中解放出来，她们意气风发地参与生产劳动和各项社会活动。周世秀被选进文娱宣传队，她驾着鼓儿车到处演出。

崖畔上开花，
崖畔上红，
受苦人盼着那好光景。
有朝一日翻了身，
我和我的干妹子结个婚。
干妹子你好，
实在是好，
走起路来，
好像水上漂。
…………

金竹园的妇女们最爱唱的一首歌是《崖畔上开花》，这首歌倡导妇女解放和婚姻自由，反对包办婚姻，主张男女之间应自由恋爱。

在赵同才的带领下，儿童团员们唱着歌谣，用歌声表达对地主阶级压迫的强烈不满。

中元村那个土皇帝，
王建华那个狗日的，
吃穿都是穷人的，
害死群众九十几。
…………

迎子、赵同凯、赵同英等儿童团员们精力充沛，他们扯着嗓子一遍又一遍地唱，唱得特别有劲，没有一丝疲态。他们用饱满的热情和高亢的歌声，表达着内心的喜悦和激动。

金竹园的农民真正发动起来了。侯团长带领的土改工作队走村串户，召开贫雇农大会和农民代表大会等各种会议。他们对金竹园的土地、山林进行清理，整理田粮赋册和图照材料，动员农民按照原有的土地材料核对丈量造册。工作队还征收了祠堂、庙宇和学校，没收和征收社会团体以及工商业者在金竹园的土地以及其他生产资料，为金竹园土地改革提供准确的土地数据。

工作队和农会不分昼夜地工作，银大路上人来人往，川流不息，唠嗑会也重新焕发了生机。工作队在稳定社会秩序、着手建立人民政权的同时，把农业生产的恢复和发展作为当时农村工作的首要任务。他们要求不丢一亩地，不荒一亩田。他们组织农民协会，开展减租退押，分期分批进行土地改革。他们将没收地主的耕地分配给无地和少地的农民，实现“耕者有其田”。

金竹园的土地改革，是一场深刻的社会变革，它不仅改变了农民的命运，也改变了整个村庄的面貌。土地改革的首要任务是清匪反霸，把作威的土匪和地主清出去。向家姐一家属于清理对象。她的大爷嘎王建华家财万贯，长期霸占银东港码头，倒买倒卖食盐、枪支和一切紧缺物资。他拥有大量的土地，自己从来没有劳动过，都是雇人种地。

王建华有个保镖叫张大雄，过去人们也叫“狗腿子”。张大雄是张思俊他们那边的人，论辈分他比张思俊高出一辈。张大雄在国民党部队当过几年兵，精通武术。他除了为王建华办差外，杀人放火样样都干，背负着三条人命。

那天，迎子带领儿童团去中元子参加公判大会。他们兴高采烈、扭着秧歌，唱着赵同才教给他们的歌：

中元村那个土皇帝，
王建华那个狗日的，
吃穿都是穷人的，
害死群众九十几，
害死群众九十几，
九十几。
王建华真正凶，
私开密会搞暴动，
带着狗腿张大雄，
四面八方去活动，
去活动。
…………

在熙熙攘攘的人群中，洋贵姐感到喘不过气来。大雪发疯似的施展着浑身的解数，铺天盖地地落下，大地冻得颤抖起来，刺骨的寒风在耳畔狂啸。干涸的水田里到处都是黑压压的人头，看不到警察，更看不到王建华和张大雄。大家都朝着一个方向望去，但洋贵姐什么也看不见。她的耳朵里一直是嗡嗡的嘈杂声，听不清大家都在说些什么。后面的人不断向前挤，洋贵姐开始担心自己会不会被挤下水田坎。她死死地拽住张全祚的手，突然，砰、砰、砰，两声，也许是三声，枪声响起，瞬间就把嘈杂的嗡嗡声镇住。

王建华和张大雄倒在水田中。王建华倒下去后并没有死，他在水田中挣扎几下，持枪人走上前去，朝他的背后又补一枪。王建华口吐鲜血，再也没有了气息。一旁的赵发举、苏噶姐看到这种情形，吓得瑟瑟发抖、面无人色。

洋贵姐目睹了枪决的场面，自言自语："不知向家姐今后怎么活。"

赵同才听见，扯了扯洋贵姐的衣角，小声提醒："姑妈注意场合，不要乱说。"

"谁在说反动话？把他捆起来。"维持现场秩序的民兵大声喝道。

会场顿时安静下来，大家都能听到自己的心跳声，周围的人好像被定住了。这时，不知从哪儿飞来几只苍蝇，发出的嗡嗡声吵得洋贵姐心烦意乱。她准备伸手拍它一巴掌，却又立刻收回了手，好像所有人都盯着她，认为她打破了这里令人窒息的寂静。洋贵姐感觉自己的心跳都慢了下来，现场实在太安静，安静得可怕。

金竹园弥漫着变革的气息，王建华和张大雄被枪决的消息像电流一样，迅速传遍金竹园每一个角落。从老人到小孩都对这件事津津乐道。比枪毙王建华和张大雄传播得更快的是智夫子回来了，智夫子的归来，像是一颗重磅炸弹，在金竹园掀起了更大的波澜。从老人到小孩仿佛都在等待着什么，人们的情绪如同被压抑的火山，终于找到了爆发的出口。大家带着躁动的气息，想看一场轰动的大戏。

王建华和张大雄被枪毙的第三天，智夫子带着满身的风尘和疲惫回到金竹园。

那一天，他从白果树坪往回走，还没走到三十里地，被宋希濂的部队又捉了回去。这一去，他随军辗转流离，从鄂西一带退到云南楚雄。当部队准备逃往缅北时，他借大便之机，趁着黑夜，偷偷地爬过墙头，拼命往外跑去，开始了漫长的归乡之路。他从云南进贵州，再到重庆，沿长江而下，一路乞讨，整整用了一年多的时间，才艰难跋涉回金竹园。这一路，智夫子行囊里装满了酸甜苦辣咸，历经千难万险终于活着回来。他老多了也瘦多了，两鬓已经发白。他整个人衰老憔悴，深深的皱纹布满枯黄的脸，像一张蔫不拉几的菜叶，唯有那双小眼睛却依然炯炯有神。

智夫子回到家里，看到德麻子和谭德厚正面对面地坐着吃饭时，心中五味杂陈。他什么都明白了，没有再往前走，没有打扰，默默转身离开。

“智夫子，你听我给你说。”任凭德麻子在后面怎么喊，他始终没有回头，也没有应答。

这一瞬间，支撑着智夫子回家的信念崩塌。他呆若木鸡，仿佛心都被掏空。两条腿软弱无力，像煮熟的面条一样，终于支撑不住，瘫坐在地上。德麻子和谭德厚赶紧上前，试图将他搀扶起来。可是，这气息奄奄的人却重如铁锚，像焊进土里一般，纹丝不动。不知过了多久，他才慢慢撑起手臂，拖着两条腿，艰难地站起，拄着木棍，一步步挪向洋贵姐家。

洋贵姐站在半人高的土灶前，正把锅里的猪食一勺一勺地舀出来装进盆里。这时，看见一个衣衫褴褛的叫花子向她们家一步一步艰难地挪过来。她眼前一亮，仿佛看见伯伯当夫回来时的样子，她湿了眼眶，跑出来仔细端详，惊讶地说：“我的天呐，是你呀，你怎么回来的呀！菊香、菊香，快来！”

张全祚闻声急忙跑来，一看是智夫子，连忙和堂客把他扶进屋里，看到他可怜兮兮的样子，他们感到既惊讶又欣喜又心疼。

洋贵姐惊奇地问：“你是怎么逃回来的？”

“远得很，我从云南那边逃回来的。”智夫子有气无力地说。

“三年多了，大家都以为你不在了呢。”洋贵姐递上一杯茶，让张全祚和智夫子说说话。

智夫子伤心地说：“不在还好些，在外面几年，总想回家，一回家，家没有了。”豆大的泪珠从他的眼眶奔涌而出。

张全祚在一旁看到智夫子一身破破烂烂的衣服，茅草似的头发乱糟糟的粘连着，油腻地贴在前额的头皮上，两只浑浊无神的眼睛充满疲惫，脸上、手上、腿上肉眼可见的地方都是一层厚厚的黑色垢痂。

听智夫子这么一说，张全祚心里也难过起来。他心里很愧疚，当初如果不是向家姐帮忙，智夫子也不会当夫去了云南，说不清楚自己去了还回不回得来，他觉得是自己把智夫子害成这样的。张全祚装了一支叶子烟，点燃火，递给智夫子。

两人谈话间，洋贵姐炒了一盆鸡蛋玉米面饭和一大碗腊肉丝汤端过来。“好不容易逃回来了，先在我家住吧。”

智夫子狼吞虎咽地吃过饭，张全祚找来剥刀，剥刀是篾匠用来剥离竹青与竹黄的刀具，在磨刀石上磨蹭几番，给智夫子剃了一个光头。

智夫子摸了摸光头，看着满地鸡窝般的头发，他满意地说：“这下轻松多了。”

他洗完澡，洋贵姐把张全祚的衣服找了几件给了他，智夫子这才上床睡觉。

这几年，智夫子日夜奔波，担惊受怕，好不容易九死一生回到金竹园，安安心心地吃顿饱饭，舒舒服服地洗了个澡，他在躺下的那一刻就已沉沉睡去。

智夫子睡下后，德麻子匆匆忙忙地赶到洋贵姐家，她没有想到智夫子这个时候会出现。这些年来，在与谭德厚结婚之前，她天天盼星星、盼月亮，盼着智夫子平安回家。她想起与智夫子的相遇，想起与智夫子难忘的分离，心里很是惆怅。就像灯火阑珊处，有人心醉地欢悦，有人无奈地割舍。

不是所有人，都能一直坚守等待的。随着时间的流逝，德麻子对智夫子的感情一点点变淡，人心一点点凉透。她真的以为智夫子回不来了，在金竹园各种流言蜚语中，她战战兢兢地和谭德厚结了婚。她在心里祈祷智夫子平安，她多么想智夫子在外面能安一个家，这样，她才心安理得。

智夫子回来了，这给德麻子带来天大的难题。与谭德厚在一起生活，她和智夫子没有离婚；与智夫子在一起生活，她和谭德厚又有结婚证。她左也难，右也难，怕什么来什么，内心的矛盾和焦虑让她不知所措。

洋贵姐看到德麻子心烦意乱的样子，哀叹不已。她给德麻子倒了一杯茶，坐在她身旁。

“洋贵姐，你说我上辈子到底造了些什么孽，老天爷要这样对待我。”德麻子弯弯的眉毛紧紧地拧在一起，视线在洋贵姐脸上徘徊，眼睛里涌出无数的焦虑。

德麻子的问话，让洋贵姐为难。她既同情智夫子现在的处境，也同情德麻子现在的处境。她甚至认为智夫子现在的处境与自己脱不了干系，如果当初大爷嘎当夫不去找向家姐，也许就不会有今天的局面。

洋贵姐反过来一想，如果向家姐当时没有给王建华的名片，大爷嘎去了云南，金竹园和双坪的田谁来种，家谁来管？战乱纷飞，大爷嘎回不回得来还是另外一回事。如果真的回不来，不仅土地没了，一大家人也可能没了。再说，金竹园这么多人，谁知道苏噶姐偏偏对智夫子情有独钟？又不是自己让苏噶姐抓智夫子当夫的。想到这里，她心里似乎好受一些。

在德麻子的困境面前，洋贵姐也不知道怎样去劝说德麻子。她给自己也倒了一杯茶，喝了一口，感到头脑昏昏沉沉。可是，她的思想依然不闲着，一会儿想这，一会儿想那，左思右想总没想出好办法。让德麻子和德厚继续生活？不行，任何事总有个先来后到。让德麻子和智夫子重新开始？也不行，现实的情况摆在那里。这真是按下葫芦漂起了瓢。

“这个事情不能急，只能慢慢来。”洋贵姐轻声说。

德麻子并不是人们想象中的那样，她比较爱收拾打扮，不懒，也比较重情义。赵发国和她结婚不到一个月砍柴坠崖身亡，德麻子变得细腻敏感起来，她开始频繁地半夜失眠。晚上黑暗的环境、银大路上的打杵子声以及门框发出的吱吱声，都会让她从睡梦中惊醒，内心上演一幕幕恐怖大戏。她害怕狗吠，总是幻想会不会有小偷拿着尖刀正在撬门，或者有人正试图破窗而入劫财、劫色、劫命。她更害怕赵发国的鬼魂来找她。她从来不敢仰头大睡，尽管这是最为舒服放松的体态，但每每用这个姿势睡觉时，她就做噩梦，梦见魔鬼缠身，场景极其凶险恐怖。她特别奢望一个男人搂着她，睡在她身旁，这样她才有安全感。

除了晚上的恐惧，德麻子还特别害怕自己怀孕，一个死了大爷嘎的女人如果怀孕，在金竹园不仅是个特大新闻，还会让人把牙笑掉。找个男人共度良宵可以，但未婚先孕是绝对不行的。

德麻子每次与智夫子或者谭德厚偷情后，总是战战兢兢，感到既后悔又害怕。她认真地洗着身子，不希望男人的精子与自己的卵子结合，形成新的生命。她认为这种新的生命不会给自己带来任何快乐，只会带来无穷无尽的折磨。

有一天，她听人说吃药可以防止怀孕，她便把这句话牢牢地记在了心里。她抽时间揣着铜钱去了马鹿池“和春堂”中医馆，找胡老先生，开了几副可以防止怀孕的药方。

胡老先生自幼受家庭熏陶，耳濡目染，熟读中医传世经典，行医已有三十多年。他轻轻将三根手指搭在德麻子的脉搏上，神态自若地问道：“你这么年轻，怎么不要娃娃呢？”

德麻子面带羞涩，轻声回答：“几个老的年岁大，忙不过来，等两年后再要。”她红着脸，巧妙地避开胡老先生的疑问。

胡老先生开了当归、川芎、琥珀、蛇床子、红花、桃仁、白果仁、珍珠、木香。他嘱咐道：“前七味药水煎三次，后二味药研末和匀，经净后即用，取液冲服药粉。”

德麻子接过药方，连声道谢，取药回到家中。从此以后，她每个月都会按照药方补血调理身体，她把胡老先生说的“吃一次管一年，这种药吃多了，一辈子都不会生孩子”的话忘得干干净净。对她来说，生孩子简直就是灾难，她害怕面对他人的闲言碎语。这些流言蜚语就像无形的利剑，诛心不见血。

后来，德麻子先后与智夫子、谭德厚成了家，但她仍然照常不误地补血调理身子。关于德麻子不生崽，金竹园有各种猜测：有人认为是智夫子的问题，有人认为是谭德厚的问题，还有人认为他们三个人都有问题，甚至有人怀疑是他们之间的配合出了问题。问题到底出在哪里？只有德麻子心里知道，智夫子和谭德厚至死都不知道问题出在哪里。他们无法理解世事的艰辛和人言的可畏，尤其是对于一个弱小的女人来说，更是如此。

德麻子喜欢和男人睡觉是一个不争的事实，但面对突然冒出的两个男人，让她不知所措。她的心情像一叶扁舟，载满难以消去的忧愁，停驻在随风摇曳的浓情里，浅笑痴狂满目的荒凉。“大姐，这早晚都是一个事，再拖下去，不知金竹园的人又要说出什么花儿来。”她一张樱桃似的小嘴儿微微噘起，“再说，智夫子也没有一个落脚处。”

“这件事，我明天先探探智夫子的口风再说。”

洋贵姐不知不觉摊上一件伤脑筋的事。她不知道这个坑是自己挖的还是德麻子挖的，她最终想明白了，这个坑既不是自己挖的，也不是德麻子挖的，应该是苏噶姐挖的。后来她又一想，这个坑也不是苏噶姐挖的，她只不过是国民政府的一条狗，替国民党政府办事。说到底，这个坑是国民党政府挖的，是蒋光头（蒋介石）挖的。想到这里，她扑哧一笑，今天终于找到了挖坑的人。

谭德厚看到智夫子回来了，感到非常震惊，他压根没有想到智夫子会回来。现在他走也不是，不走也不是，心里备受煎熬。当初，他撮合智夫子和德麻子结婚，想的是智夫子龙坪的家产和土地。后来，智夫子当夫几年没有回金竹园，在德麻子的央求下，他与德麻子结了婚。那时，他觉得这是件大好事，金竹园和龙坪都有土地了。而且，他可以名正言顺地和德麻子睡到一起。德麻子晚上害怕，每天晚上总是把他抱得紧紧的，生怕他跑了似的。

现在智夫子回来了，他变得无所适从。留下，他担心别人会指责他抢占了智夫子的堂客。离开，他和德麻子拿了结婚证，有了合法的婚姻关系。他感到焦虑不安，认为现在只有等，这个事也不是他一个人说了算的。他是个有耐心的人，愿意用时间换空间，等待事情的解决。

夜恢复了宁静，在这千疮百孔、满身疲惫的夜晚，洋贵姐感到十分疲倦，却依旧辗转反侧，难以入眠。智夫子的事情在她脑海中不断盘旋，如同一团难以解开的乱麻，让她感到无比烦恼。她心想，如果当初不去找向家姐，就不会惹上这些麻烦。这个问题该如何解决？她心里没有底。她看了看睡在身边的大爷嘎，不管三七二十一，不顾一切地将他摇醒："快起来，帮我出个主意。"

张全祚不知出了什么大事，眨巴着眼睛，蒙蒙眬眬地立了起来："什么事，火急火燎的？"

洋贵姐把智夫子回来、德麻子找她出主意的事情告诉了张全祚。

张全祚听后，打着哈欠又退回被窝："我还以为是什么大不了的事，让智夫子回去住不就得了。我能找两个堂客，德麻子就不能找两个大爷嘎？再说，德麻子还不需要两头跑呢。"

他上一秒还在跟洋贵姐说话，下一秒就打起呼噜。洋贵姐无奈地说："上辈子可能是个呼噜怪吧。"

张全祚的话让洋贵姐茅塞顿开，她对大爷嘎佩服得五体投地，折磨自己的问题，在他那里轻而易举地化解，这不仅是一种极佳的处理手段，更是一种人生的觉悟和智慧。

洋贵姐想：在德麻子的婚姻问题上，智夫子没有对不住德麻子，谭德厚也没有对不住智夫子，德麻子更没有对不住智夫子和谭德厚两个人。真正对不住他们的，是这个充满变数的社会环境。千不该万不该，智夫子不该去当夫。她怎么不能有两个大爷嘎呢？再说谭德厚和智夫子知根知底，又是一辈人，辈分没有乱，也没有什么大不了的。现在看来，最好德麻子既是智夫子的堂客，也是谭德厚的堂客，这样在哪里都说得过去，谭德厚和智夫子都不吃亏。至于智夫子吃了一点亏，也是他自己的事情，谭德厚又没有让他去当夫。谭德厚和智夫子会不会争风吃醋，那是他们三个人自己的事情，德麻子使些手段管一下，这个能力她还是有的。俗话说："只有累死了的牛，没有犁坏了的田。"

第二天，洋贵姐把这些想法告诉了智夫子和德麻子。她说："你们现在遇到复杂问题，要反其道而行之，跳出'复杂'之外，才能快速解决这个问题，否则只会伤敌一千，自损八百，因为你们自身已经被这种复杂的节奏所裹挟。张全祚不也是有两个堂客，有两个结婚证，日子不是照样过得好好的？只要你智夫子和谭德厚不独占德香就行，她一个一个地伺候你们，会把你们俩伺候好，你们也不要欺负德香。"

在洋贵姐的开导下，智夫子见木已成舟，极不情愿地点了点头。德麻子说："还是和为贵好。"对于眼前的窘况，她也无可奈何。在洋贵姐的安排下，德麻子和智夫子、谭德厚在洋贵姐家吃了一顿和气饭，他们决定放下过去的纠葛，共同面对未来生活。德麻子和谭德厚高高兴兴地把智夫子接回了家。

这个夜晚，金竹园的上空，似乎又恢复了往日的宁静。但每个人的心中都明白，生活的道路，从来不是一帆风顺的。他们需要勇气和智慧，去面对每一个挑战，去迎接每一个黎明。

冬日里的太阳似乎拉近了与人的距离，显得格外清晰，格外耀眼。乔大姐今天心情特别好，她那厚墩墩的嘴唇，看起来似乎很笨重，嘴中吐出的烟雾在她的周边丝丝缕缕弥漫。“现在真是出稀奇事，智夫子不仅回来了，还和德麻子、谭德厚住到一起去了。”她抽着烟，望着立在田井坎上的周世秀说，好像这是一个特大新闻。

智夫子十几年前和德麻子在一起，成了金竹园的新闻人物。他喜欢走村串户，凭着那张能说会道的嘴给金竹园带来各种各样的消息，自己也在不停地制造一些新闻。他当夫失踪了几年，金竹园一下子安静了许多，大家感觉没有了智夫子，更多的是一种不习惯。智夫子失踪回来，大家十分高兴，他又可以给大家带来欣喜和各种各样的消息。

德麻子有了“双证”的消息在金竹园迅速传播开来。这时，侯团长任区公所所长，他知道这个消息后，感觉这个事情非同一般，刚解放不久，金竹园就发生重婚的事情，这不仅违背了一夫一妻的政策，对上对下都不好交代。如果大家在婚姻问题上都这样效仿，那就乱了套，他决定带上民政干事到金竹园走一趟，实地了解清楚后看怎么办。

他找来民政干事小何，询问道：“你知道德香结过婚，怎么又给她和谭德厚发了结婚证呢？”

小何十分委屈：“我了解到智夫子当夫三年多没见人影，大家都以为他死了，再说三年不同居，也可以视为离婚处理。”

侯所长无奈地摆了摆头：“这件事不怪你，都是战乱造成的，与当事人也没有关系。现在的问题是既满足当事人的基本生活，又要做到合理合法。”

这天下午，侯所长和小何大步流星地来到德麻子家。谭德厚和德麻子知道侯所长是区里的大人物，连忙让座倒茶，倒是智夫子紧握拳头，抢步上前，对着侯所长吼了起来：“你们真是害死人，我当夫，去了三年，人不像人，鬼不像鬼。回来家也没有了。”说完，号啕大哭起来。

侯所长见状，赶忙上前扶着智夫子坐下：“我对不住您，让您受苦受累。”

谭德厚知道侯所长一天事情多，到家里来，肯定有什么事，忙说：“侯所长，您有什么事？”

侯所长也不推辞，呷了一口茶，说道：“你们三人在战乱的环境下走到一起不容易，我和小何今天来，想征求你们的意见，把婚姻关系理顺一些。”

智夫子听说理顺婚姻关系，顿时火冒三丈：“这个关系你们怎么理？解放前，国民政府给我和德香发了结婚证。解放后，你们又给德厚和德香发了结婚证。现在两个结婚证，你们到底认哪一个？还是两个都认？”

小何站在一边，轻言细语地说：“老人家，您消消气，结婚证肯定只能认一个，不然的话就不是一夫一妻制了。”

德厚听后，略有所悟：“按你的说法，你们只认一个，另外一个不起作用。”

德麻子听到这里，也顾不得那么多：“结婚证是你们发的，有用是你们说，没有用也是你们说。现在外面都叫我双证了，那好，你们在外面给我把双证的名字取掉。再说，洋贵姐他们也是双证。”

侯所长听完德麻子的抱怨，挪了挪身子，从荷包里抽出三根香烟，递给智夫子和谭德厚，自己拿着一根叼在嘴上，小何划了一根火柴，分别给他们点燃。

侯所长吸了一口烟，看了看智夫子，开玩笑地说：“我和智夫子是老伙计了，在白果树坪都认识了。你们的双证和张全祚的双证不是你们的错，是反动的国民党造成的。现在解放了，国家实行一夫一妻的政策，我们都要积极响应。”

智夫子听到这里，有些不耐烦了，他瞟了侯所长一眼，说：“你直截了当地说怎么办吧。”

侯所长接着说：“我的想法是婚姻要满足国家政策，这是个前提条件。你们家里德香有两个结婚证，她和德厚的结婚证是我们发的，那是基于智夫子没回来的情况，现在智夫子回来了，德厚和德香的结婚证肯定要注销。德厚的户口现在在这里，今后的生活也还是可以在金竹园。”

德麻子听明白了，不就是少了一个证吗？她不甘心地问：“那张全祚的双证不是也要注销一个？”

“他的双证是国民政府发的，我们现在想注销也注销不了，他现在基本上住在金竹园，到双坪算是回老家、走亲戚。”

当德麻子颤颤巍巍地将政府颁发的结婚证递给侯所长时，德厚瞬间感觉自己好像从天上掉了下来，把地上砸了一个窟窿，五脏六腑都被震得粉碎，痛不欲生。他感到自己站在悬崖边，左边是坎，右边是崖，前不能进，后不能退。他不再具有和德麻子合法睡觉的资格，龙坪老家也回不去了。他不知道智夫子去了这么多年，还回来干什么，为什么不死在外面。想到死这个字，他又打了个寒战，那可是和自己从小光着屁股一起长大的发小，俩人小时候一起放牛、砍柴，大些了一起背脚，风风雨雨几十年，互相扶持，就像亲兄弟一样。他从来没想过智夫子会死，他只是迷路了，被国民党的部队带走了，或者在外面又有了别的女人。可现在，老天爷在智夫子、德麻子和他的面前开了一个玩笑，让他欲哭无泪。过去他撮合智夫子与德麻子成婚，尽管自己后悔不已，但那还是一种双赢，智夫子捡了一个堂客和金竹园的土地，自己有了智夫子老家的田产，两兄弟皆大欢喜。智夫子当夫失踪后，意外的机缘巧合让德厚获得了惊喜的结局。他毫不费力地弄到一个堂客，惊喜和意外像天上的星星，让他的心情顿时变得格外美丽。他珍惜这次可能成为相伴终生的缘分。这下好了，智夫子不知从哪里钻了出来，老天爷像捉弄人似的，把他丢进惊涛骇浪中，一会儿抛向浪尖，一会儿跌入浪谷，他耷拉着脑袋，像败下阵来的士兵，眼睁睁地看着自己的结婚证被侯所长他们收走，没有了归宿，内心苦苦挣扎。他不知该何去何从，但又不得不面对残酷的现实。

智夫子见德厚的结婚证被侯所长收走了，他的眼睛里有了神采，额头和嘴角两旁深深的皱纹里蓄满笑意，连一举手一投足都带上了轻快的节奏，心仿佛荡漾在春水里。他九死一生逃回金竹园，看到支撑自己历尽千辛万苦的唯一念想，德麻子和自己的家被德厚鸠占鹊巢，开始盛怒，恨不得把他大劈几块泄愤，到后来又慢慢地原谅了他。他知道德麻子胆小，夜里有个风吹草动、鸡飞狗跳都怕得要命，身边没人整夜睡不着觉，如果不是德厚，也会有别人。可是看到他俩恩爱，他的心里又嫉妒甚至痛恨德厚。在洋贵姐和菊香的撮合下，他虽然回了家，但心里始终有解不开的结。现在，他像一个战士，在政府的帮助下收复了失地，重新成了这个家里的主人，他昂着头，像是对外呐喊：德麻子是我的。正在得意忘形的时候，他转眼看到蔫头耷脑的德厚，心头又泛起万般不忍，想着德厚的处境，兴奋之情顿时收敛起来。

德麻子看见得意扬扬的智夫子和耷拉着脑袋的德厚，感觉他俩像一对公鸡斗架，一个神采飞扬，一个垂头丧气，心里不是滋味。她不知道命运为什么不停地折磨人，让自己像一个蒙面人，在两个男人中不停地周旋，不得安生。这些年，她听着金竹园百姓的闲言碎语，好不容易和智夫子走到一起，哪想智夫子一去数年不回，不得已刚和谭德厚安顿下来，智夫子又回来了。好在两个大爷嘎都体谅她，三个人拉拉扯扯地凑合在一起，现在又来了这一出。她走到德厚面前，用手擦拭着他眼眶的泪痕，望着智夫子对德厚哽咽道：“你放心，我和智夫子只要有一口饭吃，也有你一口。”德厚默默点着头，一句话也说不出来。

侯所长面对这种尴尬场面，站也不是，坐也不是，手放进口袋不是，放在背后也不是，鼻尖不断冒出细密的汗珠，双唇紧抿，脑子里一片空白，不知所措。他知道在这里多待一分一秒都是一种煎熬，恨不得找个地缝钻进去。他拉着小何的手，对德麻子他们说：“给你们添麻烦了！我们走了。”

德麻子他们听到这句话，哭笑不得。智夫子起身象征性点了一下头，堂屋内一片寂静，没来得及收拾的碗筷静静地搁在饭桌上。只有银大路上川流不息的背脚子，拖着打杵子敲击着“礓礤子”路，发出叮叮当当的响声。德麻子他们三人就这样木然地坐着，直到晚上那盏煤油灯熄灭，都没有挪动一下。

洋贵姐听说现在解放了，实行一夫一妻制，谭德厚和德麻子的结婚证被区公所收回去了，她惊慌失措地问大爷嘎：“怎么侯所长不收我们的结婚证呢？”

“我们的结婚证是老蒋发的，他凭什么收？再说，新中国成立前又没有实行一夫一妻制。”

洋贵姐瞅了一眼大爷嘎：“照你这样说，你有两个堂客正大光明。”

“不管是不是正大光明，金竹园和双坪谁不知道我有两个堂客，再说这也是你做的好事。”

“你不要嘴硬，麻烦还没找到你头上来。要我看，你把我和发金的结婚证找出来烧掉，他们不注销，我们自己注销，这样你一个堂客都没有了，免得惹一些麻烦。”

“结婚证在屉子里，要烧你烧，你烧了，我另外去找个年轻的堂客。”说完，哈哈大笑。

洋贵姐上前一步，揪住张全祚的耳朵：“你胆子真大，老娘和发金就是没有那张纸，你也不敢再找。”

张全祚好不容易将堂客的手掰开：“你给一百个胆子，我也不敢再找。”说完，赶紧朝屋外走去。

张全祚走后，洋贵姐从屉子里找出国民党政府发的结婚证，丢进灶坑，一把火烧掉了。

金竹园的土地改革有条不紊地进行着，张全祚被选为分配委员会的成员。他们在谭德厚分不分地的问题上发生了争执。

有人说：“谭德厚才来几天，应该在龙坪老家分地。”

有人说："智夫子、谭德厚和德麻子都应该分地，不管怎么说，谭德厚已经在金竹园落了户。"

既然如此，大家只好同意谭德厚在金竹园分地。至于张全祚，洋贵姐和迎子在金竹园分没有问题，发金和桥生、克存两兄妹只能在双坪分地。张全祚在金竹园和双坪都算半个人头分地。

张全祚算半个人头在双坪分地是洋贵姐争取来的，她并不希望大爷嘎在金竹园分地，她知道双坪的土地比金竹园的土地更为肥沃，既好种又出粮食。

在金竹园，对地主的土地和财产的分配采取"填坑补缺，先大坑后小坑"的办法。所谓的"大坑"，指的是那些完全没有土地和财产，生活极为贫困的雇农。他们是最需要土地来改善生活条件的人。"小坑"则是指那些虽然拥有一些土地，但仍不足以满足基本生活需求的人。他们需要额外的土地来填补缺口，以维持生计。而"补缺"则是指那些已经拥有一定土地，能够勉强维持生活的人。他们可能只需要少量的额外资源来改善生活。

在分配过程中，大家按照"大坑、小坑、补缺"排序，轮流从摆放的物品中选取自己所需要的东西。每个人在第一次选择后，根据需要进行第二次、第三次选择，直到把摆放的物品选完。

这一天，金竹园银大路上人山人海，像密密麻麻的蚂蚁一样，挤得水泄不通。王建华和赵发举的物品被一件一件地挨着摆放，足足摆了两公里多。赵同才和赵发崇等工作队成员维持着分配秩序。

"第一个，赵同能。"张全祚高声喊道。

赵同能穿着一件破烂不堪的棉袄，恰似几根筋挂在身上。他双手交叉抱在胸前，冻得浑身直打哆嗦。他问："东西随便选吗？"

侯所长耐心地解释："你想选什么就选什么，但只能选一件。下次轮到你时，再选第二件。"

赵同能"哦"一声，他在银大路上走过去看，走过来看，不知道选什么好。

侯所长觉得这样下去，两天也挑选不完。于是，他高声喊道："大家可以先沿银大路看一看，有什么东西比较中意，先记在心里，免得耽误时间。"

大家一听，觉得是这么回事，人们开始川流不息地走动，议论纷纷。

"这个东西好。"

"那个东西好。"

"好也轮不到我。"

赵同能终于看中一个大衣柜，他把它抬走。

周世秀见状，不屑一顾地说起风凉话：“我看他拿一个衣柜，他拿个衣柜做什么？他有什么东西装到那个衣柜里？只有把它放在那里装人，装他一家人。”

洋贵姐和发香也在人群中挤来挤去，寻找着自己想要的东西：“大姐，轮到我们选时，不要选相同的东西。”发香说。

洋贵姐挤在前面，她说：“我看选不选得到风斗，选不到风斗就选犁杆。”

风斗是农村用于收获粮食后分离谷糠用的器具，比起人用簸箕分离谷糠快得多。犁杆是用牛犁田时的农具。

发香喘着气说：“就这样选，今后种地用得着。”

“第二个，赵发宝。”

赵发宝的堂客叫胡典芬，是金竹园勤劳、老实本分的家庭主妇。分配还没开始的时候，她看中了一个撮箕，一种农具，用于播种时施肥。胡典芬把撮箕挎在身上，她说：“我今天就要这个撮箕。”这时，当她听到张全祚喊赵发宝时，她没有丝毫犹豫，直接走过去，把撮箕拿在手上掂了又掂，她又说：“还是这个东西好。”

周世秀站在那里，双脚不停地上下踩动：“嫂子还是准备充分的，她比侄儿子会拿，撮箕比衣柜实用。”周世秀称胡典芬为嫂子，赵同能为侄儿子。

“第三个，周法甲。”分配开始加速。

“在这里。”周法甲慌慌张张地跑过来。周法甲头发乱糟糟的，像干草一样发黄发枯。他有四弟兄，家庭十分贫困，几弟兄穿的几条破裤子，几件无法遮羞的衣服贴在身上。由于太穷，几弟兄都没讨老婆。周法甲看中一件阴丹士林的长布衫。周法甲把这件长衫拿起，顺手穿在身上。他左瞧瞧，右看看，高兴地说：“这回好讨老婆。”

“第四个，赵发大。”张全祚往人多的地方望了望，继续喊道。

张全祚的话音未落，赵发大拿着王建华穿过的绵羊皮袍走了过来。赵发大沾沾自喜地说：“卷着的毛，比伸着的毛要好，伸着毛的羊皮褂子是山羊皮做的，卷着毛的羊皮褂子是绵羊皮做的。”

赵发大是金竹园一带的杀猪佬，对猪、狗、牛、羊有足够的了解。后来，他经常反穿着皮袍去杀猪，袍子沾满了猪血，没有多久，袍子破得大洞小洞，大家见他反穿着皮袍到处跑，讥讽着：“你们看，豹子来了。”再后来，金竹园的人也不叫他大名，大家开始叫他“豹子”。他自己从不计较，觉得“豹子”

响亮威武。

“第五个。”“第六个。”……分配持续进行着。

第二轮，赵同能选了一个大秤。金竹园有一个习俗，每年立夏时，大家都喜欢用秤称一称自己，称了以后，立夏一过，全年的精神都会很好。

双坪分配地主财产也没闲着。在金竹园分配王建华、赵发举财产的第三天，张全祚带着桥生，肩膀上驾着姑娘来到了银双路上，参加了财产挑选分配，他如愿以偿地选得了一架风斗。

在政府的领导下，金竹园和双坪的农民如火如荼地进行土地改革，打倒地主恶霸。他们先后分了地主的财产和土地，这叫土地回老家。有多余的土地且自己不耕种而雇佣他人耕种的，被划分为地主；自己的土地自己耕种，没有剥削别人，根据土地的多少，有的划分为贫农，有的划分为中农，还有的划分为富农。洋贵姐、吴发金、发香、三妹子、四妹子和英妹子家都被划分为了中农，他们没有新增多少土地。二妹子一家这些年买了很多地，自己种不过来，雇工种了一些地，被划分为地主。

二妹子被划为地主后，她的心情变得十分复杂。她怎么也想不通，自己辛苦经营，努力扩大家业，一夜之间就被划成地主。她的内心充满了后悔和无奈，后悔当初不该买那么多地，种地的人手不够，请些帮工，帮去帮来把家里帮成了地主，自己也弄了一顶“地主婆”的帽子戴到了头上，成为经常被批斗的对象。

更糟糕的是，大蛮子、小蛮子和小可上学不自在，除每次开学填报成分尴尬外，“地主儿”和“地主崽子”也成了大蛮子、小蛮子的代名词，他们在同学中不受待见，似乎比别人矮了许多，抬不起头来。

每年上学报名的时候，是大蛮子、小蛮子和小可最痛苦的一天，他们偷偷看着其他同学走完后，才悄悄地来到老师那里，老师问：“什么成分？”

大蛮子和小蛮子答：“地主。”

他们回答这句话时，恨不得地上有一个缝，马上钻进去。

二妹子开始反思，是不是自己的贪心和短视导致了这一切。她庆幸的是，如果解放再晚几年，大姐一家即使不是地主，至少也会是个富农。二妹子知道，双坪那边也买了一些土地，好的是姐夫哥在双坪算了半个人头。现在看来，大姐当初让姐夫圆房并不是一件坏事，不圆房的话，双坪就没有姐夫的人头指标，发金姐一家划为富农没有问题。二妹子想，什么事都有得有失，不可能完美无缺，人生就是一场大闹剧，你唱罢后我登场，最后大家都会走向自己的归宿。

洋贵姐在得知二妹子被划为地主后，心中五味杂陈。她觉得二妹子一家被划成地主，自己脱不了干系，自己有很大的责任。二妹子自从嫁给蛤蟆口的张思俊后，洋贵姐一直主张二妹子一家有钱多买一些地。她常说："土地是金子，有土地在手里，心里安稳踏实。"土改前半年，洋贵姐还借了一些钱给二妹子，支持二妹子一家买了十亩水田。这下好，买地买去买来，把二妹子一家买成了地主。洋贵姐为二妹子一家感到难过，心中充满同情，同时，她也为自己和家人被划为中农而感到庆幸。

洋贵姐觉得划分成分不仅仅是土地的问题，更是一个时代的变迁，自己应该有所改变，去适应这个新的社会。

一九七九年，国家在调整社会关系方面开始摘掉地主、富农分子的帽子，给予农村人民公社社员的待遇，其子女的个人成分一律定为社员，二妹子、大蛮子、小蛮子和小可他们顿时觉得高了许多，变成了堂堂正正的人。

冬日的寒冷渐渐退去，随着清晨的第一缕阳光升起，金色的光辉洒满了双坪和金竹园的田野，大地在温暖的阳光下慢慢苏醒，不再那么寒冷。百姓们终于有了自己的地，那是一片蕴含着祖辈辛勤汗水的土地，是他们生命的根基。世世代代饱受苦难的百姓们，有了晴朗的心情、晴朗的天空、晴朗的气息，让人们情不自禁地欢唱。

金竹园的幺妹哟，
个个的乖呀。
好像嫦娥哟，
下凡的来。
人人见了人人爱，
多情的哥哥呀！
请你留下来。

银大路的憨哥哥哟，
个个的帅呀。
好像吴刚哟，

下凡的来。
人人见了人人爱，
多情的妹妹呀！
请你留下来。

满眼是明媚的春风，处处是温馨的海洋。土地改革结束了中国两千多年的封建土地剥削制度，金竹园的农民从地主手中分得了土地和生产资料，极大地调动了他们的生产积极性，掀起了恢复和发展生产的热潮。在侯所长土改工作小组的帮助下，金竹园迅速成立了互助组，每个互助组自愿集中在一起，大家一起开垦荒地，大搞兴修水利、改良土壤等农田基本建设。他们实行深耕细作，改进生产技术，与各种自然灾害做斗争，农业生产迅速得到恢复与发展。

洋贵姐和发香自然走到了一起，他们还拉来发崇、发山、发阳、发猛，在他们眼里，赵发崇一家都是正直、重义、厚道、诚实可靠的人，与他们打交道不会吃亏。赵发盛、发奎、发茂和谭德厚、智夫子组成了另一个互助组，他们平时交往密切，相互了解。在赵发盛看来，谭德厚有力气，智夫子也勤劳肯干。

双坪那边成立互助组也是如火如荼，张玉祚、张汉祚、张学祚和吴发金一家为一个互助组，他们住在一个院子里，有事好商量。再说，吴发金家人多地多需要大家带一带。况且，吴发金是个能干的人，犁地耙田样样都会，大家也不吃亏。

互助组成立后，张全祚当上了金竹园组的组长，张汉祚当上了双坪组的组长。在组长的带领下，四五家人相互帮助，今天去这家种地，明天去那家种地，他们相互帮衬。

随着冬季的来临，金竹园和双坪的田野归于宁静，田里没有了多少事，金竹园和双坪两边都开始背粪积肥。大家在自留山里砍回许多柴草，一捆一捆集中堆放在土地上。然后，用挖锄和撮箕把熟土堆在柴草上，点燃柴草。经过几天的燃烧，将水粪淋在烧好的熟土上，这样就变成了火粪。

每年这个时候，前往银东县县城背粪成了金竹园和双坪老百姓的必修课。洋贵姐和发香、发崇互助组由菊香领头，总是天未亮就出发。他们每个人肩上披着皮肩，脖子上围着汗巾，一路上嘻嘻哈哈，边走边聊，打杵子七零八落地在“礓礤子”路的石阶上，敲击出清脆的声响，宛如一曲美妙动听的山歌。

“姐夫哥，你整天跟着我们背屎背尿，不如去双坪那边看一下二嫂子。”发猛调侃着菊香，开心地大笑起来。

“你以为菊香哥去双坪二嫂子家就不背屎背尿，他背的还多一些。”谭德厚望着菊香，慢条斯理地说道。

谭德厚在智夫子失踪后，填了德麻子的“坑”。即使在他人焦虑不安时，他依然显得不紧不慢，这种特有的不紧不慢的性格，就像强有力的磁场，啃噬着他的生活，渐渐用人们察觉不到的速度，一点一点地带走美好时光。

菊香低着头，望着银大路，半天不说一句话，好像又在思考着双坪那边的一些事。

智夫子调侃道：“发猛，你姐夫哥肯定喜欢在这边背屎背尿，不说别的，这边的姨妹子也多一些嘛。”

“智夫子，你干脆和德香妹妹结婚，你和德厚两个人德香一个人也忙不过来。”发崇调侃着智夫子。

“菊香忙得过来，德香怎么忙不过来。要找也要找你们姓赵的，你们姓赵的女人多，姨姐姨妹自然多。”智夫子的话还没有说完，发现洋贵姐跟在后面，便把剩下的话咽了回去，大家的笑声在清晨的薄雾中飘荡。

“智夫子没有说错。姨姐姨妹半边妻，找个姓赵的女人，和菊香混成半个老姨。”谭德厚和智夫子一唱一和，他的山羊胡子，随着一丝丝不经意的凉风，不紧不慢地梳理着白花花的时光。

银东城内的道路又窄又乱，街道很多大爷大妈当上义务员，成为一道独特的风景线。他们戴着印有“安全员”的红色袖圈，左手拿着一个用铁皮做成的话筒，话筒约三十厘米长短，上细下粗，细的一端成鸭嘴状，右手挥舞着一面三角形的小红旗，每当有车辆经过的时候，他们一边摇晃着小红旗，一边对着鸭嘴状的话筒喊：“车来了，车来了，行人走两边。”遇到躲闪不及时的行人，他们又会说：“车子都挨到你的屁股了，你格老子的还想不想过年？”有时为了躲避车辆，行人不得不把脸和屁股紧贴在街边的屋板上。

洋贵姐和互助组成员总是早早出发，他们不需要进入县城，只要走到城内半山腰，就可以把粪尿收齐，然后掉头回家。他们沿着蜿蜒的“礓礤子”路盘旋而上，头像鸭脖子一般，向前伸得老长老长的。他们在“礓礤子”路上走着之字形，据说这样会轻松许多。每向上攀登一步，他们都会发出一声“嗯”的声音，豆大的汗珠从脸颊上滚落，累得气喘吁吁、上气不接下气。

赵发盛背了两天粪，觉得这样背下去不是长久之计。他和谭德厚找来栗木，花了两天的时间，做了一辆马车。他们把骡子套在马车上，车上装着六七个粪桶，粪桶旁边横放着一个两米多长的粪勺和一个背篓。他沿着通往县城的

“毛狗子”路，准备在头道桥城关小学粪池里拖一些屎尿回家。

尖刀似的小山，挑着几缕乳白色的雾，雾霭里，隐约可见一根细长的线。马车的横轴没有安装轴承，轮毂是用花梨木做成的，走起来吱呀吱呀地响个不停。

由于路不好走，加上路程比背屎远了两倍，赵发盛和谭德厚到达头道桥城关小学时已经是晌午时分，天空飘起毛毛细雨。谭德厚抬头看了看天，又低头看了看地，抱怨道：“今天真是见鬼！天公不作美。”

“就算今天天上下刀子，老子也要把这一车粪拖回去。”赵发盛紧抿着嘴，两腮鼓起，像座小山一样。

他们把马车停好，在城关小学粪池里装了七桶粪，然后马车往回家的路上走去。雨越下越大，路越来越滑，粪水在粪桶里荡个不停，溅得马车上到处都是。

赵发盛说：“看来老子们只有背屎背尿的命。”

“嗯，我们明天还是去背粪，简单一些。今天忙活一天，这时肚子还饿着呢。”谭德厚觉得背粪要比拖粪好。

就在金竹园忙碌背粪积肥时，双坪那边也没有闲着，张汉祚他们商量，一定要在过年前准备好来年的肥料。立冬的第二天，张玉祚、张汉祚、张学祚和吴发金他们开始行动起来。金竹园和双坪到银东县县城的路程差不多，但从银东县县城到金竹园的坡度都在二十五度以上，银东县县城到双坪的路则平缓许多，背粪要轻松一些。每天早晚，张汉祚、张玉祚、张学祚和吴发金都会背一趟粪。第七天，菊香也加入他们背粪的队伍。

第十二章

赵同才从土改工作队回来后，他的学堂恢复了昔日琅琅的读书声。他的学生发生了很大的变化，迎子转到马鹿池小学，继续她的三年级学习。桥生和妹妹克存被父亲从双坪接到金竹园，成为赵同才学堂的新学生，开始私塾学习。在赵同才的教导下，桥生和克存不仅学习了《论语》和《弟子规》，还接触新《三字经》。“共产党，好政党，领人民，求解放……到将来，行共产，没阶级，没剥削，没压迫，永解放。”

张全祚读过两年私塾，他用红笔给桥生和克存拓印了一个红影本，让他们照着红影本一笔一画地填写。下雨天，他教桥生他们几姊妹打算盘。一上一，二上二，三下五去二，四下五去一，五去五进一，六上一去五进一，七上二去五进一，八上三去五进一，九上四去五进一。

迎子在学校读书很用功，每天早晨，她调一碗炒面吃后，总是第一个到达教室，各科成绩都很优秀。迎子的班主任叫沈孝成，二十多岁，一米七几的个子，很有才华。他的语文课讲得生动形象，歌也唱得好。他教学生唱：“正月里来是新春，赶上猪羊出了家门，猪啊！羊啊！送到哪里去？送给英雄的解放军……”随着教唱的歌声，他的裤腰带上下起伏，不停摆动，学生们在裤腰带的摆动中哈哈大笑。

《翻身道情》是解放初期很流行的一首歌曲：“太阳一出来嗨依哟，哎咳……如今咱站起来，做了主人么哎咳呀……”沈孝成唱得非常动听。

苏噶姐目睹王建华、张大雄被镇压，她的心提到嗓子眼儿上，内心翻江倒海，恐惧如潮水般汹涌，浑身紧张得像拉满了弓的弦一样。自那日起，枪决的阴影如影随形，她一想起王建华、张大雄被枪毙的场景，就无法平息自己的情绪，她的心在胸口跳得就像大杆子使劲撞击城门一样，不但不均，而且一次紧似一次。

日复一日，苏噶姐生活在无尽的恐慌之中，心如死灰，混沌一片，仿佛世界末日即将来临。绝望的她，感到了生命的无力，觉得生活已无意义，她真的不想活，也觉得活不下去了。终于，在半个月后的一个深夜，苏噶姐拿着棕绳，走向家后的桐梓树上吊了，她浑身颤抖，半张的嘴发出了最后一声凄厉的尖叫，像刀劈开了胸膛。她瞪大双眼，带着无尽的遗憾和不甘，离开了这个世界。

向家姐突然之间一无所有，生活从天上掉到地下。她失去了往日的绰绰风采。短短几日，她那高挑的身躯似乎一下子矮了许多，鸭蛋脸也粗糙蜡黄，眼角爬上了隐约可见的鱼尾纹，苍老的面容让人觉得她比实际年龄大了许多。她住在一间简陋的小屋里，孤苦伶仃，忍受着无尽的寂寞，家里没有了往日的热闹。

几年来，她没有去过任何地方，也没有人来探望她。即使偶尔出门一趟，“看，地主婆来了”的声音也不绝于耳，向家姐的人生现在除了苦难还是苦难，其他什么也没有。

刘继会回到老家参加完土改后，觉得自己没有完全掌握姐夫哥的篾匠手艺。他和发英商量一番后，独自前往金竹园，希望把半罐子手艺学成满罐子手艺。

张全祚看到徒弟回到金竹园，心里十分高兴。刘继会悟性好、勤快，还有力气，平时除了学点手艺外，还可以帮忙干点力气活。

刘继会来到金竹园的第三天，中元子的谭联枣请张全祚去做几天篾活。洋贵姐得知后，回想起几年前王建华被执行死刑时，自己曾担忧地说过“不知道向家姐今后将如何生活”。当时自己差点下不了台。她想，三四年过去了，现在应该没有什么问题。于是，她决定跟随大爷嘎和刘继会一起去中元子。

洋贵姐在楼顶房梁上取下一块腊肉，又拿上刘继会从老家带来的两斤漆油，说：“我跟你们去一趟中元子，去看一下向家姐。”

洋贵姐的话把张全祚吓了一跳：“你真是无事找事，被人看到，看你怎么下台。”张全祚的心里充满矛盾与挣扎，他担心洋贵姐去看向家姐引起非议，带来不必要的麻烦。

“人要讲点良心，当初要不是向家姐帮忙，你的小命、地、家都不知道还在不在。况且向家姐还是你远房姑姑。”洋贵姐心中充满了对向家姐的同情与牵挂，她不顾他人的闲言碎语，决定去看望这位曾经帮助过自己的人。

张全祚竖起眉毛，眼珠子瞪得像要弹出来似的，瞪大的双眼里燃烧着熊熊烈火，整个人好似一个吹胀的气球：“你去也行，别说是看向家姐，待一会儿就走。”他的眼神中流露出对堂客和现实环境的担忧。

洋贵姐和张全祚、刘继会三人从金竹园出发，沿着蜿蜒曲折的山路，向中元子走去。云遮雾罩，神秘莫测，渐渐雾越变越浓。

一路上，洋贵姐沉默寡言，心里总是在想向家姐这些年是如何度过的。她曾听闻一些关于向家姐的传言，有人说：“王建华死后，向家姐吃不饱饭，没过几天，她变成了疯子，到处说疯话。”有人说：“她现在穿得破破烂烂的，没有了过去的傲慢，开始到处乞讨。”洋贵姐也不知道是真是假，她只想见向家姐一面，她觉得不看一下向家姐，良心对不起人。自己在最困难的时候，向家姐帮了大忙，现在有难处，为什么不去看一下呢？在她心中，人世间的冷暖与情谊远比世俗的眼光重要。

张全祚和刘继会一路上谈笑风生，从古至今，从今至古，话题不断。当然说得最多的还是家里的一些事情。张全祚当过夫，从龙坪走过几次，对那里的风土人情有所了解，这样又增加了他们谈话的许多话题。“你们那里比金竹园强，至少有煤，水也方便。”

“这倒是真的，只是交通闭塞点。”他们俩似乎忘记了洋贵姐的存在，直到刘继会说起儿子刘高武是个调皮佬时，洋贵姐才插了一句话：“不调皮的小家伙没有用。”后来刘高武当上银东县的县委副书记，可能就是因为小时候调皮吧！

当天中午，他们三人来到中元子，张全祚和刘继会去谭联枣家，洋贵姐独自来到向家姐的小杂屋。

小杂屋约三十平方米，除了灶台、水缸，还放置了一张木板床，床上整齐地堆放着几件衣服。床头摆放着几袋玉米、土豆和几个泡水坛子，门边放着两个小板凳，整个屋子收拾得干净利落。

向家姐万万没想到洋贵姐会来看她，她连忙把洋贵姐拉进屋，顺手关上门。“别让人看见你来了，免得惹些麻烦。”她的衣服虽然破旧，但干净整齐，眼睛里透露出宁静慈祥，她一边说，一边准备烧开水，走路不疾不徐，仍然不失大家风范。

“您不要烧水，我坐一会儿就走。”洋贵姐边说边把腊肉和漆油放在干干净净的灶台上。

向家姐望着洋贵姐，眼眶突然红了，两行泪珠从脸庞滚落。

“姑妈，我们来得太晚了，真是对不住您！”看到向家姐的现状，洋贵姐也不禁泪眼朦胧。

“我现在落得如此境地，别人都避之不及，你来干什么？”向家姐无奈地问。

洋贵姐握着向家姐的手，情感真挚地说：“姑妈，我们永远记得您的恩情。当初如果不是您帮忙救出张全祚，他不知道要受多少苦，遭多少罪，还可能回不来，我们的家也许就不存在了。”

两人坐在小板凳上，喝着向家姐泡的粗茶，回忆往昔，感叹世事变迁，心中五味杂陈。

不知不觉间，天色已晚，洋贵姐起身准备告辞。向家姐拿起灶台上的腊肉和漆油，坚决要洋贵姐带回去。

洋贵姐知道向家姐一向自尊，虽然现在境遇不佳，但她骨子里的傲气依旧。洋贵姐诚恳地说：“姑妈，这点东西实在微不足道，与您对我们的恩情相比，简直不值一提。这只是我的一点心意，请您务必收下。”

这些年，向家姐无论遭受多大的痛苦，她都会笑着说不疼。因为再痛也没人心疼，她学会隐藏，总是笑得没心没肺。久而久之，笑容成了她的习惯，而痛苦也悄然融入她的生活。那些痛不欲生、撕心裂肺的日子，她只能咬紧牙关，独自承受。

“不用了，我的两个儿子有时会寄点钱过来，生活过得去。”向家姐用手巾擦拭了一下眼角的泪珠，噙泪笑笑。

洋贵姐离开后，向家姐看着她带来的腊肉和漆油，心中感慨万千。如今，只有洋贵姐还记挂着她，偷偷来看望她，这让向家姐感到既温暖又心酸。

以后的日子，洋贵姐经常去中元子探望向家姐。偶尔会空着手去，但大多数时候会随手带点菜油、自己晒的土豆片、黄豆、玉米面等。每年春节，她都会把省下的两斤红糖、一筒麻饼带上，去给向家姐拜年。张全祚有空也会做些竹器送给她。这些东西虽不贵重，但在那个物资匮乏的年代，也极其难得。

向家姐对洋贵姐的深情厚谊感到无比愧疚，她深知自己目前一贫如洗，无法以同等的价值回报这份恩情。然而，洋贵姐的善举和关怀，对她来说，已是无价之宝，让她在艰难的岁月中感受到了人间的温暖和希望。

刘继会在金竹园终于掌握了篾匠的基本技艺。尽管与师傅张全祚相比，他的手艺还有所不及，编花织字只能勉勉强强，做的篾器也没有姐夫哥的精致。他自己解嘲：“如果超过了师傅，师傅以后吃什么。”

洋贵姐听不下去，责备他：“就你贫嘴，你在龙坪做篾活，他在金竹园和双坪做篾活，大家各做各的，互不打扰，你超过他怕什么？”

“我怕师傅面子上挂不住。”刘继会半开玩笑地回应。他年轻力壮，做起事来略显粗糙。而张全祚恰恰相反，力气不大，但做事总是那么认真细致、追求完美，请他做事，让人放心。

刘继会离开金竹园后，特意去二姐、三姐家住上几天。他好久没见她们了。他听说二姐家里被划成地主，土地也被分掉，他安慰二姐：“你们是地主，说明过去你们家里富有，比我们强，现在地主成分改不掉，管它三七二十一，把自己的生活过好就行。”

一九五三年十二月十六日党中央发布《关于发展农业生产合作社的决议》，金竹园、双坪迅速成立初级土地合作社。金竹园在互助组的基础上，实行土地入股，耕畜、农具作价入社。土地的股份根据可能达到的产量折合成标准亩数，以及按照当年实际产量和土地自然亩数来计算。入社的耕畜保持私有，由合作社租用，并给予畜主适当的报酬，或者由合作社作价收买，转为公共所有。社员参加集体劳动，劳动成果在扣除农业税、生产费、公积金、公益金和管理费用后，按照社员的劳动数量和质量及入社的土地等生产资料的多少进行分配。

洋贵姐和发香对初级社的成立感到不满。洋贵姐互助组的小麦长势格外喜人，金黄的麦浪随风翻滚。然而，随着农业合作社的成立，原本属于她们的土地被收回，即将到手的麦子也突然间不翼而飞。麦子没了，她们的麦子能卖出的钱也化为泡影。突如其来的变故让洋贵姐和发香感到措手不及，原本指望着卖麦子的收入来解决家中的经济问题，如今却成为空谈。洋贵姐家中的两个孩子，迎子和桥生，他们的学费和生活费成为迫在眉睫的大问题。家庭的经济变得捉襟见肘，只能依靠卖点小菜和张全祚偶尔在外做点篾器活儿来勉强维持着家庭的基本生活。

一九五五年，金竹园和双坪在初级社的基础上，成立高级农业合作社，实现土地等主要生产资料的公有和社员个人消费品的按劳分配。社员私有土地被无偿地转为集体所有。社员私有的耕畜、大中型农机具则按合理价格由合作社收购，成为集体财产的一部分。与此同时，社员的生活资料和零星树木、家畜、家禽、小农具以及家庭副业所需要的工具等，依然保留为社员的私有财产。高级社通过有计划分工和协作，组织社员参加社内的劳动。高级社的总收入在扣除必要的税金、生产费、公积金和公益金后，剩余部分根据按劳分配原则在社员之间进行分配。私人没有土地了，但社员们还保留了一点自留地，用于种植蔬菜等作物，供自家食用。

私人土地没有了，张全祚被选为金竹园大队第三生产队的队长，发盛的大儿子赵同凯、智夫子分别被选为副队长和会计。

“六月麦子黄，秀女也下床。”麦子就像商量好的一样，说黄一夜都黄了。张全祚看到遍地金黄的麦浪，来到天井条石坝前，仰头看了看天空，对正在躺椅上乘凉的同凯说：“听广播说这几天没有雨，我看有几天晴。”

同凯转过身，发现全祚姑爹站在自己身边。他忙起身，说：“姑爹您坐。”

张全祚摆了摆手，示意同凯躺下。“明天早上你和发崇带些劳力把阴坡的麦子收割完，我和智夫子带两三个人把大院坝上的麦垛子拆下来翻晒。中饭后，大家集中力量打麦子。”

同凯从躺椅上立了起来，摸了摸口袋：“姑爹带烟没有？”

“带了。”张全祚从口袋中抽出香烟，递给同凯，自己嘴里也放了一支。

“麦子收得迟了，麦穗就全躺到地里了，遇上雨天就麻烦了。您看明天早上哪几个人跟您拆垛晒麦，其他人都跟我去割麦。”

“智夫子、发香、同雨跟我去晒麦，其余劳力你带走。”

“行，我等会儿给大家说。”

第二天一早，张全祚和同雨把麦垛子拆了下来，智夫子和发香将拆下来的麦子麦尖对麦尖地平铺在大院坝上。这时的大院坝成了麻雀的乐园，数十只麻雀从天而降，啄食着散落在场边的麦子，饱餐之后，又呼的一声飞走了，落在打麦场旁边的树上，叽叽喳喳地叫。用不了一会儿，就没影了。少顷，又飞来一群，再用同样的方式觅食，用同样的方式离开。张全祚和同雨时不时地捡起小石子向麻雀扔去，嘴里不停地吆喝着。发香拿着一根金竹枝，跑来跑去，不停地撵走偷吃的麻雀。

过了一个时辰，张全祚和同雨又将麦子翻了一个身，让火辣辣的太阳晒得麦穗起脆翘头。

午饭后，社员们三三两两拿着连盖来到大院坝坐在拐椒树下乘凉。大院坝与德麻子的房子仅一步之遥。十几年来，德麻子肚子还是不见动静。这时，赵发崇突然关心起了这件事情。他对智夫子说：“智夫子，你和德麻子这么多年，她的肚子怎么还是没动静呢？”

大家你一句我一句，越说越离谱……

智夫子从石磙上站起身，拍了拍屁股上的灰尘：“老子不和你们说了，老子走。”智夫子一边说一边准备往家里走，他最怕别人嘲笑他没有后人，现在就是有了后，也不知道究竟是谭德厚的还是自己的，这成了他的一块心病。

德麻子在生育问题上承受着巨大的心理压力，她尽量规避流言蜚语。她觉得这些流言蜚语让她心里滴血，愧对已故的父母。她照常每月补血调理身子，在有没有后人的问题上，她心里比谁都清楚，没有后人有问题，有后人问题更大。

“没有后人，不是一切都归零了吗？”智夫子常常独自一人这样想，他感到非常自卑。看见别人家儿孙满堂，享受着天伦之乐，他就更自卑了。他从不与人谈论这个话题，因为这是他心中永远的痛。

张全祚头戴一顶旧草帽，看见人来得差不多了，大声喊道：“大家不要打调子了，把家伙捡起，准备打麦子。”

张全祚说的“家伙”，指的是“连枷”，在金竹园和双坪一带又称为“连盖”。《齐民要术》记载：“连枷，击禾器。”《王祯农书》中记载得更清楚：“用木条四茎，以生革编之，长可三尺，阔可四寸，又有以独梃为之者，皆于长木柄头造为擐轴，举而转之，以扑禾也。”

同凯首先站起来走到场边，只见他头戴斗篷，吐口唾沫，两手一抹，双手握杆，持续进行后拉、上举、前挥、下扑、摆杆。大家两个人一对一行，两队人布阵对打，你进我退，我进你退。大家的连盖同时举起、落下，整齐划一，响声雷动。

午穿纱那么，
嗬咳。
打连盖那么，
嗬咳。
一下接着一下打呀，
嗦罗罗罗嘿。

金竹园那么，
嗬咳。
银大路那么，
嗬咳。
麦子黄豆蹦出来呀，
嗦罗罗罗嘿。

风吹脸那么，
嗬咳。
晒太阳那么，
嗬咳。
加劲干了好吃饭呀，
嗦罗罗罗嘿。
…………

打完一遍再把麦子翻一个身，又按序再打，拍打在麦穗上发出有节奏的嘣嘣声。

盛夏的太阳火一般炙烤，牛拉着圆溜溜、愣头愣脑的大石磙，不停地吱吱呀呀。张全祚赶着牲口，行走在摊开的麦秆上，一圈一圈地转着光景岁月，也转着希望和憧憬。

收工时，张全祚吆喝着把大家收拢起来："大家往这边站一站，今天都很累，肚子里也在呱呱叫，我长话短说。"大家你望望我，我望望你，不知还有什么事情，有的干脆在麦草上坐了下来。发大拿出旱烟，按在烟窝里。

发崇见状，连忙制止道："大哥，你忍一忍，不要把麦草点燃了，听菊香把话讲完。"发大慢吞吞地将烟杆收了回去。

张全祚继续说："昨天公社召开了大队、小队队长会议，会议是交爱国公粮的动员大会，内容很多，详细的内容我也记不住了，一句话，今年小麦受了灾，减了产，但是公粮不能减。"

谭德厚听到减产了还要交公粮，心里很不舒服。"减产不减公粮，到时候又要吃返销粮，不如现在不交，以后我们也不吃返销粮。"接着他又问，"猪还卖不卖？"

张全祚看着坐在石磙上的谭德厚回应道："不交公粮，上面也不会把布票、煤油票、肥皂和火柴票发给我们。"他接着说，"猪还是老规矩，家里养两头卖一头，养一头卖半边。"

乔大姐从麦草堆上站了起来："那就是交也得交，不交也得交，不交不行。"

"不交公粮，县里的干部还有老师和医生吃什么，他们也不能饿着肚子做事。"发崇说完，瞟了张全祚一眼，他知道迎子一家在城里都是吃商品粮的。

“还是先交，先把那些布票、煤油票拿回来，吃返销粮时再说。”

“还是先交了再说。”

“不交公粮没有办法。”

“管它三七二十一，先把票拿到手再说。”

“我们就是喝稀饭，公粮还是要交。”

“能不能多交一点公粮，多拿一些票回来？”智夫子异想天开，他嘴张得像升子口那么大，咽了两三口唾沫，嗓子里发干似的，“菊香你快点，我饿得前心贴后背，嗓子里都冒烟了。”

发崇按捺不住，开始蠢蠢欲动了。他走到智夫子背后，摸了摸他的头：“你想得倒美，把自己的票拿回来就不简单了。”

智夫子一惊，也不甘示弱，使出了吃奶的劲，从头上拿下发崇的手：“老家伙的头是你这个小家伙随便摸的？”说着手往发崇下身摸去，发崇急忙后退，一个踉跄倒在麦堆上。智夫子哈哈大笑起来，也不知道他是在嘲笑发崇狼狈不堪的样子，还是自鸣得意。

同凯面带愠色，见智夫子他们追逐打闹，制止道：“不要疯了，听姑爹把话讲完，大家好回家吃饭。”场内顿时安静下来。

张全祚接着说：“大家说公粮还是要交，明天发香和同雨把脱粒的麦子翻晒两遍，后天去几个劳力，把麦子背到马鹿池粮库交了，争取弄点碳铵回来。”

散会时已是满天星斗，半圆的月亮挂在湛蓝的天上，金竹园的竹林、树上到处知了——知了——蝉鸣漫长、高昂、执着，不绝于耳。

第三天，同凯、发大、德厚、发香一行十一人背着沉重的麻袋往马鹿池粮站走去，麻袋像一座小山压在肩膀上。他们胸口剧烈跳动，嘴巴喘着粗气，仿佛要把周围的空气都吸进肺里。

发大汗流浃背，他找个有石凳的地方歇下，撩起衣袖揩着额头的汗粒，脏黑的脖子上印满了汗迹：“还是吃商品粮好，你看迎子一家，不像我们脸朝黄土背朝天，好不容易种点粮食出来，还要交公粮。”

“你以为商品粮那么好吃，一个人一个月二十九斤，六两油，吃都吃不饱。”发香脸蛋累得通红，微微凸出的前胸渗出细小的汗珠。

德厚望着发大，不慌不忙地一个字一个字地讥讽道：“你种田吃饱了？你就是一个皮匠命。”

发大嘴巴逞强：“没吃饱，但我们多少还有一块自留地，种好了，菜还是有吃的。”

他们背着麦子终于来到粮库质检员面前，质检员二话没说，拿起手中的一根铁制尖尖的细棍，插向麻袋深处，她拔出来的时候，带出几十颗麦粒，紧接着，她用牙齿咬着麦粒。同凯诚惶诚恐地看着质检员，等待不可预知的结论。质检员说：“你们的麦子比较干爽，还可以。”

同凯悬着的心如释重负。验级过关，他们背着麦子过磅称重后，扛着麻袋，走在麦堆上一根长长的木板上，到了最高处，把扎麻袋的绳子解开，金灿灿的麦粒倾泻而出，麦粒颗粒饱满、胀鼓鼓的，像要爆裂开来。

入伏后，天气越来越热。田野里的苞谷也长得有一尺多高了，地里的野草疯长，有的比苞谷苗长得还快一些，大有喧宾夺主之势。

这天傍晚，张全祚站在田埂上，望着绿油油的苞谷地，对赵同凯说：“明天生产队男女劳动力全部薅草，你等一下到坎下屋场里通知一下各家各户，上午天气凉快，我们就先薅桐梓树湾的苞谷草。下午天热，再薅沿路坎下面的草。”

“好，下午热离窝子近些，喝水也方便。”赵同凯感觉姑爹安排事情想得周到，“是不是搞一套锣鼓家什，免得人多话多，出工不出力，一天做不了多少事。”赵同凯补充道。

“可以，明天早上你把锣鼓家什带起，让智夫子、发崇和德厚三人响起。”张全祚回答。

自从张全祚当上队长后，他最头疼的问题就是队员们做事不齐心，出工不出力，自己的堂客也不例外，出工总是落在别人后面，收工却总是第一个跑回家。他不明白，为什么一个在金竹园出了名的勤快人，到了队里干活就变得懒散起来。他觉得锣鼓家什响起好，免得薅草时大家嘻嘻哈哈，闲聊的人多，农活做不出来。

第二天清晨，金竹园三队的男女社员们，携带着月锄，三三两两地往桐梓树湾方向走去。乔大姐嘴上叼着一根叶子烟，走在几个姑娘嘎的前面，跟在她后面的德麻子被烟味呛得连连咳嗽。

德麻子实在受不了乔大姐的烟味，便说：“乔大姐，你走后面，我走前面。”

“不行，不行。”走在后面的几个姑娘嘎起哄道，“德香的脸蛋白嫩嫩的，容易招苍蝇，让烟子熏一下，熏黑了，智夫子放心些。”说完，大家都笑了起来。

到了桐梓树湾的田间，张全祚站在一块平坦的青石上，居高临下地审视着即将开始劳作的队伍。谭德厚手持鼓槌，智夫子拿着铜锣，赵发崇握着一对钹，他们三人站在薅草队伍的最前方。张全祚清了清嗓子，用他那洪亮的声音对大家说：“大家听好，今天上午我们把桐梓树湾的草薅完，然后回家吃午饭。午饭后，我们把元路下的苞谷草薅完。”

赵同凯接着张全祚的话，开始组织队伍：“男强劳动力往中间站，姑娘嘎往两边站。赵同雨、赵同顺，你们两个往中间站。”赵同凯大声喊道，不容置疑。

赵同雨、赵同顺虽然不太情愿，但还是慢吞吞地走到了队伍中间位置。一些姑娘嘎争先恐后地站到了薅草队伍的两边。洋贵姐拉了德麻子和发香一把，并没有往两边站去，她指了指前面的几棵桐梓树：“树下没什么草，薅到树下还有阴凉，可以在那里歇会儿。”

薅草也是一个偷懒活，偷奸耍滑的人往往会跑到两边站，薅草时，他们薅的草越来越少，无形中将更多的工作量转嫁给了站在中间的劳动力。赵同凯深谙此理，他特意将强劳动力安排在中间位置。

“好了，准备下田，锣鼓家什响起。”随着张全祚一声喊，锣鼓家什的声音顿时响彻田间，激昂有力。智夫子、赵发崇和谭德厚随着锣鼓的节奏，开始随着锣鼓声喊唱起来：

下田达哟，
来达。
哎啊，
号子哦，
喊闹呀，
台呀，
幺姑呀，
筛茶哟，
来耶，
她手拿扇子，
摇啊摇滴摇个摆呀摆，
摆呀摆滴个摇啊摇，

摇摇摆摆的幺姑哦，
好呀嘛好身材。

哎，
太阳红似的火喂，
哥哥我好口渴呢，
茶山上的幺姑子姐啰喂，
送茶上山坡咯喂，
一双爬山脚啰喂，
两个小酒窝啰喂，
走起呀路来呀，
摇啊摇滴摇个摆呀摆，
摆呀摆滴个摇啊摇，
摇摇摆摆的幺姑哦，
赛过那个小嫦娥。

郎在啊，
树上欸，
摘石榴啰喂，
姐在哟，
树下哟，
尝一下口啰喂，
郎说石榴酸，
姐说石榴甜，
酸啊，
甜啊，
酸啊，
甜啊，
酸酸甜甜的味道欸，
越吃我嘴呀越馋，
那你去吧一口麻，
那你去吧一口麻，

哈哈。

哎，
号儿歌儿一声喊，
一声号儿歌喊啰喂，
喊得姐儿软啰喂，
摇啊摇滴摇个摆呀摆，
摆呀摆滴个摇啊摇，
摇摇摆摆的幺姑哦，
羞呀嘛羞红了脸。

洋贵姐自高级社起就很少参与生产队的集体劳动。她的一双三寸金莲小脚，背、拿都不是她的强项。烧火粪、砍渣子、背水粪这些负重的活，一天辛苦下来所获得的工分仅有六七分，比起强劳力的十分，她的工分少了许多。

她算过去算过来，觉得还是把自留地种好，隔三岔五地上街卖点菜，一天下来的收入比在生产队劳动按工分分粮、分钱强得多。她将全部精力投入那一亩三分自留地上，无论是白天还是夜晚，她都在忙碌着，像对待自己的孩子一样精心照料着自留地。有时在田间看不到她的身影，那一定是她上街卖菜去了。

张全祚的队长当得尽职尽责，大家十分信任他。除队长的职责外，大家把队里保管室的钥匙也交给了他，他又兼起保管员的角色，负责管理队里的保管室。

每当队里根据人头和工分分粮时，张全祚总是手持一杆秤，给张三称了又给赵四称，称到最后才给自己称。大一些的红薯、土豆都被前面的人选走，落在他面前的总是最小的。

洋贵姐每次看到大爷嘎背着小个的红薯和土豆回家时，总是忍不住抱怨：“又分回来几颗枣子米。”

张全祚对此总是平静地回应：“枣子米总要有人要。”

洋贵姐听后，心中更是不悦，反驳道：“要可以，但总不能每次都是你要。”

从那以后，洋贵姐给发香说：“分苕分土豆时，你帮我们一起分了带回家，免得菊香尽分些枣子米。”

一九五八年，金竹园和双坪家家户户都建起了“小高炉”。为建设小高炉，张全祚特意回到双坪大队。他带着吴发金和十六岁的桥生，在院坝坎下平了一块土地，建造了一个约两人高的小高炉。这个高炉是用黄泥和石头精心垒砌而成，内部设有炉箅子，顶部留有添加原料的开口。张全祚建造的高炉厚实精致，他上山砍伐大量树木，将其锯成木柴，与煤和从北岩采集的矿石一起放入炉膛，使用自制的木板风箱来吹风助燃，点火炼铁。

夜幕降临，双坪的夜空被炉火映照得通红。事与愿违，这些小高炉的火焰却无法达到炼铁所需的高温。那些稍有冶金知识的人都知道，树木的燃烧温度也就六百多摄氏度，煤的燃烧温度也不超过一千摄氏度，而铁矿石和铁的熔化温度最少也要一千五百摄氏度，土法上马的小高炉根本无法达到炼铁需要的温度，张全祚他们最终也没有炼出一滴铁水。

张永福见儿子和桥生以及其他村民忙碌了七八天却一无所获，不禁感到失望。他拄着拐杖指着儿子的脑袋，责备道：“你们脑袋里都进了水。”

迎子完成初中学业后，被银东县教育局分配到江北两河口小学任教，从她工作的学校到银东县城有一百八十里路。每次她从学校返回城里，最高兴的事就是到处都可以吃饭，农民办的食堂大家都可以去吃，只需支付五分钱的柴火费。二十四小时都有饭吃，只要你吃得下，吃东家后吃西家，一天吃到黑。

迎子从城里返回学校时，照样吃着回去，苞谷饭、红薯、腌菜加懒豆腐吃起来很香，吃了还想吃。沿路有食堂提供食物，迎子从最初的三个月进城一次，变为半个月一次。然而好景不长，从学校到县城的食堂都吃垮了，迎子进城又变成三个月一次。

金竹园大队也加入办食堂的行列，第一生产队和第三生产队地理位置较近，他们在发崇家的院子里办起大食堂。第二生产队联合第四五生产队在阴坡赵同汉家院坝里搭起了草棚，办起了一个规模更大的食堂。

周世秀见办起了食堂，她和德麻子争着要去食堂里做饭：“这下好，自己也不需要做饭了，天天有饭吃。”周世秀和德麻子都是不愿意在家做饭的人。

周世秀好奇地问：“德嫂子，你怎么想到来做饭？”

“我还不是和你一样，不想出坡干活，怕把脸晒黑。”德麻子回答。

周世秀心里暗想，老娘的脸怕晒黑还情有可原，你一脸麻子，即便脸晒黑又有什么关系。“德嫂子，我看你是想近水楼台先得月吧。”周世秀调侃道。

“我们俩大哥不说二哥，天下乌鸦一般黑，谁不想沾一指。”德麻子直言不讳，咧开的嘴角依然露出那颗好看的小白牙。她瞟一眼周世秀，笑容中透露出一丝狡黠。

周世秀紫青色的薄唇颤抖着："照你说我们都是大乌鸦。"

张全祚作为金竹园第三生产队的队长，不仅自己要带头去食堂吃饭，还要动员生产队的社员都去吃食堂。他态度坚决，表示谁不去食堂吃饭，就要挖掉谁家的灶。张全祚的这一行为，遭到洋贵姐的强烈反对。"你要吃，去双坪和吴发金一起去吃。"

双坪大队到处都是食堂，大家吃得不亦乐乎。张全祚看到堂客不去吃食堂，他感觉原来会算账的人，现在怎么变成死脑筋，一点也不会算账。他歪着脑袋对洋贵姐说："别人都去吃，你不去吃，你不是亏大了。"

洋贵姐说："亏大了就亏大了，反正我不去食堂吃，家里的东西你也不要拿去。"食堂里的碗、锅等用品都是从社员家中收集来的。

"别人都拿东西去，我这个当队长的，如果不拿东西去，面子上怎么过得去？"张全祚辩解道。

洋贵姐思考一会儿，觉得大爷嘎说得有些道理，她看见他可怜兮兮的样子，同意让他把煮猪食的大锅和大簸箕拿到食堂里去用。她心想，即使没有煮猪食的锅，也可以用炒菜的锅代替。簸箕没有了，大爷嘎今后可以再织新的。

洋贵姐拒绝去食堂吃饭的消息很快在金竹园传开，成为金竹园的一大新闻。大队长赵同根决定亲自上门动员，如果实在不行，就把她的灶挖掉，他不想洋贵姐成为其他人效仿的坏典型。

赵同根是位经历过土地改革的老党员，属于老土改根子，对党有深厚的感情。论辈分，洋贵姐比他高一辈，他应该称呼洋贵姐为姑姑。这一天，赵同根带着几个民兵，这些民兵头上都戴着一顶黄帽子，左膀子上戴着写有"民兵"二字的红袖卷，他们大摇大摆地来到洋贵姐家门口。

洋贵姐站在门口，看着眼前的阵势，她双手叉着腰，毫不畏惧地说："哟，今天是什么风把侄儿子吹来了，准备在姑妈头上动土。"

赵同根没想到洋贵姐如此强硬，他回应道："我们哪敢在老辈子头上动土，我们只是按上面的要求把灶挖掉。"

洋贵姐站到灶的前面说："你们要挖灶，你们先挖我。"挖灶的民兵拿洋贵姐也没有办法，挖灶把人挖伤了也不是一件小事情。

"我有病，不能到你们食堂里吃饭，我吃得软和一点，汤汤水水多一点。"洋贵姐找了一些理由。

赵同根见状，知道这件事难以摆平，只好顺水湾船：“我们不知道姑妈有病，您病好了，再去吃食堂。”

洋贵姐瞅着赵同根：“侄儿子，我的病一会儿半会儿好不了。你们办食堂，从今天算起，我们打个赌，如果超过三个月，我自己把灶挖掉，天天去食堂吃饭。”她的眼中满是不屑。

赵同根在金竹园也算是有头有脸的人物，他怎能咽下这口气，“好，就这么说。”算是收了一个场。

在食堂里吃大锅饭，生产队的社员们普遍不愿意出工劳动。当田里的红薯、土豆成熟后，大家套着牛犁，人跟在后面捡土豆、红薯，挑大的、多的捡，还有很大一部分较小的重新被埋回土里。不劳动也可以吃饭，家里人口多的、孩子多的，大家帮着养。食堂吃饭的人越来越多，干活的人却越来越少，粮食很快就被消耗殆尽。

张全祚在食堂吃不饱饭，回家后还要吃洋贵姐的食物。洋贵姐强忍着内心的怒火，愤愤不平地说：“你到食堂里去吃，那点粮食，我不够吃。”

随后的一九五九年至一九六一年，中国遭遇了全国性的大灾荒，金竹园村民的生活变得极其艰苦，面临着前所未有的挑战。

第十三章

最近，张克林在东岭公社双坪大队的名声如日中天。前些日子，东岭公社商书记来到双坪大队，宣布他任双坪大队大队长，他从双坪四队队长晋升为双坪大队队长。这一跃升让他成为乡亲们眼中的幸运儿，大家都说张克林这几年走“狗屎运”，“狗屎运”不是每个人都有的。

三十年前，为了保住家族的田产，洋贵姐让自己的大爷嘎和吴发金圆房成婚。不久后，张克林从吴发金肚子里爬了出来，来到酸甜苦辣忧急愁的大千世界。不出五年，他又迎来一个妹妹。

张克林的外貌酷似其父，举止行为如出一辙，一个模子刻出一般，只是嘴边胡子浓稠些。他的父亲去世后，许多人见到张克林误认为是他的父亲：“怎么张全祚还活着，寿命真长。”

张克林小时候在赵同才家里读了几年私塾，上完五年小学就再没有读书，当时也算是有文化的人。他一边读书，一边跟着父母干农活、学手艺。农村的打坝、犁田样样都会，木匠、篾匠也有小成。令人称赞的是，他不知从哪里学来了养蜂的技艺，他利用自己会木匠的优势，制作了八个蜂桶，放置在自己房子的屋檐下。这些蜂桶成了蜜蜂的家园，蜂后、雄蜂、工蜂各司其职，井然有序。雄蜂负责交配，蜂后负责产卵、繁衍后代，工蜂进进出出，采花酿蜜。一年下来，可以收割百十斤蜂蜜，换取一千二百元左右的人民币。在当时的双坪大队，张克林算是有钱人。

张克林的蜜蜂养得好，在双坪大队逐渐传播开来，名声越传越远，越传越神，传得东岭公社十里八乡都知道双坪大队出了一个张克林。传言中，张克林养了很多蜜蜂，挣了很多钱，挣的钱一辈子都花不完。这些传言最终传到东岭公社办公室主任李得才耳中。

李得才对此深感不安，他皱起眉头，眼中闪过一丝忧虑：“这不是走资本主义道路，长资本主义尾巴吗？”他眯起眼睛，仿佛在思考着什么，语气中带着一丝神经质：“如果这样的典型不抓，大家都去养蜂，都多吃多占，谁还去搞农业生产？谁还去走社会主义道路？张克林养蜂的事，我们得好好管一管。”

在这样的大是大非的问题上，李主任从来没有含糊过，他决定亲自去张克林家进行调查。

当天中午，李得才匆匆地在公社食堂吃完饭，戴上一顶印有“人民公社好”字样的草帽，肩挎着装满柠清茶的军用水壶，大步向张克林家走去。烈日炎炎，太阳把大地烤得热烘烘的，好像用一根火柴就能把整个地球点燃一样。李得才一边喘着粗气，一边用草帽扇着风，汗水沿着额头不停地往下流淌。

张克林房屋旁的大樟树，像一把大伞，遮住了白亮白亮的太阳光。张克林悠闲地躺在樟树下的木椅上，地上放着一杯浓酽的茶水，不停地散发着香气，蜂群一团一团的，在他身边飞来飞去，嗡嗡作响。

“哈哈，克林弟，你真会享受，一个人躲在大树底下乘凉。”声音里带着一丝戏谑和不满，从屋旁的小路传来。张克林顺着声音望去，李得才正快步走了过来，汗水浸透了他的衣服，显得有些狼狈。

张克林连忙站起身，迎上前去，带着调侃的语气说：“哈哈，李大主任，今天是什么风把您吹来了？快坐，快坐。”

“不是什么风把我吹来，是你的蜂子把我催来了。”李主任一本正经地说，脸上没有一丝善意。蜜蜂在他身边来来往往，有的干脆在他的头顶或者肩头落下，这闻闻，那看看。李得才坐立不安，既不敢打，也不敢碰，只有僵硬地坐在那里。

“看您说的，我的蜂群哪有这么大的面子，敢把您请来。”张克林笑着回应，试图缓和气氛，“来来来，先喝杯茶，消消暑。”

“克林呀，你大小也是个队长，在养蜂的问题上你没有带好头呀！外面都说你这是在走资本主义道路，你都成了资本家。”

张克林一听这话，脸色一沉，理直气壮地说：“我倒想听听养蜂到底有什么问题。”

李得才上纲上线地恐吓道：“我今天把话说透亮，养蜂就是长资本主义尾巴，走资本主义道路，属于多吃多占，这是两条道路的斗争。”

“李主任，”张克林的声音中已没有了先前的平和，“我养蜂没有拿队里的一针一线，没有耽误一天出工的时间。我都是放工后抽时间打理蜂群。我就想不明白，好日子的路不走，怎么就走到资本主义道路上去了？”他的声音变得低沉而咆哮，语气中充满了恼怒和不满。

李得才却不依不饶：“你告诉我，你的蜜蜂采的谁的花？那都是生产队集体的，这不叫多吃多占叫什么？”

愤怒的情绪让张克林变得无法理智。“李主任，你给老子说一下，老子的蜂子哪一只去偷吃了生产队集体的花，是甲，是乙，还是丙，你把它找到，老子把它枪毙了。”

李得才听得一愣一愣的。

“你今天来得正好，我还要给你算一笔账。”张克林继续说道，语气中带着一丝挑衅，“老子的蜜蜂成天在地里忙来忙去，把这里的花粉送到那里，把那里的花粉又送到这里，帮助玉米、水稻等作物完成了授粉，没有授粉能够长出粮食吗？你们总该把授粉费给我吧。”

李得才被张克林的气势所震慑，一时语塞，脸红一阵白一阵，无地自容。

李得才和张克林的争吵声越来越大，张家院子的村民们纷纷走出家门，议论纷纷，场面热闹非凡。

张克林的堂客吴秀翠，身材圆润，面庞白皙，身着一件简单的短衫和花短裤，拖着一双解放鞋，从屋里走了出来。她用一种调侃的语气说：“哎哟，这不是李大主任吗？你们还有这么大的力气在这里争吵。今年天气干旱，我们这里的土豆长得跟麻子一样小，吃的都没有。李大主任，回去后可得帮我们多弄点救济粮啊。”

她把“土豆长得跟麻子一样小”说得特别重，话音刚落，人群哄堂大笑，有的人擦拭眼泪，有的人捂着肚子弯着腰：“笑死我了。”

吴秀翠把今年收获的土豆比成李得才脸上的麻子，让他尴尬不已。“好，养蜂的事算我没说，我还有其他的事要办，我们改天再说。”李得才看到今天这个局面，心想今天真不该来，他自己给自己找了一个台阶，灰溜溜地离开了。

张克林的蜜蜂不仅没有走资本主义道路，而且没有长资本主义尾巴，更没有多吃多占。相反，它们还帮助玉米、水稻等农作物进行授粉。这个爆炸性的新闻从张家院子传出，一传十、十传百，传遍双坪大队，传遍整个东岭公社旮旯角落，成为人们茶余饭后的谈资。

张克林养蜜蜂在东岭公社引起巨大反响，三山五岳的老百姓跑到他家中学习技术或买蜂桶，养蜂浪潮一浪高过一浪，东岭公社变成远近闻名的“蜂子公社”。

洋贵姐得知桥生养蜂后，她对二妹子说：“你们那里的菜籽花多，现在的钱不好挣，你让大蛮子和小蛮子跟桥生学养蜂。”

没有几天，大蛮子和小蛮子把养蜂的技术学到手了，在家里养起五十桶蜜蜂。蜜蜂养起来后，他们挣的钱越来越多，惹得周围的人赞叹不已。

张克林养蜂不仅在民间引起了轰动，也引起了东岭公社党委的关注。商书记了解情况后，给予了高度评价。“老百姓有吃的比没有吃的好，有穿的比没有穿的好，有用的比没有用的好，只要老百姓好什么都好。”在这样的背景下，张克林被提拔为大队长。

张克林被提拔为大队长后，他首先考虑的是家家户户通广播。这样一来，村民们就能及时了解到国家的政策，学习先进的农业生产技术，避免犯低级错误，大队发布通知和组织活动也方便多了。

二十世纪六十年代中后期，为响应“学工、学农、学军”的号召，银东县第一中学兴办校办工厂。工厂有五个老师，他们大多数出身不好。尽管他们背负着不太光彩的历史标签，依然勤勤恳恳地生产出一大批喇叭。然而，这些喇叭生产后，一直没有得到有效利用。

张克林从姐姐那里知道这个情况后，主动找到学校的吴校长，请求将这些喇叭捐赠给双坪大队。张克林诚恳地说：“喇叭在您这里没有作用，在我们农村就起大作用。如果学校能将这些喇叭送给我们，我们大队里愿意以两车大白菜作为回报。”

吴校长慷慨地说：“学校给你们送五百只喇叭，大白菜就不要了。你们到时给我们送一面锦旗，上面写上‘雪里送炭’几个字，我们向上级也好有个交代。”

张克林对吴校长的慷慨援助感激不尽：“行，谢谢你们给我们解决了大问题。”

两个月后，双坪大队四百七十八户家庭都安装了广播，八个生产队还装上了高音喇叭。为了这个项目，他们每户从养蜂收入中捐献二十元，大家都不愿意在这件事上显得吝啬，不愿意让别人在这件事上看笑话，更不愿意今后不学习，缺乏科技知识而成为别人的笑柄。

广播开通的第一天清晨，张克林怀着满心的喜悦和自豪，来到大队广播室。他要享受一下几个月来的成果，行使大队长的职权。

“喂、喂、喂！大家注意啦！大队的广播今天正式开通了。感谢大家的配合和支持。按照上面的精神，我先说一下大队的计划生育工作和几个具体事情。”他的声音透过广播传遍了整个双坪大队，尽管他不确定村民们听到没有，也不知道他们愿不愿意听。他清了清嗓子，继续说道："现在国家实行的计划生育政策是普及一胎，控制二胎，消灭三胎。一人结扎，全家光荣。每个家庭都应积极响应国家的号召。"

广播里咯噔一声响，他好像在广播室里喝了一口水。

"现在的措施是，该扎不扎，见了就抓。一胎生、二胎刮、三胎四胎——扎扎扎。"他好像又喝了一口水，清了清嗓子。

"我在这里要点一下名。板壁屋的李嫂子和谭嫂子，你们都有四个娃子，特别是谭嫂子，现在男女都一样，姑娘一样好，给你养老送终，不要再生了，土地这么少，你们生这么多，还没饿怕吗？你们在阴历二十三号前，让你们的大爷嘎去公社卫生院结扎。"张克林用命令的口气说道。

"还有三队的李荣，你也不要想到麻主任是吃商品粮的。"自从李得才上次来阻止养蜂后，张克林再也没有给李得才喊过李主任，"麻主任大小也是一个干部，在计划生育上要带头。李荣，你不要无动于衷。今天喊结扎，明天喊结扎，天天喊结扎，就是不结扎。"张克林狠狠地把她批评了一顿。

在回家的路上，张克林在板壁屋又遇见李嫂子、谭嫂子和她们的公爹胡老头。胡老头拉着张克林的手，颤颤巍巍地说："克林侄啊，你今天搞结扎，明天搞结扎，我们家里，你把我扎了，扎就扎总闸吧。"

张克林笑着说："胡老爹，关键是扎不住啊。"李嫂子和谭嫂子哈哈大笑起来。

在张克林大张旗鼓地宣传计划生育的同时，他的父亲却在马鹿池公社大会上遭到了尴尬的批斗。张全祚和德麻子分别戴着黄色和绿色的高帽子，胸前挂有一尺见方的纸牌，两个黄色的纸牌上分别用红笔写着"我是张全祚，我有两个堂客！"和"我是龙德香，我有两个大爷嘎！"他们并排站在会场主席台上，成了批斗的焦点。台下观众的议论声此起彼伏，对他们感到十分好奇。

批斗会结束后，张全祚和德麻子戴着高帽子，在众人的围观下，在银大路上游村。一些不明真相的人议论纷纷："怎么张全祚和德麻子在一起？"

侯团长已经是分管计划生育的副县长，他知道情况后，心情十分沉重，说："这是历史环境造成的问题。"

侯副县长接着说："德香和德厚的结婚证早已注销，张全祚的结婚证也烧掉了，你现在让他们生也不一定生得出来，这样的典型没有必要纠缠。"

一九七四年，从农历五月十八小暑开始，天气一天比一天热了起来。太阳瞪着独眼看着大地，像泼了辣油的火球，火辣辣地悬在天空中，向双坪大队散发着火气。知了躲在大树的枝干上，热得有气无力地喊叫着，狗儿伸着舌头，急急促促地喘息，田地里的庄稼也在闷热的烤炉里辗转反侧地挣扎，和焦急的双坪人一起等待雨的到来。人们逐渐对那曾讨厌的乌云和无情的冷风变得亲近起来，时时刻刻地盼望着云和风的到来。乌云和冷风来了，也没有见到大雨滂沱的身影。时间一天天过去，人们的希望也像庄稼的叶子一样，在一天一天的等待中慢慢变黄。镇溪县革委会针对大旱情况，号召各行各业都要支援农业，全力投入到抗旱工作中去，确保农业丰收。

东岭公社办公室主任李得才响应号召，被派往双坪大队蹲点协助抗旱工作。为了方便工作，他选择住在自己家里。他与大队长张克林商议后决定，先把八个生产队的队长和会计召集起来，开一个抗旱专题会议，按照县革委会的指示，把抗旱的工作安排下去。

“我们没有意见，按麻主任说的办。”张克林自从蜜蜂事件发生后，一直戏称李得才为“麻主任”。

“开会时你还是正经些，给我留点面子，不要叫麻主任。”李得才半开玩笑地请求。

“行，开会的时候我叫你李大主任。”

“会什么时候开？”张克林答应着，随即询问会议的具体时间。

“定在明天下午三点吧，在大队室开。今天下午，你负责把参加会议的人员通知一下。”李主任安排道。

第二天下午，八个生产队的队长、会计陆陆续续地来到双坪大队室。张克峰和张克林结伴一同到达。张克峰是张玉祚的儿子，他家兄弟姐妹五个，他排行老三。

前几年，张克林被提拔当上大队长后，张克峰当上双坪四队的队长。张克峰的个子不高，长得却很结实，黑红的面孔上留有一个两指长的刀痕。他浓眉大眼，眼睛炯炯有神，剃着一个小平头，戴着一副茶色墨镜，走起路来扑通。扑通直响。张克峰自幼性格刚烈，爱打抱不平。只要遇到不平的事，即使和他毫不相干，他也要替人出头。

有一次，张克林家的鸡被公社柑橘厂的知青们偷吃，当知青们还在炫耀“将煮熟的玉米，用线穿成串丢在地上，鸡子抢着吃后，玉米在食管里上不得上、下不得下”的时候，张克峰出现了，他和十几个知青大打了一场。这次他吃了一个大亏，不光是头被打破了，脸上留下两指长的刀痕，还被公安特派员关了两天禁闭。原来方圆几十公里范围内名声显赫的“张疯子”变成了“张疤子”。他乐意听别人叫他“张疯子”，也不愿意听别人叫他“张疤子”，他觉得“张疤子”是他一生中最大的耻辱。他也从这次打架中找到教训，一人难敌众手，要先下手为强，心要狠一些，这样才不会吃亏。

“麻主任，听说荣嫂子结扎结到嘴上去了，你的日子过得安稳些了吧。”张克峰知道李主任是荣嫂子的下饭菜，在家里荣嫂子说一，李主任不敢说二，荣嫂子说二，李主任不敢说一，这才拿荣嫂子结扎取笑李得才。张克林没有喊李得才麻主任，张克峰又喊了起来，大家见状，哈哈大笑。

“老弟，我是叫你张疯子呢？还是叫你张疤子呢？”李得才知道张克峰最怕别人喊他“张疤子”，他拿准了张克峰的痛处。张克峰见状，急忙回应：“好，我让一步，李得才主任。”

李得才听后心情大好：“哈哈，这就对嘛。你好，我好，大家都好。这叫两好合一好。”

“还是喊麻主任好，喊惯了改不过来，喊麻主任亲切，你们两个人都不喊，我们还是可以喊。”开会的人群中，又有人喊起了麻主任，大家吵吵嚷嚷，笑声不断。

张克林从凳子上站了起来：“大家不要笑了，开会。现在请李得才主任讲话。”大家安静下来。

李得才丢掉手中的烟头，清了清嗓子，严肃地说：“今年从农历五月十八小暑开始，到今天已经一个多月没有下雨。人没有水吃，牲口没有水喝，水田里都干裂缝了。没有水吃，就会死人，庄稼就会绝收。我们不能等死，不能等绝收。公社革委会要求我们发扬大寨人大战虎头山和狼窝掌的精神，积极组织抗旱救灾。”

张克峰显得有些不耐烦：“你直接告诉我们怎么组织抗旱，不要绕弯子。”

李得才继续说：“双坪大队这样抗旱行不行？首先把强劳动力集中起来，一个都不能少。五、六、七、八四个生产队，你们的田地靠近长江，你们把劳力组织好，直接在长江里背水抗旱。”

“那我们呢？”张克峰迫不及待地问。

李得才回答：“一、二、三、四四个生产队，你们集中力量，利用现有的拖车工具，把拖拉机开到银东县县城磨盘拐，在长江取水后拖回来抗旱。”

张克林说：“这样安排很好。”

会议不到一个小时结束。张克林急匆匆地回到家，换上干净衣服，用布包装了四斤蜂蜜，向金竹园走去。

双坪到金竹园的小路缠绕着翡翠般的山峦，依着山谷，穿过松树林，山路铺满了落叶，窄得像一根羊肠，弯弯曲曲，盘旋曲折。今天是桥生伯伯张全祚六十二岁的生日。他几年前将生产队长的担子交给了赵同凯，表示自己年纪大了，力不从心。

赵同凯是赵发盛的大儿子，壬午年生，修长高大粗犷的身材，脸如雕刻般五官分明。盛夏，他时常不着衣物，整个背脊又黑又亮，好像涂上了一层油，与父亲赵发盛的粗犷气质截然不同。

喝完生日酒，大家都有些微醺。“老弟过来了。”赵同凯看到洋贵姐、姬子文、桥生和全祚姑爷在天井里，跷着二郎腿，边喝茶边聊天，便拿着一把蒲扇走过来。

“老爹过生，我来凑个热闹。坐，一起谈谈白。”张克林给赵同凯递去一支香烟，转身又给他倒了一杯茶。

赵同凯接过香烟和茶，坐下后感慨地说：“今年搞个锤子，堂客遇到了和尚，一年又白整了。很多地方都绝收。”

张克林摇着蒲扇回应道：“我们那里也一样，地里都干冒烟了，今天下午我们刚开了抗旱会，如果不抗旱，明年吃的问题就更大了。”他手拿着蒲扇不停地左右摇晃着，接着说：“伯伯，你坐过来一点，沾沾我扇的风。”张全祚把椅子往张克林身边挪了挪。

洋贵姐忧心地说：“我们这里水源都没有，怎么去抗旱？”

张克林觉得双坪抗旱水源不是问题，他说：“我们五、六、七、八四个生产队的田在长江边上，直接在长江里背水抗旱。一、二、三、四四个生产队把拖拉机开到磨盘拐，在长江取水后拖回去抗旱。”

张全祚把烟杆在椅子上磕了磕，情不自禁地把头抬起望了望天空，天上一丝云都没有。他无奈地说：“金竹园抗旱确实很难。”

时间过得真快，一晃就到了隆冬时节，寒风在银大路上呼啸而去、呼啸而来，发出阵阵吼声。银大路上的行人越来越少，飞鸟、走兽消失得无影无踪。

立冬没有几日，赵同凯把各家各户当家人召集到自己家里开会。“把大家喊来，没有什么大事。”赵同凯的声音在屋内回荡，“现在立冬已过，我们要开始准备积肥，接着又要种土豆。没有马尔科，全家要挨饿。如果有米拉，大家笑哈哈。今天，我们把积肥和种土豆的事安排一下。”米拉和马尔科都是土豆。

赵同凯只读了小学二年级，没有什么文化，今天居然说出了四言八句，引得在场众人一阵轻笑。

“你们笑什么？”赵同凯有些不解，“土豆还有什么别的名字？如果有人知道，说出来，明天拖粪就可以免了。”大家你望着我、我望着你，面面相觑，一边抽着烟，一边喝着热茶，却没有人能回答得出赵同凯的问题。

“土豆不就是土豆吗？哪还有什么别的名字？”赵发崇坐在火坑边，手里忙着剥土豆，嘴里还不停地咀嚼着，吃得津津有味，“管他土豆还有什么名字？明天拖粪你俩爷子跑不脱。”他抬头望了赵同凯一眼。

赵同凯说：“土豆我们叫洋芋，洋鬼子叫马铃薯。这是我前几天去天保公社开洋芋现场会张社长说的。”

“真是多此一举，什么马铃薯？老子们祖祖辈辈都叫它洋芋，叫什么马铃薯！”智夫子不满地嘟囔着，他显然对这种新称呼感到不适应。

三百多年前，来自安第斯山脉的土豆开始在银东县种植，绿的叶、白的瓣、黄的蕊，春风拂晓，一垄垄的土豆，花儿随之摇曳，金竹园的村民们多了一种叫洋芋的食物。

“你快安排一下，哪几个人进城拖粪，哪些人砍渣子烧火粪。你伯娘还等到我回去给她焐脚呢。”赵发崇立起身子，把手中的土豆皮丢到了猪食盆中。

众人哄堂大笑，他们的大爷嘎、堂客也还等着自己回去焐脚呢。

赵同凯说：“这些天拖粪还是我和我爹，还有发崇伯一起去，其他的人跟到姑爹烧火粪。”

“我说拖粪你俩爷子跑不脱吧。”赵发崇用手擦着嘴边的土豆，十分得意。

寒风好似一个醉汉，在金竹园游荡，满山遍野的金竹枝在寒风怒吼中摇曳不定。开会的人颤着身子，捂着双手走在回家的路上。

赵同凯开会后的第三天，张学祚、张克林、张疯子开着神牛—25的拖拉机，突突突地向银东县城奔去。张疯子开着车，张学祚、张克林分别坐在拖拉机左右后轮的挡泥板上，屁股下垫着一个棕垫。拖拉机把他们三人颠得上下波动，他们不得不紧紧地抓住拖拉机的座椅，以防被颠下车去。

拖拉机的拖厢里，放着长方形的大粪缸。大粪缸是张克林前些年花了两天时间，用柏木制作而成，可以装二十担粪水。粪缸的盖子上面，整齐地摆放着一个背篓、粪桶和粪勺，粪桶的腰间系着棕绳编制成的两个耳环，方便抬放。

当拖拉机行驶至银东县城头道桥时，他们发现赵发盛的马车也停在那里。

赵同凯背着粪正在往粪缸里倒，赵发崇在一旁帮忙。

“老弟，你们也在拖粪呐。”张克林热情地打着招呼。

“你们也来拖粪。”赵同凯回应道，他将手举得高高的，擦拭着额头上的汗珠。

张疯子问：“你们怎么不在凉水寺招待所粪池里拖呢，那里不是离你们近些？”

“克林兄说拖粪要拖童子粪，童子粪阳气足，庄稼长得快、长得好。”赵同凯答道。随后，他们边说边走，来到城关小学粪池边。

赵发盛看到赵同凯背着空桶回来，粗声粗气地说：“把桶靠好。”说完，他用粪勺往桶里装粪，装完粪，赵同凯背着粪往马车边走去。

这时，张疯子对张玉祚说：“快把粪桶拿来！你来装粪，我来背。”

“装粪总有一个先来后到吧。你们也太着急，等我们装完，你们再装。”赵发盛嘴唇紧抿，似乎随时会爆发出愤怒的火焰。

“这个时候的石凳空着，怎么不能轮流装？”张学祚眉头紧皱，帮着张疯子。

“老子是棒老二，说不行就是不行。”赵发盛双手握拳，整个人散发出一股压迫感，让人不敢靠近。

张疯子半月形的大嘴、健壮的胸肌、低沉的嗓音，隆起威严之气。“你是棒老二，老子是棒老二的爹，你看老子今天行不行？”说完，他拿起粪勺往粪池走去。

“你们姓张的过去跑到金竹园抢田地，现在又来抢粪？”赵发盛的“粪”字还没有说出口，张疯子的粪勺往他身上泼了下来，赵发盛的身上顿时沾满了童子粪和童子尿。张疯子这次接受前些年和知青打架的教训，先下手为强。

赵发崇、赵同凯和张克林在公路上听到粪池边的吵闹声越来越大，连忙向粪池跑去。

赵同凯看见父亲浑身都是屎尿，抄起粪勺向张疯子打去。张疯子一边往后退，一边从裤子荷包里掏出弹簧刀。“你们谁敢来？谁来老子今天就送谁上西天。”

赵发崇和张克林见状，赶紧上前劝阻。张克林紧紧抱着张疯子，赵发崇紧紧抱着赵同凯。“都是自家人，不要伤到和气，有事到派出所去解决。”

赵发盛愤怒地拍了拍身上的粪，额头上的青筋暴露，肌肉紧绷：“去就去，这个事要是不解决好，老子绝不会罢休。”

“你以为去派出所，老子就怕你，走着瞧。”张疯子嘴角微微上扬，满不在乎地说。

他们一行人，除了赵发崇留下看车，其他五人往黄果树派出所走去。街上行人看到来了一个屎老头，唯恐避让不及。派出所马所长看到他们，立刻安排内勤人员带赵发盛去卫生间清洗，换上干净衣服。

马所长望着张克林询问：“你们是哪里的？”

张克林恭敬地回答道：“我们是双坪大队的。”

“你们呢？”

赵同凯小声回答：“我们是金竹园大队的。”

马所长望了望张克林，又望了望赵同凯：“你们为什么打架？”

“抢粪。”张疯子抢先答道。

马所长问：“城里这么多粪池，你们为什么要抢粪？”

赵同凯回答：“城关小学是童子粪和童子尿，童子粪阳气足，庄稼长得快、长得好。”

马所长无奈地摇了摇头：“谁说的？”

“我们公社麻主任说的。”张克林把李主任供了出来。

“麻主任是谁？”

“李得才。”马所长问得干脆，张克林回答得也很果断。

马所长望着张学祚、张克林、张疯子严肃地说：“你们来拖粪，把粪泼到一个老人身上，这不对。况且，你们又是双坪那边的人，到我们这边拖粪就更不对了。”

张疯子抢白道：“我们双坪大队的菜都卖到你们这边，你们吃了变成了屎，我们拖回去有什么问题？”他的这番话让赵发盛忍不住笑了。

“这件事就到这里，你们出去给这位老人买一包好烟，这个事就算过去了。”马所长用和稀泥的办法，把抢粪的事处理好了。大家像往常一样，高高兴兴地从派出所走出来，各回各的家。

生活中的琐碎烦恼，常常能被智慧和巧思轻松化解。人生如白驹过隙，转瞬即逝，面对纷扰世事，学会退一步海阔天空，切勿过分张扬。脾气固然要刚强，却也不可过于火爆。看淡世事纷争，心境自会秀丽如画。看开世事纠葛，心情自会明媚如阳。或许，正是这样的豁达与放下，才是人们走向人生幸福的必由之路。

银东县城的夏夜，是人们最惬意的时刻。随着一天的酷热渐渐散去，傍晚时分，人们将小木桌、小木椅、凉床搬到了街道两旁。邻里聚在一起，有的“打调子”闲聊，有的玩着扑克牌，有的下着象棋。老人们有的泡在茶馆里，老板遣人拉着五米长的排扇，排扇是用两根沙条夹着许多蒲扇做成的，中间系着一根长绳，人们慢悠悠地拉着长绳，排扇前后不停地摆动，带来柔软的凉风，老人们在凉风下品尝着玉露茶的香甜。有的老人则躺在凉床上，仰望着洁净的天空，悠闲地数着星星。孩子们追逐嬉戏，笑声不断，营造出一幅热闹而温馨的生活画卷。

洋贵姐不到五更便唤醒了张全祚。四更时分，她就顶着皎洁的月光，轻手轻脚地在自留地里采摘着最新鲜的黄瓜、西红柿和茄子，她信心满满地对大爷嘎说：“这些都是刚摘的，新鲜得很，卖相好，你去几下就卖完了。”

张全祚满脸不情愿：“这么早真是要人的命。”他一边打着哈欠，一边摇着头，在被窝里睡着还是舒服得多，他实在不想去做这趟卖菜的生意。

洋贵姐一生都在为生计奔波，她坚信金钱的重要性。“现在哪里能挣些钱呢？把菜卖了家里的开销也能宽松一些。”她带着一丝期待说道，“对了，菜卖完后，别忘了用迎子给的猪肉票去肉店买一个猪头回来。”

“卖菜的事还没开始，买肉的事又来了。”

“你卖菜的时候要看一下市场行情，黄瓜好卖就卖贵一点，不好卖就卖便宜点。茄子、西红柿都一样。”洋贵姐显得有些担心。

张全祚不以为意：“只有你啰唆，卖菜又不是什么难事，卖完就行。”

“随行就市，不要在那里耗时间，家里还有很多事要做，卖完菜、买完肉后早点回来。”洋贵姐嘱咐道。

“好，我这就走，你真是一个催命鬼。”说着，他背起门边准备好的一筐菜。

“你把火把拿着，晚上路黑，免得看不到。”洋贵姐转身向屋内走去。张全祚平时卖菜都会带着火把，火把是他用篾黄做成的，里面夹着一些松树毛，再用篾片捆绑着，便于燃烧。

“你也不看看天气，今天阴历十六，这么好的月亮，把外面照得亮堂堂的，要什么火把？难得拿。”张全祚背起菜筐，走出了家门。

月亮高高挂在天空，从东向西奔跑着，银色的光辉把银大路照得通明。银大路两旁除了偶尔有几声汪汪的狗叫声外，一切都显得那么安静。张全祚时不时地咳嗽一声，像是在给自己壮胆。他来到银东县城的马鹿口菜市场，选好位置，靠稳菜筐。筐里西红柿水灵灵的，黄瓜上流着晶莹的晨珠，茄子穿着紫“旗袍”，油光闪亮。

张全祚把茄子从筐里拿出来，整齐地摆放在面前的抹布上，他又挑出几个西红柿和黄瓜，分别摆在茄子两侧。

“您的菜怎么卖？”一个穿着暗红色春装的女人问道。

“黄瓜六分，茄子九分，西红柿一角二分钱。”张全祚利索地回答。

女人说：“能便宜点吗？”

张全祚犹豫了一下：“你买得多，可以少一点。”

“少多少？”

“黄瓜、茄子少一分，西红柿少两分。”

“你把黄瓜、茄子给我称两斤，西红柿称三斤。”

张全祚按照女人的要求，拿起几个西红柿、黄瓜、茄子分别放在秤盘上称了称，称好后，张全祚放下秤，把菜装进袋子里，递给女人。

女人说：“这是你的钱。”

张全祚双手接过钱，嘴里说：“慢走，下次再来。”

不一会儿，张全祚的蔬菜摊前围满了顾客，不到一个时辰的工夫，他把蔬菜卖完了。看着空荡荡的菜筐，张全祚的肚子开始抗议，发出咕噜咕噜的声音。他在旁边的油条店买了两根热腾腾的油条，一边走一边吃，朝着黄果树肉店的方向走去。

清晨的微风带着些许凉意，张全祚的心情却格外舒畅。他到达肉店时，肉店前已经聚集了几位早起的顾客，随着时间的流逝，人群逐渐增多，大家都在焦急地等待着肉店开门。

当肉店的门终于开启，原本有序的队伍瞬间变得混乱，人们争先恐后地要求购买猪头。“刘国政、刘国政，给我卖一个猪头！我买猪头！”买肉的秩序乱了套，有的人竟把装肉的篮子从前面顾客的头上递给了刘国政，叫喊买猪头。

站在前排的张全祚看不下去，他的眉头紧锁，不满的情绪在心中积聚。终于，他忍无可忍，用力将头顶上的篮子甩开，吼道：“你们讲不讲秩序？到底是先来后到啊？还是后到的先来？这不是坐船，先上船的后上坡。如果这样的话，老子许你们今天都买不成。”

张全祚的话让周围的喧嚣瞬间平息。买肉的人被他的气势所震慑，纷纷安静下来。

刘国政注意到张全祚的不满，连忙赔着笑脸询问：“老人家，您买什么？”

张全祚递过肉票，不客气地说：“买猪头。”

刘国政拿过一个猪头，称重后收了钱和票，将猪头递给张全祚。张全祚接过猪头，他像在教训一个不听话的孩子一样，左手提着猪头的耳朵，右手打着猪头的脸，一边打一边戏谑地责骂：“你还戴着有色眼镜儿看人，不愿意到我这儿来！我看你有好狠？”说完又给猪脸几嘴巴。

这一幕引得周围的顾客哄堂大笑，他们纷纷为张全祚的行为叫好。“使力打！使力打！打得好！打得好！看他以后还认不认人。”

在一片笑声中，张全祚带着猪头踏上回家的路。阳光透过树梢，洒在他的身上，温暖而宁静。他迈着悠闲的步伐，心中盘算着今天的收获。

第十四章

二十世纪六十年代末，金竹园大队响应国家号召，因地制宜，实施以坡改梯为主的耕地改造工程。他们成立治山、治水、治土专班，组织劳动力长年累月战斗在“三治”工地上。

各生产队轮流派遣劳动力，每位劳动力在“三治”工地上的劳动周期为半个月。坡改梯从离银东县城较近的第一生产队开始，然后依次是第二生产队、第三生产队，逐步沿银大路两侧由下至上有序推进。

经过十余年的不懈努力和艰苦奋斗，原本贫瘠的乱石岗和挂石坡被改造成平整的梯田，不仅新增了两百多亩的优质农田，而且人均土地面积显著增加，达到两亩。这一成就不仅改善了金竹园村民的生活水平，也为农业的可持续发展奠定了坚实的基础。

“三治”专班终于转战到金竹园第三生产队。洋贵姐看到坡改梯改到了家门口，她主动为自己、大爷嘎和发香报名，参加“三治”专班，并提前预订了明年的名额，为期一个月。她心里有一笔账：在家门口参加“三治”劳动，她可以晚些出发，早些回家。这样一来，每天至少可以节省一个小时，再加上大爷嘎和发香节省的时间，三人每天可以节省三个小时，一个月整整九十个小时。

同时，随着冬至的临近，白天的时间越来越短，这意味着在“三治”专班上的劳动时间也会相应减少。洋贵姐心里清楚，时间就是金钱。她知道，这些节省下来的时间，可以让她在家里做更多的事情。她对这种精打细算的生活感到非常满足，认为这才是过日子。

每天起床后，洋贵姐喂过猪、吃过早饭，便用饭盒子装上两碗剩饭，把它带到“三治”工地当作中午饭。她在准备中午饭时，张全祚拿出一捆烟叶，抽出三五条，翻来覆去地看。然后，放在鼻子上嗅了又嗅，直到满意为止。

洋贵姐问：“烟比饭好吃些？”

张全祚回答：“有时好吃些，有时没有饭好吃。”他将选好的烟叶认真地包裹起来。

“你今后吃烟，不要吃饭。”

“你管得真宽。”

洋贵姐说：“龙配龙，凤配凤，老鼠子配的会打洞，难怪你和发金搞得到一起去。”

吴发金也抽烟，抽的也是叶子烟，她的烟瘾比张全祚还大，抽起来烟雾缭绕。

张全祚不屑地瞟了堂客一眼，他说：“搞不搞得到一起去，都是你的一句话。”

三十多年前，在洋贵姐策划下，张全祚与吴发金圆房后，洋贵姐在金竹园办驿栈、赎田、相夫教子。吴发金在双坪耕地务农，伺候老人。她俩像亲姊妹一样，脸没红过一次。

发香到“三治”工地后，学打八磅锤。打锤要打甩锤，发香不会打甩锤，她动作僵硬，一上一下地硬打，既费劲又费力，她原本粗糙的手掌心涌现出豌豆米大小的血泡。

“发香，你不要老是担心打到别人的手。要学会打甩锤。”张全祚从发香手中拿过八磅锤，示范地打了起来。八磅锤在他手中画出一道美丽的弧线，打在钢钎上，钢钎发出沉重的撞击声，艰难地啃蚀着顽石，石头表面上布满了无数细微的颗粒，形成一种神秘的质感。

发香、谭德厚和发山一组，谭德厚掌钢钎，他手中的钢钎不停地转动，只有这样，打的炮眼才是圆的。转动瞬间，正好是发香和发山把锤往天上扬起时。钢钎转慢了，八磅锤就有可能打到德厚的手。

发香和发山喊着号子，和着节拍打着八磅锤。

打哦吆喝伙计伙喂，
吆喝嗨呐咯呀嗬嗨吔。
打起家伙嘛唱起歌喂，
吆喝嗨呐咯呀嗬嗨吔。
开山打石嘛干起活呢，
吆喝依嗬嗨呐咯吆喝依嗬嗨吔。
叮叮当当响满坡喂，
吆喝嗨呐咯呀嗬嗨吔。

…………

随着冬季的到来，天气渐渐转冷，风携带着雪花轻盈地飘散，如同蒲公英的种子，缓缓降落并轻柔地触碰着大地。发香和发山的八磅锤，每一锤落下，都让谭德厚握着钢钎的手感到阵阵发麻。郭同枣说：“这是势能变成动能的结果。”社员们只能不坐在冰冷、坚硬、凹凸不平的石头上，时间一长，他们的臀部变得麻木，变成了一块没有知觉的钢板。

张全祚主要负责“三治”工地的技术，挖坎前，他首先要用绳子进行测量，挖出规范的长条形土坑。挖坎时，社员们必须将双脚深埋在土里，以避免在土地上留下脚印，影响工程的整洁与规范。张全祚在指导时强调：“大张胯，紧握把，保持节奏，一上一下地挖。”不能自己一边挖，一边踩，前面挖松，后面踩实。

洋贵姐总是悄悄地找机会和陈应龙和郭同枣说话，向他们学习砌坎技术。陈应龙向她透露：“石头也有脑壳，砌坎时要把脑壳放到前面。”

“嗯，做什么事都有巧。石头的脑壳大，把它放在前面，砌的坎好看多了。难怪大爷嘎砌的坎好看。”当然，洋贵姐更多的是捡石头，捡石头不要什么技术，反正把石头捡到篓里就行。

赵同根作为三治专班的领班人，虽然文化水平不高，但他的经验和对工作的热情使他成为受人尊敬的领导者。他不仅是土改时期的根子，也是县委委员，经常出席县里的大会，坐在主席台上。在工地上，他以身作则，每天总是第一个到达，最后一个离开，即使在下雨天也照样坚持工作，他像一头脚踏实地的老黄牛，起了表率作用。

那个年代，中国老百姓手中没有钱，吃穿都成问题，更不用说身上有钟表了。每天，“三治”专班休息多长时间，吃饭多长时间，全看赵同根手中的叶子烟。赵同根有时候抽的叶子烟叫作“平踏踏”，他把切碎的烟末按在烟窝里，点上火吧嗒起来。有时候，他又把烟叶子一卷，烟有十厘米长，这种烟被洋贵姐戏称为“一枝花”。

抽完后，他喊上工。赵同根用他的叶子烟来控制休息时间，他的吸烟方式成为工地上的一种非正式的计时方法，他那袋烟就是时间。每天休息的时候，大家希望赵同根抽“一枝花”，这样休息的时间会长些。如果赵同根抽的是“平踏踏”，他几口就抽完了。

赵同根吃饭很快。每天在工地往大锅里放入饭时，他的饭放在最上面，洋贵姐和发香的饭总是放在下面。吃饭时，赵同根最先拿饭。赵同根吃完饭，准会坐在田坎上，从口袋里抓出早早切好的烟叶，像如今的年轻人，热情地分发着，似乎只有这样才能体现他们的兄弟情分。

他分发完烟叶，从兜里摸出烟杆，捏一撮叶子烟，放入烟斗，吧嗒、吧嗒地抽起来，悠闲地聊着家长里短，大家很享受地抽着他们的叶子烟。

张全祚边抽边感叹地说："哎，这个叶子烟好啊。"一切的劳累，仿佛因为这口烟而一扫而空。

洋贵姐见赵同根抽"一枝花"，大家休息的时间更长些，回家后，她对大爷嘎说："你去工地带烟叶去，不要带烟末。"

张全祚心烦意乱："你管得真细，我带什么烟你都管。"

"休息时，你给赵同根烟叶，让他抽'一枝花'，大家多休息片刻。"

张全祚没想到，堂客观察得如此细致入微。自那以后，张全祚每天都带着长烟叶，不仅是他带，参加"三治"专班的社员也都不带烟末了，转而带上了烟叶。

不知不觉中，大寒悄然来临。尽管新年尚未到来，但金竹园早已响起噼噼啪啪的鞭炮声。雪花从银灰色的天空中纷纷扬扬、飘飘洒洒地落下，晶莹透亮的六角形有点像柳絮，有点像棉花，有点像鹅毛，夹着或浓或淡的烟花味扑鼻而来。银大路上的左邻右舍张灯结彩，春联也等不及早早地贴上门楹，这一切都在预示着新春的脚步已经悄然临近。

一九八二年的大寒时节，金竹园的老百姓收到一份意义非凡的礼物。一九八二年一月一日，中国历史上具有里程碑意义的《全国农村工作会议纪要》作为中央一号文件正式出台。它如同一股温暖而强劲的春风，迅速吹遍了金竹园，吹遍了双坪，吹遍了神州大地。

在春节的喜庆气氛中，银东县的农村工作会议的召开比往年更早，带着一种急迫的期待和改革的春意。一九八二年一月二十九日，银东县、公社、大队三级干部大会，在银东县第一中学召开。来自全县二十五个公社，三百二十三个大队的会议代表，从四面八方背着米袋和铺盖卷来到银东县第一中学。

他们将玉米粉交到大会会务组，课桌、板凳集中堆放在墙边，被子铺在教室里的稻草上。他们肩负着沉甸甸的改革压力，心中充满了期待。

会议传达落实中央《全国农村工作会议纪要》和省、州农村工作会议精神。会后，家庭联产承包责任制在金竹园迅速展开。经历了集体化、大锅饭时代的金竹园的老百姓，濒于枯竭的希望，像浸足水分的黄豆一样开始膨胀、冒芽。他们的喜悦无法用言语表达，仿佛他们身上的每根汗毛都在欢舞，庆祝着新时代的到来。

随着春天的临近，各种宣传标语悄悄地出现在银大路、银双路的石坎上和房屋外墙上。“开展土地确权发证，维护农民土地承包权益”“坚持党的农村基本政策，稳定完善土地承包关系”“农村土地承包经营权是国家法律赋予农民的用益物权”“实行家庭承包经营责任制是党在农村政策的基石”，这些宣传标语，激发着农民们对土地承包的认同和支持。

张克林家的山墙上，标语写得更加直白：“只有土地承包才能吃饱饭。”智夫子房子外墙写着：“土地承包，我们一万个赞成。”更是直接表达了金竹园和双坪的农民们对新政策的热烈拥护和对未来美好生活的向往。这些标语成为改革的宣传语，激励着每一个人为建设一个更加繁荣的农村而努力。他们铆足了劲，决心甩开膀子大干一场。

正月十五的热闹刚刚散去，金竹园的百姓便按捺不住复杂的心情，期待着即将到来的“包产到户”政策。这一变革，对于习惯了集体劳动的他们来说，既是机遇也是挑战。

智夫子忧心忡忡，在冬日的闲暇中，他像年轻时一样，从东家跑到西家，从西家又跑到东家，不停地在金竹园穿梭。他沿途听到不少消息：马上要分田了，自己的田自己种。他想到过去集体种田嘻嘻哈哈的热闹场景。

“包产到户就是土地还家，平分集体财产，分田单干。老子赖不活种田，田却回来了。这是什么春天？这明明是冬天。”在他看来，包产到户似乎并不是春天的到来，而是冬天的延续，他对即将发生的变革感到困惑和失落。

与智夫子的忧虑不同，洋贵姐听到土地承包经营后，眼睛眯成一条线，闪烁着喜悦的光芒。她感觉生命里有了那么一丁点光亮，在她的心上像太阳一样，照亮了她的世界，温暖了她的身子。她想过去集体劳动，大家都是当一天和尚撞一天钟，钟还没有撞响。

她静下心想：自己过去在队里劳动，那也是当和尚，在撞钟，只不过她比许多人强一点。很多人当和尚，没有一次把钟撞响过。自己不管怎么样，有时把钟撞响了，有时也没有撞响。她觉得在当和尚撞钟的问题上，她不如大爷嘎、同凯和同根，他们每天都把钟撞响了。

“这下好，懒家伙们讨不到衣食。”她恨不得早点把土地分了，哪怕是贫瘠一点的土地，她也愿意接受，总比出工不出力、吃“大锅饭”好。

土地承包经营给了洋贵姐希望。“队里的田、山你们商量怎么分？”她望着坐在堂屋里吧嗒吧嗒抽着叶子烟的大爷嘎问道。

“拈阄。”张全祚是生产队的三巨头之一，他是会计，赵同凯是队长，赵发崇是保管员。每一年，张全祚都会被公社评为“放心的红会计”。

张全祚望着斜对面的金子山，一朵白云落在山顶，像一只轻盈的玉蝴蝶在头上翩翩起舞。一会儿，云朵慢慢落下，像一条纯白的哈达系在金子山的脖子上，随风飘扬。霎时间，金子山的田野村庄全都笼罩在白蒙蒙的云雾之中，变得纯洁而又美好。

此时，张全祚的心情也像坠入云海，迷茫而沉重。他不知道队委会商量的分地方案大家满不满意，这成为他一生中面临的最大难题。他宁愿自己吃点亏，也不愿意被人瞧不起，遭受辱骂。本来还有队长赵同凯在前面挡着，但毕竟自己年纪大些，又是长辈，如果有人骂赵同凯，他觉得是在骂自己，脸上无光。

在分田的问题上，张全祚想了好久好久。他喜欢打瞌睡，但这些天来他却辗转反侧，难以入眠。白天经历的一切都让他感到无比的焦虑和疲惫，觉得自己真的有点扛不住。在分田分地的问题上，满足张三，可能会把赵四得罪，满足赵四，又可能会把张三得罪。他实在想不出什么好办法，这么大的年纪，背后还遭人骂，实在不值得。唯一的办法，就是听天由命——拈阄，谁也不会有意见。

“拈阄，这倒是个办法。队里的三头黄牛怎么拈？”洋贵姐皱着眉头，习惯地把左手的大拇指放在嘴唇下面，来回移动，陷入沉思。

“先对牛估价，愿意购买的人通过拈阄，决定谁来买。”张全祚和赵同凯他们似乎已经有所考虑。

“我们到时候去拈两头牛，双坪那边让桥生他们也把那几头水牛拈到手里。”洋贵姐说到这儿，扑哧笑了，就像石子投进池水里，脸上漾着欢乐的波纹。

“你老糊涂了吧，拈牛干什么？”张全祚转过头，望着洋贵姐，只见他的脸憋得通红，双眉拧成疙瘩，连胳膊上的青筋都看得清清楚楚。

“我们现在老了，你到时候天天放牛，再买些羊子一起放。放一个是一放，放一群也是一放。双坪那边发金也闲不住，她也可以放牛、放羊。牛可以帮别人犁田，别人再帮你种田。”洋贵姐想得十分周全。

“你真是个算盘脑袋，牛和人搞起互助组。”张全祚这辈子最佩服的就是洋贵姐的精明。

“不换工时，谁借牛谁就出钱。”洋贵姐想到用钱买牛力。

张全祚问：“钱从哪里来？”

“让迎子他们出，不然的话，让他们回来种田。实在不行，找别人借。以前欠那么多钱，还是还清了。”洋贵姐把筹钱的门道装在脑子里。

“你呀你，谁缠得赢你，这辈子跟到你，真是倒了八辈子的霉。”张全祚从椅子上站起来，匆匆向外走去。

立春后，金竹园迎来一场春雨，雨珠洒落在金竹叶上，就像一颗颗珍珠，晶莹透亮，叶片也更加翠绿。

雨过天晴，金竹园的空气变得清新自然。干燥寒冷的地面，在春雨的滋润和人们脚步的踩踏下，变得湿润泥泞。金竹园第三生产队的男女老少，拖着沾满泥土的双脚，三三两两相约而行，留下一只只脚印。一路上他们谈笑风生，大家都知道今天的会比任何时候都重要，它将决定着自己未来生活的衣食住行。

智夫子沉默了很久：“德厚，这不是又回到新中国成立前了吗？”他表达了对土地承包政策的担忧，觉得这是历史的倒退。

赵发香直言不讳：“新中国成立前，你不就是背背脚、跑跑差。”她的鞋子沾满了泥巴，显得有些沉重。

“我看分比不分要好，分了田，睡懒觉的就少了，焐脚的也少了，你的堂客又要给你提意见。”洋贵姐开着智夫子的玩笑。

“过去出坡都是出工不出力，张丞相望着李丞相，李丞相望着张丞相，懒洋洋的。我对分田耕种坚决拥护。”赵发崇的精气神还是那么足。

“过去不知道怎么搞的，没有吃的，年年找国家要救济粮。”赵同凯表达了对现状的不满。

“有救济粮吃算是好事，三年困难时，好多人吃观音土、黄豆叶、棕树籽，有的还吃做酱的黄金树叶子，吃得面黄肌瘦，浑身浮肿。菊香在元路上挖过葛根，你们现在去看元路上还有没有葛根，那几年都挖绝种了。谁不愿意分田到户，就让他去吃观音土。”洋贵姐认为谁不接受土地承包，谁就回到吃不饱、穿不暖的日子中去。

洋贵姐提到的葛根，是豆科植物，属多年生落叶藤本，它的茎基部为木质，且有着十分粗厚的块状根。它是中国南方一些省区的一种常用食材，其味甘凉可口，常做煲汤之用，也可做药物。葛根含有丰富的黄酮类化合物，有葛根素、大豆黄酮苷、花生素等营养成分，还有蛋白质、氨基酸糖和人体必需的铁、钙、铜、硒等微量元素，是老少皆宜的名贵滋补品，有“千年人参”之美誉。

过去吃不饱饭的时候，人们上山找葛根藤，然后把根挖起来，回到家洗净后用清水泡上一周左右，待发涨后拿起来放入大木盆中，不断敲打，白色的根汁不断流出，加水沉淀后，倒出多余的水，就可以收获葛根粉。

智夫子边听边走，脑子里浮现的尽是过去的苦日子：“观音土吃了屙不出来屎。”

赵发崇吃过棕树籽：“不光观音土吃了屙不出来屎，棕树籽吃了也屙不出来屎，不信你试试。”

大家心里十分沉重，往事在心里刻下了深深的伤痕，如同一座山的压力，有一种说不出的滋味。

大家陆陆续续来到生产队保管屋。保管屋位于大院坝东北侧，金竹林拐椒树的斜对面，紧挨着银大路，与智夫子的房子一墙之隔。保管屋是个土坯房，约八百平方米，坡屋顶盖着土瓦片，从十几片亮瓦上透进一丝亮光，人们不容易看清对方。

宽敞的屋内，春雨过后的泥土气息与储存作物的清新味道交织在一起。地面上，一行整齐排列的地窖，每个三米见方，深约五米，这些地窖里，土豆和红薯被厚厚稻草层温柔地包裹着，以抵御寒冷，保护它们在即将到来的种植季节中能够茁壮成长。地窖顶面放着几块木板，覆盖着边缘。房屋靠北墙一侧，放置着几个破旧不堪的木缸，木缸底脚和缸盖被老鼠啃咬得残缺不全，有些地方不得不用白铁皮钉贴在上面。木缸内存放着玉米、小麦、豌豆、红高粱等农作物种粒。在东南角落里，一张厚实的抽屉桌配着一条板凳，桌面上放着一盏锈迹斑斑的马灯和几个账本。除此之外，屋内显得空荡荡的，什么也没有。

开会来得早的人抢先坐在抽屉桌和板凳上，稍迟点的则坐在木缸盖上。再迟一些的人，有的往木缸边一站，笑着说：“挤一挤，掐一个。”硬是把屁股挪上去，“挤到一起暖和点。”边说边左右摇晃身体，直到坐稳。有的人直接来到墙边，或蹲或站，以自己习惯的方式等待着会议的开始。

张全祚看到人已到齐，清了清嗓子，喊道：“大家不要说话了，马上开会，抽烟的尽量少抽点，屋里面抽得烟雾缭绕，像烧火粪的。”会场内顿时鸦雀无声，除偶尔有吧嗒吧嗒的抽烟声外，一根针掉到地上都能听见。

“先请同凯讲。”张全祚接着说。

赵同凯环顾四周，走到保管室中间的地窖上，放声讲起来：“今天把大家请来，主要是讨论农村实行家庭联产承包责任制，土地承包给大家，以户为主进行耕种。具体实施细则，我们一会儿学习文件。”赵同凯只读到小学二年级，他结结巴巴地将《全国农村工作会议纪要》学了一遍。

“你就说怎么分田吧，前几天二队、六队、七队，还有一队已经把田分了。”智夫子用手遮掩着裤子屁股后面的破洞，今天的会太重要，他又舍不得回家换条裤子，只好催促同凯。

“智夫子你等同凯把话说完，不清楚的地方再说，不然这个会开不下去。”张全祚站出来阻止道。

乔大姐加入了维持秩序的行列：“是的，让队长和姑爹先把话讲完，你把屁股遮到再说。”她的话语中带着一丝幽默。

赵同凯继续他的发言，声音像洪钟一样雄浑有力：“今天会议的中心就是如何分田、分地和分配生产资料，土地以家庭为单位来进行耕种。土地分成责任田和口粮田。责任田就是年满十八周岁的中国公民都可以进行承包土地。口粮田以解决口粮为主，凡是农村户口都可以分到。现在是摸着石头过河，没有现成的经验可循，希望大家群策群力，共同把这项工作做好。”

“队长讲的大家听清楚没有？”下面没有人吱声，他们期待美好事情的发生。

“搞清楚了，现在让发崇把队里的家当公布一下，大家竖起耳朵听。”张全祚开着玩笑，他把大家比成狗。

“我们的耳朵不需要竖，姑爹竖起耳朵听就行了。”不知谁说了一句，大家哄堂大笑起来。

“那你们的姑妈随狗了。”张全祚笑嘻嘻地反击道。

“我是嫁鸡随鸡，嫁狗随狗，你是鸡是狗都行。”洋贵姐笑着说。

张全祚看到自己寡不敌众，只有继续开会才能脱身：“不开玩笑了，现在让发崇把队里的家当公布一下。”张全祚说完，会场顿时安静下来，大家忙活了二三十年，不知道到底积攒了多少家当。

赵发崇拿起一张写满数字的纸，他不紧不慢地将其举至眼前。“前几天，我们队委会对队里的财产进行了详细清点。现在我们三队共有十五户，九十一人。其中：十八岁以上的六十六人，十八岁以下的二十五人。共有土地一百五十四点七亩，人均一点七亩。其中，好地一百零三点六亩，人均一点一四亩。我们说的好地基本上是坡改梯地，好地中，桐梓树湾有七十一点六亩，银大路轮坎上三十二亩。差一些的主要是山高坡陡，土地贫瘠，到处都是岩石壳的地，共有五十一点一亩，人均零点五六亩。其中，阴坡松树林下面有三十一点一亩，窝子坎上、元路坎下有二十亩。共有山林五百零五亩，人均五点五五亩，其中元路上二百八十七亩，阴坡松树林二百一十八亩。这是土地和山林情况。”尽管大家没有完全记住这些数字，但觉得发崇讲得很清楚了。

“除土地山林以外，队里还有保管室一栋，八百平方米。种子木缸八个，车斗两架，抽屉一张，板凳一条。三头黄牛，其中公母各一头，小黄牛一头。另外，大院坝里还有一个石磙，大家看有没有遗漏的。”赵发崇如数家珍，大家左思右想，没有想起还有什么。

赵发崇看了看纸的背面，笑了起来：“哈哈，我没看背面，还有种子粮，玉米一百二十斤、小麦一百三十斤、豌豆五十斤、红高粱三十斤，土豆一千六百斤、红薯一千五百斤，现金结余五十六点三三元。”

周世秀记住了发崇念的最后一个数字。辛辣的烟味呛得她直翻白眼，恨得牙根直发麻。她手臂依然那么细小，颧骨照旧凸出，看起来她的身体轻飘飘的。“搞集体这么多年，只有五十六点三三元钱，只够打几斤煤油、称几斤盐。”

小雨慢慢地下着，保管室外面的土地上，金竹被雨水拍打得摇摇晃晃，拼命吸着雨水。银大路上走着匆忙的行人。

大家听完发崇念的数字，对过去的绝望慢慢地涌上心头，好在今天的会议又带来新的期待，有期待就有希望。

张全祚拿起烟袋，手里忙着往烟窝里装着烟叶，说道：“刚才发崇已经把队里的家当给大家说一遍。就这么点家当，分起来容易，但分得大家都满意，是一件不容易的事情。前几天，队委会了解了一下一、二、六、七队实行家庭联产承包责任制、进行土地承包的情况，我们也磋商了一下，丑媳妇总要见公婆，同凯，你把我们的想法跟大家说说。”

赵同凯推辞：“还是姑爹讲，您讲得清楚些。”

张全祚点燃烟，吸了一口：“好吧，我来得罪人。说得不对的地方，大家原谅，我们再议。”他很客气，大家平时对他很尊重，认为他是个老实人，人品好，都愿意和他打交道。

“现在的问题是怎样把土地、山林和种子等生产资料分好。我们的想法是，复杂的事情简单点办。土地、山林按现有人员平均分配，采取拈阄的办法。好地、坏地、山林各拈一次，拈到1号的先要，然后是2号、3号，最后15号。

好地由东向西先分桐梓树湾的七十一点六亩，分完后再由东向西分轮坎上的三十二亩。拈到1号肯定在桐梓树湾的最东边，15号的一定在轮坎上的最西边。”张全祚喘了口气，把烟嘴含在嘴里，他抽了口烟，会场内鸦雀无声。

“差一点的地，先拈阄抓号，先由东向西分阴坡的三十一点一亩地，分完后再由东向西分窝子坎上、元路坎下的二十亩地。山林也实行先拈阄抓号，先由东向西分元路上的二百八十七亩，分完后再由东向西分阴坡松树林的二百一十八亩。就这样把土地、山林分完。”

张全祚歇口气，大家听后议论纷纷。

智夫子想了半天，喃喃说：“你们这个方案，是听天由命的方案。谁的手气好，谁种好地。谁的手气差，谁就种差一点的地。”他现在最担心的不是自己手气好，而是手气差。他心里犯着嘀咕，分田分地时，到底是自己去拈阄，还是德香和德厚去拈阄。他从内心里不想自己去，拈得好就好，拈差了自己难得背牙齿印。

赵同雨一双铜铃般的眼睛，尖尖的下巴上飘着一缕山羊胡须。他冲着智夫子说：“你有好办法也可以说出来，大家说你的办法好就用你的。”

“谢天谢地，我没有好办法。拈阄谁都提不起意见，拈坏了，回去剁手。”智夫子额头上的皱纹像拧紧的麻花，绽开笑容。

“牛、种子怎么分？”赵发山脸上耸成个肉疙瘩。

“关于牛和种子的事，我们是这样想的。所有种子粮，包括玉米、豌豆、红薯、洋芋、小麦都按土地均分。这样可能过去工分多的人吃了一点亏，把话说明，亏在明处。两头大黄牛按每头一千元，小黄牛按七百元作价卖掉。几个木缸按十元一个处理，板凳抽屉按二十五元一个处理，风斗按二十元一个处理。如果有几个人要，也采取拈阄的方式进行。卖的钱用前三年的工分总和算出分值，再分给大家。”张全祚一口气回答完赵发山的提问。

谭德厚伸长脖子，找乔大姐借过烟火，慢悠悠地说：“牛卖贵了点，梯田耕地用得上牛，岩石壳地用不上。”

谭德厚这番话引发了大家的热议。牛用不用得上，是一回事，关键是要有钱。没有钱就没有牛，牛的实用性和价值成为讨论的焦点。

德麻子被烟雾熏得泪流不止：“我想要牛，但没有钱。”

周世秀说：“我有钱也不去买牛，找些事做。”

洋贵姐把头埋在胸前，不说一句话。她的目光在人群中游移，偷偷地看着大家争论，内心流露着喜悦之情。她没想到大家对买牛都不感兴趣，她感觉比她经济更困难的家庭大有人在，现在基本上没有了竞争对手，她想这次可能赌对了。

“院坝里的石磙谁想用就用，好歹搬不走。保管室不卖，今后供大家红白喜事用。结余的五十六点三三元现金，留下来做保管室维修的备用金。”张全祚把队委会商量的意见从头到尾说了一遍，转过头来问同凯：“有没有说漏掉的？”

“没有。”同凯笑嘻嘻地回答。

大家对把保管室留下来的想法很感兴趣，有的说等金竹园发展后，娃娃多了，还可以办幼儿园。

赵同凯的眼睛在屋内环顾一周，说：“刚才姑爹把我们的一些想法都说了，大家看还有没有更好的意见。”

“就这样分，现在已经立春，分完了好种田。”谭德厚附和着。

“如果没有意见，我们明天下午开始分种子粮。天晴后，每户来个当家的，拈阄后去分地。要牛、要柜子的近三天在发崇叔那里登记报名。我们根据报名情况，再定拈阄时间。”赵同凯把事情安排得有条不紊。

五更天，谭德厚便起了床，这可能是他一生中起来最早的一次。他的心中充满了对即将到来的种子粮分配的期待和焦虑。他自言自语：“过去谁操这份心？”他在这里望望，又在那里翻翻，总没找出合适的家什，“还是先堆放到楼板上。”他随手拿起篾织的筛子，放在门后，准备下午去分种子粮。

谭德厚的动静吵醒了德麻子。德麻子带着睡意和不满，抱怨道：“你到底高兴些什么，像老鼠子一样，叽里呱啦的。”

“我在准备分种子粮的家什。”谭德厚兴奋地在屋里走来走去。他现在感到每个人都在为自己做事，这种变化让他觉得既新鲜又充满活力。

智夫子在谭德厚的吵闹声中醒了过来。他习惯地用双手捶着胸，发出几声类似猿猴的叫声：“再也睡不成懒觉了。”

昨晚，张全祚终于睡了一个好觉。承包经营土地的事情终于落地，尽管土地和山林还没分到手，但他仍然感觉到大家已经跃跃欲试、憋足了劲，决心大干一场。

清晨，洋贵姐比平时起得更早。她没有放过张全祚，催促道：“别挺尸了，快点起来，发香他们的洗脸水都烧好了。”张全祚在她的催促下极不情愿地爬了起来。

“你先洗脸。”洋贵姐端来一盆热水，放在张全祚面前，“再去把装种子粮的家什准备一下。”

“屋里的家什都装了口粮，拿什么装？”张全祚有些不耐烦地叫着，边吼边打着哈欠。

“你动一下脑筋，用大门背后的几根金竹编织几个小篱笆，竖着放到口粮木柜里，半边放口粮，半边放种子粮。”洋贵姐想到一分为二的主意。

张全祚听堂客这么一说，觉得是个办法，称赞道：“还是你脑壳转得快。”

发香看到姐夫哥这么早做篾活，感到稀奇。她放下手里的猪食桶，问道：“大哥你这是做什么东西？”

“你姐姐让我做几个小篱笆，把木柜一分为二，半边装口粮，半边装种子粮。”张全祚边说边用篾刀剥开篾片，再用牙齿咬着竹青，右手篾刀剥压着竹黄扯开，竹青竹黄利利索索地被分开。

“我去砍几根竹子，你帮我们也做几个，正愁种子粮没有地方装呢。早饭你们不要弄了，我煮了一大锅洋芋。”发香赶紧说道。

“好，你先把竹子砍回来，把枝条剃掉。”张全祚满口应承了下来。

天逐渐放晴，金子山上空出现了一片美丽的金色云霞。明亮的太阳穿透云层，灿烂的阳光洒满了金竹园。

金竹园三队的男男女女，带着对新生活的期待和对丰收的憧憬，从银大路的东西两头汇聚而来。他们或背着背篓，或提着竹篮，或端着筛子，三三两两地走着，彼此交谈着，笑声在清晨的空气中回荡。他们迈着轻盈的步伐向保管室走来，脸上洋溢着久违的笑容，感受着春天的气息。

保管室外，他们排着不长的队伍，每个人的眼中都闪烁着期待的光芒。赵发崇在队伍中叫着号，大家依次上前，从张全祚的手中领取分配给他们的种子粮。这些种子粮不仅仅是农作物的起点，更像是一把钥匙，一把能够打开幸福之门的钥匙。大家满怀喜悦地拿着种子粮，踏上了回家的路。这一刻，金竹园的每一个角落都充满了希望和活力。

当张全祚背着满满一筐种子粮回到家中，天已经渐渐暗了下来。“今年种下这些种子，长出来的粮食就是我们自己的。”洋贵姐对这些种子充满期待，她一边触摸一边捏弄着，仿佛感受到它们蕴含的生命力。“忙了一整天，你先吃饭吧，吃完饭再把这些‘金物件’收拾收拾，我们指望它们下蛋呢。”她的脸上露出了阳光般灿烂的微笑。

“饭还没吃，你的下一个节目又来了，你准备几时去报名买牛？”张全祚用毛巾擦了擦脸上的汗，喘着粗气问道。

洋贵姐胸有成竹地说：“这个事急不得，要慢点来。”

“你又是卖的什么狗皮膏药，先前恨不得马上把牛牵回来，现在又不着急。”张全祚有些不解。

洋贵姐漆黑的眸子深不见底，显得高深莫测的样子，让人捉摸不透。“你昨天开会看到没有，德厚说牛没有多大用处，好像其他人也不感兴趣。如果你报名早了，别人看到有油水，不就和你争起来了？一拈阄，天晓得还拈不拈得到。”洋贵姐解释道，“等到最后一天的晚上，我再去报名，如果没有人报，那不就是对窝子里打鸡蛋——十拿九稳。”

“你这辈子来到世界上就不该种田。”

“不种田做什么？”

“你是一个做生意的料，你投生投错地方了，我看你的钱从哪里来！”张全祚既佩服堂客，又替她愁钱。

洋贵姐透露：“你们卖牛卖柜子的钱，我们可以分二百元。我们买三头牛就只要两千五百元，你平时做篾活，我攒了九百元，剩下的一千六百元迎子他们想办法。”

张全祚没想到，洋贵姐背着他攒了这么多钱：“照你这么说，我放牛的事跑不掉了？”

“不光是你跑不掉，桥生他们把双坪的水牛也买下来，让发金也放牛。你去了双坪，还可以陪发金放一下牛，在山上好谈情说爱，享受二人时光。”洋贵姐扑哧笑了，她的心中永远有幸福在涌动。

“她年纪也不小了，还有田里面的事，忙不过来。”张全祚对堂客的幽默和对幸福的追求感到既无奈又感动。

“嘿嘿，你倒是蛮心疼她呢。你放黄牛，她放水牛，水牛跑得慢些，黄牛跑得快些，她怎么不能放水牛？再说买牛是用牛力换人力，还可以挣钱，你们俩今后可以不干力气活了。”洋贵姐噼里啪啦像倒豆子一样说个不停。

“双坪那边还好，水田旱地都可以用牛犁。这边的一些乱石壳怎么去犁？”

“这边的乱石壳不种粮食，种李子。从四川引进的一种金李子树，两年就挂果，到时候钱也有用的。”

分田和买牛的事情，让洋贵姐情不自禁地激动起来，寻找本该属于他们的美丽生活。

智夫子架不住德麻子和谭德厚的劝说，分地时还是去拈了阄。

谭德厚说："不管怎么讲，你是这个家里的老大，我现在在这里是既无名也无分，这个阄只有你去拈最合适。"他知道没有结婚证，他在这个家里属于借宿地位。尽管如此，智夫子和德麻子也没有撵他走，大家还是在一个锅里吃饭。至于他和德麻子还在不在一张床上睡觉，那只有他们自己知道了。

德麻子说得更干脆："你整天在外面嘻嘻哈哈的，你的喜色好，不像我脸上有麻子，拈阄的事情还是你去办。没有拈好，老娘也不得找你扯皮。拈阄都是命，命中只有八颗米，走遍天下不满升。是你的你不想要也跑不掉，不是你的你想要也要不来，你放心大胆地去拈。"

德麻子命令的口气，让智夫子拈阄多了一些底气。他没有了剁指头的风险。"只要你和德厚放心，这个阄我去拈。"智夫子决定亲自操刀去拈阄。

智夫子拈的号子不前也不后，他拈的好地、坏地、山林都是 7 号，金竹园三队的村民看见智夫子拈的号，戏谑他说："拐家伙拈到三个拐（7）。"

智夫子拈号拈到三个拐，心里有些沾沾自喜。他心想：不管拈得如何，自己没有拈到后面的号，对德麻子、谭德厚也算有所交代。

这些天，智夫子越来越勤快，他不再像以往那样频繁地走村串户聊天。赵同凯请他帮忙准备一百二十个界桩，他二话没说，只用半天时间就完成了。

前两天，赵同凯找到苏噶姐的孙女婿兰天旭，请他在水利局找两个技术人员，帮忙测量分地。兰天旭满口应承下来。"没问题，刚好水利局有几个实习的大学生会测量，他们周六周日来帮忙，你们管好他们的生活。"

兰天旭的话让赵同凯感到踏实。他知道水利局的技术人员能为分地提供专业支持，有他们的专业支持，不仅测量速度会大大加快，大家心里也会更加踏实。

"这个没问题，谢谢你！"赵同凯从裤兜里掏出一包"园球牌"香烟，慢慢撕开烟盒上的锡纸，从里面抽出一根自己叼在嘴上，他顺手递给兰天旭一根。

兰天旭从上衣口袋里取出打火机，吱的一声，他把火送到同凯嘴边，然后把手缩了回来，将烟缓缓放到嘴边点燃，浅浅吸一口，闷了好久才轻轻地吐出来，留下的是享受，吐出来的还是享受。

天空放晴，闹心的麻雀叽叽喳喳，开始不停地嬉闹追逐。田地里已变得干燥起来，走起路来利索多了。

赵同凯召集齐队里十五户的当家人，让智夫子带上界桩，在桐梓树湾与两个张姓同学会合。他迈步上前，与他们打了一个招呼："给你们添麻烦。"说着，从口袋里拿出一包"大公鸡"牌香烟。

"不用不用，我们都不抽烟。"两个张姓同学腼腆地摆了摆手。

"你们这两天在我家吃饭，没有什么好招待。这回辛苦你们，我们不求快，只求准。"赵同凯这些话是说给十五户当家人听的，他担心搞不准，发生扯皮的事情。

"没问题，我们带来的仪器测得很准，您安排人把界桩打好。"众人听后也不担心地分少了。

赵同凯问："拈阄拈到 1 号的是谁？"

"是我。"发山把纸条举得高高的，从人群中挤上前。"发山，你拈到 1 号，要请客。"人群中有人高声呼叫着。

"行，行，我请客。"发山心里像灌了一瓶蜜，眉角含笑，厚实的嘴唇下嘴咧得如同一朵绽放的荷花，久久地合不拢。他想得到一缕春风，上天却给了他一个春天。

"1 号家里四口人，都是劳动力，人均好地一点一四亩，应分好地四点五六亩。"发崇干净利索地报着数字。

两个张姓同学，拿着经纬仪和标尺上下跑动着。"向左一点，再向左一点，好。"他们迅速地测量计算着，"四点五六亩，打界桩。"智夫子把界桩打了下去。

"拈到 2 号的是谁？"赵同凯喊道。

"是我。"洋贵姐扬了扬手上盖着印章的号子，递给了赵发崇。

"2 号全家两口人，人均好地一点一四亩，共计好地二点二八亩。"赵发崇高声地报着数字。

"大姐的数字好，二二八，两个人都要发，洋贵姐也要请客哟。"智夫子在旁边嚷道。

"请客、请客，天大的好事不请客什么时候请。"洋贵姐大大方方地说道。

谭德厚凑到洋贵姐的耳边："你什么时候变得大方起来了？""有吃的就大方，没有吃的想大方也大方不起来。"洋贵姐大声回应道。

"钉界桩。"随着喊声，智夫子答道："来了。"

张全祚高兴得嘴角上翘，满脸皱纹都舒展开了，心里一下子就像盛开的菊花瓣，每条皱纹里都洋溢着笑意。

洋贵姐难掩分到土地的激动，她像个孩子一般，动情地长跪在地上，捧起泥土，亲吻着，呼吸着泥土的芳香。看着洋贵姐的笑容，大家掩饰不住自己湿润的眼睛，都哭了。

当天晚上，洋贵姐吃过饭，怀里紧紧抱着用手巾包裹的一千七百元钱，迈着三寸金莲，来到赵发崇家，准备报名购买耕牛。

“大妹子，快来吃饭。”赵发崇端着碗从饭桌旁走了过来。

“不用了，刚吃完，你们吃。”洋贵姐自己拿过一把椅子坐下。

“好、好、好，您坐一会儿，我马上吃完。”赵发崇赶紧扒了几口饭，然后问，“你有什么事？”

“我来报名买牛，早上忙着分地，来晚了点。”

“不晚，只要没到晚上十二点，都算数。”

洋贵姐问：“有几个人报名？什么时候拈阄？”

赵发崇回答：“还没有人报名，大家都觉得牛价有点贵，现在很多人挣点油盐钱都困难。”

洋贵姐接过发崇手里的茶，问道：“那只有我一个人报名了？”

“是的，如果晚上再没人报名的话，你明天把钱给我，我给同凯说一下，你们就可以把牛牵走。”赵发崇回答。

当洋贵姐得知自己可能是唯一一个报名买牛的人时，心中感觉像十五个吊桶打水——七上八下。一方面，她感到庆幸，如果这几个小时还是没有人报名，她不用通过拈阄的方式就能得到牛；另一方面，她又有些忐忑，担心其他人可能会在最后时刻报名，又要去拈阄竞争。她的心中充满了期待与不安。

“好吧，我明天等你的消息，我先走了。”洋贵姐说。

发崇放下手中的碗，把洋贵姐送出大门：“好的，你慢走。”

洋贵姐把揣在怀里的钱摸了又摸，回到家中。

“钱交出去了？”正在洗脚的张全祚关心地询问。

洋贵姐忧心忡忡地回道：“没有，明天上午才知道。”

张全祚一点都不操心，他看见堂客放心不下的样子，说：“你忧心什么，现在大家饭都吃不饱，谁拿得出钱去买牛？牛肯定是你的。”

第二天上午，赵发崇带信让张全祚去牵牛，顺便把钱带上。洋贵姐得知自己确实成了唯一报名的人，没有人和她拈阄，可以直接牵牛时，她的眼角高高跃起，变成一弯月牙儿，心里美滋滋的：“你快去，把钱带上，不要弄丢。”洋贵姐一边说一边从内衣口袋里摸出包裹钱的手巾，把它递给了大爷嘎。

当张全祚牵着牛从银大路上走过时，不时引来羡慕的目光："还是洋贵姐厉害，有钱。"

"你们只知道强盗吃肉，不知道强盗挨打。"发崇从心里护着洋贵姐。

乔大姐问："她什么时候挨打了？"

"她把菜背到城里卖光了，大家还在睡觉。她回到家里，好多人还没有起床。"

乔大姐这时才想起，难怪前些年搞大集体时，洋贵姐去生产队劳动时间少，原来她整天守着一亩三分自留地，天天进城卖菜赚钱去了。她说："银大路上有几个洋贵姐。"

羡慕和赞扬成为洋贵姐买牛的背景乐。洋贵姐心想：金竹园的村民现在过得十分艰辛，没有钱的人多，自己比他们只不过是地上爬到晒席上——高一篾片，没有值得炫耀的。她觉得人生就是自己和自己的较量，如果你总是炫耀和张扬，你就在和别人较量了。炫耀和张扬，可以给人带来一时的虚荣和满足，但久而久之，会让人变得盲目自大，乃至失去自己，最后彻底败给自己，这将是做人的悲哀！她不能自己败给自己。

金竹园三队的土地和山林在短短两天内分完了。村民们望着这一片片发家致富的土地，兴奋和激动难以抑制。现在田是自己的，山林是自己的，生活是自己的。"是骡子是马，拉出来遛一遛。"村民们心中明白，谁收的粮食多、猪脚多、钱多、新衣多、房子大，谁能把生活过好谁就是英雄好汉。

双坪四队在土地承包经营上，基本采取与金竹园三队异曲同工的办法，张疯子说："大家都想要好地，要近一些的地，大家自己拈的阄，给谁也提不起意见。"

张克林在土地承包经营上又走了"狗屎运"。他家分得水田七点三亩，水田离家不远，紧挨着金双路，与银东县黄家湾村毗邻，大概有半里多路，整块成型，耕种起来好打理。他分得旱地三点五六亩，就在厨房旁边，伸脚就到。分的五点八亩的山林在黄岩头上，稍微远点。他通过拈阄，花了一千二百元买了一头水牛："种水田需要牛，这头牛牙口好，是个急性子，能出力。"张克林对这头牛很满意。

张疯子说："张克林在土地承包经营上走'狗屎运'是沾了院坝里那棵神树的光。每有大事，那棵神树就在保佑他。"张疯子的说法让神树成了村里的传奇，吸引了众多村民和外来者前来参观、瞻拜。人们在树上挂上红绸带，在树下放鞭炮、烧纸钱，祈求好运。树枝上飘扬的彩带成了一道独特的风景。

当地人说，尧舜禹时代，双坪长江边有一条法力无边黑色的巨蟒，因化龙度劫失败，本领高强的它性情变得凶恶残暴，凡是看到的人畜一律不放过，祸害周围百姓，让周围百姓苦不堪言。一条鲤鱼精不忍心，偷偷告诉人们祈求东海龙王，龙王派青龙救助世人，巨蟒被龙降伏，因感念于青龙的善举而终于悟道，幡然化为一棵神树，为当地的百姓祈福。

张克林意识到这是一个不可多得的机会。他精心打理了神树周围的环境，增设了拜台、香炉和功德箱，为前来拜树的人提供方便。然后，他从银东县城批发来鞭炮、炷香和日用百货，开设了一个小卖店，吴发金做着各种小买卖，生意十分兴隆。

张克林也没有将所有土地都用于传统耕作，他将三点五六亩旱地用铁丝网围起来，搭建了简易的鸡棚，开始养鸡。

几天后，洋贵姐来到双坪，看见桥生不仅分到了好地，还买了牛，这些好消息让她整个人都精神焕发。她拉着吴发金的手，不停地重复着："日子有奔头，有奔头了。"

土地承包经营政策赋予了农民更多的自主权，农民拥有了土地使用权、自主种植决策权和收入分配权。这些权力的下放极大地激发了农民的生产积极性和创造力。这些政策也赋予人们更多表达自我的机会和权利，促进社会多元化和包容性。多元化的思想交流和创新，给社会带来了更广泛的进步和发展。为工业化、城镇化提供了强有力的物质支撑，促进了城乡经济的良性循环。

金竹园和双坪的农民们积极响应政策，他们铆足了劲，去农贸市场卖菜的频率越来越高，去县城背粪的次数越来越多，他们不再等每年冬季积肥，而是更加主动地参与到农业生产中。

银东县陆续建起了农贸和工贸市场，粮、棉、油、糖、酒、茶和肥皂、火柴的票证经济逐步淡出历史舞台。议价粮、议价油、议价棉开始进入人们的生活。人们慢慢学会了讲价、比价，尽管价格略有上升，但人们的心情好了许多。

张疯子不再局限于传统种田，他在银东县城马鹿口农贸市场租了一个摊位，干起了卖菜的行当。他先从张克林、张学祚地里收购蔬菜，然后再拿到农贸市场上去销售。他安排道："你们在家里努力种菜，每天早上把菜送到我这里，我负责卖，大家都能赚到钱。”

后来，双坪村的其他人听说张疯子在农贸市场租了一个摊位卖菜，知道他为人正直，讲义气、重感情，大家放心地把菜交给他卖。张疯子帮大家卖菜，没有发生一起扯皮的事。

张疯子销售蔬菜的事传到金竹园洋贵姐耳朵里，洋贵姐心动不已，急切地说：“我今天下午在田里摘些菜，你明天背到街上，交给张疯子去卖。”

张全祚年岁已高，深感体力大不如前，他现在更不愿意早起。便说：“这么大年纪了，要那么多钱干什么，迎子又不是没给你钱。”

“钱又不咬人，现在形势这么好，多挣点钱，睡觉也安稳些。”

张全祚知道堂客是个勤奋的人，她一生都在为钱而努力。“钱、钱、钱，命相连，你这辈子钻到钱眼里去了。”

第二天，张全祚背着一筐菜交给了张疯子。张疯子关心地说：“伯伯，你的菜让队里的人带来，你年纪大，摔跤了损失还大些。”

张全祚好奇地问：“你还帮我们队的其他人卖菜？”

“现在这么好的形势，怎么不可以？当然，也不是白帮忙，差价还是要赚一点的。”张疯子一边卖菜一边和张全祚聊着。

“什么差价？”张全祚问。

“我低价收购，高价卖出。”张疯子解释道。

张全祚这才明白，这是市场经济行为。他对侄儿的经济头脑和经营能力佩服得五体投地。笑着说：“哈哈，你也不是一盏省油的灯。”

“我可没有赚你的钱呐。”张疯子连忙解释道。

前些年，张疯子和赵发盛因为拖粪大打出手。张全祚听说后，牙齿咬得咯咯作响，眼里闪着一股无法遏制的怒火，仿佛一头被激怒的狮子。他把桥生狠狠地骂了一顿：“你怎么不把他看住？”

张克林吓得眼睛瞪得大大的，脸色惨白惨白的：“您又不是不知道张克峰的脾气，我没有那个本事，管不住他。”

为抢粪这件事，洋贵姐特地准备了一桌饭，向赵发盛赔不是，化解矛盾、取和。几年时间一晃而过，张疯子像孙悟空一样摇身一变，成了“张倒爷”，干起了倒卖蔬菜的生意。他不仅倒卖双坪村的菜，还倒卖金竹园的菜。赵同凯和他成了铁哥们、家常客。

绵绵的春雨下个不停，夹杂着冷风。菜场外，一些农民挑着自家种的菜来卖，他们露天摆摊，吆喝着招揽顾客。农贸市场里面的人渐渐多起来，拐角处、入口处，全是小贩。一个熟悉的身影四处转了一圈后，停在了张疯子蔬菜摊前。

“您是马所长？”张疯子小心翼翼地问道。

“过去是，现在退休了。”马所长定了定眼神，“哦，你是抢粪的张疯子。”

“您眼神好，这么多年还认得我，您要点什么菜？”

“你左脸上的疤痕，是特殊的记号。”

“那时候太年轻，容易冲动。”

“你现在卖菜，不再拖粪？”马所长问道。

“现在形势变化太快，粪拖不起了，改卖菜。”张疯子半真半假地回答。

“粪怎么拖不起了？”马所长认真起来。

“过去拖粪不要钱，现在不仅要钱，还涨价了。”

“还有这种事情，人粪还要钱？”

“从去年开始就要钱。过去倒灌子一分钱一灌，现在两分钱一灌；过去拖粪十元钱一车，现在涨到十五元了。”张疯子说道。

“那还不是因为你卖的菜涨价了，菜变成屎，粪自然而然地就涨价了。”马所长想起张克峰说过的话：“我们双坪大队的蔬菜都卖到你们这边来了，你们吃了变成了屎，我们拖回去有什么问题？”

听到这里，张疯子哈哈大笑起来：“那是瞎扯，您不要见怪。”

“学校为什么要收钱？”马所长严肃地问。

“校长说，要给老师挣菜篮子钱。”

马所长听后，茅塞顿开。是呀，蔬菜变成了屎尿，屎尿变成了蔬菜，蔬菜再次变成了屎和尿，在市场上无限循环。

张疯子看到马所长若有所思，问道：“您要点什么菜，直接在我摊子上拿，想要什么拿什么，不要钱。”

马所长回过神来：“‘三大纪律八项注意’教导我们，不拿群众一针一线。我是当兵出身的，我俩一不沾亲，二不带故，不要钱的蔬菜我不能拿。”

“这都是自己种的，拿点去吃没问题。”张疯子感觉马所长缺了自己的面子，心里有些不快。

“老弟，我要是白吃了你的蔬菜，你到时候来拖童子屎、童子尿，你会说，你们没花钱吃了我们的菜，屙成屎就变成钱了？我才不上这个当呢。”马所长哈哈大笑。

菜场里的人听着他俩一会儿说菜，一会儿说屎，一会儿又说尿，都听得云里雾里。雨还在不停地下，烟雨蒙蒙中，只见卖菜人浑身湿透，还在守护着自己的蔬菜摊子。

洋贵姐告诉迎子，张疯子在农贸市场租摊位卖菜，并且城关一小、二小、五七中学的童子屎童子尿也能卖钱。迎子的儿子姬良冰在电视台工作，他从母亲那里听到粪尿能卖成钱的消息时，敏锐地感觉到粪便里面有大文章可做。

姬良冰发现人类排泄物的巨大潜力，粪便规模太大了，这么大的规模，怎么形成全县的屎尿文化，走市场经济大循环的路，尤其是童子屎、童子尿的经济市场，实现资源循环利用，有很多特色和亮点值得探讨。他从来没有涉及过屎尿课题的研究，好像从来也没有人研究宣传过。他越想越兴奋，决定再仔细思考几天，下周一上班后，去找分管宣传工作的刘高武副书记，将自己的想法汇报一下，期望得到刘副书记的支持。

刘高武是刘继会和英妹子的儿子，二十岁时被推荐成为工农兵大学生，就读于华中师范大学政治系。毕业后，刘高武回到老家龙坪镇工作了十多年，从龙坪镇党委书记的位置上调任银东县委副书记。他对下级要求严格，常挂在嘴边的话是："今日事今日毕。要么不做，要么就做好。"

姬良冰周一下午提前两分钟到达刘高武副书记办公室。他知道刘副书记的办事风格，时间观念很强。刘高武上身着白色的 T 恤衫和浅色的休闲裤，显得雷厉风行、大方干练。"你来了，给你半个小时的时间，说完了，我还要去参加全县的农业春耕会。"刘副书记简洁明了地说。

"我长话短说，最近县城几所学校的粪便销售情况非常好，您知不知道？"

"粪便也有市场？"刘副书记感到新奇。

"不仅现在有，古时候也有。古时农户去人口集中的城市收集粪便，运回去施肥，渐渐催生了屎尿市场，一九三四年的上海，有个'禾苗粪便经销社'专门收集粪便供销，六至十一月份，淡季，每船两元，转卖给农民，每船五元。冬春之际，农村需屎尿时，市场水涨船高，每船收购四元，而卖农民时，高达十五元。农户无力购买的，竟至痛哭流涕。"

"庄稼一枝花，全靠粪当家。没有粪肥，庄稼收成肯定好不到哪里去。"刘副书记插话道。

"我这几天算了一笔账，城关一小每年可产生屎便八十万公斤，可出售五百三十二车，每车按十五元计算，收入八千元，老师的菜篮子资金也解决了。全县一百三十八所学校，五万余学生，年产屎便两千万公斤以上，这还不包括全县行政事业单位的非童子屎、童子尿，这是多么大的规模。”姬良冰拿着一个小本本，上面全是他记的数字。

刘副书记问：“你的想法是？”

“我的想法是建立全县的屎尿文化，用屎尿文化引导农民多用肥，成立一个金汁公司专门收购屎尿，实现屎尿市场化，做到有序竞争，我们可以做些宣传引导工作。”

“你用了很多心，听起来是那么回事。”刘副书记想了想接着说，“我们任何时候看问题，都不要静止地去看，要用动态的眼光去看，看远一点。”

“您的意思是？”姬良冰有些不理解地问。

“粪便市场反映的是供求关系。我们的改革开放才十年的时间，生产力还不发达，市场发育也不充分。现在化肥产量不够，满足不了农业的需求，一旦产量上来了，肯定会对粪便市场形成大的冲击，这个冲击不会等很久，最多三年。”

“按您的意思，那粪便文化很快就没落，金汁公司也撑不了多久？”姬良冰有些失望。

“这是时代的进步，是市场经济带来的必然结果。即使成立什么金汁公司，不出三年肯定会被淘汰。”刘副书记肯定地说。

“按您说的，屎尿文化没有希望了？”姬良冰不甘心。

“有希望，那得几十年后。那时人们追求高品质生活，回归自然，有机肥种的粮食蔬菜将受欢迎。时间到了，我要去开会了，你慢慢琢磨。”

姬良冰原本对屎尿文化充满热情，被刘副书记浇了一盆冷水。他深思后意识到，今后的粪便市场，管它是童子屎童子尿，还是非童子屎童子尿，都要适应市场经济和生产力的发展。刘副书记说得有道理，要学会动态地看问题。

“对了，我这里有几斤茶叶，你什么时候去金竹园，给你外婆和我的大姨。”刚走到门口的刘高武又折身回来，拿过两斤茶叶递给了姬良冰。

第十五章

洋贵姐未曾想到，年岁渐长之际，自己竟迎来了意外的“狗屎运”——金竹园土地回到了她的手中。土地的回归，是岁月给予她最好礼物的，让她感到无比珍惜和感激。

古人曾言，种田收益十倍，珠玉收益百倍。洋贵姐明白，拥有土地，只是解决了吃饭的问题。经济来源尚未有着落，家中的经济状况依然拮据，恨不得将一分钱掰成两半花。她对吴发金的生活充满羡慕，她除了耕种，还经营着一家小卖店，年收入过万，足以支撑家中的各项开销。

洋贵姐坐在大门口，一边择着篮子里的菜，一边望着对面抽烟的大爷嘎，感叹道：“还是发金好，一棵神树给她带来这么多收入。”

“她心地善良，福气自来。”张全祚缓缓地挪了挪身体，他想站起来，却发现烟未抽完，便又坐下。烟雾缭绕中，他的脸上露出了沉思的神情。

“她善良，难道我就不善良？你现在怎么不去双坪与她同住，死皮赖脸地在金竹园。”洋贵姐的话语中带着些许不满。

张全祚意识到自己说错了话，连忙解释：“你是正房，她是偏房。”他揿灭烟窝，烟杆在座椅上敲了敲，再次站起来。

张全祚年轻时，奔波于金竹园和双坪之间，陈家二嫂子曾开玩笑地说：“这条路都被你跑宽了。”随着时间流逝，张全祚渐渐老去，桥生也已成年，他在金双路上的身影渐渐少了，更多时间留在金竹园。

洋贵姐对大爷嘎的回答满意。尽管结婚证烧掉了，但不管怎样，自己还是坐的正房位置，自己在这个家里说一不二。她看见大爷嘎立了起来，忙说：“你不要走。”

张全祚瞥了一眼堂客，不情愿地又再坐下：“一惊一乍的，你有什么屁放？”

“种地靠天吃饭，如果这一年风调雨顺，还能挣点钱，如果天不作美，一年面朝黄土背朝天累死累活的，去掉化肥、农药、种子成本，基本上剩不到多少钱，一年算是白忙活了。”

“你的意思是？”张全祚问。

洋贵姐回答：“我的意思是，我们得寻找机会，挣点钱才行，光守着土地也有问题。”

张全祚明白堂客的想法：“这辈子你说了算，你说往东，我便往东。你说往西，我便往西。”

洋贵姐点点头：“有你这句话就行。”

春雨像绣花针一样落在金竹园，滋润着万物生长。春雨过后，万物复苏，金竹园焕发出生机勃勃的景象。

赵同才土改后教了几年私塾，被公社聘去做了民办教师，退休后生活较为清闲，一天带带孙子、晒晒太阳，和智夫子天南海北地吹吹牛、下下象棋。

今天，他身着一件蓝色的中山服，脖子上擎着一张饱经风霜的脸，深陷的眼睛明亮而深邃，一头花白的头发梳理得整整齐齐，显得精神矍铄。

“姑妈，我想请你们帮点忙。”赵同才对提着猪食桶的洋贵姐说。

“一家人不说两家话，有什么需要帮忙的尽管说。”长年的辛劳，洋贵姐眼角留下深深的鱼尾皱纹。不过，她那浓密油亮的头发，仍是那么乌黑。眼睛虽是单眼皮，但秀气、明亮。那高高的鼻梁下经常有力地紧抿着的唇，透露出一股坚毅的活力。

“我儿子想借你们的牛犁两天田。”赵同才说。

“没问题。犁地深一寸，等于上层粪。牛犁的地比人挖的地强一些。”洋贵姐显得十分大方，她买牛的目的就是用牛力换人力、挣钱。只要有人来借牛，对她来说都是正经事。

洋贵姐自己并没有亲自犁过地。她知道牛犁地比人挖地强，是她从吴发金那里听说来的。洋贵姐记得吴发金曾经说过：“犁地要犁到深层的土，耙田要耙到松散的土。”她问大爷嘎是不是这回事。

张全祚挺直了胸膛，眼神中充满了自信和自豪：“发金真是能干，没有她不会的事情。”

听到这话，洋贵姐不乐意，她快步上前，一把揪住大爷嘎的耳朵，拖着他朝门外奔去：“她什么都比我强，那你去双坪和她过日子去。”

张全祚被揪得哇哇直叫：“快松手，你也有你的长处，也有比她强的地方，各有各的味。”

洋贵姐见他求饶，还带着一丝调侃，便松开手，说：“滚一边去，下次再敢在老娘面前夸发金，小心我把你耳朵扯掉。”

张全祚看见洋贵姐凶狠狠的，连忙退到门外：“不敢了，再也不敢了。”

赵同才见洋贵姐如此爽快地答应，心里有说不出的高兴：“是的，我儿子说牛犁地既快又好，春争日，夏争时。姑妈，牛力和人力怎么换？”

洋贵姐开始有些不好意思说牛力换人力的事，她见赵同才把话送到嘴边，便不再腼腆。“一头牛犁一天地，抵三个成年男人的劳动力。没有劳力换的话，一天十元钱。使用牛的那天，使用者需要负责牛的草料，提供一斤玉米面和黄豆作为牛的饲料。”洋贵姐说完，怕赵同才不相信，又补充道，“前几天发山用牛也是按这个标准来的。”

“没有问题，秤一样就行，自己的姑妈不相信，相信谁？再说金竹园上下谁不知道张师傅是品行端正、行事稳健的老好人。”赵同才没有称呼张全祚为姑爹，这是他们先前的约定，因为他堂客在辈分上比张全祚还高一辈呢。

洋贵姐放下手中的猪食桶，双手在面前的围裙上擦了擦：“你先上来喝口茶再走，等菊香放牛回来，你直接把牛拉回去，免得明天误了早工。”

赵同才看天色渐渐暗了下来，夕阳的余晖已经消失在天边。他从天井的石凳上站起来，迈过门槛，走进堂屋坐下。洋贵姐洗净了手，泡了一壶香气四溢的绿茶，双手恭敬地递给了赵同才，自己也拉过一把椅子坐下。

“你回去告诉堂春，这几天把种田的活忙完后，等迎子在金子山农场拿回金李一号苗木，帮我们把它们种在土质薄的地方，那些地方种粮食产量也不高。种些李子树，将来还可以卖点钱。”

独特的峡江气候孕育了三峡特产——金李子。金李子是八月份成熟的水果，成熟时色泽青黄，质地坚硬，使得果肉容易与果核分离。它口感脆甜，没有苦味、涩味和酸味，且风味持久，便于贮藏和运输。

赵同才一边听着，一边点头，脸上露出愉悦的表情：“这叫因地制宜，哪里适合种粮食就种粮食，哪里适合种果树就种果树，比过去一刀切强得多。”

“我不知道什么叫因地制宜，我只知道能挣到钱就行。”洋贵姐直言不讳。

“您过去办驿栈挣了不少钱，如果不是战乱，继续经营下去，您也是大户人家。”

“哈哈，幸好没继续办下去，真发了大财，买了更多的土地，那不成了地主了。”

赵同才意识到自己曾是土改工作队的成员，感觉刚才的话有点不妥，连忙转移话题：“听说迎子的儿子要结婚了？而且这里还准备建一个变电站。”

“这消息你是从哪里听来的？”洋贵姐对建变电站的消息显得十分关心，她仿佛发现了新大陆。

“我听苏噶姐的孙女婿兰天旭说的。”

听到这里，洋贵姐忍不住笑了出来：“金竹园要发达了，你我都要发达了。”

赵同才沉浸在洋贵姐的话语中，还没弄清楚金竹园如何发达。这时，外面的铃声由远及近，张全祚正吆喝着牛羊归来。

“你快去，把牛牵回家，不然别人牵走了。”

赵同才闻言，放下手中的茶杯，起身向牛圈走去。

姬良力是洋贵姐的外孙，准备五一结婚，洋贵姐比谁都兴奋和急切。她急忙托人送信，把迎子叫到面前，反复叮嘱：“姬良力结婚铺床，你们一定要请两个生过男孩的女人来铺，这样今后才能生男孩。千万不要请生过女孩的女人铺床。”洋贵姐的语气非常严肃，她说得那么认真，生怕出点差错。她深感生男生女有天壤之别。

迎子做梦也没想到大婶因为这样的习俗特意叫她回金竹园，她回答说：“现在时代不同，生男生女都一样。”

“你结婚时，不是我帮你请的两个生儿子的女人铺的新床吗？不然的话，你能生两个儿子？这个事情你得听我的，不得有一丝含糊。”洋贵姐认为迎子生了两个儿子，是她的功劳。

迎子明白，不按大婶的要求去做，今后如果真的生了女孩，自己不仅说不清楚，而且，每遇到大婶一次，她都会埋怨，那时自己的麻烦就大了。“我回去后按照您的意思办，找生儿子的老师来铺床。”

听到这个话，洋贵姐满意地点点头。她相信重孙一定是个带“把”的。迎子回到学校后，按照大婶的要求，她请了两个女老师铺床。她们一边铺着新床，一边唱着铺床歌：

铺床、铺床，
喜气洋洋。
男婚女嫁，
花烛洞房。
家庭和睦，

幸福吉祥。
主家请我来铺床，
一铺金、二铺银，
三铺子女一大群。
铺床、铺床，
儿孙满堂。
先生贵子，
后生女郎。
富贵双全，
永远吉祥。
铺床、铺床，
喜气洋洋。
先铺四角，
后铺中央。
夫妻恩爱，
共枕同床。
百年好合，
鱼水情长。
早生贵子，
好事成双。
一儿一女，
龙凤呈祥。
铺新床、宽又长，
一对夫妻是鸳鸯。
铺新床、长又宽，
生的儿女做高官。
铺床铺得这么好，
一对小子跑不了。
铺床铺得这么全，
荣华富贵万万年。
一铺鸳鸯戏水，
二铺龙凤呈祥，

三铺鱼水合欢，
四铺恩爱情长，
五铺早生贵子，
六铺儿孙满堂，
七铺百年好合，
八铺地久天长，
九铺家庭和美，
十铺前途辉煌，
新婚新气象，
幸福万年长。

一年后，姬良力的堂客生了一个女孩。三年后，洋贵姐的小外孙姬良冰结婚时，铺床没有遵循那些旧习俗，而是请了两位女孩的妈妈铺床，结果姬良冰的堂客却生了一个胖墩墩带“把”的男孩。洋贵姐见状又说：“现在时代不同，以前是生男孩子的妈妈铺床生男孩。现在解放了，生女孩子的妈妈铺床才能生男孩，不然的话，解放与不解放有什么区别呢？”

随着时间的推移，洋贵姐对生男生女上没有从前那么计较，她开始认同“生男生女都一样”的观点。她举例说：“看看我，生了一个迎子，她在公家工作，吃的公家饭。你再看看发金，生了个桥生，自己不做就没有饭吃。”

再后来，洋贵姐对生男生女的态度与社会观念达成高度一致，她半开玩笑地说：“女儿是招商银行，儿子是建设银行。”到底是不是这么一回事，她自己也不是完全确定。

张全祚从山上放牧归来，匆匆吃过几口饭，泡了一杯浓茶，便坐在门边的椅子上，开始精心地卷起“一枝花”，悠然自得地抽起来，烟雾在半空中缓缓升腾，慢慢向室外飘去。“饭后一支烟，胜似活神仙。”张全祚常把这句话挂在嘴边。

洋贵姐一向不喜欢大爷嘎抽烟，她觉得他的被子是烟味，衣服乃至整个人都散发着烟味，那气味让她感到恶心，她闻得都要呕吐。“你能不能不抽烟？抽了一辈子，也该戒了。”

“不抽烟的男人不一定是个好男人，抽烟的女人不一定是个坏女人。”每当洋贵姐怨恨他抽烟时，张全祚总是这么辩解，这不仅是在为自己找借口，也在为发金开脱。

吴发金的烟瘾比张全祚还大，别人买烟抽，她喜欢自己裹烟抽，别人递一支“大公鸡”牌的香烟给她，她不要。她说：“自己裹的烟才够味。”

“照你这么说，你和发金都是好人，真是‘龙配龙，凤配凤，老鼠子配的会打洞’，难怪你们两杆烟枪能搞到一起。”洋贵姐讽刺道。

“搞得到一起是你说的，搞不到一起也是你说的，反正这辈子在你眼里我就没好过。”洋贵姐和张全祚打了一辈子的嘴仗，越打越亲，即使有时候吵得不可开交，嘴仗打过分了，张全祚也不过是跑到双坪躲几天。几天后，又被发金撵了回来。

斗嘴过后，洋贵姐想起赵同才说要建变电站的事。“同才说县里准备在金竹园建变电站。”

“建变电站与你有什么关系？”张全祚一脸懵。

“关系大着呢，建变电站不需要人手吗？工人不要吃、不要住？我们才有机会赚钱。”高兴犹如决堤的洪水，哗哗啦啦地从洋贵姐的心里喷涌而出。

“怎么赚钱？”张全祚的声音听起来平淡，带着一丝冷漠。

“我们可以开个小餐馆，让建变电站的工人来吃来住。”

“你都六十多岁了，还整天想着赚钱，要那么多钱干什么，累不累啊？”

“你吃、你喝、你穿，哪一样不要钱？钱又不咬人，现在还能动，挣点钱放到那里，总比将来向迎子他们要钱好。你不喜欢钱，我喜欢。钱是个好东西，你钱都不要，你要什么？我把发金喊过来帮忙，她今后养老也要钱。”

张全祚知道堂客认定的事，十头牛也拉不回来，让她去赚钱，赚几个钱比掉几个钱好一些。“你去赚你的钱，赚一屋放到那里烂。”

洋贵姐见大爷嘎没有反对，便将自己的想法全盘端了出来。“我想叫发金来帮忙，免得你总是来回两头跑。”洋贵姐似乎给大爷嘎想得很周到。

“你别拿我当借口，你自己想怎么做就怎么做，不想做就不做。发金在双坪过得好好的，没必要叫她过来。”

张全祚认为发金在双坪的生活很自在，如同神仙一般。现在桥生的两个儿子都已成年，克存也出嫁成家。发金在双坪的日子过得悠闲自在，除每天帮助桥生照看蜂群，整理神树拜台、香炉、功德箱以及神树上的彩带，偶尔在小卖部卖些杂货外，她更多时间是随心所欲地做自己喜欢的事。或在村坊田间漫步，或与三两好友相聚谈笑。张全祚觉得人生短暂，应当好好对待自己，没有必要给发金添麻烦，让她享受几天宁静舒适的生活。

“你难道不想她过来住？你以为我让发金过来仅仅是为了帮忙？我想大家一辈子都不容易，能够在一起是一种缘分。年轻时，我在金竹园忙，发金在双坪忙，你是两边跑、两边忙。我们在一起的时间不多，一年到头在一起吃饭的次数都不到十次。现在有机会让我们在一起做点事，一起吃个饭、说说话，多么好。再说发金做的饭美味可口，她腌制的小菜更是一绝。双坪那边的小卖店可以交给秀翠照看，你说怎么不行？”

“按你说的办，你说怎么办就怎么办。”

洋贵姐说：“这个工程最多持续两三年，这期间生意肯定会很好。你早晚放牛羊，中午在家编织点竹器，可以拿到市场上去卖，不用再出去做篾活。”

“谁去种田？”张全祚问。

“用牛力换人力，现在两头牛力换的人力都用不完，等明年小牛长大了，三头牛力换的人力就更用不完了。播种和收获时候你在旁边看一下，多余的牛力你还可以收一些钱。”

洋贵姐把一切描绘得“踏过千山有行舟，顺风顺水上重楼”，让张全祚不禁动心：“在哪儿开餐馆？”

“我想好了，就在德麻子家里办。她家房子大，楼上住二三十个人没有问题，银大路那一层开餐馆，吊脚楼坎下喂七八头猪绰绰有余。德麻子和房子算一股，我和发金算一股，今后分钱也方便。你、智夫子和谭德厚，该放牛的放牛，该放羊的放羊，该种地的种地，你们三个男人不要插手我们开餐馆的事。”洋贵姐把三个男人撇得干干净净，安排得明明白白，她不想做马上打屁——两不分明的事情。

“我吃饭都没有着落了？”

“你真是个猪脑壳，德麻子一家三口人，我们一家三口人，一起吃饭，账都不需要算，谁也不会吃亏，大家各种各的田，各睡各的觉。”洋贵姐把复杂的事情简单化。

张全祚豁然开朗：“你搞得好，大家搞到一起来了。”

“客人吃不完的残汤败水还可以喂三五头猪，德麻子楼下有的是地方。”洋贵姐一番言辞下来，张全祚恨不得马上行动。

“这样我们也算还了智夫子一个人情，他不去当夫，德麻子也不会有双证。”

洋贵姐纠正道：“她现在没有双证，只有智夫子一证了。”

张全祚瞟了一眼堂客，伤心地说：“我现在一证都没了。”

“你要结婚证，下辈子找我去拿。”洋贵姐慷慨地说。

张全祚摇了摇头，感叹道："没有证也好，证多了累死人。"

洋贵姐笑道："你现在没有证好了吧。"

"好了，无证一身轻。"张全祚说完，开心地笑了。

"今天太晚，我明天去德麻子家探探口风，如果他们不愿意，我们就租赵同才的房子单独开餐馆。你这两天跑一趟双坪，把发金接过来，让她和我们一起挣钱。"

春天，金竹舒展开了黄绿嫩叶的枝条，在微微的春风中轻柔地拂动，太阳羞答答地躲在云层后面，偶尔探出头，阳光柔柔的淡淡的，很温暖。

昨天晚上，洋贵姐睡在床上翻来覆去地思考，觉得这事不能急，应该找个适当的机会，无风无浪顺水湾船比较好。如果太急，德麻子不知道自己搞了多少划得来，工作做起来难度大。她权衡利弊后，认为耐心等待比急于求成好得多。为了争取大爷嘎对开餐馆的支持，她对大爷嘎说："你以后做篾活挣的钱你自己用，你想怎么用就怎么用，我不要你的一分钱。"

张全祚平时习惯了将挣的钱上交，听到堂客的话，感到很诧异。他不敢相信这是堂客说出来的话。他转过头，眨巴着笑眯眼，对堂客说："你再说一遍。过去爱钱如命的人，现在怎么突然不在乎钱了，让人弄不明白。"

洋贵姐瞥了大爷嘎一眼，说："谁说我现在不爱钱？过去要管父母，要管几个妹妹嫁人，要管迎子，还要想办法挣钱赎田、买田，把你的一点钱管得紧些，你就有意见，有意见去双坪提。"

张全祚被洋贵姐一顿凶，变得老实。他想，堂客这辈子确实做过不少事，挣了不少钱，也用了不少钱，钱也未乱用。

张全祚问："你现在不用钱？"

"现在没有老人需要赡养，孩子们都自食其力，我还要那么多钱干什么？自己挣点钱养老。你今后做篾活挣的钱你自己用，牛力换的钱也归你。"

张全祚简直不敢相信自己的耳朵，他感觉今天的月亮怎么变成了太阳。自己不知道是走了"狗屎运"还是"华盖运"，他感到非常兴奋。他这辈子没看到自己的堂客这么大方过。过去每次出门做篾活回来，堂客碰见他的第一句话总是："你挣的钱呢？"她把钱看得比命都重要。

有一次，张全祚进城卖菜回来，洋贵姐觉得他上交的钱少了，她拉着大爷嘎算了一个时辰的账。从那以后，每次张全祚出去挣钱，回家时总是把账目报得清清楚楚，他知道在堂客面前丝毫马虎不得。

“发香用牛你不要收钱，不要只认钱不认人。在别人面前就说钱收了，免得把人都得罪了。”

听了洋贵姐的话，张全祚说：“我知道，发香用牛的钱不能收，收了还算是人吗？”这一夜，平时总是倒头就睡的张全祚，第一次在无尽的黑暗中辗转反侧，无法入睡。他的心情起伏不定，前一秒，还是嘴角微扬，这一秒，却又眼眶湿润，仿佛变成了一个神经质。

张全祚吃过早饭，戴着一顶崭新的草帽，脚蹬一双结实的解放鞋，肩上挎着一只装满苞谷酒的军用水壶，手里提着塑料茶杯和旱烟袋，悠然自得地走在乡间的小路上。他用篾片给牛和羊编织了一个“堵笼”，套在牛羊的嘴上，脖子上还挂着一只铃铛，每当铃铛响起，金竹园的人知道张全祚放牛放羊去了。

每当春季和秋季，洋贵姐的牛最值钱了。每天，一头牛犁田可以换回三个劳力。如果没有人愿意交换劳力，她便收取十元钱作为报酬。后来，金竹园的村民们私下都称洋贵姐为“牛贵姐”。

午后的阳光让人感到无比惬意，仿佛一切都变得繁忙而宁静。洋贵姐忙完家务活，去发香家里说了一阵话。发香高兴地说：“英妹子的儿子刘高武很争气，大学毕业后已经回来工作，现在是县委副书记。她的女儿刘英武也读得书，前年考上大学。”发香脸上洋溢着喜悦，尽管她并不清楚侄儿侄女具体上的哪所大学。她自己忙着经营承包的土地，是金竹园第一个完成春播的人。

洋贵姐回应道：“孩子们有出息就好，这样就不会被人欺负。”在她心里，英妹子这辈子嫁人嫁对了。她暗自思忖：几姊妹嫁的大爷嘎都不错，即便是二妹子家被划成了地主，但她的大爷嘎张思俊是一个有能力、顾家的男人，她现在一点也不后悔。大蛮子、小蛮子和咚咚锵一起开办的公司也经营得有声有色，二妹子如果没有嫁给张思俊，二妹子也就不会有大、小蛮子。尽管二妹子嫁给张思俊戴上了地主婆的帽子，受了些委屈，但总体来说，她的婚姻还是值得的。洋贵姐现在最同情的是发香，随着年岁的增长，晚上连个说话的人都没有，她为发香的归途担忧。

洋贵姐从发香家出来，已是晌午申时。她提着择菜的篾篮，朝自家菜园走去。洋贵姐的菜园不大，不足三分地，是大集体时代留下的自留地，位于银大路坎上，距离大院坝不远。她还没走进菜园，远远看见智夫子一家人和赵同才在大院坝里。他们把石磙立了起来，石磙上面放着茶杯，一个竹制开水瓶立在地面。他们一边喝茶、聊天，一边享受着阳光的沐浴，无比舒适和放松。

智夫子自从当夫死里逃生回家后，好像把世间什么东西都看穿了。他意识到，人最重要的是活着，活着其实就是找事情做、找东西吃、找人聊天。

德麻子看见洋贵姐在园子里择菜，秀声秀气地喊道："洋贵姐，下来晒晒太阳吧，我去拿椅子。"话音刚落，她就转身朝自己家走去。德麻子的家与大院坝相邻，恰好位于大院坝和赵同才的房子中间。

洋贵姐见德麻子回家拿椅子，心想：这是个好机会，赶得早不如赶得巧，她叫我去比我找她强多了，既然她家的人都在，正好可以在这里把开餐馆的船顺水湾了。洋贵姐清了清嗓子，问道："你们的田种完了吧？"

"几亩田前天都种完了。"智夫子回答。

"现在一个人劳动一天，相当于过去三个人劳动一天，还是分田到户的政策好。"赵同才环顾四周，看到发香的田种完，智夫子的田也种完，自己两个儿子的田种得也差不多了，不由得感慨地说。

洋贵姐从菜园里走下来，坐在德麻子递过来的椅子上。只见在阳光的照射下，德麻子的大眼睛含笑含俏含妖，水遮雾绕，媚意荡漾，小巧的嘴角微微翘起，红唇微张，充满了迷人的魅力。

洋贵姐转向坐在旁边的赵同才，说："侄儿子，迎子把金李树苗带回来后，你给堂春说一声，抽一天的时间和张师傅一起把树苗子栽上。"

赵同才问洋贵姐："堂春他们后天上午就可以把田种完，栽树苗没问题。您家的田种完没有？"

"前两天发山他们帮忙种完了。人误地一时，地误人一年。不抢季节不行。"洋贵姐回答。

"现在种田真是快，大家好像没有几天都把田种完了。接下来追肥、薅草管理外，也没什么事做。"谭德厚边说边将手中的茶杯放到一旁的石磙上，伸了个懒腰。

"种是种得快，关键是不知道侄儿子说的变电站什么时候建，如果他们占地，我们种的一些庄稼又会被糟蹋。"洋贵姐故意把话题引向开餐馆。

智夫子听洋贵姐说要建变电站，顿时像打了鸡血，变得兴奋起来，他觉得自己又多了一个玩的地方："如果真建变电站，我们这儿一定很热闹。"

洋贵姐看准时机，不动声色地说："如果真建变电站，那么多人要吃要喝，我打算开个饭馆。"她嘴角挂着一抹淡雅的微笑，让人猜想不出她的心思。

德麻子见状，连忙说："洋贵姐，算我一个，你把我带起，我们一起干，就在我家开吧。"她心里盘算着现在家里的几亩地，不需要几天就种完了，现在家里最缺的是钱，她没有后人，现在趁着还干得动，和智夫子、谭德厚一起挣点养老钱。不然真的到了爬不动的那一天，手里没有一点钱，那真是叫天天不应，叫地地不灵。

洋贵姐不假思索地回应：“行，我再叫上发金，我们三个女人一起办，大家一起吃饭。你和你的房子算一股，我和发金算一股，赚了钱，我们平半分。至于那些种地、放牛、放羊的活儿，交给几个大爷嘎，我们女人就专心开饭馆。”洋贵姐一口气把计划和盘托出，他们哪里知道，洋贵姐为了开馆子已经筹划了两天多。

洋贵姐认为，在这个竞争激烈的社会，良好的合作可以给自己省去很大的麻烦，有了合作，自己不再是一个人孤军奋战，有了合作，当自己遇到困难时更有走下去的勇气，有了合作，痛苦会缩小而快乐会放大。合作不仅是一种积极向上的心态，更是一种智慧。

智夫子听洋贵姐说开饭馆不用大爷嘎插手，心里十分高兴。他了解洋贵姐，相信饭馆一定会经营得很好，而且这样一来，他自己也有了更多的自由空间。“这个主意不错，人多力量大，两好合一好。”

“如果真的建变电站，洋贵姐开饭馆肯定能赚钱。现在挣几个钱不容易，德香跟到一起开饭馆，我们放心，合作的人不自私，自私的人不合作，大家都不是扯皮的人。我和智夫子种那点地没有问题。开饭馆要取个名字，不然别人怎么知道到哪里去吃饭？”谭德厚的白胡须在胸前飘动，像一缕缕的雪花在飞舞。

“这个店名还是请侄儿子取。”洋贵姐望向赵同才，把取名的皮球踢给了他。

赵同才也不推辞，他抿了一口茶，从口袋里掏出一包“大公鸡”牌香烟，给智夫子和谭德厚各递上一支：“让我想想。”

智夫子推掉赵同才手中的香烟，说：“我还是抽我的一枝花，味大些。”

“我觉得店名可以叫菊香酒家、德香酒家、洋贵姐酒家。或者简单点，干脆叫喝二两。”赵同才的额头上爬满了细密的皱纹，他一板一眼地像个教书匠。

洋贵姐听后说：“不能叫洋贵姐酒家，上次开洋贵姐驿栈，最后开熄火了，这次不能用洋贵姐三个字。”

“过去时局动荡、兵荒马乱的，洋贵姐驿栈开不下去，是环境造成的，和名字没关系。”“洋贵姐驿栈”这个名字是赵同才取的，现在说是名字的问题，他心里有些不悦。

洋贵姐看到侄儿子脸色不好，这才想起“洋贵姐驿栈”是赵同才取的，她连忙改口：“不是洋贵姐驿栈名字的问题，兵荒马乱的，什么店都不好开。”

赵同才听姑妈这么一说，心里好受得多。

谭德厚默默地抽烟，他眼睛透着一种苦思的神情：“既然饭馆是两家人合开的，用哪家的名字都不合适，就叫喝二两，直截了当，实在。一看就知道是吃肉喝酒的地方。”

大家一想，“喝二两”这个名字好，既直接又响亮。

洋贵姐提议：“德厚，你帮忙找一个合适的木板，趁同才在，请他帮忙写个招牌，我们选个好日子，把招牌挂起来。”

大家七手八脚地收拾开水瓶、茶杯和椅子，一起向德麻子家中走去。

谭德厚找来一块杉木板，在门口量好尺寸，整理一番后拿了过来。

智夫子没闲着，他跑回家取回纸墨和毛笔。“是写在纸上还是直接写在木板上？”智夫子问道。

“直接写在木板上。”谭德厚回答。

赵同才接过木板，放在桌上，蘸了墨汁，挥笔写下“喝二两”三个大字。

张全祚傍晚时分才赶着牛羊回来，还没进门，洋贵姐兴致勃勃地告诉大爷嘎：“今天运气真好，德麻子和我们一起开饭馆，招牌赵同才帮忙都写好了。”

张全祚做梦也没想到堂客办事这么快，回想起大集体时，他从来没有看到堂客积极过。“你今天的收获大，我的收获也不小，二两酒被我在坡上喝得一干二净。”张全祚晃了晃手中的酒壶，里面空空如也，没有一丝响动。

“你现在由色鬼变成了酒鬼，今天我帮你接了两笔篾器活，赵同高要织两个背篓，乔大姐要织个筛子。以后你喝酒的钱得自己掏腰包。”洋贵姐一提到酒钱，突然想起：“你刚才说今天喝了多少酒？”

“二两。”张全祚的脸上还泛着酒后的红晕，显得有些飘飘然。

“你真是有意思，我们饭馆取的名字叫‘喝二两’。”洋贵姐抬手掠了掠耳边鬓发，她觉得再也没有人能像大爷嘎这样轻易地让她发笑了。

“好名字，我今后天天去喝二两。”张全祚似乎已经想象着自己在饭馆里喝酒的情景。

“你想得美，馆子又不是我一个人开的，吃饭可以，喝酒拿钱来。”她让大爷嘎自己出酒钱，是控制他喝酒，喝酒喝的自己的钱，肯定会节省些。

“你看你看，我还以为你真的大方了呢，连喝点小酒都要钱，真小气。”张全祚故作不满。

“行了，别耍嘴皮子。发香帮你照看两天牛羊，你明天去双坪把发金接来帮忙，她也挣点养老钱。我和德麻子这几天收拾收拾，好好准备一下，争取初八那天开业。”

第二天天刚亮，张全祚带上形影不离手的铜烟杆，轻松地踏上前往双坪的路。他走得不急，步伐明显没有年轻时轻快。他走一走，歇一歇，吧嗒几口烟，然后继续向前走去。

明媚的春光照在大地，四周的景色充满生机与活力。当他到达双坪时，正好赶上桥生他们一家吃午饭。

“你真会赶时间，到了就吃饭，难怪一大早就有喜鹊在柿子树上叫个不停，原来是你这个稀客要来。”发金见大爷嘎到来，连忙去厨房里拿出碗筷，摆放在张全祚面前，“喝点酒？”发金问。

“不喝，等会儿还要说点正经事。”张全祚回答。

“边喝边说事，不耽误。秀翠，去把柜子里的那瓶好酒拿来，我陪伯伯喝两杯。”桥生见堂客手里端着菜，便自己起身将酒放到桌上。

发金嘱咐桥生：“你不要把你伯伯喝醉，等会儿出洋相。”

“把别人可以喝醉，再怎么也不能把自己的老头子喝醉。”桥生笑着说。

秀翠把桥生拉到一旁，悄悄对他说：“你要是把伯伯喝醉了，看他们晚上怎么工作。”说完，秀翠便躲到一边，忍不住大笑起来。

桥生一听，眼珠瞪着自己的堂客，假装抡起巴掌：“我扇你两耳光。”

张全祚一边喝着小酒，一边向大家说明他此行的目的——希望发金能随他一起去金竹园开饭馆。

桥生心里明白，关于伯伯、大妈和他自己母亲之间的事，作为晚辈，他不应该过多干涉，更不应该发表意见，以免引起不必要的不快。他觉得，既然母亲在双坪的生活安逸舒适，那么是否去金竹园，完全由她自己决定。只要母亲开心快乐，无论她的选择是什么，他都会支持。

发金对于是否去金竹园陷入了深思。一方面，她觉得双坪是她的家，每天清晨去田里看看自己种的菜，听着蜂群的嗡嗡声，和小猫咪一起悠闲地散步，远离尘嚣，生活宁静而惬意。

另一方面，她想到人生苦短，自己、洋贵姐和大爷嘎年轻时聚少离多，大家都在为两边的家辛勤劳作。现在洋贵姐邀请她去金竹园开饭馆，她感到这是一种温情的召唤。

她记得前不久，迎子为张全祚、洋贵姐和她自己都准备了寿木，这让她感到无论是年轻时还是现在，洋贵姐他们对她始终关怀备至。

她认为，真正的感情不在于人是否在一起，而在于心是否相连。有些人虽然不能常相聚，但他们的心始终在一起；有些人虽然表面上在一起，但心却相隔甚远；有些人从未想过要在一起，却自然而然地走到了一起；还有些人历尽艰辛终于相聚，却发现彼此并不适合。对于感情，应该全心全意地投入，因为她的心始终与张全祚、洋贵姐在一起。

“好吧，我明天和你一起去金竹园。”发金刚说完，突然想到一个问题，“我走后，小卖店怎么办？”

“您就放心吧，小卖店卖的东西简单，不是什么复杂的事情。您去了金竹园，还有秀翠在，如果秀翠忙，展娃子也快结婚了，他可以帮忙照看小卖店。”展娃子是桥生的大儿子。

秀翠也表示支持：“几位长辈年纪都大了，辛苦一辈子，现在趁身体还硬朗，能在一起做些事情，对他们来说是件好事。”

张全祚和吴发金吃过早饭，便一同踏上了前往金竹园的路。张全祚体贴地帮吴发金拿着换洗的衣服，两人一路上谈笑风生，爽朗的笑声让人感受到一种难以言喻的温情。他们站在山脚下，抬头望向金子山，只见云遮雾罩，神秘莫测，渐渐地雾越变越浓，仿佛山峦被云雾所锁，山与雾、雾与山交织在一起，形成一幅动人的画卷。

他俩喘着粗气，汗流浃背地攀登至金子山，站在金子山顶，视野非常开阔。俯瞰下方，林海浩瀚，在绿色的林海中间还点缀着一簇簇的小黄花。远眺美丽的云海，云起云涌。近观银东县城，像一块巨大的积木，从金子山畔挂了下去。长江奔腾不息，沿岸的风景尽收眼底，让人感受到天地辽阔，他俩的心境顿时开阔起来。

他们找了一块青石坐下，喝点水，从衣袋里拿出烟叶，按在烟窝里，有滋有味地抽了起来。从金子山顶到半山腰的陈家屋场，下坡路比上坡路走起来容易得多，只需留意沿途的刺条和出没不定的毒蛇，不需要多大脚力。不一会儿，他们便来到陈家屋场。

张全祚平时经过陈家屋场时，总是匆匆忙忙，只是站在路边和大家寒暄几句便离开，仿佛时间总是不够用。但今天，他走到陈家屋场，转过头对身后的发金说：“我们到陈嫂子家喝点茶，歇会儿再走吧。”

“随你。”发金这一辈子从来没有为难过大爷嘎，什么事她都依着他，她是一个平常得不能再平常的村妇。

当张全祚和吴发金走到陈家二嫂子院坝时，张全祚站在门口，向里喊了一声："陈大哥在家吗？"他的声音不再像以前那样洪亮，中气似乎差了许多。

"在，哦，是张师傅。"陈大哥蓄着一撮短而硬的八字胡，一双棕褐色的眼睛深陷在眼窝里，头发灰白而蓬乱。他拍着身上的水泥灰，匆忙洗手，从屋里拿出椅子："今天太阳好，我们就在外面坐，晒晒太阳。"说完，他向屋内喊道："桂芬，有客人来了，泡茶。"

桂芬是陈二嫂，她在屋里应了一声："好的。"

张全祚和吴发金在椅子上坐下，张全祚问："陈大哥在忙什么？身上都是水泥灰。"

"做了一个大猪食槽，不太稳，我把它砌一下。"陈大哥回答。

"今年喂了几头猪？"

"三头。"

"喂了这么多？"

"现在土地承包，粮食多得吃不完，多喂几头猪。有猪肉吃，人肚子里油水多些。"陈大哥说着从衣袋里掏出一包"园球牌"香烟，从中抽出两支递给张全祚和吴发金，自己也叼起一根，用打火机为他们点燃了香烟。

"是什么风把张兄弟和弟媳吹来了？快喝茶。"陈二嫂说话声音极甜极轻。她手拿着茶杯，递给张全祚和吴发金，自己在旁边的椅子上坐下。

陈二嫂平时看到张全祚往双坪跑时，会称呼他为吴家姑爹。看到张全祚往金竹园跑时，又会称呼他为赵家姑爹。今天她看到吴发金在身边，她没有乱叫，而是称呼张全祚为兄弟。"兄弟，这些年你真辛苦，几个'驳子'都拖上滩了。"

"都拖上滩了，孙子和外孙都得力。"张全祚一脸的满足。

"把妹子接到金竹园去？"陈二嫂依旧像以前那样健谈。

"是的。"

"住在一起好，省得你一天两头跑，太累。"

"现在年纪大了，想跑也跑不动。"张全祚回想起过去忙碌的日子，心中有些感慨。他们在陈家屋场喝了一会儿茶，然后起身回到金竹园时，太阳刚刚爬上山顶。

洋贵姐和德麻子最近忙得不可开交，尽管洋贵姐说开饭馆的事情不需要大爷嘎他们插手，但智夫子和谭德厚还是每天帮忙，尤其是重体力活，他们俩总是抢着做。

在楼上，洋贵姐她们开了十个铺，楼下摆放着六张餐桌，各种厨具和餐具都已准备就绪。

洋贵姐和德麻子认为有人吃饭，就有剩饭剩菜，他们决定喂几头猪，来解决浪费问题。洋贵姐拿出三十元钱，请智夫子去县良种场买回三个猪崽。同时，她还把自己喂养的一头母猪牵了过来，说道："这样不用来回跑，节省时间。今后母猪产了崽，赚钱后，我们大家一起分。"

德麻子知道洋贵姐一辈子都勤勤恳恳，做事认真负责，头脑比自己灵活，不是什么都计较的人，德麻子很敬佩她。她对洋贵姐说："以后这个饭馆就由你来当家，我和发金都听你的，我们只管做事。"德麻子说得那么认真。

洋贵姐嘴含笑意，问道："你们这么相信我？"

德麻子嘴角勾起一抹笑容："在金竹园，不相信你相信谁？外面人都说，金竹园男人相信发崇和张全祚，女人相信洋贵姐和发香。"

洋贵姐知道发崇正直、讲义气，喜欢打抱不平，大家都信任他。大爷嘎做事认真，是金竹园大家公认的好人。她一直以为自己在大家心目中是个勤劳但爱财如命的女人，没想到自己在众人心中的地位还有这么高。

她想，自己这辈子迫于生活，她确实比大家更喜欢钱财，但挣的钱都是辛苦赚来的。她一辈子没做过伤天害理的事。即使是智夫子顶替大爷嘎去当夫，那也不是自己要他去的。那是苏噶姐的罪过，苏噶姐不是得到了报应。洋贵姐一生都相信因果报应，认为人在做天在看，一切事物都有其因果。种善因得善果，种恶因得恶果。

看到德麻子满脸期待，洋贵姐说："好，大家把人当人，把事当事就行。等发金过来后，我们分个工，你负责打扫卫生，管理床铺，择菜、洗菜。我负责喂猪、记账、物资采购和管理。发金负责做饭、炒菜和洗碗。你觉得这样安排可以吗？"

"没问题，我和发金按照你说的去做。梲夫子多了会翻船。我忙去了。"她朝洋贵姐莞尔一笑，脚步匆匆地离开。

洋贵姐明白，德麻子的信任是相互支持与理解的基础。只有信任，才能带来真正的快乐和和谐。没有信任，相互之间无法建立起真正的连接。只有相信别人，别人才会相信你，信任是相互的，付出信任才能收获信任的回报。

张全祚从双坪回来后，一刻也没闲着。他和发山、堂春一起，将金李子树苗栽到土壤贫瘠的三亩多地里，他栽得很认真，每个树坑里都预先垫上有机肥和营养土，栽完树苗后，又浇些水。他满怀期待地说："管理得好，两三年就可以挂果。"

后来，他经常把牛羊牵到后山上吃草，洋贵姐对此感到不解："你怎么总是把牛羊赶到后山坡去吃草？"

"聪明人怎么连这个问题都弄不清楚，后山坡草多，我还能顺便照看树苗长大，内急了，自己的屎尿还可以屙到树苗周围，我这是一举三得。"张全祚得意地解释道。

洋贵姐调侃道："自从发金来了，你变得开窍了，你这哪是一举三得，你明明是一举四得。"

张全祚紧绷着脸，一对尖利的眼光在洋贵姐的身上霍霍地打圈："一天无话找话说。"

吴发金抿着嘴，笑吟吟地斜眼瞅着他们："我年纪比你小不了多少，他一举四得没有用。"

张全祚过去从未觉得与她们相处有什么困难。现在，当她们都在身边时，他发现自己在与她们的口角中总是处于下风，她们总是团结一致地对付自己。他常想，"好汉难敌四手"，心里也暗自庆幸，自己没有掺和到"喝二两"中去。他每天和洋贵姐、发金在一起的时间不多，如果在一起的时间多了，真不知道自己要打多少败仗。他觉得自己一天与牛羊打交道，在家做点篾活，逍遥自在很舒服。在这份爱的氛围中，他们变得更加坦诚，不再躲避，不再担忧，享受着来自内心深处的简单快乐。

"喝二两"终于正式开业，只听见几声沉闷的爆炸声，一个个烟花带着红红的火星蹿上了天空，几声脆响，在夜空中绽放，如同流星雨一般缓缓洒落。它们的形状和颜色各不相同，有红的、黄的、绿的、蓝的、红绿交叉的，这些美丽的烟花慢慢地变成了一阵流星雨洒落下来。

洋贵姐和德麻子合伙开饭馆的消息，如同原子弹爆炸，在金竹园引起了巨大轰动，成为人们热议的话题。

岁月在乔大姐的额头上深深地刻下几道皱纹，她还是像年轻时一样管不住自己的嘴，无法抑制自己的好奇心。她挥舞着那双布满了的老茧、青筋暴露的手，说道："洋贵姐和德麻子竟然联手搞到了一起，还把全祚的小堂客也叫来了，真不知道她们晚上怎么睡。”她这一生，最关心的是别人怎么睡觉。

“这么大年纪，谁还耐得活睡在一起，各睡各的，你和大哥还没睡够？”发崇的嘴唇线条分明，上边长满花白的胡子，像钢针一样根根直立。

“双证变成了四证，一加一大于二，力量大，还是洋贵姐有办法。”赵发大还是从前的老样子，胡子乱蓬蓬的，他不知道洋贵姐他们已经没有证了。

赵同根肩宽体阔，身着一件颜色已经褪去的军装，古铜色的脸上嵌着一双明亮的大眼睛，额角上已经有了好几道皱纹。他是老革命，虽然已从大队书记的位置上退了下来，但他对时事政治的了解依然十分清楚。“什么双证四证的，这是姑妈他们响应政府号召，发展路边经济。”

乔大姐接着说：“我们今后卖菜也不用背着菜篮子跑到县城，提两个菜篮子在银大路上摆摊就行了。”

“关键你的菜要有人买，没有人买，你在银大路上摆一天到黑，也只能是白天晒太阳，晚上晒月亮。”赵同根回应道。

“这叫市场经济，跟过去的计划经济不一样。”赵同才不知道什么时候也加入了讨论。

“对，这叫市场经济，还是教书先生有水平。”同才被同根夸得不知所措，眉目间隐藏着一股书卷气。

自从“喝二两”饭馆开张后，智夫子在外面跑得越来越少，没有事时，他要么搬把椅子在大院坝里晒太阳，要么邀上几个人，在家抽烟喝茶，天南海北地打着各种调子。这些调子不是谁家生了娃，就是谁家的堂客偷了人，还有谁的大爷嘎又喝醉了酒，无奇不有。

金竹园的人习惯了智夫子带来的各种新闻和趣事，好长时间见不到智夫子，就像打麻将缺了赖子。他们盼着智夫子给他们带来五花八门的消息，同时也乐于听他讲述自己那些奇特的经历。后来，当大家得知智夫子的堂客和洋贵姐合伙开了饭馆，心想这下智夫子不会再出来了，他们好像受了很大的损失。他们想：智夫子不出来找我们，我们就主动出击，去“喝二两”饭馆找智夫子。所以每天都会有一群人蓄着胡须，身穿各色衣服，戴草帽和不戴草帽的，穿满耳子草鞋和不穿草鞋的男人，中间也夹杂着一些穿着花哨的女人，他们林林总总聚集在“喝二两”饭馆内，喝茶、打牌、聊天。

智夫子说：“店里来的人越多越好，这样才有人气，有了人气，自然会带来财气。”为了吸引和留住顾客，他自己掏钱购买了一副象棋和几副扑克牌。

这些年，发崇老了许多。他花白的胡须，浅浅的皱纹，还有那一双永远笑眯眯的双眼，都让人觉得他是个和蔼可亲的老人。发崇的两个女儿在县城工作，他的外孙们都渐渐长大。他和田嫂子一起忙完农活之后，发崇喜欢与智夫子、谭德厚一起下象棋，打扑克牌。

春天的细雨带着柔和的气息，轻轻地在金竹的枝叶上跳跃。发崇望向窗外，见细雨如丝，便知道今天什么事都做不成。“走，我们约同才喝二两去。”

他戴着斗笠，披着蓑衣，走出大门立在同才的家门口，大声邀请：“侄儿子，我们去旁边找智夫子打扑克牌。”同才比发崇辈分低一辈，发崇以长辈的身份理直气壮地喊道。

赵同才在家中正为无事可做而感到无聊，他高兴地回应：“好，我找一包烟带上。”发崇见同才拿着烟从屋里走出来，愉快地哼起小曲。

桐梓开花嘞，
坨打坨，
我睡到半夜哟唱山歌啰，
爹妈问我嘞，
唱个什么哟？
我没得老婆哟睡不着啰。
你搞坨泥巴嘞做一个哟，
你想老婆想得也莫奈何，
鼻子眼睛她都啊有哟，
只是睡倒嘞，
不热和哟。

德麻子见发崇和同才向自己家走来，好奇地问：“发崇，今天这么高兴，唱的什么歌？好听。”

“我唱的晚上没有老婆睡不着。”发崇笑着回答。

“田嫂子不在家吗？”

发崇站在门口，望着德麻子轻轻叹口气：“她今天不在，堂客没有换洗的。”

德麻子听后，满面通红，她用纤细的双手不停地捶打着发崇：“你要死，你向菊香哥学习，找个换洗的堂客。”

发崇一听，顿时慌了神，他害怕洋贵姐听到，忙问："大妹子在吗？"

"在。"德麻子干脆回答。

发崇看见屋内有两桌客人正在吃饭，他转过头对洋贵姐说："大妹子，我们打几盘牌后在你这里吃饭，麻烦发金炖个猪蹄子，今天同才请客结账，他退休后有的是钱。"

这时，赵同才答应不是，不答应也不是，既然老辈子开口发话，他只好硬着头皮说："好，今天我请客。"

"喝二两"的用餐方式分为两种：

一种是按人头计费，每位食客支付两元，洋贵姐他们提供腊猪蹄、鸡肉或懒豆腐等火锅选择，配上腌苦瓜、黄瓜、鱼腥草、芋头秆、豆腐乳，以及炸花生米、土豆片等小菜，还会炒一些土辣椒、鸡蛋和炸辣椒炒肉。主食包括蒸苞谷饭、坑土豆饭，做点麦子粑、玉米粑。如果喝酒，酒水按每斤两元计费，客人无须单独点菜，只需告人数就行了。

另一种则是点菜式用餐，客人可以根据自己的喜好自由选择菜品，客人想吃什么就点什么，有炒肉丝、豆腐汤、炒时令蔬菜、煎鱼等，每份价格从三角五到六角三不等。

今天，同才选择按人头计费的方式用餐，他心想：既然要请客，就不能只请老辈子一人，智夫子、谭德厚以及张师傅都应参加。他觉得一个羊子是一放，一群羊子也是一放，干脆把发山、发猛、堂春和两个孙子也叫上。他掰着指头算了一下人数，然后对洋贵姐说："姑妈，麻烦您准备十二个人的饭，煮个腊猪蹄火锅，里面加些干土豆，再打三斤苞谷酒。"

洋贵姐听后，问道："你哪有这么多人？今天你和发崇就和我们一起吃。"

"不了，下次再吃。今天难得老辈子让我请客，这个面子不能不给。待会儿和张师傅、智夫子、德厚一起喝点酒，大家好好热闹热闹。"

"在我们家里吃饭，怎么好意思收你的钱？"洋贵姐觉得不能瞎子见钱眼睛开。

"您和德香开的是餐馆，餐馆不赚钱怎么行？现在经济慢慢好起来了，这个客我请。"

"今天这个客侄儿子请，顶多把他一个月的工资吃完，如果他没有钱吃饭，天天去我家吃，今天这个客同才不请不行。"

酒席上，大家谈笑风生，划拳喝酒。同才看见发金上了一盘猪头卤肉，便给大家讲起了故事：

一九七四年十二月，我在阡山小学教书，陈校长看到大家好久没有吃肉了，他费尽心思在青林五队买了一头猪，这头猪重一百二十六斤，尾巴又细又长，嘴角两侧的獠牙长达两寸，露在嘴唇的外面。我第一次看见这种猪，颇为惊讶，便问陈校长怎么买了这样一头猪。他说："这是头公猪（种猪），已经八岁了，别的猪买不到。"

杀猪的那天，绰号"蔡猫子"的邮递员来学校送报，他兴致勃勃地帮忙杀猪。杀猪后，炊事员小田炒了一碗猪血花儿、一碗猪肝和两碗猪肉，大家吃得津津有味。

饭后，我和校长去进行家访，蔡猫子随行。走到半路，我想起了猪的那对獠牙，感到一阵反胃，便对陈校长说："不知为什么，现在我想到猪的那两颗牙齿，心里好难受。"

蔡猫子随即附和："别说了，我早就想吐。"

陈校长却笑着安慰我们："有什么关系，乱不成也是个儿娃子（方言，指公猪），不要大惊小怪的。"

自那以后，我们要吃肉时就会开玩笑地喊"小田！今天煮点'儿娃子'吃"。那时吃点肉真难，现在政策好，猪肉也慢慢地多了起来。

赵同才将故事讲完了，大家听得津津有味。

谭德厚听后，一本正经地说："今天二姐帮我们煮的是发崇。"他巧妙地将发崇比作公猪。

发崇闻言，端起酒杯，离开座位走向德厚："现在我们都成了公猪、猪儿子、猪孙子、猪女婿，你今天不一口气把这杯酒喝完，看我怎么收拾你。"

谭德厚一边用手挡住发崇递过来的杯酒，一边求饶道："我喝，我喝。太多了，一口气喝不完，做三次喝。"

"不行，在'喝二两'馆子里，一口气喝二两。"发崇硬生生地把酒递到德厚的嘴边。

德厚招架不住，只得答应："你坐到位置上去，我喝我喝。"说完，他抿着嘴、眯着双眼睛，只见布满皱纹的喉结上下动了三下，他一口气把一杯酒喝得干干净净。谭德厚喝醉了，筷子拿不稳，话也越来越多，开始絮絮叨叨，反复说着同一番话。

第二天，智夫子说："德厚好多年没有醉过酒。昨天他高兴，喝酒树敌太多。"

发金烹饪手艺相当出色，她将双坪的众多美食带到金竹园，尤其是她腌制的小菜和手工面食，带有浓郁的双坪风味，深受食客喜爱。发金做的芋头粑和麦子粑最受欢迎，很多食客吃完饭、喝完酒后，还会购买一些带回家。

洋贵姐她们饲养的猪长得很快，德麻子赞叹道："洋贵姐真是养什么成什么，好像猪也是来还债的，长得又快又好。"

洋贵姐说："不是我养得好，是猪儿们吃得好，吃了睡、睡了吃，自然长得快。"

前几天，她们饲养的母猪产下十三只小猪崽，成为名副其实的高产户。母猪产了崽，她和德麻子像猪保姆，轮流换班守候在母猪身旁，以防母猪不小心压伤了小猪崽。对于那些还不会吃奶的小家伙，她们买来奶瓶和奶粉喂养。

忙碌与压力接踵而至，该来的不该来的都一股脑儿地奔涌而来，叫人猝不及防。洋贵姐却将这种忙碌视为一种幸福。它让她无暇感受生活的艰辛，反而觉得这种操劳充满乐趣，连疲惫也变成了一种享受。她说："我们养猪崽，是因为我们需要它们，有了它们，我们就有了钱。"每年养殖一二十个小猪崽，让洋贵姐、发金、德香她们忙得不亦乐乎，又让她们享受着挣钱的快乐。她们知道自己的世界已经空旷了许久，现在终于知道该怎么把它填满，让它精彩。

让人过于舒服的路，都是下坡路。最不费力气的行走，都是顺风走。然而，你最终变成什么样，很大程度上取决于你在人生道路上，是选择迎风奔跑，还是就坡下驴。一路奔跑，总比原地踏步要好。再远的路，走着走着就近了。再高的山，爬着爬着也就平了。再难的事，做着做着就顺了。每次重复的能量，不是相加，而是相乘。

第十六章

赵同凯带领三个儿子，披星戴月，不辞辛劳，将轮坎上的荒坡改造成二十余亩崭新的梯田，他们兴高采烈地在水利局领到一万多元的补助款。然而，赵同凯手中的补助款还没焐热，金竹园上下传来另一个消息。

“今天来了一班人，听说有苏噶姐的孙女婿，他们手里拿着仪器，在你们新开的田里跑来跑去，不时用眼睛对着镜子看来看去，你们那块地好像保不住了。”

智夫子在家里待闷了，想出去走走，透透气。他虽然年过六旬，脸上布满了岁月的痕迹，两颊出现不少褐色的斑点。但他说话时声音依然洪亮如钟，双腿坚如铁棒，走起路来噔噔噔的，连小伙子也追不上。

赵美春不经意地瞥了智夫子一眼，说：“您还耐得活到处转，进屋里喝杯茶吧，我等会儿去那边看看。”他一边扫地一边应着。

“不用了，我到处转一转，透透气。”智夫子说完，迈开双腿，转身向银大路走去。

赵美春是赵同凯的大儿子，二十七八岁，中等身材，略显瘦削，皮肤白里透红，一张标准的瓜子脸，梳着三七开的小分头。他眉毛清晰却不浓密，左眼略大于右眼，深邃忧郁，配着稍稍显小的鼻子和嘴。当他听智夫子说有人进行测量工作时，他立即放下手中的扫帚，顺着银大路来到了轮坎上。轮坎下站着三三两两的人，你一言我一语说个不停。

赵发崇瞪着一双闪闪发亮的大眼睛，满面红光，精神矍铄。他好奇地问：“这次发盛他们是不是要发财了？”

“发什么财？八字还没得一撇呢。”赵同凯一张饱经风霜的脸，两只深陷的眼睛深邃明亮，看上去很有神。他站在轮坎下面的人群里，倚靠在一根电线杆上，他的身子比其他三三两两的男女高出许多。

“几个月前，我在大院坝听洋贵姐提到要建变电站，她说是听同才说的，不知道是不是真的。同凯，你问问兰天旭不就知道了，他是你们赵家的女婿，今天他也在。”智夫子宽宽的浓眉下，闪动着一对精明与深沉的眼睛，他不知什么时候钻了出来，加入了讨论。

“对，问问苏噶姐的孙女婿。”赵发崇补充道。

赵同凯知道兰天旭是苏噶姐的孙女婿，不禁回想起读私塾时自己扯同秀的头发，躺在板凳上挨打的情景。现在人都快半百，他情不自禁地笑了起来：“我去问问他。”赵同凯拍了拍衣服的泥土，向轮坎上走去，那里他的儿子赵美春正和兰天旭愉快地交谈着。

“老弟，你们这是在测量什么？”赵同凯问道。

兰天旭抬头看到赵同凯已经站在旁边。“准备建个 11 万伏的变电站。你现在还挨不挨打？”他鼻子上拧起一旋笑纹。

兰天旭调侃赵同凯小时候读私塾时挨了先生的打，赵同凯脸上泛起红晕。“那都是过去的事，谁小时候不挨打，我小时候挨打是经常的事。”他心中感慨：小时候挨打是件幸福的事情，现在想挨打也没有人打。

人生如同旅途，充满了无奈与未知。同凯在怀念与遗忘之间徘徊，又在不懈的追求中继续前行。

兰天旭是银东县电力公司生技科副科长、电力工程师，今年四十八岁，中等身材，胸膛宽阔，脸庞黝黑，眉毛浓密。他性情乖张，脾气暴躁。今天他头戴摩托车头盔，手提一副黑色皮手套，脖子上系着一条灰色围巾，脚踏翻毛皮鞋，一副骑手的装束。

“那我们这块土地保不住？”赵同凯关切地问。

兰天旭回答：“十有八九是保不住，国家的地肯定是国家优先使用，国家不会亏待你们。”

“怎么个不亏待法?”赵同凯追问，说着从口袋里掏出“园球牌”香烟，散给周围的人，用打火机为他们逐一点燃。

“根据土地的等级，要么是补偿金，要么征地带人，县里有这方面的政策。”兰天旭深吸一口烟，烟雾如慢慢蔓延的云层，在他面前缓缓升起，眼神透出思考的神采。

“肯定还是安置带人好，细水长流。一次性补钱，钱用完后再也没有了。电力是垄断行业，在国企工作端的铁饭碗，做多做少一个样，做与不做一个样。”赵美春听着父亲与兰天旭的对话，心中打起小算盘。作为家中的长子，他的两个弟弟一个在开拖拉机，一个还在读大学，今后回不回来还是个未知数。如果真能通过征地带人获得安置，那无疑是一件大好事，而他被选中的可能性最大。“父疼长子，母疼幺儿”，父亲肯定会更倾向于他。如果真的进入电力行业，不仅仅摆脱了农耕的辛劳，还端上了金饭碗。想到这里，他心里美滋滋的。

“侄儿子，我看你很喜欢我们这里的工作，不如你就到我们这里来，每天工作时睁一只眼闭一只眼就行了。”兰天旭开玩笑地扔掉手中的烟蒂，把自己的右眼闭上，左眼对着经纬仪镜筒，摆起了测量的架势，周边的人看看兰天旭，又转过头看看两眼大小不一的赵美春，大家都笑起来。

赵美春没想到自己眼睛大小不一成为大家的笑柄。以后，每当他对某事有所不满，大家都会开玩笑地说：“算了，你就睁一只眼闭一只眼吧。”

“大家要清楚，并不是说谁家的地被征用就能安置谁家的人。村里、镇里都需要考虑平衡，而且电力公司还有考试、面试、体检等一系列程序，很多关要过，要不要这个人不好说。”兰天旭的一番话说得赵同凯父子的心里像十五个吊桶打水——七上八下。

赵同凯带着期待的眼神请求道：“老弟，你能不能帮忙指条路？”

“和尚还被尿憋死，让发盛伯去找一下洋贵姐，请她出面给姬良力说说，姬良力总得给他外婆面子吧？”兰天旭建议道，他本应跟着自己的堂客称呼洋贵姐为姑妈，洋贵姐不在场，他便随意地称呼起来。

赵同凯觉得这是个办法，于是说：“这是条路子，麻烦你帮忙在姬经理身边敲敲边鼓，多美言几句，我们慢慢为你的情。”

“行，一家人不说两家话，我好歹也是你们赵家姑爷。”兰天旭说着，又开始指挥手下的人跑上跑下、寻找着点位，“我没时间和你们闲聊，今天不测完，回去没法交差。”他下了逐客令。

赵同凯从轮坎上回到家里，急忙向父亲汇报金竹园准备建设 11 万伏的变电站以及可能涉及的征地补偿问题。发盛佝偻着脊背，皱着眉头问：“如果征用我们家里的地，地没了，我们以后靠什么生活？”

“被征用的不仅是我们的地，还包括全祚姑爹和大舅舅的。被征的土地，补偿方式有两种，一是给予金钱补偿，二是带人提供工作机会。”赵同凯解释道。

发盛继续追问：“你姑爹和你大舅舅打算怎么办？他们是选择补钱还是带人？”

“他们两家迎子和她的儿子都是吃公家饭的人，大舅舅一个人，这是秃子头上的虱子——明摆着，他们肯定是补钱。我们既可以选择补偿金，也可以选择带人。”同凯称呼发香为大舅舅，发香六十多岁，当了一辈子的老姑娘，没有结婚。按照金竹园的风俗，对没有结过婚的老姑娘，晚辈称为舅舅，以示尊重。发盛神色疲惫，脸上刻满了忧虑的皱纹：“那么，你们打算选择哪种补偿方式？是想补钱还是带人？”

赵同凯思考后回答：“我想还是带人好，今后工作稳定，吃一碗轻松饭。”

发盛问：“打算让哪个儿子去？”

“老二已经开拖拉机，老三还在上大学，不知道今后在哪里工作，打算让老大美春去。”赵同凯说。

“嗯，成了公家人，一辈子穿的衣服都干净些。”发盛点头认同。

“要办成这件事，还需要请您出面，请洋贵姑给她外孙说说。”赵同凯说着，眉宇间透露出一丝忧愁。

“人不求人一般高，求人如吞三尺剑。过去她从我们手里把土地赎回去，花了那么多钱。现在她的外孙又来征我们的地，‘山不转水转，石头不转磨转’，真是世事难料。这个事让我如何开口，我这张老脸往哪里放。”赵发盛摇摇头，他觉得过去在当“抱儿子”的问题上，自己没有把一些事情处理好，特别是自己的堂客把伯伯和大妈大骂了一顿，这让他更难启齿求人。

赵同凯说：“脸不好放也要放，过了这个村就没有那个店了。”

站在一旁的赵美春也给发盛打着气：“爷爷，讨不到米，口袋在，为了一家人的生活，低一回架子、放下身段也值。”

“行吧，我晚上去‘喝二两’那里会一下你姑妈他们。”赵发盛紧锁双眉。

有些痛，说不出来，只能忍着，直到能够慢慢淡忘。发香和英妹子始终记得幺房和大妈之间的官司纠纷。自从大妈去世后，他们两家老死不相往来，彼此冷漠如同路人。即便在推个懒豆腐吃这样的小事上，发香、洋贵姐两家总是用汤碗盛得满满当当，端给对方一碗，他们从来没有给发盛一家端过，仿佛已经忘记发盛一家。

洋贵姐从来没有忘记周世秀咒骂她的父母。她常对人说：“没有父母，哪有子女。咒骂父母的人会短命的，不会有好下场。”

周世秀骂过别人家的父母，也骂过自己家的父母，但她并没有短命，反而活得越来越康健。今天，当发盛邀请她一起去找洋贵姐，帮助沟通征地补偿事宜时，她坚决拒绝。“要去你自己去，我去的话岂不是自己抽了自己两耳光？”她嘴巴说出的话，有时能让人火冒三丈，抽泣不止。

发盛心血上冲，眉毛竖起，一双被怒火灼红的眼射出两道寒光，干裂的嘴不住地动着，下唇已被咬出一道牙痕。“为了这个家，你就不能低一次头吗？”他情绪激动地抓起身边的洗脸盆，狠狠地摔了出去，脸盆在天井石上发出叮叮当当的声响。这是发盛生平第一次对自己的堂客发这么大的火。

周世秀看到大爷嘎发这么大的火，她被镇住。她意识到，如果今天自己不去，大爷嘎、同凯以及孙子将会记恨她一辈子，人从屋檐过，不得不低头。“我换件衣服，随你一起去。”她的嘴唇变了形，牙齿也显得暗淡，一副勉强同意的样子。

当发盛和周世秀出现在“喝二两”的门前时，洋贵姐做梦也没想到他们会来求自己办事。

周世秀鼓足勇气，如临深渊地望着洋贵姐说：“大姐，我年轻时不懂事，做了些错事，对伯父伯母不敬，特别是不应该骂伯伯和大妈，我该死。”她哭了，不敢哭出声来，拭去泪水的手紧紧捂住嘴，生怕被人看见。

洋贵姐好一会儿才缓过神来，然后紧紧咬住嘴唇，鼻子发出微弱的抽泣声。“我等你这句道歉的话等了四十多年，过去的事让它过去吧。”洋贵姐在喧嚣的世界里，渐渐学会了释怀。曾经的执着和纠结，都在岁月的洗礼中化为浅笑。

发盛声音哽咽：“大姐，我现在年纪大了，才知道年轻时的无知，过去都是我不好，千错万错，咱们总是一个藤上的瓜，你和姐夫大人有大量，过去的事，我来生当牛作马还你们。我给发茂、发奎说，让他们找时间去二伯和二妈的坟前跪下，给二伯和二妈磕头赔罪。”他捂住嘴，终于忍不住哇的一声痛哭起来。

温暖是奢侈的东西，奢侈到需要用很深的寒冷和疼痛才能体现。一辈子快过完了，洋贵姐第一次体会到亲情的温暖。她相信人只不过是生命里的过客，就算这个世界再现实，人与人之间并不完全是冷血无情的，在这苍老的年华里，仇恨渐渐化为了泡沫，自己应将所有的记恨和不舍埋葬进过往的时光里。

“你们两家老死不相往来的确不是一个事，这样只会让外人看笑话。”洋贵姐劝解道。

周世秀低声啜泣：“是、是、是。”

“你们刚才说的事，等迎子来后我给她说，公家的事我说了也起不到什么作用。你们最好去一趟一中，找一下姬良力，他每天都会在迎子那里吃饭，你们直接和他说，说得更清楚些。”

发盛和周世秀感到洋贵姐给足了面子，感激地说："我们去找一下姬经理。"

金秋的田野遍地金黄。秋风一吹，叶子从大树和金竹上慢慢地落下，像一只只蝴蝶，给大地铺上一层金色的地毯。银大路上洒满了落叶，像一条金光大道伸向远方。

张全祚成了金竹园最幸福、最快乐的人。他的牛羊四蹄生风，无论是在高处或者低处，它们肆意奔跑，掀起一阵阵尘土，卷起阵阵浪涛。他手中的金竹鞭像一面猎猎作响的旗帜，引导着某种秩序。

他现在的生活变得非常有规律，每天清晨都准时前往"喝二两"吃早餐。自从有了牛羊，他就再也没有睡过懒觉。

洋贵姐好奇地问："你的瞌睡虫跑到哪里去了？"

张全祚瞅一眼洋贵姐，笑着回答："年纪大，我的瞌睡虫被你撵跑了。"

"你年轻的时候那么能挺尸，现在不挺，反倒赖到我头上。"洋贵姐长眉微挑，嘴角含着笑意。

张全祚沉默了片刻，然后说："你和发金去'喝二两'，这些牛羊怎么办？只有我来照看。再说，您老人家接那么多的篾器活，你自己又不动手，我还得慢慢织。"张全祚故意把洋贵姐和发金在"喝二两"做事说成喝二两去了。

"这叫水不急，鱼不跳。你不是讨了好，挣的钱都进了自己的腰包。"

"钱进腰包是你说的。"张全祚从裤袋里掏出崭新的五百元钱，故意在洋贵姐面前炫耀一番。洋贵姐看到大爷嘎苍老的脸上露出了得意的笑容，感觉就像一股清凉凉的泉水掠过她的心头。

每天早晨，张全祚来到"喝二两"时，发金的第一句话总是："你来了。"

"嗯。"

"想吃点什么？"

"随便。"张全祚总是这样回答，他对食物从不挑剔。

发金每天都会为他准备一碗肉丝面和一个荷包蛋，或者蒸两个荞麦粑、玉米粑或麦子粑，做一碗番茄鸡蛋汤。洋贵姐也忙个不停，为他准备茶水、酒水，带点炸花生米、炒黄豆。张全祚自己准备叶子烟。他出门时，洋贵姐和发金双双站在门口："注意安全，早点回来。在坡里少喝点酒。"

"知道了，我都六十多岁的人，还要你们操心。"

每当智夫子看见洋贵姐和发金把张全祚照顾得无微不至，他总是贪婪地注视着，仿佛想要把所有细节都刻入脑海深处，渴望自己也能享受到同样的待遇。“还是张全祚好，下辈子像他一样就好了。”他自言自语。

德麻子眉梢眼角，皆是春意，当她听到智夫子自言自语，眼中闪过一丝戏谑，她对智夫子和德厚说：“你们俩应该向洋贵姐和发金姐学习，把老娘伺候好。”

智夫子见德麻子提起此事，带着一丝调侃回应：“老子们什么时候没把你伺候好，一点公粮都交给你了。”德麻子见智夫子说起下流话，假装生气，拿起水瓢在水缸里舀起一瓢水，往智夫子泼去。

智夫子一边跑，一边说：“好汉不跟女斗，我帮菊香放牛去。”

智夫子跟着张全祚放牛放羊，渐渐成了家常便饭。他发现，天天晒晒太阳、淋淋雨远比在外面闲逛惬意得多。他喜欢看静静的山、高高的树、弯弯的小径、满村的炊烟、正在拔节的麦苗儿，闻清新的泥土气息。他更喜欢淡蓝色烟雾中，牛群、羊群若隐若现的景象。他和张全祚常常坐在凉爽的青石板上，用树条做成简易筷子，品尝着一粒一粒的炸花生、炒黄豆，有滋有味地啜饮着小酒，哼唱着各种小调。他俩觉得生活如同一杯陈年老酒，需要细细品味。虽然初尝时或许带有些许苦涩，但深入喉间，便是那馥郁的醇香。

一次畅饮后，智夫子略带醉意地说：“你的双证比我的双证强得多。你划得来，找了两个堂客，我只能算找了半个堂客。”

张全祚说：“我现在一个证都没有了？”

智夫子问：“你的双证到哪里去了？”

张全祚苦笑一下，说：“堂客把它烧了，说现在实行一夫一妻制，不要给政府惹麻烦。”

智夫子扬扬得意：“那我比你强，我还有一个证，藏在墙缝里。”

张全祚问：“你把证藏着干什么？”

“有那张纸，说明德香是我的堂客，别人想抢也抢不走。”

张全祚好心提醒：“你招呼老鼠给你把那张纸咬碎了。”

智夫子如梦初醒，说道：“等会儿回去后，我找哒看看。”

张全祚笑道：“老鼠子咬碎拖走了，你也没有证了。”

“不管有没有证，还是你的堂客好。”

张全祚笑着回应：“你堂客对你哪点不好？别人用十个堂客找你换，你都不愿意换吧。”

智夫子沉思了一下，然后认真地说：“确实，她除晚上睡觉怕以外，其他方面都做得很好。”

“你说了一句良心话。”张全祚点头表示赞同。

智夫子回家后，第一件事就是在墙缝找国民政府发给他的那张结婚证，当他拿出来时，那张纸已被老鼠啃蚀得只剩一些残渣。他掉着泪，叹了一口长气，小心翼翼地将剩余的残渣用牛皮纸包裹起来，重新放入墙缝。

尽管智夫子的结婚证被老鼠撕咬得残缺不全，但他没有向外透露半点这方面的消息，他总是骄傲地对外说：“我是有结婚证的人。德厚的结婚证被侯所长收走了。”他觉得这辈子什么都可以不要，但这张结婚证是心肝宝贝，不能不要。只要有结婚证，德香就是他的，任何人也抢不去。

每当这时，发崇总是开着他的玩笑：“智夫子，你不要嘚瑟，你的那张结婚证是蒋光头发的，现在不起作用了。”

智夫子听发崇这么一说，跟他急了起来：“你给老子嚼牙巴骨，侯县长都没有说不起作用，有总比没有好。”他把侯县长搬出来，像在对发崇示威，感到这张结婚证就是他的护身符，有了它，和德麻子在一起就没有寄人篱下的感觉。德厚的结婚证被注销后，在这个家里就低调多了。

后来，洋贵姐对张全祚说：“你每天放牛放羊，也不能和智夫子把心思用在喝酒上去了，顺便割点草回来。老了，你不要割很多，每天割一点就行了，到时候把草铡了垫在猪圈里，可以积些猪粪，田里有了猪粪，地力强了，收成也好。”

“你这辈子总是不让人消停一下。”尽管张全祚不愿意，但每次从山上回来，他总是背回一些草料。不久，猪圈门旁，猪粪堆成了小山。

张全祚每天清晨放牧收工后，便在家里编织着各种大小不一的篾器。篾条光洁如绸，一根一根从他灵巧的手中流出，宛如刚刚擀出的面条，在空中翻飞跳跃。一件件精美的篾器，像珍珠，令人赏心悦目。随着时间的推移，定制他篾器的人越来越多。“喝二两”的食客们吃完饭后，第一件事就是参观张全祚的篾器，然后购买一些作为工艺品珍藏。

赵同才看到热闹非凡的景象，建议张全祚：“张先生，你的篾器这么受欢迎，你还是做一个品牌。”

“做个什么品牌？”

“就叫‘菊香篾器’，这样别人也知道是从哪里来的。”

张全祚从未想过自己的篾器会得到如此认可，同才还给自己的篾器寻了个名，而且这个名就是自己的字：菊香。这让他感到无比的欣慰和喜悦。在赵同才的鼓励下，他成立了“菊香篾器社”，他把刘继会从老家叫过来，带了三个徒弟。

他给洋贵姐和德麻子说：“老姨和几个徒弟在家里住，在‘喝二两’吃饭，饭钱你们照收不误，这是规矩。”

洋贵姐问：“那住宿费呢？”

“住宿费你收一半，房子有一半是我的。”

洋贵姐调侃道：“你放牛放羊放开窍了，和堂客算起账来。”

张全祚笑着回应：“跟你一起生活这么久，睡了一辈子，现在才慢慢学会算账。”

张全祚每次挣到钱，都会给发金一些。发金总是带着微笑接受，内心感到无比的甜蜜和满足。“你不能偏心，大姐有没有？你要一视同仁。”发金轻声提醒，嘴角噙着微笑。

张全祚从发金身上收回目光，眸底露出一缕忧伤和心疼：“她说我自己挣的钱自己用，她不需要我的钱。”

后来，洋贵姐看到大爷嘎挣的钱越来越多，她当着发金的面对张全祚说：“我不需要你挣的钱，你给发金一些。”

洋贵姐的大度和智慧，让张全祚对她的敬佩之情油然而生。他的嘴闭得紧紧的，像是刚刚捕捉到手的蚌。他心里暗想：她真是阿庆嫂，八面玲珑，处理事情滴水不漏。

张全祚和刘继会的篾器生意兴隆，他们的产品不仅在本地广受欢迎，还远销到外省乃至东南亚一带。

英妹子见刘继会一时半会儿回不来，她干脆收拾行装，在发香姐家住了下来。在那里，她帮发香姐种地、喂猪。她觉得刘继会师徒长期在“喝二两”吃饭也不是一个事，尽管大姐和德麻子按优惠价格提供饭菜，但总是没有自己做的经济舒适，后来，煮饭便成了她的日常工作。张全祚乐得省事，也在英妹子那里搭伙吃饭。

英妹子一双大眼乌溜溜的，满脸精乖之气：“姐夫哥，你可不能天天赖在这里吃饭，要是大姐发金姐找上门要人，麻烦就大了。”

“你这张嘴真是厉害，不饶人，不知老姨怎么过来的。”

英妹子嘴角微微上扬，流露出一丝得意的微笑：“你问问他，这么多年是怎么熬过来的。”

“一辈子都是受压迫。”刘继会目光里夹杂着一股暖流，仿佛冬日里阳光的温暖。

“在师傅面前，你的胆子变大了。”英妹子边说边向刘继会走去。

刘继会见状，赶忙起身，做好逃跑的准备：“在姑奶奶面前，你就是给我天大的胆子，我也不敢放肆。”

张全祚摇摇头，对刘继会说：“你家的母老虎比我家的母老虎厉害。”他饱经风霜的脸上，刻满了岁月留下的皱纹。那双温和的眼睛总是闪烁着慈祥的光芒。

“师傅真可怜，要对付两只母老虎。”

英妹子听后，调皮地说：“姐夫哥，我等一会儿告诉大姐和发金姐，看她们怎么收拾你。”

张全祚见状，连忙赔笑对英妹子说：“你行行善，不要给我找些事。”

英妹子满意地笑道：“现在知道我的厉害吧。”

洋贵姐向发香和英妹子讲述了发盛和周世秀求她办事的情况，以及发茂、发奎准备在二叔二婶娘坟前跪下赔罪的事。英妹子愤愤地说：“他们两兄弟哪里是人，把妈当猪一样对待，我们不和这些畜生打交道，我这一辈子都恨他们，都不会原谅他们。”

这时，洋贵姐才想起来人一旦有了隔阂，就走不近了。断了的绳子怎么系都有结，旧账重提是因为它从未妥善解决，很多东西都是悄悄结束了，哪有什么答案？沉默疏远就是答案。这或许正应了那句古训：“父之仇，弗与共戴天；兄弟之仇，不反兵；交游之仇，不同国。”

赵同凯和大儿子穿着干净利落的衣服，乘坐着二儿子驾驶的拖拉机前往银东县一中。拖拉机拖厢内装着一麻袋沉甸甸的土豆，袋口用棕叶子绑扎，足有五十多斤。另一个麻袋里装着两个猪蹄和一个猪坐墩。金竹编织的提篮里，两百个鸡蛋放在黄豆叶间，放一层鸡蛋，再放一层黄豆叶，装得满满当当。提篮无疑是张全祚的巧手之作，篾片和篾丝光滑细腻，片、丝之间搭接得错落有致，金竹的自然质感和肌理清晰可见。

拖拉机稳稳地停在银东县一中大门口外，赵同凯和儿子在门房处完成了登记。

门卫问：“你们找谁？”

“找一下姬老师。”赵美春答道，“您知道他们在家吗？”

门卫说：“应该在，他儿子刚才上去。”

赵同凯会意一笑，看来今天没有白跑一趟。赵美春扛着装有土豆的袋子，赵同凯提着装有腊肉的袋子和装有鸡蛋的竹篮，沿着“礓礤子”路向教工宿舍走去。

姬经理看见门前满头大汗的赵同凯父子，扛着大袋小袋，连忙上前帮忙接下东西。“同凯伯，你们这是干什么，大袋小袋的，有什么事空手来就行。”一边说，一边让开路，“快进屋，先去洗漱间洗把脸，把身上的汗擦一下，免得感冒。”他顺手把挂在脸盆旁边的毛巾递给赵同凯。

赵美春看了看屋里面，问：“幺幺没在家？”

“他到老幺家去了，等会儿回来。你们拿的些什么东西？”姬经理泡着茶，问道。

“你们喜欢吃马儿科，我们拿了点。”赵美春回答。

“这样不好，下次不要拿，让你们拿回去，又缺大家的面子。”

“这不是给你的，是给两个老人吃的。”赵同凯洗完脸，连忙出来解释道。

姬经理指着沙发让他们坐下，递过茶杯。“你们喝茶，听说建金竹园 11 万伏变电站，要占用你们的地。”

“你的消息真快。”赵美春说。

“刘县长让我兼金竹园 11 万伏变电站建设的指挥长。现在变电站还在做可研报告，接下来做初步设计和施工设计，前期工作年底前做完，争取明年十月一日前建成送电，你们要多多支持，这对大家都有好处。”

“有哪些好处？”赵同凯有些兴奋。

“你们那里可以建些产业园。”

赵同凯说：“金竹园过几年后可就热闹了。”

“按照县里的规划，今后是线上一条路，沿路一排房，房后一片园的农村一条街模式，靠路安居城镇化、靠山乐业基地化、靠游兴村特色化的城乡一体化模式和一户一个院、一人一亩田、统一水电路、自然连成片的庭园模式。森达、维维、双汇等国内知名品牌也计划入驻。”

赵美春无不惋惜地说：“这是大工程，可惜我们那里差水。”

“水不是问题，县水利局正在开展这项工作，准备把三岔河的水引到金竹园和新县城。移民能否搬得出、稳得住、逐步能致富，不仅是简单的经济问题，更事关社会发展大局，我们都有责任。”

赵同凯父子俩喝着茶，听得津津有味，高兴之余，想起此行的目的。“国家发展是好事，但我们的田地被征用，以后怎么生活？”

“县里有具体政策，一是补偿，二是征地带人，谁征地谁补偿、谁带人。”

“美春想在你手下找一碗饭吃，到时请你帮忙关照一下。”赵同凯含蓄地说。

“满足政策条件就行。他的眼睛怎么样？有没有恐高症？”姬经理问。

赵美春极力表白自己没有问题：“我眼睛一大一小，找堂客难点，看东西还是一点五。没有恐高症，十几米高的柏树，我照样爬到尖顶剃枝子。”

姬经理点点头：“我来拿点东西，母亲他们不在，今天不留你们吃饭。司机在下面等，汛期快到了，我还要过河到几个水电站看看。来，把这两盒茶叶带上，给你爷爷喝。”

赵美春接过茶叶：“好，给你添麻烦！”

赵同凯父子起身与姬经理一道下楼，姬经理转头问赵美春：“你们怎么来的？”

“老二的拖拉机。”赵美春回答。

“同凯伯这么大年纪，还坐拖拉机？我让司机先送你们回去，再来接我。”

“这怎么好意思。”赵同凯说。

“没问题，车子在大门口，田师傅，就说我安排的。”

赵同凯和儿子高兴地离开银东县一中，不到二十分钟就回到金竹园。

两个月后，赵美春通过征地补偿政策的安排，顺利地进入电力公司，被分配在银东县电力安装分公司，主要负责输电线路的安装架设工作。

他的到来在电力安装分公司引起一阵骚动。有人说他是凭借征地补偿的机会进入公司的。有人说他父亲是兰天旭的舅老倌，他们都是金竹园的人。还有人私下猜测，赵美春可能是姬经理的亲戚，是通过内部关系进来的。

更有趣的是，一些同事开玩笑说，赵美春一只眼睛大一只眼睛小，在架设电力线路有优势。他们比喻说，就像木匠使用墨斗弹线时需要“睁一只眼闭一只眼”，赵美春的这种“选择性视力”在架线工作中能确保线路架设得更直。

尽管流言蜚语四起，但有一件事是肯定的：赵美春和兰天旭的来往日趋密切。兰天旭的专业是电力线路架设与安装，他俩原来就相识，加之工作上频繁的接触，关系也因此变得更加紧密，在一起的时间多了起来。

近年来，向家姐的生活逐渐恢复了平静。岁月虽然在向家姐的面庞上刻下了痕迹，却掩饰不住她曾经的美丽，她的一双眸子透露出一股灵秀的神采。她依旧独居在那间不足三十平方米的小杂屋里。她名下的经营承包地，除一小块菜园外，其他她已无力耕作。她不愿将土地租给他人耕种，因此，她选择将土地交还给生产队，让他们自行处理。她觉得这样可以省去许多烦恼。她的两个儿子，分别定期寄来一些钱，帮助她买粮食、食用油、日常生活用品和衣物。虽然她不再劳作，但日子过得还好。

向家姐的大儿王庆林在香港经营鹏辉国际进出口贸易公司，准备回来投资兴业。最近，他回到银东县考察，准备把母亲接到香港安享晚年。

向家姐听到大儿子的计划后，心里感激不尽。她觉得两个儿子都有出息，自己沾了不少光。她心想：自己年纪越来越大，身体越来越差，身边没有一个亲人，自己死在家里都不会有人知道，给儿子递信的人都没有。她觉得儿子与自己有血缘关系，还是儿子可靠。她决定跟大儿子去香港，她需要亲人的陪伴，这关系到她晚年幸不幸福。

几十年来，向家姐历经风风雨雨，体验过大悲大喜。无论多累，她都坚持着。无论多痛，她都忍受着。自从王建华去世后，她感到自己失去了依靠，知道自己没有好日子过，自己再也没有被利用的价值。

在她最困难的时候，只有洋贵姐和张全祚隔三岔五地来看看自己，而其他亲戚朋友则避而远之。

向家姐精心收拣着准备带走的行李，默默思索着是否还有遗漏的事项。她决定儿子的车到后，自己去金竹园看望下洋贵姐。她觉得在最困难的时候，洋贵姐一家不仅没有疏远她，反而不顾风险，尽其所能地给予她帮助，向家姐很珍惜这份恩情。现在自己即将远行，若不前去道别，心中将留下遗憾，她不能把这个遗憾带走。

午后的阳光像一位慈善的老人，静静地守护着大地，让人感到幸福和满足。就在这时，一辆黑色轿车静静地停在金竹园洋贵姐家后面的公路上，在儿子的搀扶下，向家姐缓缓地从轿车后座步出，阳光勾勒出她瘦削的身影。她头戴着一顶柔软的羊毛帽，身着一件崭新的黑色羊毛外套，搭配着一条羊毛混纺裤和一双崭新的平底鞋，手中紧握着一根拐杖，步履蹒跚地向洋贵姐家走去。

当向家姐立在洋贵姐家门前时，张全祚抬头一看，几乎不敢相信自己的眼睛。他惊讶地说："姑妈，今天是什么风把您吹来了？"

"是南风。"向家姐微笑着回答，"我准备跟庆林到南边安度晚年。"说着，向家姐迈步进屋。

张全祚拿出两把椅子，热情地对向家姐和庆林说："你们今天真是稀客，快坐。继会，你快去'喝二两'，把你大姐二姐叫来，告诉她们姑妈来了。"刘继会放下手中的篾器，大步流星地朝“喝二两”走去。

向家姐不解地问道：“他喝二两了，才去叫你的堂客？”

“不是，堂客开的饭馆叫‘喝二两’。”张全祚连忙解释。

庆林赞赏地说：“‘喝二两’这名字起得好，一听都想到吃肉喝酒，大快朵颐。”

庆林四十多岁，中等身材，英俊洒脱，他的一双明亮的黑眼睛好奇地打量着屋内那些精致的篾器。他爱不释手地拿起一件水果篾篮，赞叹道：“这些篾器真精美，如果形成规模，我们完全可以合作代销。”

英妹子端上泡好的茶，心里默默地记下庆林的话：“如果形成规模，可以合作代销。”她对这个“规模”的具体含义并不十分清楚。她心想：至少得有一百个篾匠吧，那得把金竹园上上下下都栽上金竹，不然的话，哪里来这么多金竹呢？

当洋贵姐轻盈地出现在门口时，向家姐一眼看到那个熟悉的身影，那张脸还是那么亲切，那熟悉的声音还是那么温柔。她们相拥而泣，泪珠夺眶而出，温润了面庞。

洋贵姐哽咽着问：“姑妈，您今天怎么来了？”

“我准备去香港安度晚年，特意来跟你道个别，以后见面的机会恐怕不多了。”向家姐的声音中带着一丝不舍。

生活宛如一首歌曲，旋律跌宕起伏，演绎着世间的欢笑与泪水。

洋贵姐连忙安慰道：“不，好日子才刚刚开始，日子还长着呢！走，先到我们开的饭馆里坐坐，吃了饭再走。”

“不了，庆林回来考察投资，县里几位领导还在等他。我们过来看看你们就行了，感谢你们这些年来对我的关照。”向家姐泣不成声，泪光点点，她转身对庆林说：“庆林，把东西给大姐。”

庆林从挎包里拿出几捆厚厚的港币，递给洋贵姐，“大姐，这是五万元港币，您留着用。”

洋贵姐望着这么多钱，脸上眉头紧皱，心里打起拨浪鼓，她的嘴唇微微颤抖着：“大兄弟，这钱我不能要，我承受不住。你看得起大姐的话，你把钱收起，再说我们这里也用不着港币。”

向家姐说：“庆林，把钱收起来吧。你把给我买的羊毛围巾拿两条来给大姐和二姐，再拿一双皮手套给菊香。今后也是一个念想。你们在心里要永远记得大姐的恩情，一辈子也不要忘记她的好。”

“姑妈，您这是哪里的话，没有您给的那张名片，菊香的小命还不知道在不在呢。”洋贵姐的话让在场的每个人都笑了。

庆林手中拿着一件精美的篾织果篮问道：“大哥，这件篾器可以送我吗？”。

“行，我替他表态，你想拿多少就拿多少，只要车子装得下。”洋贵姐抢着说。

张全祚笑嘻嘻地调侃道：“钱你大姐出。”

“大兄弟，钱不用你出，麻烦你留个通信地址和电话，我们的篾器生意做大后，和你合作一把，沾点你的光。”英妹子无拘无束地说。

“没问题，你记一下，今后大家多联系，大姐和大妈还可以在电话里聊聊天。”英妹子找来纸笔，她屏气敛息地倾听着，大气都不敢出一口，生怕记错一个字。

英妹子知道，命运不仅是单纯的机遇，也是勇敢者的选择；不是大家的静待之物，而是大家积极争取的成就。那些将曲折之路踏直的人，智慧之光闪耀，因为他们发现了隐藏的捷径。而那些将平坦之路走弯的人，胸怀豁达，因为他们愿意多欣赏沿途的风景。真正的道路，并不是仅在脚下延伸，更在心中蜿蜒。

“我们得走了，不然庆林让领导等不好。”向家姐决定离开，她的嘴角勉强挤出一丝微笑，却无法掩盖内心的不舍。

人缘深厚，才是无价之宝。时光荏苒，几年后，张全祚离开金竹园，进城吃商品粮去了。刘继会成为“菊香篾器”的第二代掌门人。在英妹子的积极推动下，刘继会和庆林建立起了长期友好的合作关系。

时间过得真快，转眼已是冬至，轻轻的雪花斜斜地随风飘过，盈盈地落在地上。兰天旭站在电力公司经理室外，轻轻拍打掉身上的雪花，他手上拿着一副破损的皮手套和头盔。

他轻轻地敲了敲门，屋内随即传出“请进”的声音。

“姬经理，您找我？”兰天旭开口问道。

“请坐。”姬经理指了指办公桌前面的椅子。

“你把金竹园项目的进度汇报一下。下周三，我们开经理办公会，把指挥部成立起来，将生技科的部分工作剥离出去，你去指挥部负责输电线路的建设工作。”

兰天旭汇报说："金竹园项目的初步设计已经得到省计委和省电力局的批准。移民局明年计划安排一千二百万的移民资金，我们自筹五百万。征地还剩两个钉子户，工作正在进行中。"

姬经理问："现在的主要问题是什么？"

兰天旭沉思片刻："主要问题有三，一是想做这个工程的人太多，乡、村、组，还包括县里和个人都想做，成了五子登科。"

姬经理说："承接工程的单位必须有资质，不能妥协。就像客车司机没有A照，谁敢坐他开的车？变电站的设备安装和线路架设可以交给工程安装公司，自己的人要吃饭，但总价不能超过预算。变电站房屋建设可起草一个招标文件，实行社会化招标。为减少纠纷，线路杆塔基础的土石方开挖由所在田地的农户负责，由工程安装公司分包，签订好安全合同。"

"二是设备考察预订工作需要尽快落实，这涉及生产周期问题。"兰天旭继续汇报。

"设备考察的重点包括变压器、开关、控制和保护设备。可以考虑去省二电机厂、武汉变压器厂以及湖南那边看一看，你们制定一个具体的考察计划，考察这些厂的什么东西，设备、试验、设计和市场占有率，心里要有数。考察结束后，再准备一个招标文件，邀请厂家投标竞价。"

兰天旭接着说："三是青苗补损，两个钉子户狮子大开口，包括我堂客他们一家。"

"青苗补偿县里有标准，按标准执行。为加快工程进度，我们可以在补偿标准的基础上上浮百分之二十作为奖励，但不要和补偿混为一谈，那样的话，会影响到其他建设单位，我们对县里不好交代。奖励只给按时完成交地的农户。现在的主要矛盾还是两个钉子户的土地问题，我们拖不起。你试着做做岳父的工作，让他带带头。"姬经理给兰天旭指了一条路。

"我岳父那里是铁板一块，堂客那里问题更大。"兰天旭无奈地摇了摇头。

"为什么？"姬经理问。

"她认为，既然赵同凯征地时可以安排他的儿子工作，我们征地时，安排姑娘也应该可以。"

"这是不讲道理。一个杆塔占地几平方米，如果一个杆塔带一个人，那我们得再成立一个电力公司。赵同凯那里占地五六亩，符合带人政策。不按政策办事，那就乱套了。你们在下面要把政策宣传到位。"

"一旦指挥部成立，事情就好办多了，会有专人负责抓。对不配合的人，可以让供电所先把他的电停了再说。”

姬经理笑着说：“要停电先停你堂客的，看你回去怎么交代。”

“那开不得玩笑，在家里母老虎面前，电老虎也没有办法。”兰天旭半认真半开玩笑。

“你的皮手套怎么破成这样？”姬经理看到兰天旭放在办公桌上的手套，好奇地问道。

“昨天下午，我骑三轮摩托去工地，路过农机公司门口时，与东方红—25的拖拉机会车，左手不小心擦到拖厢底，我差点变成一把手了。”兰天旭边说边笑了起来。

兰天旭说自己差点成了一把手，意思是自己的左手差点没有了。没有了左手，他便成为“一把手”。

姬经理一脸严肃地说：“你把摩托车钥匙给我，你不适合开车。”随即又补充道：“你去车队让邹队长来一下。”

兰天旭不太情愿地交出车钥匙，他怎么也没有想到汇报工作把三轮摩托汇报没了，有摩托车代步，自己出行方便得多。

不一会儿，邹队长来到姬经理办公室，姬经理指着桌上的钥匙说：“你把生技科的三轮摩托车钥匙拿走，今后生技科的同志外出办事，你们车队负责派车。”

“好，那这辆摩托车给谁用？”邹队长问。

“等几天再说。”姬经理回答。

兰天旭从电力公司大楼出来，恰好遇见赵美春他们的工程车：“搭一下你们的便车，顺路回家。”他几步就爬上了车。

赵美春问：“兰工，你后天下午有空没有？”

“上午有些事，下午没事。”兰天旭回答。

“后天是丑日，我下午三四点钟来接你，去我家吃年猪肉。”赵美春邀请道。

兰天旭有些不解，“为什么要丑日才吃年猪肉？”

赵美春解释说：“老辈子说，只有在丑日杀年猪，来年的猪才长得像头牛。如果在子日杀年猪，来年的猪就会长得像老鼠。”

“行，我后天带两瓶酒过来，四点钟骑摩托车来接你。”兰天旭高兴地应承下来，他忘记摩托车钥匙已经上交。

第三天下午，兰天旭找到邹队长，恳求道：“把摩托车钥匙借我用一下，我去一趟金竹园工地。”

邹队长提醒他：“姬经理说你们外出派车。”

“麻烦得很，冰天雪地的，你们的司机难得等。我去一下就回来，姬经理在州里开会，他也不知道。”兰天旭强求道。

“好吧，你快去快回。”邹队长把钥匙交给兰天旭。

兰天旭在电力安装公司接到赵美春，赵美春请了半天假，他们一路上有说有笑，三轮摩托车载着他们向金竹园驶去。

兰天旭问坐在旁边的赵美春：“你们今年杀了几头猪？”

“喂了三头，今天杀两头，每头都有三百多斤重。”赵美春回答。

兰天旭说：“那明年吃肉不愁。”摩托车在公路上飞驰。

“开慢点，雪大路滑，出点事不得了。”赵美春担心地说。

兰天旭自信地应道：“你放心，我是开车的老师傅。”

话音刚落，只听咣当一声，摩托车在八公里右转弯处与拖煤的东风—140大货车正面相撞，摩托车的大灯被撞得粉碎，前轮扭曲变形。兰天旭头部受伤严重，鼻子流血不止，人已奄奄一息。他们为聚餐准备的两瓶“酒鬼酒”也在事故中破碎，洒了一地。幸运的是，赵美春有所准备，他艰难地从车斗里爬了出来，微微颤抖，仿佛随时都会支撑不下去。他的眼神中充满了迷茫和痛苦，泪水在脸颊上滑落，他感到了前所未有的绝望。他没有死，但比死还痛苦。

姬经理在从州府返回银东县的路上得知兰天旭的噩耗，他沉默很久，半天才说出一句话：“兰天旭在工作上是挡得住一河水的人，就是性子急了些。回去后，给邹队长一个处分。”

兰天旭就这样走了，他的生命终结在去吃年猪肉的路上。半个月后，邹队长因管理不善被给予“行政记大过”的处分，被撤销车队队长的职务。

邹队长得了处分，员工众说纷纭。有人认为不应该处分，兰天旭的死是他自己造成的。有人认为应该处分，如果邹队长不借出摩托车钥匙，也许就不会有这场悲剧。有人认为处分重了些，至少队长职务不该撤。还有人认为，处分恰到好处，甚至还可以重点，这叫杀鸡给猴看。邹队长自己对于处分感到非常沉重，他检讨说：“无论给我什么处分我都可以接受，人不死就好了。这是血的教训。”

第二年冬至过后的第三天，噩耗从江北传来：赵美春在检修神一沿35千伏输电线路时，不幸从十一号铁塔坠落，经抢救无效去世，令人痛心的是，这一天恰好是兰天旭去世一周年。

赵美春的追悼仪式在金竹园庄重举行。天气阴沉，满天是厚厚的、低低的、灰黄色的浊云，仿佛在哀悼。刺骨的寒风阵阵吹过，让人不寒而栗。赵发盛无法接受电力公司为赵美春准备的棺木，他坚持认为："这副棺木太小太薄，他躺在里面，灵魂无法安息。"

负责处理赵美春后事的电力公司办公室汪主任，将这一情况通过电话汇报给姬经理，表达了自己的忧虑："更换棺木违背传统习俗，可能会引起不必要的麻烦，对职工们难以交代。"

姬经理沉思片刻，缓缓地在电话中说："死者为大，让赵美春的父母为他挑选一副上好的棺木。至于现有的棺木，可以送给五保户赵发大。"

赵同凯面对儿子的离世，内心悲痛至极，却没有流下一滴眼泪。在他看来，所有的哭泣、悲伤和心疼都已无济于事。他沉重地说："现在好了，人没了，土地也没了。"

第十七章

春节在稀稀拉拉的鞭炮声中，悄然向金竹园走来，处处洋溢着节日的气氛。洋贵姐和发金扫地、掸尘、擦窗户忙得不亦乐乎，准备以新的姿态迎接新年。

这一年，洋贵姐、发金和德麻子凭借勤劳与智慧，成为金竹园和双坪的首批万元户，她们从来没有这么多钱。她们发现：当自己经济独立的时候，人生就会有更多的选择权。可以选择做自己喜欢的事情，而不是被生活所迫。你可以追求内心真正渴望的生活，而不是被现实所困。只有经济独立，才会有足够的底气，去面对生活中的各种困难和挑战。她们用勤劳的双手诠释着最真实的幸福与满足。

春节期间，天气晴好。正月初七，银东县的机关事业单位陆续恢复正常工作。天气预报预告正月初九将有降雪。雪花如约而至，朵朵洁白小雪花，从茫茫的天穹中无声无息地飘落，星星点点地掉在地上。不久，雪势渐大，大片的雪花如鹅毛、似柳絮，纷纷扬扬，金竹上、田地里、山顶上全部是雪，一片洁白的世界，将天地连为一体，构成了一幅美丽的冬日画卷。

洋贵姐准备开业了。她开始采购蔬菜、水果、糖果、饮料。

三妹子的儿子咚咚锵也没闲着，他与大蛮子、小蛮子、张昌荣一起，驾驶着一辆 212 型吉普车来到洋贵姐房后。他们每个人都穿着一件黄色的长大衣，脚踏浅黄色的翻毛皮鞋，手提猪蹄、酒、茶叶和香烟，深一脚浅一脚地踏着积雪，小心翼翼地前往洋贵姐家拜年。

咚咚锵在他们堂兄弟中排行老三，他头脑灵活，擅长学习和捕捉机遇。几年前，一场以开放为风、改革为浪的变革风起云涌，改写了中国广袤大地的历史。改革开放的春风给予了咚咚锵极大的鼓舞，他联合大蛮子、小蛮子和四妹子的大儿子张昌荣，共同创立了鑫源水利水电建设有限责任公司。他们凭着初生牛犊不怕虎的闯劲和要么不做、要做就做好的决心，依靠父辈和自己精湛的技艺，在极其困难的条件下开始了创业之旅。

凭借聪明才智和勤奋精神，咚咚锵带着两个哥哥和弟弟取得了水利水电施工三级资质。他招贤纳士，贷款购置了吊车、推土机、风压机、绞磨等各种生产设备，在不断发育的市场经济大潮中，以先行者的姿态，积极拓展业务，先后承接交通、水电等各类基础建设项目。这次，他们参与金竹园11万伏变电站的投标，取得中控楼和职工宿舍楼的建设项目。

“大姨妈、小姨妈、姨父，我们给你们拜年！”他们站在洋贵姐的堂屋门前，身上落满了雪粒，四张大嘴喷出一团团白气，缭绕在门前，如烟如雾，挥之不去。他们右手按在心窝，身体微微前倾，弯着腰，一副虔诚的样子。

当洋贵姐、发金和张全祚看到咚咚锵他们整齐地站在门外拜年时，内心的喜悦难以言表。“你们几个兔崽子，看把你们乐得，年都去了四川。冻坏了吧，快进来暖和暖和。”兔崽子们从洋贵姐面前经过时，她都要伸手去摸一摸他的头，好像在给他们洗礼一般。

咚咚锵他们偎坐在火坑旁，那熊熊燃烧的火焰顿时让每个人的身心温暖起来。发金拿来炒花生、瓜子和各种水果，又将一大把茶叶放入铜罐里熬起来。

火苗欢快地跳跃，不时爆出木柴燃烧的噼啪声。咚咚锵热得满头大汗，便脱下自己的大衣，接着说：“今天二姨、四姨和我妈也准备来的，但车子坐不下，家里还有客，让我们几兄弟代他们给你们几个长辈拜个年。”说罢，他接过发金姨递来的茶，嘴抿了一口：“真酽。”

昌荣拿出两条“星火”牌香烟给姨父和小姨，说：“你们今后不要抽叶子烟，叶子烟太厉害，抽点纸烟。”

发金姨高兴地接过香烟，她拿在手里，左看看、右看看，仿佛得到宝贝一般，感激地说：“谢谢侄儿的孝心，天天抽香烟抽不起。”

咚咚锵大方地说：“小姨，您的烟钱我包了。”

洋贵姐开玩笑地问：“那你姨父的烟钱怎么办？”

“姨父的篾器都走向全世界了，他有的是钱，抽洋烟。”咚咚锵幽默地回答。

洋贵姐用手敲了敲咚咚锵的脑袋，高兴地说：“你又在耍嘴皮子。”

张全祚接过香烟，拆开一包，给每人递上一根，笑眯眯地说：“来，尝尝侄儿子们买的好烟。”

“我们这是吃姨父的回扣，姨父您放心，您的烟我和小蛮子保证供应。”大蛮子一副满不在乎的模样。

“我负责给大姨打酒喝，保证大姨每天喝二两。”张昌荣不甘示弱。

咚咚锵说："你不打酒，大姨天天也在喝二两。大姨，您准备一下，我们几弟兄今天陪你们几个长辈喝二两。"

洋贵姐求之不得，连忙说："好，下午我们和发香、智夫子一家一起吃饭，大家热闹热闹。"

咚咚锵接着说："这样好，我们等会儿去发香姨家拜年，顺便谈点事。"咚咚锵大口地吸了几口烟，将烟蒂丢进火坑。

张全祚问："你们有什么正经事？"

"金竹园变电站正月十八正式开工，我们想租发香姨的房子做项目部，安排住宿和食堂。"

洋贵姐说："喝二两那里可以住一些人，你们也可以在那里吃饭。"

咚咚锵说："总不能天天下馆子，偶尔来个客人，吃几顿没问题。我打算请我妈和四姨过来帮忙做饭。"

发金没有听到二妹子的消息，便问："你二姨呢？"

张昌荣感觉火太烤人了，他把板凳往后挪挪："二姨父开木器加工厂，二姨天天忙得不可开交。"

这天，大蛮子、小蛮子和智夫子都喝得酩酊大醉。

人勤春来早，正月十八金竹园11万伏变电站正式破土动工，鑫源水利水电建设有限责任公司为这个项目配备了足够的人力、机械设备和材料，以确保工程保质保量按时完成。

施工现场一片繁忙景象：焊花飞溅，工程车辆来回穿梭，三四十名工人正在坑基进行筏板钢筋绑扎作业。他们动作娴熟，抽取铁丝，穿过钢筋交叉处，旋转铁丝拧紧钢筋，只需短短十秒就完成一处钢筋的绑扎。在不远处的钢筋加工区域，工人们正忙碌地将不同长度的钢材加工成统一规格，以备后续使用。整个施工现场秩序井然、忙而不乱，项目施工进度稳步推进。

工程的建筑面积超过六千平方米，包括中控楼、宿舍楼等主体建筑，计划七月下旬完成主体建筑的施工，之后，进入设备进场安装、调试。

当年十月一日，金竹园11万伏变电站全面建成送电，为当地经济社会的发展注入了新的活力。

张疯子的生意越做越红火，但他并不满足倒买倒卖蔬菜。他觉得每天起早贪黑，人很辛苦，利润也不高。他敏锐地嗅到现在农业生产资料相对贫乏，尤其是化肥市场供不应求，购买化肥需要通过各种关系，人托人、宝托宝地弄个购买券。

张疯子看到了新的商机，他脑筋一转，眼睛突然一亮，有了！张学祚的儿子在宁化销售科当科长，他肯定能弄到化肥的计划指标。如果能通过他拿到这些指标，再转手卖出去，岂不是能大赚一笔？想到这儿，张疯子行动起来。

这天下午，他收摊后骑上新买的“雅马哈”摩托车，风驰电掣般地回到双坪村。

他还没进屋，看见樟树下摆放着一个小方桌，桌上摆满炸花生米、炸土豆片和卤猪耳朵，张学祚和张克林面对面地坐着，俩人正为谁多喝了一杯酒扯着皮。

张克林看见张疯子回来，便热情地招呼：“老弟，你回来了，快捡家伙，陪幺叔喝几杯。”边说边喊堂客增添碗筷。

张学祚回过头对张克峰说：“克峰，你过来坐，今天克字辈的欺负老家伙，你来主持公正。”

“我懒得管你们爷俩的事，你们每次不喝个你死我活不得松家伙。”张克峰慢慢坐下，面前早已满上一杯酒。

“喝酒前，我先说点正经事。”张克林、张学祚望着张疯子，不知道他说什么正经事，他不正经的事倒是多得很。

“我下周一准备去宜昌，在九码头租个房子，找康娃子帮忙弄点化肥指标。”张疯子将正经事说了出来。

张克林担忧地问：“那你在马鹿口农贸市场的菜摊怎么办？那可是你辛辛苦苦经营起来的。”

“这个好办，幺叔去管，顺便请康娃子帮忙弄点化肥指标。现在愿意买粪背粪的人越来越少了。”张疯子胸有成竹。

康娃子就是张学祚的儿子。

张学祚提醒道：“我可以帮你管一下菜摊，你不要把康娃子带到水里去了。”他怕儿子跟着张疯子做出不正经的事。

张疯子说：“放心吧，我知道分寸，自己姓什么还是知道的。你把菜摊管理好就行，摊位费算我的，来干一个。”三人举杯相碰，一饮而尽，二两酒下肚。

赵同凯进城卖菜时，发现菜摊上是张学祚在忙碌，张疯子不见了踪影。他好奇地向张学祚打听张疯子的去向，得知张疯子去了宜昌做大生意。

“他做什么生意？”赵同凯迫不及待地问。

“做肥料生意。”张学祚一边给顾客称重西蓝花，一边漫不经心地回答。

赵同凯好奇地追问：“去宜昌做粪生意，是买童子屎童子尿，还是卖童子屎童子尿啊？”

“现在都什么年代，谁还买卖童子屎童子尿？他做化肥生意。”张学祚放下手中的秤，收好顾客的钱，“三八二元四，给您找六角，您拿好。”

“好家伙，转行了，生意越做越大。”赵同凯从心里佩服张疯子，尽管张疯子给他爹泼过一身粪，后来，他们还是成为好伙计。他心想：这下有了门路，这些年买点化肥比登天还难，找这个批条子，找那个批条子，腿都跑折，还要看人脸色。现在张疯子手里有化肥，找到他，今后买化肥就不用愁。有化肥，再也不用拖童子屎童子尿。他决心去宜昌一趟，反正也不远，晚上坐船去，第二天就回来。

“老辈子，你知道他在宜昌住哪里吗？”赵同凯恭敬地问。

“他在九码头东风旅社旁边开了一个门店，店名叫‘疯子生资店’。下船后，一上坡就看得见，很好找。”张学祚详细地告诉赵同凯。

“多谢老辈子，过两天我抽空去会会他。”赵同凯心满意足地转身离开菜市场。

三天后，赵同凯上街卖菜。他穿的衣服很干净，看起来不像是卖菜的，倒像是去走亲戚的。

下午三点多，赵同凯卖完菜，他把背篓筐子寄存在张学祚摊位，然后跑到轮船码头，利用如厕的机会，他将内裤的拉链拉开，仔细数了数堂客给的钱，除了留下船票钱，其余的钱都装入内裤口袋里。他买得一张东方红 36 号五等舱下水船票，时间也合适，下午五点半上船，第二天凌晨两点多就能到达宜昌。

平时老误点的东方红号轮船，刚出巫峡口，便拉响了到港的汽笛，客船缓缓靠近趸船，船沿挂着的橡胶轮胎相互挤压，发出吱呀吱呀的声音。

上船时间比平时整整提前十五分钟，港务人员解释说：“前几天长江上游普降大雨，水位上涨，水流加快，客船自然跑得快。”

客轮在上完客人后，拉响汽笛，拔锚起航，顺江而下。汽笛发出雄壮的吼声，轮船像一匹钢铁巨鲲，斩波劈浪，向宜昌冲去。

西陵峡的傍晚，霞光满天，水波粼粼，青山如黛，行驶在峡江的轮船与天光云影交相辉映，绚烂多彩。波涛滚滚的长江上，小火轮、客轮和货船穿梭而过，船尾泛起洁白的浪花，成群结队的江鸥逐浪翱翔，江中红色的或绿色的靶灯不停地闪烁，为前行的船只引领航向。

第二天清晨两点半，船到港了。赵同凯并不急于上岸，他知道上岸后也没有着落，他一直没有休息，想找个旅馆睡觉，又觉得太不划算，他决定晚点上岸，成为最后一个下船的人。

他上岸后，一眼就看到张疯子的门店，似乎还能听到里面的鼾声。他知道这个时候人们还在熟睡，他把准备敲门的手缩了回来，心想不能打搅，也不好打扰。他想：等，只有等，没有别的办法。他一边打着哈欠，一边向候船室走去，坐到条椅上，不一会儿就鼾声如雷，他实在太累。

清晨，水天相接的江面上，数条淡黄色的微光，穿过飘浮的云层，透了过来。微光渐渐变粗，瞬间横贯了整个江面。和缓的北风也吹醒沉睡的人们，换来一阵阵吵闹声，候船室里逐渐热闹起来，各种叫卖声挤在一起。

赵同凯在叫卖声中醒来，他揉了揉眼睛，低头一看，发现自己裤子拉链大开，再用手一摸，内裤兜里的钱不翼而飞。他的心情一下子跌入谷底，他睡得太沉了。他犹豫着要不要去港务派出所报案，但又哑巴吃黄连——有口说不出，担心被人笑话。他只好认倒霉，用"失财免灾"来安慰自己。还好张疯子的门店就在对面，他不用担心饿肚子，可以先找他借点钱买回去的船票，想到这些，他的心情似乎又轻松了许多。

赵同凯来到"疯子生资店"时，正巧碰到张疯子开门营业。走进店内，他看到墙壁两侧整齐排列着"井"字形的木制货架，每个格子里都摆放着"张氏土蜂蜜"和"张氏蜂蜜酒"，散发出诱人的香气。

店内正对面摆放着一张办公桌，桌面上放着一面小五星红旗，红旗显得十分鲜艳，好像刚买不久。一个楠木做成的笔筒，里面插着几支长短不一的笔，有的笔尖露出笔筒上沿，有的笔则龟缩在笔筒深处。桌上还放着一本合页日历，页面密密麻麻地记录着各种事项，有的数字让人费解，有的提醒着待办事项。整个店铺布置得井井有条，给人一种专业而温馨的感觉。

张疯子看到赵同凯拖着疲惫的身子来到店里，大吃一惊："你怎么来了，什么时候到的？"

"我来看看你，凌晨两点多到的。"赵同凯虽然疲惫，但精神比先前好许多。

张疯子用电炊壶烧着水，说："在屋里坐，吃早餐没有？"

"没有钱吃饭。"赵同凯坦诚地回答。

“嫂子把你管得这么紧，出门都不带点钱？”

“带了，钱放在内裤兜里，晚上被小偷偷走了。”赵同凯不好意思地说。

张疯子大笑起来：“你坐一下，我去买些早点来吃。”

不一会儿，张疯子买来肉包和豆浆，放在办公桌上，他和赵同凯面对面坐着吃了起来。赵同凯说：“你生意越做越大。”

张疯子笑着回答：“我是什么东西紧张就做什么生意，这样才赚得到银子，这是知识分子讲的供求关系。”他把钱说成银子，“顺便卖点双坪村的土特产，帮他们弄个变钱的渠道。”

赵同凯顺势说：“我们今后也可以跟着你干。”

张疯子爽快地答应：“没问题，有银子大家一起赚。你来找我有什么事？”

赵同凯说：“我听说你手里有化肥，想买些回去。”

张疯子问：“你们现在不拖粪？”

“拖还是拖，有了化肥比以前拖得少多了，现在化肥不够用。”赵同凯解释道。

张疯子说：“我也没化肥，手里只有一些指标，是通过熟人弄来的。”

赵同凯苦笑：“我知道，指标就是化肥，很难弄到，跑断腿也难弄到一包。”

“这样，你跑这么远也不容易，钱也被人偷走，我给你五张化肥购买券，你去银东县生资公司提货，在那里交钱。我也不收你的指标钱。”张疯子说。

赵同凯感激地说：“真是不好意思，你给我解决了大问题，今明两年的肥料都够用，不用再去拖童子屎童子尿。”

张疯子将五张化肥券连同二十元钱递给赵同凯，说：“这钱你回去买船票。”

赵同凯看着化肥券，他的眼睛里充满希望，额头和嘴角两旁皱纹里蓄满了笑意，心里像吃了蜜一样甜。连一举手一投足都带上了一种轻快的节奏，感觉遗留在心房暗角的黑影全都被五张化肥券带走了，浑身充满了清爽、轻松和舒畅。

“谢谢你，二十元钱回去后还你，你的钱也不是大风刮来的。你忙，我不打扰你了，有时间去金竹园玩，我请你喝酒。”赵同凯告辞道。

“好，路上注意安全。”张疯子叮嘱道。

“你放心。”

码头上的吊车，在突突突地轰鸣，吊臂在飘摇的晨雾中左右摆动，货物有序地上下移动。几声长长的汽笛声，客轮离开宜昌港。

后来，张疯子因为涉嫌投机倒把罪被判处两年有期徒刑，康娃子被免职，他真的把康娃子带到水里了。

一九九〇年新春，瓦蓝瓦蓝的天空一尘不染，像是刚刚被精心擦拭过的蓝色绸缎。金竹园村党支部书记赵元春来到“喝二两”饭店，他四十五六岁，鬓角的头发略微秃了一些，浓密而整齐的眉毛下，一双眼睛闪闪有神，微笑时露出一口整齐微白的牙齿。

“姑奶奶，恭喜你们要上电视了。您的‘喝二两’和姑爷爷的‘菊香篾器’被推荐到县里表彰，现在要推荐两位先进个人去领奖，你们看报谁合适？”赵元春带着喜悦和敬意说道。

洋贵姐不敢相信自己的耳朵，她从未想过，她和德香、发金的“喝二两”与“菊香篾器”竟然声名鹊起，同时在银东县出了名，还要在电视上亮相，火一把。

这些年来，“喝二两”的生意日益兴旺，顾客络绎不绝，纳税额比前三年增长了百分之三十。

“菊香篾器”如日东升，他们在世博会上大放异彩，展出的精品包括充满民族风情的“土家印象”和“苗族印象”两大系列。特别是一九八八年推出的土家印象系列，以“活力土家”为核心主题，汲取土家族文化及图腾的精髓为设计灵感。该系列篾器在编织工艺上多采用人字斜纹、菱形斜纹、复合斜纹或小型几何纹样，传递着土家族独有的灵动之美。这些鲜明展现民族特色的产品，激发了海外观众极大的兴趣和好奇心。

在世博会的展位前，询问和拍照留念的人群络绎不绝，成了一道亮丽的风景线。一件精心织有“福”字的米筛，被一位日本游客高价购得，这一举动不仅彰显了其独特的艺术价值，也极大地提升了“菊香篾器”的知名度和美誉度。此外，英妹子还颇具远见地将“菊香篾器”注册为专利商标，进一步巩固了其在手工艺品领域的地位。

“元春，‘喝二两’是德香、发金和我三人一起开办的。依我看，德香既出力又出房子，你们把德香报上去。她这一辈子，在别人面前总是抬不起头，心里够苦的，她应该扬眉吐气一回。‘菊香篾器’的推荐人选，你去问问姑爷爷，让他们自己决定，想推荐谁就推荐谁。”

元春面带喜色地说：“我已经去了，两个姑爷爷互相推让，发英姑奶奶站出来定了。”

“你姑奶奶怎么说？”洋贵姐笑着问。

“她说：‘你们不去的话，我去。这又不是什么丑事，这是天大的喜事，你们把篾器卖到了国外，不光为金竹园争了气，还为中国争了光。领奖的事，姐夫哥去名正言顺，哪有徒弟吃师傅肉、抢师傅功劳的？姐夫哥去，就这么定了。’”元春一五一十地把英妹子的话重复了一遍。

“这个小蹄子，办起事来倒是张弛有度，忙而不乱。我们‘喝二两’报德香，她最合适。”洋贵姐不紧不慢地说，心中打定了主意。

德麻子一边擦着桌子，一边听着洋贵姐和元春的对话，感动得泣不成声。她觉得自己千好万好也赶不上洋贵姐对自己的好。洋贵姐不仅让自己有了钱，还让自己感到有了尊严和自豪。

“洋贵姐，我没有见过大场面，领奖的事情还是你去。再说，没有你，就没有今天的‘喝二两’。如果你不去，就让发金去。”

发金腰间系着一条蓝色的围裙，笑眯眯地说：“你们两人谁去都行，我一个炒菜的，敲敲边鼓可以，如果我上台，台下的人全部会被吓跑。”

“德香，这些年来，你听过多少闲言碎语，受过多少委屈，你就应该站在台上，让大家看看，你德香是多么出色，而且不是一般出色。”

洋贵姐总是微笑着去唱生活的歌谣，从不抱怨生活给予的磨难。把每一次的失败都归结为一次尝试，不去自卑。把每一次的成功都想象成一种幸运，不去自傲。

德麻子激动地说：“大姐，我去，我去。”

生活的色彩，往往源自人们内心的态度。努力与放弃，都是人生的注脚，却因人们心境的不同，演绎出千差万别的篇章。当你展露笑颜，天空因你而蔚蓝。当你眼中泛起泪光，世界似乎也随之笼罩阴霾。

一九九一年三月，“银东县民营经济发展大会”在县城电影院如期召开。当德麻子从县长手里接过奖牌和奖金时，她内心万分激动，泪水模糊了她的双眼。她的心无法安定，它在那里跳跃着，颤抖着，为这无法预知，却确实来临的一切而兴奋不已，难以自持。她感觉自己今天是全世界最幸福的人。

张全祚望着手中的奖牌，心里像灌了一瓶蜜，满是皱纹的脸上慢慢地绽开了笑容，他身上的每一根汗毛似乎都在跳动。

当智夫子和谭德厚在电视里看到德香和张全祚上台领奖时，顿时觉得自己长高了许多，他情不自禁地说：“这辈子找德香没错，她不光给自己长脸，也给我和德厚长脸。”智夫子这些年慢慢地接受了德厚的存在。

谭德厚慢条斯理地说：“不光是给你我长脸，她和大哥给整个金竹园都长了脸。”

洋贵姐笑呵呵地在一旁望着智夫子和谭德厚调侃道：“我看这两个有双证的人倒是像两口子。”

发金笑吟吟地站在门口，目光在各人脸上转了几转：“他们俩真的成了两口子，那是有三证的人了。”

智夫子笑哈哈地说：“有三证也行。”

就在生活红火起来的时候，德麻子病倒了，病得还不轻。她每天的疼痛如同无数蚂蚁在体内噬咬神经，仿佛皮肉绽开，骨头和神经被撕裂成无数的碎片。她的意识慢慢陷入无尽的深渊，每一丝的疼痛将她扯回现实，让她体验到生不如死的痛苦，她的体重从一百一十斤急剧下降到七十九斤。智夫子和谭德厚无奈之下，只得将她送进银东县人民医院。医生确诊德麻子患有晚期乳腺癌，说她的时间不多了。

德麻子得知自己的时日无多，她坚决不愿意住院治疗。她对智夫子和谭德厚说：“不要花一些冤枉钱，人总是要死的，你们把钱留着养老。这些年有你们的陪伴，我已心满意足。我没有给你们生下一儿半女，我死后，你们把我葬在枣子树坪，来生我再给你们生儿育女，弥补今生的遗憾。到了阴间，我们三人还是在一起。”德麻子希望被葬在枣子树坪，或许是希望来生能早日为智夫子和谭德厚带来后代，弥补今生的遗憾吧！

智夫子和谭德厚默默地点着头，内心涌动着无尽的悲伤。他们紧抿的双唇边流淌着泪水和鼻涕，他们哇哇大哭起来。

尽管德麻子坚决反对继续治疗，智夫子和谭德厚还是坚持要为她治病。他们深信，人的生命比金钱更有价值。如果失去了人，那么一切都将变得毫无意义。钱没有了，大家还可以慢慢地挣。

他们每天轮流在医院里无微不至地照顾德麻子，从未有过半句怨言。病房里的病友们对一个女人同时被两个男人照顾感到非常困惑。当他们得知这两个男人与德麻子共同生活了三十多年，从未有过矛盾，他们简直不敢相信自己的耳朵，他们觉得这是天方夜谭。他们不了解三人之间共同经历的故事，也不知道他们曾经所经历的艰辛。他们之所以走到一起，并非出于爱情，而是为了共同的土地、生存、安全以及对美好生活的追求。在漫长的岁月里，他们相互依存，谁都离不开谁。

刘高武在百忙之中抽空看望了他的舅奶奶德麻子。无论德麻子是智夫子还是谭德厚的堂客，她都是刘高武的舅奶奶，这一点毋庸置疑。

德麻子病后，迎子再也不准父母挣钱：“你们都是七十多岁的人，伯伯现在走路重心都不稳，你们把户口转进城跟我吃商品粮。”

面对日渐衰迈的身体，洋贵姐舍不得“喝二两”的生意，但她知道必须面对现实。她望着大爷嘎佝偻的脊背和疲惫的神情，决定趁着德麻子还在，先把“喝二两”转让出去。再把房子卖给英妹子，让刘继会继续经营篾器社，她希望发金一起进城，与自己和大爷嘎一起安度晚年。

当她把这个想法说给发金和大爷嘎时，大爷嘎没有一点意见，觉得这两个事办得越早越好：“这些年挣了这么多钱，也够用。”他脸上总是挂着和气的笑容。

他放心把“菊香篾器”交给刘继会，相信“菊香篾器”会办得更好。他甚至认为，有英妹子当家，发香不会感到寂寞，养老的问题也能解决。

发金听了洋贵姐的安排，一双布满血丝的眼睛便要滴出泪水来，脸上条条皱纹，好像一波三折的往事。“大姐说的都可以，我回双坪，还可以帮桥生两口子守一下小卖店。我不去迎子那里吃商品粮。”

洋贵姐劝说道：“迎子也是你的姑娘，我们现在都老了，我和菊香不能丢下你不管，我们任何时候都是一家人。”

“双坪的空气好，熟人多，我自由一些。”不管洋贵姐怎样劝说，发金坚持要回双坪跟桥生过日子。

洋贵姐对发金说：“好吧，你什么时候想到迎子这里来都行。现在交通方便，你来之前打个电话，我让姬良力开车来接你。”

“行，你和菊香趁走得动，可以在双坪住上十天半月，我们好好拉拉家常。”

在智夫子和谭德厚的协助下，洋贵姐和德麻子把“喝二两”饭店转让给二妹子的姑娘小可经营。

德麻子在医院住了半年，身体一天天衰弱下去。仲夏的傍晚，她虚弱地躺在医院的病床上，有气无力的头陷进枕头里，浑浊的眼睛望着智夫子和谭德厚，干涸的眼里没有一滴眼泪。白色被子覆盖在她的身上，平平展展的，就像下面覆盖着一张枯黄的树叶。她进入了弥留状态，一直伴随她的那种仿佛千刀万剐般的疼痛，此时似乎神奇地消失了。渐渐地，那口若有若无的气息慢慢消散，她平静地走了，终于脱离苦海。

德麻子离世后，智夫子和谭德厚把她安葬在远离银大路的枣子树坪山坡上，那里地势高，向阳。他们了解她生前的喜好，知道她怕银大路上打杵子拖动的声音，她怕狗子吠、怕猫子叫。她需要一个安静、无人打扰的地方。他们共同为德麻子立了一块墓碑，上面堂堂正正地刻着："夫君：谭德耀、谭德厚"。

德麻子去世后，金竹园再也没有人说她克夫了。

一九九二年元月，七十七岁的洋贵姐像往常一样，凌晨四点多起床。她一生不喜睡懒觉，觉得睡得太久浑身都疼，人也没有精神。早起可以做很多事，劳动成为她一辈子的习惯。

在睡觉的问题上，洋贵姐和张全祚扯了一辈子的皮。张全祚一辈子感到有睡不完的觉，如果洋贵姐每天早上不叫醒他，他能睡到日上三竿。他尤其害怕冬天起床的那一瞬间，那冷飕飕的空气和冰凉的衣服让人心存畏惧。今天，洋贵姐大发慈悲，没有叫醒张全祚，她轻手轻脚地下楼，缓缓打开堂屋大门，呼吸着清新甜美的乡间空气。

再过几个小时，洋贵姐和张全祚将随迎子进城吃商品粮。他们得益于女婿的高级教师职称，按照政策，父母可以随迁，他们的农村户口转成了非农业户口，享受商品粮待遇。

洋贵姐并不向往城市生活，她更愿意在金竹园与土地为伴，即使那里只有板栗色的土壤，晴天一身灰，雨天一身泥。她觉得金竹园的土地散发着一股浓郁的香气，各色各样的庄稼，像自己的孩子一般，只要自己能动，她绝对不会跟着迎子进城。但现在身体日渐衰弱，自己走路都困难，她不得不接受现实，尽管不愁填饱肚子，但心里总觉得空落落，一点踏实感都没有。

半个月前，洋贵姐和张全祚开始为进城做准备，他们让双坪的桥生牵走耕牛，拖走所有家具、农具和一些有用的物品，收割了田里的庄稼，将自种的土地和山林上交了村集体。她现在什么都没有了，她一辈子打拼挣得的耕牛、分得的土地和山林，瞬间消失得一干二净，她有许多不甘。

这一刻，她摇了摇头，感到自己的无力。她认输，她折腾不动了。她现在明白，虽然金钱和土地能提供保障，但金钱并非万能，它不能阻止生命的衰老和终结。她知道，世间总有一些事，是自己语言无法解释，也无法说清的，她必须接受自己的渺小和无能为力。

当这些东西在洋贵姐眼帘中消失时，洋贵姐感叹万分，她带着哀伤的语气轻轻地说道：“积积攒，积积攒，攒几个钱，买把伞，风一吹，吹成一个光杆杆。”

房子卖给了英妹子，卖了九百元。洋贵姐对发香说：“肉烂哒在锅里。”她把卖得的九百元钱捏得紧紧的，一遍又一遍地数着，生怕它跑掉一样。

“哎，不行，这样不安全。”洋贵姐摘下陪伴了她二十多年的金丝绒黑色圆帽，这顶帽子冬天可以遮风，夏天可以遮阳，就像她自己的头发一样自然，不可或缺。她左手拿着帽子，右手从口袋里拿出一条半尺见方的手巾，小心翼翼地将钱放在帽子内，用淡黄色的手巾覆盖，然后用针线将帽子和手巾缝合。洋贵姐想，这九百元钱是祖宗们留下的房子，我天天顶在头上，祖宗们留下来的家产永远存放在自己心里，永远都不会消失。

洋贵姐拄着大爷嘎为她制作的金竹拐棍，站在堂屋门口已经半个时辰，她思绪万千，过去的点点滴滴如电影般在她脑海里一幕一幕地闪过，有喜有悲，有忧有愁。这片金子般的土地，记录了她一生的足迹与梦想。

张全祚怀着无比喜悦的心情，期待着进城的日子。他想象着自己在一中校园里，自由自在地看着学生们读书、打篮球、嬉闹，享受着无忧无虑的生活，可以随心所欲地睡懒觉，这是多美的事。

太阳像一个刚刚醒来的孩子，悄悄爬了上来。洋贵姐拄着金竹拐棍，迈着金莲小脚，从这个房间走到那个房间，这里摸摸，那里看看。她自言自语：“我还得去看看大院坝，看看拐枣树，看看窝子里的水，看看‘喝二两’和漫山遍野的金竹。不然的话，不知道什么时候才能再见着它们呢！”洋贵姐恨不得再住上几天，把这里的山山水水看个够，她舍不得离开生活了一辈子的金竹园。

她深情地凝视着这片土地，金竹园土地上，山脉千古风流，树木不畏风雨，庄稼一茬又一茬。花草精心装饰着这片土地，雨雪滋润着这片土地，阳光为这片土地上生活的人们带来希望。土地是根，土地是情，土地永远连着她的心。

屋后的公路上，汽车喇叭响起，洋贵姐听到了迎子和姬良力的声音，声音越来越近，他们是专程从城里来接两位老人的。“爷爷、婆婆，你们准备好没有？我们该走了。”迎子急切地说。

“你到底忙些什么？我还要和发香、英妹子他们打个招呼，把房子的钥匙交给他们。”洋贵姐一边说，一边向发香家走去。

邻居们听说洋贵姐要走，去城里吃商品粮，纷纷走出家门，你一言、我一语，有说不完的话。

洋贵姐拉着发香和英妹子的手，滚着泪，向屋后公路走去："过几天，我再回来看你们。"

"好的，你回来后，还是住在你的房子里，我们几姊妹再好好聊聊。"发香依依不舍地回答。

姬良力的车带着两位老人向城里驶去。当车刚到桐梓树湾时，洋贵姐突然叫了起来："快停停，快停停。让我下去看一下。"

车停稳后，洋贵姐走向那片曾经属于自己的土地，她弯下腰，抓起一把泥土，放在鼻子上闻了闻："这土真香。"

三年后，张全祚走了，金竹园和双坪的亲朋好友来奔丧，见张全祚最后一面。他们在出殡的大夜里跳起了"撒叶儿嗬"。

半夜听到丧鼓响，
不知南山是北山，
你是南山我要走，
你是北山我也行，
打不起豆腐赶不起情，
打一夜丧鼓陪亡人。
…………

张全祚在金竹园窝子上方的岩屋里长期住了下来。他在这里躲过夫，逃过难。这里没有风，也没有雨，他再也不需要风里来雨里去。他在这里静静地等待洋贵姐和发金的到来。迎子和女婿为他立了碑，墓碑上的对联写着："万亩擎香皆黍稷，众山罗列似儿孙"。

他将自己的遗愿寄托在金竹园云雾缭绕的山坡上。这里每一段山路都有一块土地。他企盼四时之秋，这些土地年年五谷丰登，家家户户忙着收割、翻晒粮食，金竹园弥漫着五谷成熟的香气，滋养着子孙后代。

世间没有一样东西是永远属于你的，包括你最爱的人、长大的孩子、你的身体，最终都将归于尘土。世间的一切，都是暂时借给我们用的。人生如过客，喜喜欢欢地来，高高兴兴地去。

半年后，智夫子也走了，他去了枣子树坪，与德麻子葬在了一起，他们在那里等待谭德厚的到来。

三十年后，新的金竹园驿栈位于银大路上，古道仍然沿山势逶迤伸展。驿栈被打造成为乡村游、乡村娱、乡村吃、乡村购，旅游观光、文化体验、特色美食、特色农产品加工交易等于一体的金竹园生态文化旅游产业示范园和手工艺、特色农产品、特色小吃、精品茶饮的商业集市。一座象征“日夜行走”的背夫雕塑被立于金竹园。人们怀念着逝者，祝福着未来。在他们心中，洋贵姐、菊香、智夫子、德麻子等金竹园人生生不息的劳作，追求美好生活的愿望，已成为推动历史前行的动力，永远镌刻在宽敞的银大路上。

2022 年 9 月 12 日—2024 年 8 月 9 日
于深圳勤城达